THÉATRE

CHOISI

DE CORNEILLE

ÉDITION CLASSIQUE
PRÉCÉDÉE D'UNE NOTICE LITTÉRAIRE

Par L. Feugère
PROFESSEUR DU LYCÉE HENRI IV.

PARIS

IMPRIMERIE ET LIBRAIRIE CLASSIQUES
MAISON JULES DELALAIN ET FILS
DELALAIN FRÈRES, Successeurs
56, RUE DES ÉCOLES,

THÉATRE
DE CORNEILLE

COLLECTION DES AUTEURS FRANÇAIS.

Éditions classiques sans annotations,
précédées de notices littéraires et historiques
par MM. L. et G. Feugère,
professeurs de rhétorique des lycées de Paris.

Format in-18.

Boileau. Œuvres poétiques ; 1 vol. — 90 c.

Bossuet. Discours sur l'Histoire universelle ; 1 vol.
— 1 f. 75 c.

Bossuet. Oraisons funèbres ; 1 vol. — 90 c.

Chateaubriand. Le Génie du Christianisme ; 2 vol.
— 2 f. 80 c.

Corneille. Théâtre choisi ; 1 vol. — 1 f. 75 c.

Delille. L'Homme des Champs ; les Géorgiques ; les
Jardins ; 1 vol. — 1 f. 25 c.

Fénelon. Aventures de Télémaque ; 1 vol. — 1 f. 10 c.

Fénelon. Dialogues des Morts ; 1 vol. — 1 f. 10 c.

Fénelon. Dialogues sur l'Éloquence ; 1 vol. — 60 c.

Fénelon. Lettre à l'Académie ; 1 vol. — 60 c.

La Bruyère. Les Caractères ; 1 vol. — 1 f. 40 c.

La Fontaine. Fables ; 1 vol. — 1 f.

Massillon. Petit Carême ; 1 vol. — 80 c.

Molière. Théâtre choisi ; 1 vol. — 1 f. 75 c.

Montesquieu. Considérations sur la grandeur et la
décadence des Romains ; 1 vol. — 80 c.

Racine. Théâtre choisi ; 1 vol. — 1 f. 75 c.

Rousseau (J. B.). Œuvres lyriques ; 1 vol. — 80 c.

Théâtre classique, neuf pièces ; 1 vol. — 2 f. 25 c.

Voltaire. Histoire de Charles XII ; 1 vol. — 1 f. 20 c.

Voltaire. Siècle de Louis XIV ; 1 vol. — 1 f. 75 c.

Voltaire. Théâtre choisi ; 1 vol. — 1 f. 75 c.

THÉATRE

CHOISI

DE CORNEILLE

ÉDITION CLASSIQUE

PRÉCÉDÉE D'UNE NOTICE LITTÉRAIRE

Par L. Feugère

PROFESSEUR DU LYCÉE HENRI IV.

PARIS

IMPRIMERIE ET LIBRAIRIE CLASSIQUES

Maison Jules DELALAIN et Fils

DELALAIN FRÈRES, Successeurs

56, RUE DES ÉCOLES.

Toute contrefaçon de la notice sera poursuivie con-
formément aux lois; tous les exemplaires sont revêtus
de notre griffe.

Delabarrefrère

Avril 1886.

NOTICE SUR CORNEILLE.

Parmi nous, dans le seizième siècle, de nombreuses tentatives avaient été faites pour reproduire les beautés des maîtres de la scène d'Athènes ou de Rome; mais l'art dramatique n'existait pas. Le père du théâtre en France naquit le 6 juin 1606, dans la cité commerçante et belliqueuse d'où étaient autrefois partis les conquérants de l'Angleterre.

Peu de villes, on le sait, ont payé à notre pays un aussi large tribut d'illustrations que Rouen; peu lui ont rapporté autant de profit et d'honneur. Mais de qui a-t-elle droit d'être plus fière que de Pierre Corneille? Au milieu de tant de monuments d'une imposante architecture, on y cherche encore avec respect la trace de l'humble habitation patrimoniale où ce grand homme vit le jour[1], dans une famille des plus estimables, au sein de laquelle subsistaient ces traditions de loyauté et de probité si fermes dans notre ancienne bourgeoisie. Celle de la province, éloignée de la mollesse qui commençait à gagner et à énerver la capitale, avait conservé avec une simplicité patriarcale toute la sévérité des vieux principes. Nourri sous cette discipline éclairée qui faisait la force des mœurs publiques, le jeune Corneille, l'aîné de sept enfants, puisa dans les leçons et les exemples qui formèrent sa première enfance cette idée du devoir qui trempe les âmes et qui, dans l'ordre de l'action ou de la pensée, peut seule les élever à l'héroïsme. Le père de Corneille, avocat du roi à la Table de Marbre de Normandie et maître particulier des eaux et forêts, était un homme d'une énergie peu commune. Plus

---

1. Située rue de la Pie, près du Vieux Marché, elle menaçait ruine, et ce n'est que depuis très-peu de temps qu'elle a disparu.

d'une fois, dans des occasions difficiles, il montra qu'en présence de son devoir il ne savait pas ce que c'était que la peur :
et l'on aime à croire que cette noble physionomie, empreinte
dans la mémoire du poëte futur, lui fournit par la suite quelques traits pour crayonner les mâles figures de D. Diègue et
du vieil Horace.

Destiné par sa famille à la carrière du barreau, le jeune
Corneille, au sortir du collége où il fit de bonnes études,
embrassa l'étude du droit, et dès 1624 il était inscrit sur le
tableau des avocats de Rouen. Mais cette profession, fort occupée et des plus fructueuses en Normandie, ne s'accordait,
au fond, que très-peu avec ses goûts : aussi, comme Boileau et Voltaire depuis, devait-il laisser bientôt de côté les
dossiers et les affaires pour s'essayer dans l'art des vers et les
travaux de l'imagination. Quoiqu'il exerçât depuis deux ans
les fonctions d'avocat du roi à la Table de Marbre, il s'an-
nonça comme poëte dramatique en 1629 : un incident réel
survenu dans sa vie, une affection sincère lui inspira, dit-
on, le sujet de sa première comédie. Il l'avait confiée à une
troupe d'acteurs qui se trouvait à Rouen et qui, jugeant la
pièce digne du grand jour de la capitale, alla l'y représenter
en effet.

Le coup d'essai de Corneille fut un véritable triomphe.
Mélite (tel était le nom de la comédie) charma l'auditoire de
l'hôtel de Bourgogne, et le beau succès qui l'accueillit était
juste, si l'on compare la pièce à celles de la même époque :
car elle était raisonnable, le dialogue avait de la vivacité et
de l'agrément, çà et là se rencontraient de jolis vers ; on y
voyait poindre des caractères, on y sentait des intentions co-
miques. Séduit lui-même des suffrages du public, Corneille,
par une illusion singulière ou plutôt par une prédilection
concevable pour ses débuts, n'hésitait pas plus tard à placer
Mélite au rang de ses chefs-d'œuvre.

Il est certain que, retiré en province, et sans précédent
qui l'éclairât, sans aucune connaissance des règles (il ne savait pas même, comme il nous l'avoue, qu'il en existât pour
le théâtre), ce jeune homme obscur hier, et dont le nom volait

aujourd'hui de bouche en bouche, avait tout d'un coup déployé une rare supériorité de talent. Ce n'était pas d'ailleurs qu'il n'y eût aussi dans *Mélite*, et en grand nombre, des subtilités, des pointes et des expressions licencieuses : traces du goût régnant, auquel Corneille devait son tribut avant de le réformer. De pareils défauts reparurent avec des qualités semblables dans les comédies données par lui les années suivantes et qui ne sont pas sans progrès, *Clitandre, la Veuve, la Galerie du Palais, la Place Royale, etc.*, qu'il ne faut point toutefois considérer en elles-mêmes, mais dont on peut dire avec un digne panégyriste de Corneille, Victorin Fabre, que « ces faibles essais de son mérite furent quelques années des chefs-d'œuvre, et que, s'il eût cessé d'écrire, ils l'auraient été longtemps. »

Corneille, avec cette incertitude qui accompagne les débuts du génie quel qu'il soit, cherchait cependant sa voie véritable. Sa première tragédie, *Médée*, attesta enfin en 1635 qu'il l'allait trouver, puisque des morceaux pleins de vigueur et des traits sublimes annonçaient dans cet ouvrage un talent vraiment tragique, qui, l'année d'après, devait se manifester par une éclatante merveille : car il se révéla tout entier par le *Cid* en 1636. Pour la première fois, dans une action aussi bien conduite que touchante, on vit sur notre scène se déployer cette lutte entre la passion et le devoir qui est l'image de la vie, disons mieux, la vie elle-même; spectacle où nous puisons les plus salutaires, les plus nobles enseignements. Cette œuvre si éminemment dramatique n'était pas néanmoins originale. Après avoir étudié, selon un sage conseil, la langue et la littérature espagnoles, Corneille avait puisé son sujet et beaucoup de ses détails dans le théâtre de Guillen de Castro. Mais, par le privilège du génie qui imite en maître, il avait si heureusement transformé la pièce primitive, que sa copie mérita elle-même presque aussitôt de servir de modèle à l'Espagne.

Aux applaudissements prodigués à l'auteur du *Cid*, Richelieu, qui n'avait pas commandé ce succès, « en fut aussi alarmé, suivant Fontenelle, que s'il avait vu les Espagnols devant Paris. »

A son instigation, Scudéry, fameux par son style déclamatoire et son caractère vantard, s'éleva contre le jugement public par ses *Observations sur le Cid*, adressées à l'Académie naissante; et bientôt la volonté du cardinal, plus encore qu'un demi-consentement arraché au poëte, rendit ce corps juge du débat et du poëme. De là une critique sage et mesurée qui ne dénote pas peu d'habileté chez ces représentants du goût français : placés dans une situation très-délicate, ils firent preuve alors, comme il est arrivé souvent à leurs successeurs, d'autant de convenance que d'esprit.

Néanmoins on ne saurait nier, malgré plusieurs réflexions solides de cette critique et son ton général de modération, qu'elle ne renfermât une foule de petits détails et de petites remarques, d'une minutie odieuse au génie. C'était vouloir étendre Hercule sur le lit de Procruste. Aussi Corneille mécontent, quels que fussent les égards et les éloges qu'on n'avait pu lui refuser, se retira-t-il à Rouen, résolu à suspendre ses travaux jusque-là si actifs; et ce ne fut que trois ans après qu'il rentra dans une carrière dont ces dégoûts semblaient l'avoir éloigné : temps précieux dont la perte devrait paraître un résultat bien funeste de cette polémique, si, comme les champs couronnés de riches moissons, le génie qui vient de produire ses meilleurs fruits n'avait pas besoin d'un repos réparateur. Ce repos fut, au reste, assez justifié par l'apparition, en 1639 et 1640, de trois nouveaux chefs-d'œuvre, *Horace, Cinna* et *Polyeucte*, dont l'un eût suffi pour immortaliser son auteur.

Personne n'ignore que ce fut Tite-Live qui suggéra à Corneille l'idée d'*Horace* ou des *Horaces*, titre employé plus ordinairement. Mais un simple combat, si important qu'il fût, était-il donc propre à défrayer les cinq actes d'une tragédie; ou plutôt, pour nouer au moyen de ce seul événement une intrigue dramatique, quelles ressources le génie n'avait-il pas à tirer de lui-même? Signalons ici avec Fontenelle la fécondité de celui de Corneille, et cet art merveilleux et toujours divers qui, dans une situation unique au fond, produit assez de variété et de suspensions pour attacher le spectateur. Du récit de l'historien, par une création que le poëte peut revendiquer en toute justice, sortit ainsi un spectacle plein d'émotion et d'un effet éminemment moral, où les plus énergiques sentiments de la nature sont en lutte, où, par-dessus tout, l'amour du pays et du devoir se montre, dans des âmes fortement trempées, avec son caractère le plus sublime.

C'était une belle réponse aux ennemis du *Cid* et aux envieux de Corneille ; mais il fallait rentrer en grâce avec Richelieu et obtenir de lui le pardon de nouveaux triomphes. Le poëte dédia par ce motif sa tragédie au cardinal, en le priant d'agréer les efforts de sa *Muse de province;* et cet acte public de soumission, ou, si l'on veut, de réconciliation, conseillé par la prudence à l'égard du premier ministre, épargna sans doute de fâcheuses attaques à l'auteur.

Quant à *Cinna* ou la *Clémence d'Auguste,* dont Corneille emprunta le sujet à un récit du philosophe Sénèque, le succès fut encore plus éclatant que celui des *Horaces,* et de l'une à l'autre de ces pièces il y eut en effet un véritable progrès. Les trois premiers actes de la précédente avaient réuni toutes les voix ; mais les deux derniers ne répondaient pas suffisamment à leur perfection, de l'aveu du poëte lui-même, tandis qu'on put admirer dans *Cinna* un ensemble plus régulier et une suite de beautés plus soutenue. Balzac et Voltaire ont célébré tour à tour dans cette tragédie la noblesse et la force des sentiments, l'accent vrai de la passion, l'éloquence et les traits saillants qui s'y pressent ; mais il ne faut pas omettre le plus noble suffrage qu'elle ait obtenu. C'est à la première représentation de *Cinna* que le futur vainqueur de Rocroy et de Lens versa ces larmes d'admiration qui présageaient un héros et que le vers d'un de nos poëtes a consacrées :

Le grand Condé pleurant aux vers du grand Corneille.

Quel que soit l'enthousiasme que cet ouvrage ait toujours excité chez les meilleurs juges, le génie de l'écrivain sembla continuer à grandir dans *Polyeucte,* où il toucha en quelque sorte les limites de l'art dramatique. Boileau, qui,

a.

d'après son propre langage, ne connaissait rien au-dessus des trois premiers actes des *Horaces* et qui n'avait pas de termes assez forts pour exalter *Cinna*, regardait toutefois, à ce qu'on assure, *Polyeucte* comme le chef-d'œuvre de l'auteur : et telle est, à juste titre, l'opinion dominante aujourd'hui, s'il est vrai que Corneille n'ait jamais mieux réussi à réaliser l'alliance du touchant et du sublime, à faire mouvoir avec l'art le plus consommé les ressorts du drame et à développer l'action d'une manière aussi régulière qu'intéressante. Aucune pièce, effectivement, ne prouve mieux combien l'observation exacte de toutes les règles, loin d'entraver le génie, seconde son essor ; combien elle ajoute, loin de lui en rien dérober, au mérite de ses productions. Que dire encore de cette poésie où se réunissent des beautés de tous les genres, épique, tragique, lyrique ? Et cependant, erreur étrange ou plutôt trop concevable, l'excellence de cette œuvre fut d'abord méconnue à l'hôtel de Rambouillet ; mais les applaudissements du public, mieux éclairé, protestèrent contre le jugement des beaux esprits.

L'année illustrée par *Polyeucte* avait vu un grand changement se produire dans la vie de Corneille. Alors âgé de trente-quatre ans, il épousa la fille du lieutenant-général des Andelys, et l'appui de Richelieu ne lui fut pas inutile pour conclure cette alliance, à laquelle il dut le bonheur domestique : car Marie de Lampérière, comme sa sœur Marguerite qui épousa Thomas Corneille, était douée de toutes les vertus de la femme et de la mère de famille. Ces deux ménages, dont la simplicité et la paix ont suggéré des vers touchants à Ducis, vivaient dans une si étroite union, que jamais les deux frères ne songèrent à partager les successions qui leur revenaient des deux sœurs.

Mais ni ce bien ni ses travaux non interrompus ne devaient permettre à Corneille de surmonter la pauvreté, par l'effet des lourdes charges de famille qu'il eut à soutenir [1]. De là cette

---

1. Ayant perdu son père en 1639, Corneille était devenu l'unique soutien de sa mère et de ses frères et sœurs. Il eut lui-même six enfants.

triste nécessité qu'il subissait, et qu'on lui a reprochée avec trop d'amertume, de solliciter des largesses par ses dédicaces, comme lorsqu'il offrit par exemple celle de *Cinna* au financier Montoron. Les ressources des auteurs, même les plus goûtés du public, étaient alors très-restreintes; et, si supérieurs qu'ils fussent, les talents ne menaient pas à la fortune. Aussi, félicité par Boileau, Corneille lui répondit-il un jour: « Je suis soûl de gloire et affamé d'argent. » Il est constant qu'il en retirait fort peu de ses succès, bien qu'ils ne se démentissent point: car les années qui suivent *Polyeucte* sont marquées par la *Mort de Pompée*, le *Menteur* et *Rodogune*.

La première de ces pièces, donnée en 1641, fut comme un hommage rendu par Corneille à son auteur favori, Lucain, qu'il admirait, dit-on, jusqu'à le placer avant Virgile. Bien qu'elle n'ait pas la régularité des tragédies précédentes, la *Mort de Pompée* n'en porte guère moins cependant l'empreinte du génie supérieur de l'écrivain : telle est la force avec laquelle est tracé le rôle de Cornélie. On peut en dire autant de Rodogune, qui fut représentée en 1646 et dont le dernier acte est une des plus belles conceptions du théâtre. Pour le *Menteur*, qui date de quatre ans auparavant, c'était un retour à la carrière comique où s'étaient produits les premiers pas de Corneille; mais, dans ce genre, aux coups d'essai succédait cette fois le coup de maître. Par cette œuvre, en effet, le père de la tragédie mérita d'être également appelé le père de la comédie en France.

Avec le *Menteur* et surtout avec *Rodogune* se termine la plus brillante partie de la carrière de Corneille. Quelle que fût sa prédilection pour cette sombre création dramatique qu'il était tenté de préférer à ses autres œuvres, « peut-être à raison des grands efforts d'esprit qu'elle lui avait coûtés, » on conviendra même que sa période vraiment ascendante avait pris fin en 1640, après *Polyeucte*. Dans les quatre années précédentes, que de chefs-d'œuvre rassemblés! dans les six qui suivent, le déclin, s'il ne se fait pas ouvertement sentir, approche ou plutôt il s'est déjà trahi dans deux de ses pièces, auxquelles manqua le succès qui n'avait pas encore trompé ses efforts, la *Suite du Menteur* en 1643 et *Théodore vierge et martyre*, tragédie chrétienne, en 1645.

Ce dernier échec fut toutefois, la même année, compensé par un honneur que lui accorda le jeune Louis XIV, en lui confiant, par une lettre flatteuse, le soin de composer les vers qui devaient accompagner les *Triomphes gravés de Louis XIII*. Cet hommage officiel ne tarda pas à être suivi d'une autre distinction un peu attardée, il est vrai, puisqu'elle n'arrivait que onze ans après le *Cid* : il fut reçu à l'Académie française au commencement de 1647. Si deux de ses candidatures avaient précédemment échoué, c'est que l'on avait allégué contre elles qu'il ne résidait pas dans la capitale, Rouen étant demeuré son séjour habituel. Joignez-y les envieux de son mérite, devenus ses ennemis, auxquels il eût pu opposer, à la vérité, des partisans très-décidés. Parmi eux était le prince de Condé, à qui Corneille venait récemment de dédier *Rodogune*, en lui rapportant, dans les termes les plus significatifs, tout l'honneur du succès qui l'avait accueillie sur la scène.

A ce moment commence donc une seconde époque de la vie de Corneille, où le beau continu devient rare, bien plus, où ce ne sont désormais que des actes, ensuite des scènes, qui dans des pièces d'une composition inégale rappellent les rameaux d'or de Virgile, aperçus à travers l'obscurité de la forêt. Ce génie, dont la splendeur avait illuminé notre scène, ne va plus bientôt jeter que des rayons épars, semblables aux traits du soleil couchant qui ne percent l'horizon qu'avec effort.

Déjà, dans la tragédie d'*Héraclius* (1647), plusieurs imperfections graves se mêlent à des qualités du premier ordre. L'intrigue est si complexe qu'il faut une attention très-soutenue pour la suivre, et de tels délassements sont bien près d'être une fatigue. Mais l'œuvre est pleine de situations neuves et de beaux vers; la conception en est forte et originale : rappelons-le d'autant plus que Voltaire prétend le contraire. C'est à Calderón qu'il fait honneur de cette création, que le poëte espagnol a empruntée de Corneille; et, sous le couvert d'un grand nom, cette erreur littéraire a depuis été maintes fois répétée sans examen. Rien n'était plus fréquent à cette époque, on le sait d'ailleurs, ni plus légitime, que ces échanges entre notre littérature et celle du *divin* Lope de **Vega**, comme on parlait alors, et de l'*enchanteur* Caldéron.

En rétablissant ici Corneille dans ses droits d'inventeur, remarquons de nouveau comme il s'applique à scruter les mines historiques les plus obscures pour en extraire des trésors avec la sagacité créatrice de l'homme de génie. Jusqu'à lui l'artificiel avait régné presque uniquement sur notre scène tragique : son principal but fut d'y déployer, dans des pièces d'un genre noble, sévère, pathétique, le génie des grandes époques et des grands peuples. Préoccupé du désir de s'appuyer sur l'histoire, il en recherchait le cadre, même pour y placer ses fictions. Ce n'est pas cependant qu'avec la puissante variété de facultés et de productions qui le caractérise, il ne fît aussi, dans les tableaux qu'il a tracés, un large emploi de l'imagination.

On le voit notamment par *Don Sanche d'Aragon*, qui fut joué en 1651, pièce de pure invention, et, à ce titre, comme disait l'auteur, « d'une espèce nouvelle et qui n'avait point d'exemple chez les anciens. » Cette *comédie héroïque* (tel était son titre primitif) est, en réalité, un modèle de la *tragi-comédie*, que l'on appelle aujourd'hui *drame*, mélange des deux genres, d'où ne résulte, il est vrai, qu'un genre douteux ou *mitoyen*, pour parler avec Voltaire. Mais sans entrer dans une discussion de genres, nous pouvons du moins témoigner, à l'égard de cette œuvre contestée, que par les aventures et les péripéties qu'elle renferme, sa teinte romanesque et l'éclat de son dénoûment, elle est d'un très-vif intérêt. Dans l'année précédente avait paru une autre nouveauté de Corneille, puisqu'*Andromède*, malgré son titre de tragédie, est véritablement ce que nous nommons un *opéra*. Là, empruntant sa fable aux Métamorphoses d'Ovide, il faisait descendre sur le théâtre dans des machines, avec un grand luxe de décorations, Jupiter, Junon et une foule de dieux. Le public fut ravi de ce spectacle, qui nous venait de l'Italie, et le journaliste Renaudot s'extasia « sur tant de grâces qu'on y découvrait qu'elles pouvaient à peine être goûtées dans le temps trop court de la représentation. » Au lieu de se prévaloir de ces éloges, Corneille avouait modestement qu'*Andromède* n'était que pour les yeux, bien que cette pièce se recommandât de plus par quelques beaux passages et spécialement par le prologue.

Un ouvrage plus sérieux, du reste, et plus louable, parce que les éléments en sont puisés dans l'histoire romaine, qui a si souvent et si heureusement inspiré Corneille, suivit *Andromède* en 1652 : ce fut *Nicomède*, expressive peinture de la politique de Rome et des pratiques de gouvernement qui lui ont donné l'empire du monde, en même temps que de cet abaissement des rois devant le peuple roi, auquel ils offraient en sacrifice leurs propres peuples pour conserver un titre précaire. Cette pièce, que remplit le grand souvenir d'Annibal et dont Tite-Live, Polybe, Appien, ont fourni les principales figures à l'auteur, offre en outre, à un point de vue différent et comme domestique, un tableau frappant de ces sourdes et funestes guerres qui agitent et bouleversent les palais aussi bien que les chaumières, dès qu'une marâtre y a pénétré Le rôle d'Arsinoé, antérieur de vingt-trois ans au portrait de Béline chez Molière[1], est un modèle en ce genre. Corneille a moins réussi dans le rôle de la reine Laodice ; mais cet avantage d'allier, dans les caractères de femmes, la grâce et la noblesse n'était pas un des traits saillants de son talent dramatique : il était réservé à l'un des successeurs de Corneille, à son unique rival, de le posséder au plus haut point. Quant au personnage de Nicomède, qui fait pressentir Mithridate, c'est une de ces fières créations où l'auteur du *Cid*, d'*Horace* et de *Cinna* se montre inimitable. Il était donc fondé à dire de cette production, qui fut accueillie avec faveur par le public, « que ce n'étaient point les moindres vers qui fussent partis de sa main, » et de nos jours on y a signalé, à bon droit, un poëme dramatique de l'ordre le plus élevé.

Nous touchons à une circonstance considérable dans la vie

1. Voy. *le Malade imaginaire*.

de Corneille, à la représentation de *Pertharite,* qui, en 1653, subit un échec absolu, dont l'effet fut de l'éloigner plusieurs années du théâtre. La lecture de cette *malheureuse Pertharite,* comme l'appelait Voltaire, ne donne pas tort à ses censeurs : car le vice du fond et de l'élocution n'y peut être racheté par quelques-uns de ces détails saillants dont n'est dépourvue aucune des compositions de Corneille. Il avait quarante-six ans lorsqu'habitué à une faveur presque constante jusque-là, il interrompit, sous l'impression de ce mécompte, ses travaux ordinaires. D'ailleurs il n'était pas en lui de renoncer à la poésie : aussi tourna-t-il ses efforts vers un sujet très-différent et d'une nature plus édifiante qu'il n'était propre à l'inspirer, la *Paraphrase* de l'*Imitation de Jésus-Christ.* On a prétendu que, pour l'expiation d'une faute, il s'était proposé de traduire un des livres de ce saint ouvrage, et qu'entraîné par l'attrait qu'il trouva dans le début de ce travail, l'écrivain voulut ensuite le continuer jusqu'au bout. Mais ses sentiments religieux très-avérés rendent, pour une entreprise entièrement conforme au goût de l'époque, cette explication superflue. Corneille demeura longtemps marguillier de sa paroisse, et les détails piquants ne nous manqueraient pas à ce sujet, si, dans une carrière tellement remplie à tout égard, nous n'étions forcé de nous restreindre. Remarquons seulement que, les trente années qui précédèrent sa mort, il ne passa pas, dit-on, un seul jour, lui qui connaissait si bien le prix de tous les moments, sans réciter le bréviaire romain : habitude que, dans ce siècle de fermes croyances, plus d'un homme vivant dans le monde partageait avec les ecclésiastiques.

Dans cette œuvre, qu'il dédia au souverain pontife Alexandre VII, Corneille n'avait eu en vue que de faire acte public de piété, mais il obtint un mémorable succès, et, chose plus rare pour lui un succès lucratif : car les réimpressions de sa *Paraphrase* se multiplièrent promptement et en très-grand nombre. Toutefois, malgré de beaux vers et même quelques belles odes qu'elle renferme, ce n'est pas à beaucoup près une version digne de la renommée de son auteur. On n'en sera pas surpris : vainement il témoignait dans sa préface « qu'il avait tâché de conserver le caractère et la simplicité de l'original ; » cette simplicité même, cette naïveté touchante qui en fait le plus grand charme, Corneille n'avait pu l'atteindre. Un peu d'effort et d'apprêt n'est-il pas le résultat presque inévitable de la forme du vers, chez un traducteur quel qu'il soit ; et croira-t-on qu'il ait été au pouvoir d'un aussi vigoureux penseur de se plier avec une souplesse docile au tour de la pensée d'autrui ?

Sur ces entrefaites, ramenant ses yeux vers le passé, Corneille revint à l'étude de chacune des pièces de son théâtre et résuma ensuite ses idées sur son art favori dans trois discours où il traite du poëme dramatique, de la tragédie et des unités. Rien d'un plus vif et d'un plus touchant intérêt que de voir ce grand homme, comme détaché de sa gloire, se faire avec une impartialité complète son propre juge, pour instruire les autres encore plus que pour s'instruire lui-même. Dans ses *Examens*, où la candeur égale la raison, il montre ses beautés, qu'il relève modestement, et ses fautes, qu'il condamne sans hésitation ; à cet égard, il ne recule devant aucun aveu utile. S'il se méprend, c'est avec une bonne foi si manifeste qu'elle a tout droit au pardon. Mais le plus souvent ses jugements sont pleins de sagesse : on y trouve une foule d'observations aussi délicates que solides sur toutes les parties des œuvres de l'écrivain et de l'art en général. Relativement aux *Discours*, tantôt Corneille y commente en homme de génie, et sans abdiquer sa liberté, les règles de la critique ancienne ; tantôt il en établit lui-même de nouvelles qu'il tire d'une connaissance encore plus profonde de l'homme. Jamais ces règles, puisées dans notre nature, ne furent, nous l'affirmerons d'après les maîtres [1], interprétées avec une plus haute et plus ferme intelligence. S'il reste quelque chose à désirer dans ces travaux, c'est uniquement sous le rapport de la forme. Déjà on l'a indiqué : il ne lui fut pas donné, ainsi qu'à

1. On peut voir, à ce sujet, M. D. Nisard : *Histoire de la littérature française.*

Racine, d'exceller dans la prose comme dans les vers. D'ordinaire son style y est lent, diffus et un peu pénible. En un mot, sa prose ressembla toujours, plus ou moins, à sa conversation, qui, de l'aveu unanime des contemporains, était terne, lourde et embarrassée; en sorte que, pour connaître le grand Corneille, il fallait l'entendre par la bouche de ses acteurs.

Cependant, quelque désintéressé qu'il parût sur ses anciens triomphes, Corneille se rattachait par cet ordre même d'idées à l'amour du théâtre, qu'il n'était pas en lui d'abdiquer encore d'une manière définitive. Animé pour notre gloire littéraire de cette sollicitude qui doit le protéger contre le souvenir de ses fautes, le généreux Fouquet n'eut pas de peine à lui persuader de redescendre dans la lice; et son noble client y rentra en 1659 par *OEdipe*, sujet proposé par le surintendant et dont il lui offrit la dédicace. Corneille,approchait, à ce moment, de cinquante-six ans : grand âge pour un poëte dramatique. Néanmoins, son succès fut complet, comme si les spectateurs se fussent montrés reconnaissants de son retour. Lui-même subit l'illusion commune. Ne venait-il pas de se retremper par cette réflexion qui réveille et double les forces? N'avait-il pas, pour reparaître avec un nouvel avantage, étayé par la science la marche de son génie? Il ne songea donc plus, rengagé dans les liens qu'il avait voulu briser, qu'à multiplier ainsi qu'autrefois les produits de sa féconde imagination.

OEdipe, quoiqu'on ait semblé le croire à cette époque et même depuis[1], n'est assurément pas un chef-d'œuvre. Bien loin de là. Les défauts, dans ce cadre assez imparfaitement rempli, l'emportent de beaucoup sur les beautés, et l'amour surtout y parle le langage le plus froid et le plus déplacé. Mais rien alors, nous le répéterons, ne pouvait, dans les dispositions du public, avertir le poëte de sa décadence. On déclara qu'il s'était *surpassé*, et au concert flatteur des applaudissements le roi, comme nous l'apprend Corneille lui-même, joignit ses libéralités. Raffermi par ce triomphe dans l'em-

---

1. Voy. La Bruyère, chap. *des Ouvrages de l'esprit.*

pire de la scène, où depuis si longtemps il régnait d'un consentement unanime, nul ne pouvait concevoir avec quelque vraisemblance la pensée de le détrôner. Jamais sa réputation n'avait eu un éclat plus vif et plus incontesté. Aussi peu après[1], lorsque Colbert, par l'ordre de Louis XIV, dressa la première liste des écrivains et des artistes pensionnés par la munificence royale, Corneille y figura-t-il d'une manière d'autant plus honorable pour lui qu'il n'était nullement visiteur ni courtisan. A la vérité, il n'était inscrit que pour un chiffre annuel de deux mille livres, tandis que plusieurs autres, singulière incertitude des appréciations contemporaines, avaient au delà et jusqu'au double de cette somme; mais on lisait après son nom : *prodige d'esprit et ornement du théâtre français*[2]. Ce jugement avait été rédigé par Chapelain; et ce n'est pas le seul du même homme qui puisse nous réconcilier, sinon avec les vers, au moins avec l'intelligence et le cœur de l'auteur de la *Pucelle*.

Corneille redoublait cependant d'activité, comme s'il eût voulu mériter ou justifier davantage ces faveurs, puisqu'à *OEdipe* il fit succéder, presque d'année en année, des compositions encore remarquables à beaucoup d'égards. *La Conquête de la toison d'or*, en 1660, eut pour objet de célébrer la conclusion du mariage de Louis XIV avec Marie-Thérèse d'Autriche, événement qui allait garantir une paix durable à la France et à l'Espagne, si longtemps divisées par la guerre. Mêlée de musique et à grand spectacle, cette tragédie se rapprochait en réalité, comme *Andromède*, du genre de l'opéra ; et son principal mérite était de répondre, par des allusions et des traits nombreux, à la préoccupation publique. Ce fut un riche seigneur qui, par une libéralité alors réputée patriotique, demanda cette pièce à Corneille et en fit dans son château l'ornement de ses fêtes. Donnée plus tard à Paris, elle n'y eut pas moins de succès que dans le cercle aristo-

1. En 1663.

2. Sur une autre liste, dressée par l'académicien Costar, il était appelé « le premier poëte du monde pour le théâtre. »

cratique qui l'avait d'abord applaudie. *Sertorius*, qui parut ensuite (1662), se recommandait par une plus haute valeur littéraire. C'est à la représentation de cette pièce sévère, où ni l'intérêt ni les mâles beautés ne font défaut, que Turenne s'écria, dit-on : « Où donc Corneille a-t-il appris l'art de la guerre? » Hommage d'un grand capitaine à un grand génie dramatique, confirmé de nos jours par ce que disait de Corneille l'empereur Napoléon [1], qui, jugeant toutes les supériorités sœurs, voulait, par la véritable application des idées de l'égalité moderne, leur attribuer les mêmes distinctions et les mêmes récompenses.

Par sa *Sophonisbe*, en 1663, Corneille revint à un sujet précédemment traité avec un notable succès par Mairet, d'après l'Italien Trissino; il ne réussit guère, d'ailleurs, qu'à réveiller le brillant souvenir de l'œuvre de son devancier, alors retiré du théâtre : quant à sa propre pièce, elle ne tarda pas à tomber dans l'oubli, comme beaucoup d'autres *Sophonisbes* faites avant et depuis cette époque. Corneille fut plus heureux dans *Othon* (1665), où, par l'effet des raisonnements prodigués jusqu'à l'abus, manquent le mouvement et la simplicité de l'action, non les beaux vers; où l'auteur semble encore ajouter, dans quelques passages, à la vigueur de Tacite, son modèle. Mais il fut loin de se soutenir au même point dans *Agésilas*, dont le style languissant et faible ne s'accorde que trop avec le genre de vers choisi cette fois par Corneille, celui des vers libres, essentiellement peu convenable à la dignité et à la force réclamées par le poëme dramatique.

Au moment de cette noble carrière où se révèle le déclin, s'élevait, comme pour le mettre plus en évidence, une autre gloire du théâtre français. Après un premier succès, peu significatif cependant, Racine venait, en 1665, de donner *Alexandre*, où des traits d'une véritable grandeur se mêlent au mérite général des vers; et l'un des partisans les plus

---

1. « S'il vivait, je le ferais prince. » — C'est que, suivant ce prince, « la France devait peut-être à Corneille une partie de ses belles actions, » la haute tragédie étant à ses yeux « l'école des grands hommes. »

décidés de l'auteur du *Cid*, Saint-Évremond, ne craignait pas lui-même de dire : « Depuis que j'ai lu l'*Alexandre*, la vieillesse de Corneille me donne bien moins d'alarmes, et je n'appréhende plus tant de voir finir avec lui la tragédie. » Dès lors entre le jeune Racine et le vieux Corneille, comme on affectait de le dire, les contemporains se partagèrent, avec trop de passion sans doute, les uns défendant contre toute comparaison, comme contre une injure, l'ancien objet de leur prédilection, contemporain de leurs plus belles années; les autres s'enthousiasmant pour celui qui joignait à tant de grâces diverses l'attrait souverain de la nouveauté. Ainsi s'établit entre ces deux hommes, si bien faits pour s'admirer, une rivalité qui inquiéta, qui chagrina les dernières années d'une existence chargée de gloire ; car il s'y mêla une aigreur secrète qui, d'un côté et de l'autre, se manifesta par des propos de peu de mesure ou de peu de justice. En 1667, l'*Attila* et l'*Andromaque* firent éclater un affligeant contraste, bientôt renouvelé, et d'une manière encore plus marquée, par la représentation d'une tragédie des deux auteurs composée sur un sujet identique.

Si en effet l'*Andromaque* est l'une des dates les plus mémorables du théâtre français, l'*Attila* ne fut pas entièrement condamné par le public comme par une exclamation célèbre de Boileau; et la nature tout autre des sujets n'était pas propre à faire naître l'idée d'une comparaison. Mais il n'en fut pas ainsi en 1670. Sur l'invitation d'une princesse amie des lettres, qui avait voulu voir sur la scène un spectacle cher à son cœur et que lui envia le coup soudain d'une mort précoce [1], Corneille et Racine, à l'insu l'un de l'autre, s'étaient engagés à mettre sur la scène les adieux de Titus et de Bérénice, forcés de sacrifier une affection mutuelle à la loi impérieuse du devoir. De là, une sorte de *duel* entre les deux poëtes (c'est le mot de Fontenelle); et comment l'issue de cette lutte eût-elle pu être favorable à Corneille? Repré-

---

1. Henriette d'Angleterre, duchesse d'Orléans, morte à vingt-six ans, et dont Bossuet a prononcé l'oraison funèbre.

sentant d'une époque plus ingénieuse que délicate, plus forte qu'asservie aux scrupules du goût, il n'avait jamais prêté aux tendres passions qu'un langage assez imparfait; Racine, au contraire, excellait par l'accent juste et pénétrant qu'il sut atteindre dans leur expression : aussi *Bérénice* a-t-elle eu et méritait-elle de conserver une destinée bien différente de *Titus et Bérénice.*

Cette *comédie héroïque* (pour conserver le nom que lui donna l'auteur) fut très-froidement accueillie. A vrai dire, c'était vainement que quelques partisans opiniâtres s'efforçaient, par le tribut exclusif d'une admiration sans bornes, de réagir contre le courant et de consoler Corneille : le goût public s'éloignait de lui de jour en jour. Cependant, comme s'il eût voulu pouvoir l'étudier de plus près, il demeurait depuis quelques années à Paris. Mais l'âge des grands succès, presque toujours amis de la jeunesse, était passé pour lui sans retour. Avec la faveur du public périt jusqu'à celle des comédiens, à qui il avait ménagé tant d'argent et de suffrages. Chose triste à dire : pendant qu'à l'hôtel de Bourgogne, qu'il avait illustré, régnaient les pièces de son rival, il était obligé de recourir, pour faire jouer les siennes, à la troupe du Marais. On excusera donc quelques paroles de dépit qu'on lui prête sur l'envie et l'ingratitude dont il se jugeait être l'objet. Et combien n'est-il pas pénible d'entendre *celui qui ne devait qu'à lui seul toute sa renommée* s'écrier avec amertume :

> . . . . Si mes quinze lustres
> Font encor quelque peine aux modernes illustres,
> S'il en est de fâcheux jusqu'à s'en chagriner,
> Je n'aurai pas longtemps à les importuner?

Une fois néanmoins le poëte, relevé de son abattement, tressaillit d'aise, et ce fut en apprenant que Louis XIV venait de faire représenter devant lui à Versailles, avec ses chefs-d'œuvre, plusieurs de ses derniers ouvrages, évoqués de la nuit où il lui semblait qu'on avait voulu les étouffer. Mais en vain, dans la joie de cette réparation, remerciait-il le prince avec une verve qui protestait contre ses détracteurs.

A ces spectateurs qu'il avait contribué plus qu'aucun autre à rendre difficiles, que pouvait-il alors offrir? *Pulchérie, Suréna!* La première de ces pièces, en 1672, ne reçut qu'un très-froid accueil, malgré les hautes espérances de madame de Sévigné, qui déclarait qu'on allait y revoir

> . . . . La main qui crayonna
> L'âme du grand Pompée et l'esprit de Cinna.

Pour la seconde, en 1674, elle ne fut pas plus heureuse. Et, ici encore, on ne peut se défendre d'un rapprochement fâcheux pour Corneille : cette année même, Racine s'élevait presque au comble de son art et de la gloire par son *Iphigénie en Aulide.* Ce fut là le dernier effort, la dernière illusion, la dernière défaite du vieillard dans le champ où il avait remporté tant de victoires. On s'explique assez par la faiblesse générale de ces productions leur peu de succès. Toutefois, gardons-nous d'affirmer, comme d'autres, qu'il s'obstina trop longtemps à poursuivre la gloire après avoir perdu son génie. Il ne faut pas s'y méprendre : le génie de Corneille, jusqu'à l'extrémité de sa carrière tragique, ne périt jamais entièrement, puisque l'un des vers qui terminent *Suréna* est encore sublime :

> Non, je ne pleure point, madame ; mais je meurs.

Dans ces pièces mêmes que le vulgaire dédaigne et ignore, s'il arrive qu'une lecture attentive nous les révèle en quelque sorte, que de caractères, que de situations, que de passages, que de traits frappants nous y trouvons avec surprise! Non que nous prétendions nier le déclin que devait rendre plus sensible et précipité peut-être une élévation si prodigieuse. C'est la vieillesse sans doute, mais c'est la vieillesse d'un grand poëte :

> Jam senior, sed cruda deo viridisque senectus.

Corneille, après *Suréna,* prolongea encore son existence pendant onze ans, survivant à sa gloire. Dans la grande cité où il continuait à séjourner, les ressources du poëte, qui avaient toujours été insuffisantes et précaires, allèrent se restreignant de plus en plus. Par suite des frais qu'entraîna pour lui l'éducation de ses nombreux enfants, dont plusieurs servirent honorablement le pays [1], il tomba peu à peu dans un état de véritable gêne. Ce qui mit le comble à son dénûment, c'est que vers cette époque sa pension cessa d'être payée : disons-le non pas avec douleur seulement, mais avec honte pour ce siècle qui se pare, aux yeux de la postérité, de son amour des lettres et de la protection qu'il leur accordait. Vaincu par le besoin, Corneille se vit contraint, funeste souvenir pour Colbert, de solliciter de lui le rétablissement des faibles secours garantis à sa vieillesse, en échange de tant de gloire donnée au pays : c'était peu de temps avant la mort de ce ministre, auquel il ne survécut lui-même qu'une année; et tout annonce que cette revendication fut sans effet. A cette coupable indifférence du pouvoir opposons le souvenir d'une belle action de Boileau. Pour obtenir que Corneille fût réintégré dans sa pension, on assure qu'il offrit le sacrifice de la sienne. Au moins est-il avéré qu'en apprenant que ce grand homme, accablé par l'âge et la maladie, manquait des objets les plus nécessaires, le satirique courut auprès de Louis XIV et lui peignit cette détresse avec de si vives couleurs, que le prince envoya immédiatement pour la soulager une somme de deux cents louis.

Cette aumône tardive arriva deux jours avant la mort du poëte, dont l'intelligence s'était déjà, depuis un an, presque absolument éteinte. Il rendit le dernier soupir dans la nuit du 30 septembre au 1er octobre 1684, âgé de soixante-dix-neuf ans, et dans la maison de la rue d'Argenteuil qu'il occupait depuis son établissement à Paris [2]. Le surlendemain, il fut enterré dans l'église de Saint-Roch. Quelques phrases élogieuses de la *Gazette de France* et une courte mention de

---

1. L'un d'eux fut capitaine de cavalerie et gentilhomme ordinaire de la chambre du roi : il fut blessé au siége de Douai; un autre, lieutenant de cavalerie, fut tué au siége de Grave, en 1674.

2. Elle porte aujourd'hui le n° 18.

Dangeau dans ses Mémoires [1] sont à peu près tous les témoignages de l'effet produit, sur l'heure même, par cet événement. Le discours de Racine, prononcé dans l'Académie à la réception de Thomas Corneille en remplacement de son frère [2], fut, par le magnifique éloge qu'il renferme, une première réparation envers ce grand homme. D'autres ne devaient pas lui manquer dans la postérité, mais elles se firent attendre. Ce ne fut qu'en 1821 qu'un marbre consacra la place de sa sépulture à Saint-Roch. A la fin du siècle dernier, Boissy d'Anglas exprima, dans la Convention, le vœu de l'érection d'une statue en l'honneur de Corneille; toutefois cette statue, œuvre de David d'Angers, lui fut élevée, à Rouen, seulement en 1834. Aujourd'hui, dans cette populeuse cité, tout parle de la gloire de son poëte national, tout la rappelle aux regards.

Cette gloire, que la France considère comme son patrimoine, s'est accrue de jour en jour; et Corneille est devenu parmi nous l'objet d'une de ces vénérations profondes qui sont l'expression de la reconnaissance de tout un peuple. Bossuet dans la prose, Corneille dans les vers, tels sont ceux à qui cette admiration mêlée de respect est le plus justement assurée, ceux dont la tradition lumineuse devra toujours fixer nos regards et particulièrement diriger la jeunesse. « Avant tout, mettons-la, disait Napoléon, au régime des saines et fortes lectures. Bossuet, Corneille, voilà les maîtres qu'il lui faut. »

1. « Jeudi, 5 octobre, on apprit à Chambord la mort du bonhomme Corneille, fameux par ses comédies. » Singulière désignation de l'auteur de tant de chefs-d'œuvre !

2. 2 janvier 1685.

LE CID

TRAGÉDIE.

(1636.)

PERSONNAGES. — D. Fernand, premier roi de Castille. — D. Urraque, infante de Castille. — D. Diègue, père de don Rodrigue. — D. Gomès, comte de Gormas, père de Chimène. — Chimène, fille de don Gomès. — D. Rodrigue, fils de don Diègue et amant de Chimène. — D. Sanche, amoureux de Chimène. — D. Arias, D. Alonse, gentilshommes castillans. — Léonor, gouvernante de l'infante. — Elvire, gouvernante de Chimène. — Un page de l'infante.

La scène est à Séville.

ACTE PREMIER.

—

SCÈNE I.

CHIMÈNE, ELVIRE.

CHIMÈNE.

Elvire, m'as-tu fait un rapport bien sincère?
Ne déguises-tu rien de ce qu'a dit mon père?

ELVIRE.

Tous mes sens à moi-même en sont encor charmés,
Il estime Rodrigue autant que vous l'aimez;
Et si je ne m'abuse à lire dans son âme,
Il vous commandera de répondre à sa flamme.

CHIMÈNE.

Dis-moi donc, je te prie, une seconde fois,
Ce qui te fait juger qu'il approuve mon choix; [dre:
Apprends-moi de nouveau quel espoir j'en dois pren-
Un si charmant discours ne se peut trop entendre; 10

Corneille.   1 a

Tu ne peux trop promettre aux feux de notre amour
La douce liberté de se montrer au jour.
Que t'a-t-il répondu sur la secrète brigue
Que font auprès de toi don Sanche et don Rodrigue?
N'as-tu point trop fait voir quelle inégalité
Entre ces deux amants me penche d'un côté?

ELVIRE.

Non, j'ai peint votre cœur dans une indifférence
Qui n'enfle d'aucun d'eux ni détruit l'espérance,
Et, sans les voir d'un œil trop sévère ou trop doux,
Attend l'ordre d'un père à choisir un époux.   20
Ce respect l'a ravi; sa bouche et son visage
M'en ont donné sur l'heure un digne témoignage,
Et puisqu'il faut encor vous en faire un récit,
Voici d'eux et de vous ce qu'en hâte il m'a dit:
Elle est dans le devoir, tous deux sont dignes d'elle,
Tous deux formés d'un sang noble, vaillant, fidèle,
Jeunes, mais qui font lire aisément dans leurs yeux
L'éclatante vertu de leurs braves aïeux.
Don Rodrigue surtout n'a trait en son visage,
Qui d'un homme de cœur ne soit la haute image, 30
Et sort d'une maison si féconde en guerriers,
Qu'ils y prennent naissance au milieu des lauriers.
La valeur de son père, en son temps sans pareille,
Tant qu'a duré sa force, a passé pour merveille;
Ses rides sur son front ont gravé ses exploits,
Et nous disent encor ce qu'il fut autrefois.
Je me promets du fils ce que j'ai vu du père;
Et ma fille, en un mot, peut l'aimer et me plaire.
Il allait au conseil, dont l'heure qui pressait
A tranché ce discours qu'à peine il commençait; 40
Mais à ce peu de mots je crois que sa pensée
Entre vos deux amants n'est pas fort balancée.
Le roi doit à son fils élire un gouverneur,
Et c'est lui que regarde un tel degré d'honneur;
Ce choix n'est pas douteux, et sa rare vaillance

1. a

Ne peut souffrir qu'on craigne aucune concurrence.
Comme ses hauts exploits le rendent sans égal,
Dans un espoir si juste il sera sans rival :
Et puisque don Rodrigue a résolu son père
Au sortir du conseil à proposer l'affaire,   50
Je vous laisse à juger s'il prendra bien son temps,
Et si tous vos désirs seront bientôt contents.

CHIMÈNE.

Il semble toutefois que mon âme troublée
Refuse cette joie et s'en trouve accablée.
Un moment donne au sort des visages divers,
Et dans ce grand bonheur je crains un grand revers.

ELVIRE.

Vous verrez votre crainte heureusement déçue.

CHIMÈNE.

Allons, quoi qu'il en soit, en attendre l'issue.

SCÈNE II.

L'INFANTE, LÉONOR, UN PAGE.

L'INFANTE, *au page.*

Va-t'en trouver Chimène, et dis-lui de ma part
Qu'aujourd'hui pour me voir elle attend un peu tard,
Et que mon amitié se plaint de sa paresse.   61

(*Le page sort.*)

LÉONOR.

Madame, chaque jour même désir vous presse,
Et je vous vois, pensive et triste chaque jour,
Demander avec soin comme va son amour.

L'INFANTE.

Ce n'est pas sans sujet ; je l'ai presque forcée
A recevoir les traits dont son âme est blessée :
Elle aime don Rodrigue et le tient de ma main,
Et par moi don Rodrigue a vaincu son dédain,

Ainsi de ces amants ayant formé les chaînes,
Je dois prendre intérêt à voir finir leurs peines. 70

LÉONOR.

Madame, toutefois parmi leurs bons succès
Vous montrez un chagrin qui va jusqu'à l'excès.
Cet amour, qui tous deux les comble d'allégresse,
Fait-il de ce grand cœur la profonde tristesse?
Et ce grand intérêt que vous prenez pour eux
Vous rend-il malheureuse alors qu'ils sont heureux?
Mais je vais trop avant et deviens indiscrète.

L'INFANTE.

Ma tristesse redouble à la tenir secrète.
Écoute, écoute enfin comme j'ai combattu,
Et, plaignant ma faiblesse, admire ma vertu. 80
L'amour est un tyran qui n'épargne personne.
Ce jeune cavalier, cet amant que je donne,
Je l'aime.

LÉONOR. Vous l'aimez!

L'INFANTE. Mets la main sur mon cœur,
Et vois comme il se trouble au nom de son vainqueur,
Comme il le reconnaît.

LÉONOR. Pardonnez-moi, madame,
Si je sors du respect pour blâmer cette flamme.
Choisir pour votre amant un simple cavalier!
Une grande princesse à ce point s'oublier!
Et que dira le roi? que dira la Castille?
Vous souvenez-vous bien de qui vous êtes fille? 90

L'INFANTE.

Oui, oui, je m'en souviens, et j'épandrais mon sang
Plutôt que de rien faire indigne de mon rang.
Je te répondrais bien que dans les belles âmes
Le seul mérite a droit de produire des flammes;
Et, si ma passion cherchait à s'excuser,
Mille exemples fameux pourraient l'autoriser :
Mais je n'en veux point suivre où ma gloire s'engage;
Si j'ai beaucoup d'amour, j'ai bien plus de courage;

Un noble orgueil m'apprend qu'étant fille de roi,
Tout autre qu'un monarque est indigne de moi. 100
Quand je vis que mon cœur ne se pouvait défendre,
Moi-même je donnai ce que je n'osais prendre.
Je mis, au lieu de moi, Chimène en ses liens,
Et j'allumai leurs feux pour éteindre les miens.
Ne t'étonne donc plus si mon âme gênée
Avec impatience attend leur hyménée :
Tu vois que mon repos en dépend aujourd'hui.
Si l'amour vit d'espoir, il périt avec lui ;
C'est un feu qui s'éteint faute de nourriture ;
Et, malgré la rigueur de ma triste aventure, 110
Si Chimène a jamais Rodrigue pour mari,
Mon espérance est morte, et mon esprit guéri.
　Je souffre cependant un tourment incroyable.
Jusques à cet hymen Rodrigue m'est aimable :
Je travaille à le perdre, et le perds à regret ;
Et de là prend son cours mon déplaisir secret.
Je vois avec chagrin que l'amour me contraigne
A pousser des soupirs pour ce que je dédaigne ;
Je sens en deux partis mon esprit divisé.
Si mon courage est haut, mon cœur est embrasé. 120
Cet hymen m'est fatal, je le crains et souhaite :
Je n'ose en espérer qu'une joie imparfaite.
Ma gloire et mon amour ont pour moi tant d'appas,
Que je meurs s'il s'achève, ou ne s'achève pas.

　　　LÉONOR.

Madame, après cela je n'ai rien à vous dire,
Sinon que de vos maux avec vous je soupire :
Je vous blâmais tantôt, je vous plains à présent ;
Mais, puisque dans un mal si doux et si cuisant
Votre vertu combat et son charme et sa force,
En repousse l'assaut, en rejette l'amorce, 130
Elle rendra le calme à vos esprits flottants.
Espérez donc tout d'elle, et du secours du temps :
Espérez tout du ciel ; il a trop de justice

Pour laisser la vertu dans un si long supplice.
L'INFANTE.
Ma plus douce espérance est de perdre l'espoir.

SCÈNE III.

L'INFANTE, LÉONOR, UN PAGE.

LE PAGE.
Par vos commandements, Chimène vous vient voir.
L'INFANTE, à Léonor.
Allez l'entretenir en cette galerie.
LÉONOR.
Voulez-vous demeurer dedans la rêverie?
L'INFANTE.
Non, je veux seulement, malgré mon déplaisir,
Remettre mon visage un peu plus à loisir.   140
Je vous suis.

SCÈNE IV.

L'INFANTE, seule.

        Juste ciel, d'où j'attends mon remède,
Mets enfin quelque borne au mal qui me possède;
Assure mon repos, assure mon honneur.
Dans le bonheur d'autrui je cherche mon bonheur.
Cet hyménée à trois également importe;
Rends son effet plus prompt, ou mon âme plus forte.
D'un lien conjugal joindre ces deux amants,
C'est briser tous mes fers et finir mes tourments.
Mais je tarde un peu trop; allons trouver Chimène,
Et, par son entretien, soulager notre peine.   150

SCÈNE V.

LE COMTE, D. DIÈGUE.

LE COMTE.

Enfin vous l'emportez, et la faveur du roi
Vous élève en un rang qui n'était dû qu'à moi ;
Il vous fait gouverneur du prince de Castille.

D. DIÈGUE.

Cette marque d'honneur qu'il met dans ma famille
Montre à tous qu'il est juste, et fait connaître assez
Qu'il sait récompenser les services passés.

LE COMTE.   [sommes :
Pour grands que soient les rois, ils sont ce que nous
Ils peuvent se tromper comme les autres hommes ;
Et ce choix sert de preuve à tous les courtisans
Qu'ils savent mal payer les services présents.   160

D. DIÈGUE.

Ne parlons plus d'un choix dont votre esprit s'irrite ;
La faveur l'a pu faire autant que le mérite.
Mais on doit ce respect au pouvoir absolu,
De n'examiner rien quand un roi l'a voulu.
A l'honneur qu'il m'a fait ajoutez-en un autre ;
Joignons d'un sacré nœud ma maison à la vôtre.
Rodrigue aime Chimène, et ce digne sujet
De ses affections est le plus cher objet.
Consentez-y, monsieur, et l'acceptez pour gendre.

LE COMTE.

A de plus hauts partis Rodrigue doit prétendre ;   170
Et le nouvel éclat de votre dignité
Lui doit enfler le cœur d'une autre vanité.
Exercez-la, monsieur, et gouvernez le prince ;
Montrez-lui comme il faut régir une province,
Faire trembler partout les peuples sous sa loi,
Remplir les bons d'amour et les méchants d'effroi ;

Joignez à ces vertus celles d'un capitaine :
Montrez-lui comme il faut s'endurcir à la peine,
Dans le métier de Mars se rendre sans égal,
Passer les jours entiers et les nuits à cheval,   180
Reposer tout armé, forcer une muraille,
Et ne devoir qu'à soi le gain d'une bataille :
Instruisez-le d'exemple, et rendez-le parfait,
Expliquant à ses yeux vos leçons par l'effet.

D. DIÈGUE.

Pour s'instruire d'exemple, en dépit de l'envie,
Il lira seulement l'histoire de ma vie.
Là, dans un long tissu de belles actions,
Il verra comme il faut dompter des nations,
Attaquer une place, ordonner une armée,
Et sur de grands exploits bâtir sa renommée.   190

LE COMTE.

Les exemples vivants ont bien plus de pouvoir;
Un prince dans un livre apprend mal son devoir.
Et, qu'a fait, après tout, ce grand nombre d'années,
Que ne puisse égaler une de mes journées?
Si vous fûtes vaillant, je le suis aujourd'hui;
Et ce bras du royaume est le plus ferme appui.
Grenade et l'Aragon tremblent quand ce fer brille;
Mon nom sert de rempart à toute la Castille :
Sans moi, vous passeriez bientôt sous d'autres lois,
Et vous auriez bientôt vos ennemis pour rois.   200
Chaque jour, chaque instant, pour rehausser ma gloire,
Met lauriers sur lauriers, victoire sur victoire :
Le prince à mes côtés ferait dans les combats
L'essai de son courage à l'ombre de mon bras;
Il apprendrait à vaincre en me regardant faire;
Et, pour répondre en hâte à son grand caractère,
Il verrait....

D. DIÈGUE.

Je le sais, vous servez bien le roi.
Je vous ai vu combattre et commander sous moi .

Quand l'âge dans mes nerfs a fait couler sa glace,
Votre rare valeur a bien rempli ma place :   210
Enfin, pour épargner les discours superflus,
Vous êtes aujourd'hui ce qu'autrefois je fus.
Vous voyez toutefois qu'en cette concurrence
Un monarque entre nous met quelque différence.

LE COMTE.

Ce que je méritais vous l'avez emporté.

D. DIÈGUE.

Qui l'a gagné sur vous l'avait mieux mérité.

LE COMTE.

Qui peut mieux l'exercer en est bien le plus digne.

D. DIÈGUE.

En être refusé n'en est pas un bon signe.

LE COMTE.

Vous l'avez eu par brigue, étant vieux courtisan.

D. DIÈGUE.

L'éclat de mes hauts faits fut mon seul partisan. 220

LE COMTE.

Parlons-en mieux, le roi fait honneur à votre âge.

D. DIÈGUE.

Le roi, quand il en fait, le mesure au courage.

LE COMTE.

Et par là cet honneur n'était dû qu'à mon bras.

D. DIÈGUE.

Qui n'a pu l'obtenir ne le méritait pas.

LE COMTE.

Ne le méritait pas ! Moi ?

D. DIÈGUE. Vous.

LE COMTE. Ton impudence,
Téméraire vieillard, aura sa récompense.

(*Il lui donne un soufflet.*)

D. DIÈGUE, *mettant l'épée à la main.*

Achève, et prends ma vie après un tel affront,
Le premier dont ma race ait vu rougir son front.

1. *a*

LE COMTE.

Et que penses-tu faire avec tant de faiblesse?

D. DIÈGUE.

O Dieu! ma force usée en ce besoin me laisse! 230

LE COMTE.

Ton épée est à moi; mais tu serais trop vain,
Si ce honteux trophée avait chargé ma main.
Adieu. Fais lire au prince, en dépit de l'envie,
Pour son instruction, l'histoire de ta vie;
D'un insolent discours ce juste châtiment
Ne lui servira pas d'un petit ornement.

D. DIÈGUE.

Épargnes-tu mon sang?

    LE COMTE. Mon âme est satisfaite,
Et mes yeux à ma main reprochent ta défaite.

D. DIÈGUE.

Tu dédaignes ma vie!

    LE COMTE. En arrêter le cours
Ne ferait que hâter la Parque de trois jours.   240

SCÈNE VI.

D. DIÈGUE, *seul.*

O rage! ô désespoir! ô vieillesse ennemie!
N'ai-je donc tant vécu que pour cette infamie?
Et ne suis-je blanchi dans les travaux guerriers
Que pour voir en un jour flétrir tant de lauriers?
Mon bras qu'avec respect toute l'Espagne admire,
Mon bras, qui tant de fois a sauvé cet empire,
Tant de fois affermi le trône de son roi,
Trahit donc ma querelle, et ne fait rien pour moi?
O cruel souvenir de ma gloire passée!
OEuvre de tant de jours en un jour effacée!   250
Nouvelle dignité, fatale à mon bonheur!
Précipice élevé d'où tombe mon honneur!

Faut-il de votre éclat voir triompher le comte,
Et mourir sans vengeance ou vivre dans la honte?
Comte, sois de mon prince à présent gouverneur :
Ce haut rang n'admet point un homme sans honneur;
Et ton jaloux orgueil, par cet affront insigne,
Malgré le choix du roi, m'en a su rendre indigne.
Et toi, de mes exploits glorieux instrument,
Mais d'un corps tout de glace inutile ornement, 260
Fer jadis tant à craindre, et qui, dans cette offense.
M'as servi de parade, et non pas de défense,
Va, quitte désormais le dernier des humains,
Passe, pour me venger, en de meilleures mains.
Si Rodrigue est mon fils, il faut que l'amour cède,
Et qu'une ardeur plus haute à ses flammes succède.
Mon honneur est le sien, et le mortel affront
Qui tombe sur mon chef rejaillit sur son front.

SCÈNE VII.

D. DIÈGUE, D. RODRIGUE.

D. DIÈGUE.
Rodrigue, as-tu du cœur?
          D. RODRIGUE. Tout autre que mon père
L'éprouverait sur l'heure.
                    D. DIÈGUE. Agréable colère!   270
Digne ressentiment à ma douleur bien doux !
Je reconnais mon sang à ce noble courroux;
Ma jeunesse revit en cette ardeur si prompte.
Viens, mon fils, viens, mon sang, viens réparer ma
Viens me venger.   [honte;
          D. RODRIGUE. De quoi?
                    D. DIÈGUE. D'un affront si cruel,
Qu'à l'honneur de tous deux il porte un coup mortel :
D'un soufflet. L'insolent en eût perdu la vie;
Mais mon âge a trompé ma généreuse envie;

Et ce fer que mon bras ne peut plus soutenir,
Je le remets au tien pour venger et punir.   280
Va contre un arrogant éprouver ton courage :
Ce n'est que dans le sang qu'on lave un tel outrage ;
Meurs, ou tue. Au surplus, pour ne te point flatter,
Je te donne à combattre un homme à redouter ;
Je l'ai vu tout sanglant, au milieu des batailles,
Se faire un beau rempart de mille funérailles ;
J'ai vu, par sa valeur, cent escadrons rompus,
Et, pour t'en dire encor quelque chose de plus,
Plus que brave soldat, plus que grand capitaine,
C'est...
D. RODRIGUE. De grâce, achevez.

     D. DIÈGUE. Le père de Chimène. 290

   D. RODRIGUE.
Le... ?

D. DIÈGUE. Ne réplique point, je connais ton amour :
Mais qui peut vivre infâme est indigne du jour ;
Plus l'offenseur est cher, et plus grande est l'offense.
Enfin tu sais l'affront, et tu tiens la vengeance.
Je ne te dis plus rien. Venge-moi, venge-toi.
Montre-toi digne fils d'un père tel que moi.
Accablé des malheurs où le destin me range,
Je vais les déplorer. Va, cours, vole, et nous venge.

SCÈNE VIII.

D. RODRIGUE, *seul.*

Percé jusques au fond du cœur
D'une atteinte imprévue aussi bien que mortelle, 300
Misérable vengeur d'une juste querelle,
Et malheureux objet d'une injuste rigueur,
Je demeure immobile, et mon âme abattue
  Cède au coup qui me tue.
Si près de voir mon feu récompensé,

O Dieu! l'étrange peine !
En cet affront mon père est l'offensé ,
Et l'offenseur le père de Chimène !

Que je sens de rudes combats !
Contre mon propre honneur mon amour s'intéresse :
Il faut venger un père, et perdre une maîtresse. 311
L'un m'anime le cœur, l'autre retient mon bras.
Réduit au triste choix ou de trahir ma flamme,
    Ou de vivre en infâme,
Des deux côtés mon mal est infini.
    O Dieu, l'étrange peine !
Faut-il laisser un affront impuni?
Faut-il punir le père de Chimène?

Père, maîtresse, honneur, amour,
Noble et dure contrainte, aimable tyrannie,   320
Tous mes plaisirs sont morts, ou ma gloire ternie.
L'un me rend malheureux, l'autre indigne du jour.
Cher et cruel espoir d'une âme généreuse,
    Mais ensemble amoureuse,
Digne ennemi de mon plus grand bonheur,
    Fer qui causes ma peine,
M'es-tu donné pour venger mon honneur?
M'es-tu donné pour perdre ma Chimène?

Il vaut mieux courir au trépas.
Je dois à ma maitresse aussi bien qu'à mon père; 330
J'attire en me vengeant sa haine et sa colère;
J'attire ses mépris en ne me vengeant pas.
A mon plus doux espoir l'un me rend infidèle,
    Et l'autre indigne d'elle.
Mon mal augmente à le vouloir guérir;
    Tout redouble ma peine.
Allons, mon âme; et, puisqu'il faut mourir,
Mourons du moins sans offenser Chimène.

Mourir sans tirer ma raison !
Rechercher un trépas si mortel à ma gloire !   340
Endurer que l'Espagne impute à ma mémoire
D'avoir mal soutenu l'honneur de ma maison !
Respecter un amour dont mon âme égarée
     Voit la perte assurée !
  N'écoutons plus ce penser suborneur,
    Qui ne sert qu'à ma peine.
Allons, mon bras, sauvons du moins l'honneur,
Puisqu'aussi bien il faut perdre Chimène.

  Oui, mon esprit s'était déçu.
Je dois tout à mon père avant qu'à ma maîtresse : 350
Que je meure au combat, ou meure de tristesse,
Je rendrai mon sang pur comme je l'ai reçu.
Je m'accuse déjà de trop de négligence ;
    Courons à la vengeance ;
  Et, tout honteux d'avoir tant balancé,
    Ne soyons plus en peine,
Puisque aujourd'hui mon père est l'offensé,
Si l'offenseur est père de Chimène.

—◦◆◦—

ACTE DEUXIÈME.

—

SCÈNE I.

D. ARIAS, LE COMTE.

LE COMTE.

Je l'avoue entre nous, quand je lui fis l'affront,
J'eus le sang un peu chaud et le bras un peu prompt :
Mais, puisque c'en est fait, le coup est sans remède. 36?

D. ARIAS.

Qu'aux volontés du roi ce grand courage cède :

Il y prend grande part ; et son cœur irrité
Agira contre vous de pleine autorité.
Aussi vous n'avez point de valable défense.
Le rang de l'offensé, la grandeur de l'offense,
Demandent des devoirs et des soumissions
Qui passent le commun des satisfactions.

LE COMTE.

Le roi peut, à son gré, disposer de ma vie.

D. ARIAS.

De trop d'emportement votre faute est suivie.   370
Le roi vous aime encore ; apaisez son courroux :
Il a dit, Je le veux ; désobéirez-vous ?

LE COMTE.

Monsieur, pour conserver ma gloire et mon estime,
Désobéir un peu n'est pas un si grand crime ;
Et, quelque grand qu'il fût, mes services présents
Pour le faire abolir sont plus que suffisants.

D. ARIAS.

Quoi qu'on fasse d'illustre et de considérable,
Jamais à son sujet un roi n'est redevable.
Vous vous flattez beaucoup, et vous devez savoir
Que qui sert bien son roi ne fait que son devoir. 380
Vous vous perdrez, monsieur, sur cette confiance.

LE COMTE.

Je ne vous en croirai qu'après l'expérience.

D. ARIAS.

Vous devez redouter la puissance d'un roi.

LE COMTE.

Un jour seul ne perd pas un homme tel que moi.
Que toute sa grandeur s'arme pour mon supplice,
Tout l'État périra, s'il faut que je périsse.

D. ARIAS.

Quoi ! vous craignez si peu le pouvoir souverain....

LE COMTE.

D'un sceptre qui sans moi tomberait de sa main.
Il a trop d'intérêt lui-même en ma personne,

Et ma tête en tombant ferait choir sa couronne. 390
      D. ARIAS.
Souffrez que la raison remette vos esprits.
Prenez un bon conseil.
           LE COMTE. Le conseil en est pris.
      D. ARIAS.
Que lui dirai-je enfin ? je lui dois rendre compte.
      LE COMTE.
Que je ne puis du tout consentir à ma honte.
      D. ARIAS.
Mais songez que les rois veulent être absolus.
      LE COMTE.
Le sort en est jeté, monsieur ; n'en parlons plus.
      D. ARIAS.
Adieu donc, puisqu'en vain je tâche à vous résoudre.
Tout couvert de lauriers, craignez encor la foudre.
      LE COMTE.
Je l'attendrai sans peur.
           D. ARIAS. Mais non pas sans effet.
    LE COMTE.
Nous verrons donc par là don Diègue satisfait.   400
              (D. Arias sort.)   [naces.
Qui ne craint point la mort ne craint point les me-
J'ai le cœur au-dessus des plus fières disgrâces ;
Et l'on peut me réduire à vivre sans bonheur,
Mais non pas me résoudre à vivre sans honneur.

SCÈNE II.

LE COMTE, D. RODRIGUE.

    D. RODRIGUE.
A moi, comte, deux mots.
        LE COMTE. Parle.
          D. RODRIGUE. Ote-moi d'un doute.
Connais-tu bien don Diègue ?

LE COMTE. Oui.

D. RODRIGUE. Parlons bas; écoute.
Sais-tu que ce vieillard fut la même vertu,
La vaillance et l'honneur de son temps ? le sais-tu?

LE COMTE.
Peut-être.

D. RODRIGUE. Cette ardeur que dans les yeux je porte,
Sais-tu que c'est son sang? le sais-tu?

LE COMTE. Que m'importe? 410

D. RODRIGUE.
A quatre pas d'ici je te le fais savoir.

LE COMTE.
Jeune présomptueux.

D. RODRIGUE. Parle sans t'émouvoir.
Je suis jeune, il est vrai; mais aux âmes bien nées
La valeur n'attend pas le nombre des années.

LE COMTE.
Te mesurer à moi! qui t'a rendu si vain,
Toi qu'on n'a jamais vu les armes à la main?

D. RODRIGUE.
Mes pareils à deux fois ne se font pas connaître,
Et pour leurs coups d'essai veulent des coups de

LE COMTE.　　　　　　　　　　　[maître.
Sais-tu bien qui je suis?

D. RODRIGUE. Oui; tout autre que moi
Au seul bruit de ton nom pourrait trembler d'effroi.
Les palmes dont je vois ta tête si couverte　　421
Semblent porter écrit le destin de ma perte.
J'attaque en téméraire un bras toujours vainqueur;
Mais j'aurai trop de force ayant assez de cœur.
A qui venge son père il n'est rien d'impossible.
Ton bras est invaincu, mais non pas invincible.

LE COMTE.
Ce grand cœur qui paraît au discours que tu tiens
Par tes yeux chaque jour se découvrait aux miens;
Et croyant voir en toi l'honneur de la Castille,

Mon âme avec plaisir te destinait ma fille.   430
Je sais ta passion, et suis ravi de voir
Que tous ses mouvements cèdent à ton devoir;
Qu'ils n'ont point affaibli cette ardeur magnanime;
Que ta haute vertu répond à mon estime;
Et que, voulant pour gendre un cavalier parfait,
Je ne me trompais point au choix que j'avais fait.
Mais je sens que pour toi ma pitié s'intéresse :
J'admire ton courage, et je plains ta jeunesse.
Ne cherche point à faire un coup d'essai fatal;
Dispense ma valeur d'un combat inégal;   440
Trop peu d'honneur pour moi suivrait cette victoire :
A vaincre sans péril, on triomphe sans gloire.
On te croirait toujours abattu sans effort;
Et j'aurais seulement le regret de ta mort.

D. RODRIGUE.

D'une indigne pitié ton audace est suivie :
Qui m'ose ôter l'honneur craint de m'ôter la vie!

LE COMTE.

Retire-toi d'ici.

D. RODRIGUE. Marchons sans discourir.

LE COMTE.

Es-tu si las de vivre?

D. RODRIGUE. As-tu peur de mourir?

LE COMTE.

Viens, tu fais ton devoir, et le fils dégénère,
Qui survit un moment à l'honneur de son père.   450

SCÈNE III.

L'INFANTE, CHIMÈNE, LÉONOR.

L'INFANTE.

Apaise, ma Chimène, apaise ta douleur;
Fais agir ta constance en ce coup de malheur :
Tu reverras le calme après ce faible orage;

Ton bonheur n'est couvert que d'un peu de nuage ,
Et tu n'as rien perdu pour le voir différer.

CHIMÈNE.

Mon cœur, outré d'ennuis, n'ose rien espérer.
Un orage si prompt qui trouble une bonace
D'un naufrage certain nous porte la menace;
Je n'en saurais douter, je péris dans le port.
J'aimais, j'étais aimée, et nos pères d'accord;   460
Et je vous en contais la première nouvelle,
Au malheureux moment que naissait leur querelle,
Dont le récit fatal, sitôt qu'on vous l'a fait,
D'une si douce attente a ruiné l'effet.
Maudite ambition, détestable manie,
Dont les plus généreux souffrent la tyrannie!
Impitoyable honneur, mortel à mes plaisirs,
Que tu me vas coûter de pleurs et de soupirs!

L'INFANTE.

Tu n'as dans leur querelle aucun sujet de craindre ;
Un moment l'a fait naître, un moment va l'éteindre:
Elle a fait trop de bruit pour ne pas s'accorder,   471
Puisque déjà le roi les veut accommoder;
Et tu sais que mon âme, à tes ennuis sensible,
Pour en tarir la source y fera l'impossible.

CHIMÈNE.

Les accommodements ne font rien en ce point:
Les affronts à l'honneur ne se réparent point.
En vain on fait agir la force ou la prudence;
Si l'on guérit le mal, ce n'est qu'en apparence :
La haine que les cœurs conservent au dedans
Nourrit des feux cachés, mais d'autant plus ardents. 480

L'INFANTE.

Le saint nœud qui joindra don Rodrigue et Chimène
Des pères ennemis dissipera la haine;
Et nous verrons bientôt votre amour le plus fort
Par un heureux hymen étouffer ce discord.

CHIMÈNE.

Je le souhaite ainsi plus que je ne l'espère :
Don Diègue est trop altier, et je connais mon père.
Je sens couler des pleurs que je veux retenir ;
Le passé me tourmente, et je crains l'avenir.

L'INFANTE.

Que crains-tu ? d'un vieillard l'impuissante faiblesse ?

CHIMÈNE.

Rodrigue a du courage.

            L'INFANTE. Il a trop de jeunesse.   490

CHIMÈNE.

Les hommes valeureux le sont du premier coup.

L'INFANTE.

Tu ne dois pas pourtant le redouter beaucoup ;
Il est trop amoureux pour te vouloir déplaire,
Et deux mots de ta bouche arrêtent sa colère.

CHIMÈNE.

S'il ne m'obéit point, quel comble à mon ennui !
Et, s'il peut m'obéir, que dira-t-on de lui ?
Étant né ce qu'il est, souffrir un tel outrage !
Soit qu'il cède ou résiste au feu qui me l'engage,
Mon esprit ne peut qu'être ou honteux ou confus
De son trop de respect ou d'un juste refus.   500

L'INFANTE.

Chimène est généreuse, et, quoique intéressée,
Elle ne peut souffrir une basse pensée :
Mais, si jusques au jour de l'accommodement
Je fais mon prisonnier de ce parfait amant,
Et que j'empêche ainsi l'effet de son courage,
Ton esprit amoureux n'aura-t-il point d'ombrage ?

CHIMÈNE.

Ah ! madame, en ce cas je n'ai plus de souci.

SCÈNE IV.

L'INFANTE, CHIMÈNE, LÉONOR, UN PAGE.

L'INFANTE.
Page, cherchez Rodrigue et l'amenez ici.
LE PAGE.
Le comte de Gormas et lui...
　　　　　　CHIMÈNE. Bon Dieu ! je tremble.
L'INFANTE.
Parlez.
LE PAGE. Hors de la ville ils sont sortis ensemble. 510
CHIMÈNE.
Seuls ?
LE PAGE. Seuls, et qui semblaient tout bas se quereller.
CHIMÈNE.
Sans doute ils sont aux mains, il n'en faut plus parler.
Madame, pardonnez à cette promptitude.

SCÈNE V.

L'INFANTE, LÉONOR.

L'INFANTE.
Hélas ! que dans l'esprit je sens d'inquiétude !
Je pleure ses malheurs, son amant me ravit ;
Mon repos m'abandonne, et ma flamme revit.
Ce qui va séparer Rodrigue de Chimène
Fait renaître à la fois mon espoir et ma peine ;
Et leur division, que je vois à regret,
Dans mon esprit charmé jette un plaisir secret. 520
LÉONOR.
Cette haute vertu qui règne dans votre âme
Se rend-elle sitôt à cette lâche flamme ?

L'INFANTE.

Ne la nomme point lâche, à présent que chez moi,
Pompeuse et triomphante, elle me fait la loi :
Porte-lui du respect, puisqu'elle m'est si chère.
Ma vertu la combat, mais, malgré moi, j'espère ;
Et d'un si fol espoir mon cœur mal défendu
Vole après un amant que Chimène a perdu.

LÉONOR.

Vous laissez choir ainsi ce glorieux courage ?
Et la raison chez vous perd ainsi son usage ?   530

L'INFANTE.

Ah ! qu'avec peu d'effet on entend la raison,
Quand le cœur est atteint d'un si charmant poison !
Et lorsque le malade aime sa maladie,
Qu'il a peine à souffrir que l'on y remédie !

LÉONOR.

Votre mal vous séduit, votre mal vous est doux ;
Mais enfin ce Rodrigue est indigne de vous.

L'INFANTE.

Je ne le sais que trop ; mais, si ma vertu cède,
Apprends comme l'amour flatte un cœur qu'il possède.
Si Rodrigue une fois sort vainqueur du combat,
Si dessous sa valeur ce grand guerrier s'abat,   540
Je puis en faire cas, je puis l'aimer sans honte.
Que ne fera-t-il point, s'il peut vaincre le comte !
J'ose m'imaginer qu'à ses moindres exploits
Les royaumes entiers tomberont sous ses lois ;
Et mon amour flatteur déjà me persuade
Que je le vois assis au trône de Grenade,
Les Maures subjugués trembler en l'adorant,
L'Aragon recevoir ce nouveau conquérant,
Le Portugal se rendre, et ses nobles journées
Porter delà les mers ses hautes destinées ;   550
Du sang des Africains arroser ses lauriers ;
Enfin, tout ce qu'on dit des plus fameux guerriers,
Je l'attends de Rodrigue après cette victoire,

Et fais de son amour un sujet de ma gloire.

LÉONOR.

Mais, madame, voyez où vous portez son bras,
Ensuite d'un combat qui peut-être n'est pas.

L'INFANTE.

Rodrigue est offensé, le comte a fait l'outrage;
Ils sont sortis ensemble, en faut-il davantage?

LÉONOR.

Eh bien! ils se battront, puisque vous le voulez;
Mais Rodrigue ira-t-il si loin que vous allez?   560

L'INFANTE.

Que veux-tu? je suis folle, et mon esprit s'égare;
Mais c'est le moindre mal que l'amour me prépare.
Viens dans mon cabinet consoler mes ennuis,
Et ne me quitte point dans le trouble où je suis.

SCÈNE VI.

LE ROI, D. ARIAS, D. SANCHE, D. ALONSE.

LE ROI.

Le comte est donc si vain et si peu raisonnable!
Ose-t-il croire encor son crime pardonnable?

D. ARIAS.

Je l'ai de votre part longtemps entretenu.
J'ai fait mon pouvoir, sire, et n'ai rien obtenu.

LE ROI.

Justes cieux! ainsi donc un sujet téméraire
A si peu de respect et de soin de me plaire!   570
Il offense don Diègue, et méprise son roi!
Au milieu de ma cour il me donne la loi!
Qu'il soit brave guerrier, qu'il soit grand capitaine,
Je saurai bien rabattre une humeur si hautaine:
Fût-il la valeur même, et le dieu des combats,
Il verra ce que c'est que de n'obéir pas.
Quoi qu'ait pu mériter une telle insolence,

Je l'ai voulu d'abord traiter sans violence ;
Mais, puisqu'il en abuse, allez dès aujourd'hui,
Soit qu'il résiste, ou non, vous assurer de lui.   580
(D. Alonse sort.)

SCÈNE VII.

LE ROI, D. SANCHE, D. ARIAS.

D. SANCHE.

Peut-être un peu de temps le rendrait moins rebelle ;
On l'a pris tout bouillant encor de sa querelle ;
Sire, dans la chaleur d'un premier mouvement,
Un cœur si généreux se rend malaisément.
Il voit bien qu'il a tort, mais une âme si haute
N'est pas sitôt réduite à confesser sa faute.

LE ROI.

Don Sanche, taisez-vous, et soyez averti
Qu'on se rend criminel à prendre son parti.

D. SANCHE.

J'obéis, et me tais ; mais, de grâce encor, sire,
Deux mots en sa défense.
LE ROI. Et, que pourrez-vous dire ?

D. SANCHE.

Qu'une âme accoutumée aux grandes actions   591
Ne se peut abaisser à des soumissions :
Elle n'en conçoit point qui s'expliquent sans honte ;
Et c'est à ce mot seul qu'a résisté le comte.
Il trouve en son devoir un peu trop de rigueur,
Et vous obéirait, s'il avait moins de cœur.
Commandez que son bras, nourri dans les alarmes,
Répare cette injure à la pointe des armes ;
Il satisfera, sire, et vienne qui voudra,
Attendant qu'il l'ait su, voici qui répondra.   600

LE ROI.

Vous perdez le respect : mais je pardonne à l'âge,

Et j'estime l'ardeur en un jeune courage.
Un roi dont la prudence a de meilleurs objets
Est meilleur ménager du sang de ses sujets :
Je veille pour les miens, mes soucis les conservent,
Comme le chef a soin des membres qui le servent.
Ainsi votre raison n'est pas raison pour moi :
Vous parlez en soldat, je dois agir en roi ;
Et, quoi qu'on veuille dire, et quoi qu'il ose croire,
Le comte à m'obéir ne peut perdre sa gloire.   610
D'ailleurs, l'affront me touche, il a perdu d'honneur
Celui que de mon fils j'ai fait le gouverneur :
S'attaquer à mon choix c'est se prendre à moi-même,
Et faire un attentat sur le pouvoir suprême.
N'en parlons plus. Au reste, on a vu dix vaisseaux
De nos vieux ennemis arborer les drapeaux;
Vers la bouche du fleuve ils ont osé paraître.
     D. ARIAS.
Les Maures ont appris par force à vous connaître,
Et, tant de fois vaincus, ils ont perdu le cœur
De se plus hasarder contre un si grand vainqueur. 620
     LE ROI.
Ils ne verront jamais, sans quelque jalousie,
Mon sceptre, en dépit d'eux, régir l'Andalousie;
Et ce pays si beau, qu'ils ont trop possédé,
Avec un œil d'envie est toujours regardé.
C'est l'unique raison qui m'a fait dans Séville
Placer, depuis dix ans, le trône de Castille,
Pour les voir de plus près, et d'un ordre plus prompt
Renverser aussitôt ce qu'ils entreprendront.
     D. ARIAS.
Sire, ils ont trop appris aux dépens de leurs têtes
Combien votre présence assure vos conquêtes;   630
Vous n'avez rien à craindre.
               LE ROI. Et rien à négliger.
Le trop de confiance attire le danger;
Et vous n'ignorez pas qu'avec fort peu de peine

                        2 a

Un flux de pleine mer jusqu'ici les amène.
Toutefois j'aurais tort de jeter dans les cœurs,
L'avis étant mal sûr, de paniques terreurs.
L'effroi que produirait cette alarme inutile,
Dans la nuit qui survient, troublerait trop la ville :
Puisqu'on fait bonne garde aux murs et sur le port,
C'est assez pour ce soir.

SCÈNE VIII.

LE ROI, D. ALONSE, D. SANCHE, D. ARIAS.

D. ALONSE. Sire, le comte est mort. 640
Don Diègue, par son fils, a vengé son offense.
LE ROI.
Dès que j'ai su l'affront, j'ai prévu la vengeance,
Et j'ai voulu dès lors prévenir ce malheur.
D. ALONSE.
Chimène à vos genoux apporte sa douleur ;
Elle vient tout en pleurs vous demander justice.
LE ROI.
Bien qu'à ses déplaisirs mon âme compatisse,
Ce que le comte a fait semble avoir mérité
Ce juste châtiment de sa témérité.
Quelque juste pourtant que puisse être sa peine,
Je ne puis sans regret perdre un tel capitaine.   650
Après un long service à mon État rendu,
Après son sang pour moi mille fois répandu,
A quelques sentiments que son orgueil m'oblige,
Sa perte m'affaiblit et son trépas m'afflige.

2. a

SCÈNE IX.

LE ROI, D. DIÈGUE, CHIMÈNE, D. SANCHE, D. ARIAS,
D. ALONSE.

CHIMÈNE.
Sire, sire, justice.
          D. DIÈGUE. Ah! sire, écoutez-nous.
          CHIMÈNE.
Je me jette à vos pieds.
               D. DIÈGUE. J'embrasse vos genoux.
          CHIMÈNE.
Je demande justice.
          D. DIÈGUE. Entendez ma défense.
          CHIMÈNE.
D'un jeune audacieux punissez l'insolence;
Il a de votre sceptre abattu le soutien,
Il a tué mon père.
          D. DIÈGUE. Il a vengé le sien.   660
          CHIMÈNE.
Au sang de ses sujets un roi doit la justice.
          D. DIÈGUE.
Pour la juste vengeance il n'est point de supplice.
          LE ROI.
Levez-vous l'un et l'autre, et parlez à loisir.
Chimène, je prends part à votre déplaisir;
D'une égale douleur je sens mon âme atteinte.
          (à D. Diègue.)
Vous parlerez après; ne troublez pas sa plainte.
          CHIMÈNE.
Sire, mon père est mort: mes yeux ont vu son sang
Couler à gros bouillons de son généreux flanc;
Ce sang qui tant de fois garantit vos murailles,
Ce sang qui tant de fois vous gagna des batailles, 670
Ce sang qui tout sorti fume encor de courroux
De se voir répandu pour d'autres que pour vous,

Qu'au milieu des hasards n'osait verser la guerre,
Rodrigue en votre cour vient d'en couvrir la terre.
J'ai couru sur le lieu, sans force et sans couleur;
Je l'ai trouvé sans vie. Excusez ma douleur,
Sire; la voix me manque à ce récit funeste:
Mes pleurs et mes soupirs vous diront mieux le reste.

LE ROI.

Prends courage, ma fille, et sache qu'aujourd'hui
Ton roi te veut servir de père au lieu de lui.   680

CHIMÈNE.

Sire, de trop d'honneur ma misère est suivie.
Je vous l'ai déjà dit, je l'ai trouvé sans vie;
Son flanc était ouvert; et, pour mieux m'émouvoir,
Son sang sur la poussière écrivait mon devoir;
Ou plutôt sa valeur en cet état réduite
Me parlait par sa plaie et hâtait ma poursuite;
Et, pour se faire entendre au plus juste des rois,
Par cette triste bouche elle empruntait ma voix.
Sire, ne souffrez pas que sous votre puissance
Règne devant vos yeux une telle licence ;   690
Que les plus valeureux, avec impunité,
Soient exposés aux coups de la témérité;
Qu'un jeune audacieux triomphe de leur gloire,
Se baigne dans leur sang, et brave leur mémoire.
Un si vaillant guerrier qu'on vient de vous ravir
Éteint, s'il n'est vengé, l'ardeur de vous servir.
Enfin mon père est mort, j'en demande vengeance,
Plus pour votre intérêt que pour mon allégeance.
Vous perdez en la mort d'un homme de son rang;
Vengez-la par une autre, et le sang par le sang. 700
Immolez, non à moi, mais à votre couronne,
Mais à votre grandeur, mais à votre personne,
Immolez, dis-je, sire, au bien de tout l'État
Tout ce qu'enorgueillit un si grand attentat.

LE ROI.

Don Diègue, répondez.

D. DIÈGUE. Qu'on est digne d'envie
Lorsqu'en perdant la force on perd aussi la vie !
Et qu'un long âge apprête aux hommes généreux,
Au bout de leur carrière, un destin malheureux !
Moi, dont les longs travaux ont acquis tant de gloire,
Moi, que jadis partout a suivi la victoire,   710
Je me vois aujourd'hui, pour avoir trop vécu,
Recevoir un affront, et demeurer vaincu.
Ce que n'a pu jamais combat, siége, embuscade,
Ce que n'a pu jamais Aragon, ni Grenade,
Ni tous vos ennemis, ni tous mes envieux,
Le comte en votre cour l'a fait presque à vos yeux,
Jaloux de votre choix, et fier de l'avantage
Que lui donnait sur moi l'impuissance de l'âge.
Sire, ainsi ces cheveux blanchis sous le harnois,
Ce sang pour vous servir prodigué tant de fois : 720
Ce bras, jadis l'effroi d'une armée ennemie,
Descendaient au tombeau tout chargés d'infamie,
Si je n'eusse produit un fils digne de moi,
Digne de son pays, et digne de son roi :
Il m'a prêté sa main, il a tué le comte ;
Il m'a rendu l'honneur, il a lavé ma honte.
Si montrer du courage et du ressentiment,
Si venger un soufflet mérite un châtiment,
Sur moi seul doit tomber l'éclat de la tempête :
Quand le bras a failli, l'on en punit la tête.   730
Du crime glorieux qui cause nos débats,
Sire, j'en suis la tête ; il n'en est que le bras.
Si Chimène se plaint qu'il a tué son père,
Il ne l'eût jamais fait, si je l'eusse pu faire.
Immolez donc ce chef que les ans vont ravir,
Et conservez pour vous le bras qui peut servir.
Aux dépens de mon sang satisfaites Chimène :
Je n'y résiste point, je consens à ma peine ;
Et, loin de murmurer d'un rigoureux décret,
Mourant sans déshonneur, je mourrai sans regret.740

LE ROI.

L'affaire est d'importance, et, bien considérée,
Mérite en plein conseil d'être délibérée.
Don Sanche, remettez Chimène en sa maison.
Don Diègue aura ma cour et sa foi pour prison.
Qu'on me cherche son fils. Je vous ferai justice.

CHIMÈNE.

Il est juste, grand roi, qu'un meurtrier périsse.

LE ROI.

Prends du repos, ma fille, et calme tes douleurs.

CHIMÈNE.

M'ordonner du repos, c'est croître mes malheurs.

———⊷◆⊶———

ACTE TROISIÈME.

—

SCÈNE I.

D. RODRIGUE, ELVIRE.

ELVIRE.

Rodrigue, qu'as-tu fait? où viens-tu, misérable?

D. RODRIGUE.

Suivre le triste cours de mon sort déplorable.   750

ELVIRE.

Où prends-tu cette audace et ce nouvel orgueil
De paraître en des lieux que tu remplis de deuil?
Quoi ! viens-tu jusqu'ici braver l'ombre du comte?
Ne l'as-tu pas tué?

D. RODRIGUE.   Sa vie était ma honte;
Mon honneur de ma main a voulu cet effort.

ELVIRE.

Mais chercher ton asile en la maison du mort!
Jamais un meurtrier en fit-il son refuge?

D. RODRIGUE.

Et je n'y viens aussi que m'offrir à mon juge.
Ne me regarde plus d'un visage étonné ;
Je cherche le trépas après l'avoir donné.　　　760
Mon juge est mon amour, mon juge est ma Chimène :
Je mérite la mort de mériter sa haine ,
Et j'en viens recevoir comme un bien souverain
Et l'arrêt de sa bouche , et le coup de sa main.

ELVIRE.

Fuis plutôt de ses yeux, fuis de sa violence ;
A ses premiers transports dérobe ta présence.
Va, ne t'expose point aux premiers mouvements
Que poussera l'ardeur de ses ressentiments.

D. RODRIGUE.

Non, non, ce cher objet à qui j'ai pu déplaire
Ne peut pour mon supplice avoir trop de colère ; 770
Et j'évite cent morts qui me vont accabler,
Si pour mourir plus tôt je la puis redoubler.

ELVIRE.

Chimène est au palais, de pleurs toute baignée,
Et n'en reviendra point que bien accompagnée.
Rodrigue, fuis, de grâce, ôte-moi de souci.
Que ne dira-t-on point si l'on te voit ici ?
Veux-tu qu'un médisant, pour comble à sa misère,
L'accuse d'y souffrir l'assassin de son père ?
Elle va revenir, elle vient, je la voi :
Du moins, pour son honneur, Rodrigue, cache-toi. 780

SCÈNE II.

D. SANCHE, CHIMÈNE, ELVIRE.

D. SANCHE.

Oui, madame, il vous faut de sanglantes victimes.
Votre colère est juste, et vos pleurs légitimes;
Et je n'entreprends pas, à force de parler,

Ni de vous adoucir ni de vous consoler.
Mais si de vous servir je puis être capable,
Employez mon épée à punir le coupable;
Employez mon amour à venger cette mort :
Sous vos commandements mon bras sera trop fort.

CHIMÈNE.

Malheureuse !

D. SANCHE. Madame, acceptez mon service.   791

CHIMÈNE.

J'offenserais le roi, qui m'a promis justice.

D. SANCHE.

Vous savez qu'elle marche avec tant de langueur,
Que bien souvent le crime échappe à sa longueur;
Son cours lent et douteux fait trop perdre de larmes.
Souffrez qu'un cavalier vous venge par les armes :
La voie en est plus sûre et plus prompte à punir.

CHIMÈNE.

C'est le dernier remède; et s'il y faut venir,
Et que de mes malheurs cette pitié vous dure,
Vous serez libre alors de venger mon injure.   800

D. SANCHE.

C'est l'unique bonheur où mon âme prétend;
Et, pouvant l'espérer, je m'en vais trop content.

SCÈNE III.

CHIMÈNE, ELVIRE.

CHIMÈNE.

Enfin je me vois libre, et je puis, sans contrainte,
De mes vives douleurs te faire voir l'atteinte;
Je puis donner passage à mes tristes soupirs;
Je puis t'ouvrir mon âme, et tous mes déplaisirs.
Mon père est mort, Elvire; et la première épée
Dont s'est armé Rodrigue a sa trame coupée.
Pleurez, pleurez, mes yeux, et fondez-vous en eau;

La moitié de ma vie a mis l'autre au tombeau,　810
Et m'oblige à venger, après ce coup funeste,
Celle que je n'ai plus sur celle qui me reste.

ELVIRE.

Reposez-vous, madame.

CHIMÈNE. Ah! que mal à propos
Dans un malheur si grand tu parles de repos!
Par où sera jamais ma douleur apaisée,
Si je ne puis haïr la main qui l'a causée?
Et que dois-je espérer qu'un tourment éternel,
Si je poursuis un crime, aimant le criminel?

ELVIRE.

Il vous prive d'un père, et vous l'aimez encore?

CHIMÈNE.

C'est peu de dire aimer, Elvire, je l'adore;　820
Ma passion s'oppose à mon ressentiment;
Dedans mon ennemi je trouve mon amant;
Et je sens qu'en dépit de toute ma colère,
Rodrigue dans mon cœur combat encor mon père:
Il l'attaque, il le presse, il cède, il se défend,
Tantôt fort, tantôt faible, et tantôt triomphant:
Mais, en ce dur combat de colère et de flamme,
Il déchire mon cœur sans partager mon âme;
Et, quoi que mon amour ait sur moi de pouvoir,
Je ne consulte point pour suivre mon devoir;　830
Je cours sans balancer où mon honneur m'oblige.
Rodrigue m'est bien cher, son intérêt m'afflige;
Mon cœur prend son parti; mais, contre leur effort,
Je sais que je suis fille, et que mon père est mort.

ELVIRE.

Pensez-vous le poursuivre?

CHIMÈNE. Ah! cruelle pensée!
Et cruelle poursuite où je me vois forcée!
Je demande sa tête, et crains de l'obtenir:
Ma mort suivra la sienne, et je le veux punir!

2. *a*

ELVIRE.

Quittez, quittez, madame, un dessein si tragique;
Ne vous imposez point de loi si tyrannique.   840

CHIMÈNE.

Quoi! j'aurai vu mourir mon père entre mes bras!
Son sang criîra vengeance, et je ne l'orrai pas!
Mon cœur, honteusement surpris par d'autres char-
Croira ne lui devoir que d'impuissantes larmes! [mes,
Et je pourrai souffrir qu'un amour suborneur
Dans un lâche silence étouffe mon honneur!

ELVIRE.

Madame, croyez-moi, vous serez excusable
D'avoir moins de chaleur contre un objet aimable,
Contre un amant si cher : vous avez assez fait;
Vous avez vu le roi, n'en pressez point l'effet :   850
Ne vous obstinez point en cette humeur étrange.

CHIMÈNE.

Il y va de ma gloire, il faut que je me venge;
Et de quoi que nous flatte un désir amoureux,
Toute excuse est honteuse aux esprits généreux.

ELVIRE.

Mais vous aimez Rodrigue, il ne vous peut déplaire.

CHIMÈNE.

Je l'avoue.

ELVIRE. Après tout, que pensez-vous donc faire?

CHIMÈNE.

Pour conserver ma gloire et finir mon ennui,
Le poursuivre, le perdre, et mourir après lui.

SCÈNE IV.

D. RODRIGUE, CHIMÈNE, ELVIRE.

D. RODRIGUE.

Eh bien! sans vous donner la peine de poursuivre,
Assurez-vous l'honneur de m'empêcher de vivre. 860

CHIMÈNE.

Elvire, où sommes-nous? et qu'est-ce que je vois?
Rodrigue en ma maison! Rodrigue devant moi!

D. RODRIGUE.

N'épargnez point mon sang; goûtez, sans résistance,
La douceur de ma perte et de votre vengeance.

CHIMÈNE.

Hélas!

D. RODRIGUE. Écoute-moi.

CHIMÈNE. Je me meurs.

D. RODRIGUE. Un moment.

CHIMÈNE.

Va, laisse-moi mourir.

D. RODRIGUE. Quatre mots seulement;
Après, ne me réponds qu'avecque cette épée!

CHIMÈNE.

Quoi! du sang de mon père encor toute trempée!

D. RODRIGUE.

Ma Chimène.

CHIMÈNE. Ote-moi cet objet odieux,
Qui reproche ton crime et ta vie à mes yeux.   870

D. RODRIGUE.

Regarde-le plutôt pour exciter ta haine,
Pour croître ta colère, et pour hâter ma peine.

CHIMÈNE.

Il est teint de mon sang.

D. RODRIGUE. Plonge-le dans le mien;
Et fais-lui perdre ainsi la teinture du tien.

CHIMÈNE.

Ah! quelle cruauté, qui tout en un jour tue
Le père par le fer, la fille par la vue!
Ote-moi cet objet, je ne le puis souffrir :
Tu veux que je t'écoute, et tu me fais mourir.

D. RODRIGUE.

Je fais ce que tu veux, mais sans quitter l'envie
De finir par tes mains ma déplorable vie;   880

Car enfin n'attends pas de mon affection
Un lâche repentir d'une bonne action.
De la main de ton père un coup irréparable
Déshonorait du mien la vieillesse honorable.
Tu sais comme un soufflet touche un homme de cœur.
J'avais part à l'affront, j'en ai cherché l'auteur :
Je l'ai vu, j'ai vengé mon honneur et mon père ;
Je le ferais encor, si j'avais à le faire :
Ce n'est pas qu'en effet, contre mon père et moi,
Ma flamme assez longtemps n'ait combattu pour toi :
Juge de son pouvoir, dans une telle offense   831
J'ai pu délibérer si j'en prendrais vengeance.
Réduit à te déplaire, ou souffrir un affront,
J'ai retenu ma main, j'ai cru mon bras trop prompt,
Je me suis accusé de trop de violence ;
Et ta beauté, sans doute, emportait la balance,
Si je n'eusse opposé contre tous tes appas
Qu'un homme sans honneur ne te méritait pas ;
Qu'après m'avoir chéri quand je vivais sans blâme,
Qui m'aima généreux me haïrait infâme ;   900
Qu'écouter ton amour, obéir à sa voix,
C'était m'en rendre indigne et diffamer ton choix.
Je te le dis encore, et, quoique j'en soupire,
Jusqu'au dernier soupir je veux bien le redire :
Je t'ai fait une offense, et j'ai dû m'y porter
Pour effacer ma honte et pour te mériter ;
Mais quitte envers l'honneur, et quitte envers mon
C'est maintenant à toi que je viens satisfaire : [père,
C'est pour t'offrir mon sang qu'en ce lieu tu me vois.
J'ai fait ce que j'ai dû, je fais ce que je dois.   910
Je sais qu'un père mort t'arme contre mon crime ;
Je ne t'ai pas voulu dérober ta victime ;
Immole avec courage au sang qu'il a perdu
Celui qui met sa gloire à l'avoir répandu.
        CHIMÈNE.
Ah, Rodrigue ! il est vrai, quoique ton ennemie,

Je ne te puis blâmer d'avoir fui l'infamie;
Et , de quelque façon qu'éclatent mes douleurs,
Je ne t'accuse point, je pleure mes malheurs.
Je sais ce que l'honneur, après un tel outrage,
Demandait à l'ardeur d'un généreux courage :　920
Tu n'as fait le devoir que d'un homme de bien;
Mais aussi, le faisant, tu m'as appris le mien.
Ta funeste valeur m'instruit par ta victoire;
Elle a vengé ton père et soutenu ta gloire :
Même soin me regarde, et j'ai, pour m'affliger,
Ma gloire à soutenir et mon père à venger.
Hélas! ton intérêt ici me désespère.
Si quelque autre malheur m'avait ravi mon père,
Mon âme aurait trouvé dans le bien de te voir
L'unique allégement qu'elle eût pu recevoir;　930
Et contre ma douleur j'aurais senti des charmes,
Quand une main si chère eût essuyé mes larmes.
Mais il me faut te perdre après l'avoir perdu:
Cet effort sur ma flamme à mon honneur est dû;
Et cet affreux devoir, dont l'ordre m'assassine,
Me force à travailler moi-même à ta ruine.
Car, enfin, n'attends pas de mon affection
De lâches sentiments pour ta punition.
De quoi qu'en ta faveur notre amour m'entretienne,
Ma générosité doit répondre à la tienne :　940
Tu t'es, en m'offensant, montré digne de moi;
Je me dois, par ta mort, montrer digne de toi.

D. RODRIGUE.

Ne diffère donc plus ce que l'honneur t'ordonne:
Il demande ma tête, et je te l'abandonne;
Fais-en un sacrifice à ce noble intérêt:
Le coup m'en sera doux, aussi bien que l'arrêt.
Attendre après mon crime une lente justice,
C'est reculer ta gloire autant que mon supplice.
Je mourrai trop heureux mourant d'un coup si beau.

CHIMÈNE.

Va, je suis ta partie, et non pas ton bourreau.   950
Si tu m'offres ta tête, est-ce à moi de la prendre ?
Je la dois attaquer, mais tu dois la défendre ;
C'est d'un autre que toi qu'il me faut l'obtenir,
Et je dois te poursuivre, et non pas te punir.

D. RODRIGUE.

De quoi qu'en ma faveur notre amour t'entretienne,
Ta générosité doit répondre à la mienne ;
Et, pour venger un père, emprunter d'autres bras,
Ma Chimène, crois-moi, c'est n'y répondre pas :
Ma main seule du mien a su venger l'offense,
Ta main seule du tien doit prendre la vengeance.   960

CHIMÈNE.

Cruel, à quel propos sur ce point t'obstiner ?
Tu t'es vengé sans aide, et tu m'en veux donner !
Je suivrai ton exemple, et j'ai trop de courage
Pour souffrir qu'avec toi ma gloire se partage.
Mon père et mon honneur ne veulent rien devoir
Aux traits de ton amour, ni de ton désespoir.

D. RODRIGUE.

Rigoureux point d'honneur ! hélas ! quoi que je fasse,
Ne pourrai-je à la fin obtenir cette grâce ?
Au nom d'un père mort, ou de notre amitié,
Punis-moi par vengeance, ou du moins par pitié.   970
Ton malheureux amant aura bien moins de peine
A mourir par ta main qu'à vivre avec ta haine.

CHIMÈNE.

Va, je ne te hais point.

D. RODRIGUE. Tu le dois.

CHIMÈNE. Je ne puis.

D. RODRIGUE.

Crains-tu si peu le blâme, et si peu les faux bruits ?
Quand on saura mon crime, et que ta flamme dure,
Que ne publîront point l'envie et l'imposture ?
Force-les au silence, et, sans plus discourir,

Sauve ta renommée en me faisant mourir.

CHIMÈNE.

Elle éclate bien mieux en te laissant la vie;
Et je veux que la voix de la plus noire envie   980
Élève au ciel ma gloire et plaigne mes ennuis,
Sachant que je t'adore et que je te poursuis.
Va-t'en, ne montre plus à ma douleur extrême
Ce qu'il faut que je perde encore que je l'aime.
Dans l'ombre de la nuit cache bien ton départ;
Si l'on te voit sortir, mon honneur court hasard:
La seule occasion qu'aura la médisance,
C'est de savoir qu'ici j'ai souffert ta présence:
Ne lui donne point lieu d'attaquer ma vertu.

D. RODRIGUE.

Que je meure!

CHIMÈNE. Va-t'en.

D. RODRIGUE. A quoi te résous-tu?   990

CHIMÈNE.

Malgré des feux si beaux qui troublent ma colère,
Je ferai mon possible à bien venger mon père;
Mais, malgré la rigueur d'un si cruel devoir,
Mon unique souhait est de ne rien pouvoir.

D. RODRIGUE.

O miracle d'amour!

CHIMÈNE. O comble de misères!

D. RODRIGUE.

Que de maux et de pleurs nous coûteront nos pères!

CHIMÈNE.

Rodrigue, qui l'eût cru...

D. RODRIGUE. Chimène, qui l'eût dit...

CHIMÈNE.

Que notre heur fût si proche, et sitôt se perdît?

D. RODRIGUE.

Et que si près du port, contre toute apparence,
Un orage si prompt brisât notre espérance?   1000

CHIMÈNE.

Ah, mortelles douleurs !

        D. RODRIGUE. Ah, regrets superflus !

CHIMÈNE.

Va-t'en, encore un coup, je ne t'écoute plus.

D. RODRIGUE.

Adieu ; je vais traîner une mourante vie,
Tant que par ta poursuite elle me soit ravie.

CHIMÈNE.

Si j'en obtiens l'effet, je t'engage ma foi
De ne respirer pas un moment après toi.
Adieu ; sors, et surtout garde bien qu'on te voie.

ELVIRE.

Madame, quelques maux que le ciel nous envoie...

CHIMÈNE.

Ne m'importune plus, laisse-moi soupirer.
Je cherche le silence et la nuit pour pleurer.   1010

SCÈNE V.

D. DIÈGUE, *seul.*

Jamais nous ne goûtons de parfaite allégresse :
Nos plus heureux succès sont mêlés de tristesse ;
Toujours quelques soucis en ces événements
Troublent la pureté de nos contentements.
Au milieu du bonheur mon âme en sent l'atteinte ;
Je nage dans la joie, et je tremble de crainte.
J'ai vu mort l'ennemi qui m'avait outragé ;
Et je ne saurais voir la main qui m'a vengé.
En vain je m'y travaille, et d'un soin inutile,
Tout cassé que je suis, je cours toute la ville : 1020
Ce peu que mes vieux ans m'ont laissé de vigueur
Se consume sans fruit à chercher ce vainqueur.
A toute heure, en tous lieux, dans une nuit si sombre,
Je pense l'embrasser, et n'embrasse qu'une ombre ;

Et mon amour, déçu par cet objet trompeur,
Se forme des soupçons qui redoublent ma peur.
Je ne découvre point de marques de sa fuite;
Je crains du comte mort les amis et la suite:
Leur nombre m'épouvante et confond ma raison.
Rodrigue ne vit plus, ou respire en prison.　　　1030
Justes cieux! me trompé-je encore à l'apparence,
Ou si je vois enfin mon unique espérance?
C'est lui, n'en doutons plus: mes vœux sont exaucés;
Ma crainte est dissipée, et mes ennuis cessés.

SCÈNE VI.

D. DIÈGUE, D. RODRIGUE.

D. DIÈGUE.
Rodrigue, enfin le ciel permet que je te voie.
　　　D. RODRIGUE.
Hélas!
D. DIÈGUE. Ne mêle point de soupirs à ma joie;
Laisse-moi prendre haleine afin de te louer:
Ma valeur n'a point lieu de te désavouer;
Tu l'as bien imitée, et ton illustre audace
Fait bien revivre en toi les héros de ma race:　　　1040
C'est d'eux que tu descends, c'est de moi que tu viens;
Ton premier coup d'épée égale tous les miens:
Et d'une belle ardeur ta jeunesse animée
Par cette grande épreuve atteint ma renommée.
Appui de ma vieillesse, et comble de mon heur,
Touche ces cheveux blancs à qui tu rends l'honneur;
Viens baiser cette joue, et reconnais la place
Où fut empreint l'affront que ton courage efface.
　　　D. RODRIGUE.
L'honneur vous en est dû; les cieux me sont témoins
Qu'étant sorti de vous je ne pouvais pas moins.　　　1050
Je me tiens trop heureux, et mon âme est ravie

Que mon coup d'essai plaise à qui je dois la vie :
Mais parmi vos plaisirs ne soyez point jaloux
Si je m'ose, à mon tour, satisfaire après vous.
Souffrez qu'en liberté mon désespoir éclate ;
Assez et trop longtemps votre discours le flatte.
Je ne me repens point de vous avoir servi ;
Mais rendez-moi le bien que ce coup m'a ravi.
Mon bras, pour vous venger, armé contre ma flamme,
Par ce coup glorieux m'a privé de mon âme :   1060
Ne me dites plus rien, pour vous j'ai tout perdu ;
Ce que je vous devais, je vous l'ai bien rendu.

D. DIÈGUE.

Porte encore plus haut le fruit de ta victoire.
Je t'ai donné la vie, et tu me rends ma gloire ;
Et d'autant que l'honneur m'est plus cher que le jour,
D'autant plus maintenant je te dois de retour.
Mais d'un cœur magnanime éloigne ces faiblesses ;
Nous n'avons qu'un honneur, il est tant de maîtresses !
L'amour n'est qu'un plaisir, l'honneur est un devoir.

D. RODRIGUE.

Ah ! que me dites-vous ?

        D. DIÈGUE. Ce que tu dois savoir. 1070

D. RODRIGUE.

Mon honneur offensé sur moi-même se venge ;
Et vous m'osez pousser à la honte du change !
L'infamie est pareille, et suit également
Le guerrier sans courage et le perfide amant.
A ma fidélité ne faites point d'injure ;
Souffrez-moi généreux sans me rendre parjure ;
Mes liens sont trop forts pour être ainsi rompus :
Ma foi m'engage encor si je n'espère plus ;
Et, ne pouvant quitter ni posséder Chimène,
Le trépas que je cherche est ma plus douce peine. 1080

D. DIÈGUE.

Il n'est pas temps encor de chercher le trépas :
Ton prince et ton pays ont besoin de ton bras.

La flotte qu'on craignait, dans le grand fleuve entrée,
Vient surprendre la ville et piller la contrée.
Les Maures vont descendre, et le flux et la nuit
Dans une heure à nos murs les amènent sans bruit.
La cour est en désordre et le peuple en alarmes;
On n'entend que des cris, on ne voit que des larmes.
Dans ce malheur public mon bonheur a permis
Que j'ai trouvé chez moi cinq cents de mes amis, 1090
Qui, sachant mon affront, poussés d'un même zèle,
Se venaient tous offrir à venger ma querelle.
Tu les as prévenus; mais leurs vaillantes mains
Se tremperont bien mieux au sang des Africains.
Va marcher à leur tête, où l'honneur te demande;
C'est toi que veut pour chef leur généreuse bande.
De ces vieux ennemis va soutenir l'abord:
Là, si tu veux mourir, trouve une belle mort;
Prends-en l'occasion, puisqu'elle t'est offerte;
Fais devoir à ton roi son salut à ta perte; 1100
Mais reviens-en plutôt les palmes sur le front.
Ne borne pas ta gloire à venger un affront,
Porte-la plus avant: force par ta vaillance
Ce monarque au pardon et Chimène au silence;
Si tu l'aimes, apprends que revenir vainqueur,
C'est l'unique moyen de regagner son cœur.
Mais le temps est trop cher pour le perdre en paroles;
Je t'arrête en discours, et je veux que tu voles:
Viens, suis-moi, va combattre, et montrer à ton roi
Que ce qu'il perd au comte il le recouvre en toi. 1110

ACTE QUATRIÈME.

—

SCÈNE I.

CHIMÈNE, ELVIRE.

CHIMÈNE.
N'est-ce point un faux bruit? le sais-tu bien, Elvire?
ELVIRE.
Vous ne croiriez jamais comme chacun l'admire,
Et porte jusqu'au ciel, d'une commune voix,
De ce jeune héros les glorieux exploits.
Les Maures devant lui n'ont paru qu'à leur honte:
Leur abord fut bien prompt, leur fuite encor plus
[prompte;
Trois heures de combat laissent à nos guerriers
Une victoire entière et deux rois prisonniers.
La valeur de leur chef ne trouvait point d'obstacles.
CHIMÈNE.
Et la main de Rodrigue a fait tous ces miracles!   1120
ELVIRE.
De ses nobles efforts ces deux rois sont le prix;
Sa main les a vaincus, et sa main les a pris.
CHIMÈNE.
De qui peux-tu savoir ces nouvelles étranges?
ELVIRE.
Du peuple qui partout fait sonner ses louanges,
Le nomme de sa joie et l'objet et l'auteur,
Son ange tutélaire, et son libérateur.
CHIMÈNE.
Et le roi, de quel œil voit-il tant de vaillance?
ELVIRE.
Rodrigue n'ose encor paraître en sa présence;

Mais don Diègue ravi lui présente enchaînés,
Au nom de ce vainqueur, ces captifs couronnés, 1130
Et demande pour grâce à ce généreux prince
Qu'il daigne voir la main qui sauve la province.

CHIMÈNE.

Mais n'est-il point blessé?

ELVIRE. Je n'en ai rien appris.

Vous changez de couleur! reprenez vos esprits.

CHIMÈNE.

Reprenons donc aussi ma colère affaiblie :
Pour avoir soin de lui faut-il que je m'oublie?
On le vante, on le loue, et mon cœur y consent!
Mon honneur est muet, mon devoir impuissant!
Silence, mon amour, laisse agir ma colère ;
S'il a vaincu deux rois, il a tué mon père:　　1140
Ces tristes vêtements où je lis mon malheur
Sont les premiers effets qu'ait produits sa valeur;
Et quoi qu'on dise ailleurs d'un cœur si magnanime,
Ici tous les objets me parlent de son crime.
Vous qui rendez la force à mes ressentiments,
Voile, crêpes, habits, lugubres ornements,
Pompe où m'ensevelit sa première victoire,
Contre ma passion soutenez bien ma gloire ;
·Et, lorsque mon amour prendra trop de pouvoir,
Parlez à mon esprit de mon triste devoir,　　1150
Attaquez sans rien craindre une main triomphante

ELVIRE.

Modérez ces transports , voici venir l'infante.

SCÈNE II.

L'INFANTE, CHIMÈNE, LÉONOR, ELVIRE.

L'INFANTE.

Je ne viens pas ici consoler tes douleurs;
Je viens plutôt mêler mes soupirs à tes pleurs.

CHIMÈNE.

Prenez bien plutôt part à la commune joie,
Et goûtez le bonheur que le ciel vous envoie,
Madame : autre que moi n'a droit de soupirer.
Le péril dont Rodrigue a su vous retirer,
Et le salut public que vous rendent ses armes,
A moi seule aujourd'hui permet encor les larmes : 1160
Il a sauvé la ville, il a servi son roi ;
Et son bras valeureux n'est funeste qu'à moi.

L'INFANTE.

Ma Chimène, il est vrai qu'il a fait des merveilles.

CHIMÈNE.

Déjà ce bruit fâcheux a frappé mes oreilles ;
Et je l'entends partout publier hautement
Aussi brave guerrier que malheureux amant.

L'INFANTE.

Qu'a de fâcheux pour toi ce discours populaire ?
Ce jeune Mars qu'il loue a su jadis te plaire ;
Il possédait ton âme, il vivait sous tes lois,
Et vanter sa valeur c'est honorer ton choix. 1170

CHIMÈNE.

Chacun peut la vanter avec quelque justice ;
Mais pour moi sa louange est un nouveau supplice.
On aigrit ma douleur en l'élevant si haut :
Je vois ce que je perds quand je vois ce qu'il vaut.
Ah ! cruels déplaisirs à l'esprit d'une amante !
Plus j'apprends son mérite et plus mon feu s'augmente :
Cependant mon devoir est toujours le plus fort,
Et malgré mon amour va poursuivre sa mort.

L'INFANTE.

Hier ce devoir te mit en une haute estime ;
L'effort que tu te fis parut si magnanime, 1180
Si digne d'un grand cœur, que chacun à la cour
Admirait ton courage et plaignait ton amour.
Mais croirais-tu l'avis d'une amitié fidèle ?

CHIMÈNE.

Ne vous obéir pas me rendrait criminelle.

L'INFANTE.

Ce qui fut juste alors ne l'est plus aujourd'hui.
Rodrigue maintenant est notre unique appui,
L'espérance et l'amour d'un peuple qui l'adore,
Le soutien de Castille, et la terreur du Maure.
Le roi même est d'accord de cette vérité,
Que ton père en lui seul se voit ressuscité ;   1190
Et si tu veux enfin qu'en deux mots je m'explique,
Tu poursuis en sa mort la ruine publique.
Quoi ! pour venger un père est-il jamais permis
De livrer sa patrie aux mains des ennemis ?
Contre nous ta poursuite est-elle légitime ?
Et pour être punis avons-nous part au crime ?
Ce n'est pas qu'après tout tu doives épouser
Celui qu'un père mort t'obligeait d'accuser ;
Je te voudrais moi-même en arracher l'envie :
Ote-lui ton amour, mais laisse-nous sa vie.   1200

CHIMÈNE.

Ah ! ce n'est pas à moi d'avoir tant de bonté ;
Le devoir qui m'aigrit n'a rien de limité.
Quoique pour ce vainqueur mon amour s'intéresse,
Quoiqu'un peuple l'adore, et qu'un roi le caresse,
Qu'il soit environné des plus vaillants guerriers,
J'irai sous mes cyprès accabler ses lauriers.

L'INFANTE.

C'est générosité, quand, pour venger un père,
Notre devoir attaque une tête si chère ;
Mais c'en est une encor d'un plus illustre rang,
Quand on donne au public les intérêts du sang. 1210
Non, crois-moi, c'est assez que d'éteindre ta flamme ;
Il sera trop puni s'il n'est plus dans ton âme.
Que le bien du pays t'impose cette loi ;
Aussi bien, que crois-tu que t'accorde le roi ?

CHIMÈNE.

Il peut me refuser, mais je ne puis me taire.

L'INFANTE.

Pense bien, ma Chimène, à ce que tu veux faire.
Adieu : tu pourras seule y songer à loisir.

CHIMÈNE.

Après mon père mort, je n'ai point à choisir.

SCÈNE III.

LE ROI, D. DIÈGUE, D. ARIAS, D. RODRIGUE,
D. SANCHE.

LE ROI.

Généreux héritier d'une illustre famille
Qui fut toujours la gloire et l'appui de Castille,   1220
Race de tant d'aïeux en valeur signalés,
Que l'essai de la tienne a sitôt égalés,
Pour te récompenser ma force est trop petite ;
Et j'ai moins de pouvoir que tu n'as de mérite.
Le pays délivré d'un si rude ennemi,
Mon sceptre dans ma main par la tienne affermi,
Et les Maures défaits avant qu'en ces alarmes
J'eusse pu donner ordre à repousser leurs armes,
Ne sont point des exploits qui laissent à ton roi
Le moyen ni l'espoir de s'acquitter vers toi.   1230
Mais deux rois tes captifs feront ta récompense :
Ils t'ont nommé tous deux leur Cid en ma présence.
Puisque Cid en leur langue est autant que seigneur,
Je ne t'envîrai pas ce beau titre d'honneur.
Sois désormais le Cid : qu'à ce grand nom tout cède ;
Qu'il comble d'épouvante et Grenade et Tolède,
Et qu'il marque à tous ceux qui vivent sous mes lois
Et ce que tu me vaux et ce que je te dois.

D. RODRIGUE.

Que Votre Majesté, sire, épargne ma honte.

D'un si faible service elle fait trop de compte, 1240
Et me force à rougir devant un si grand roi
De mériter si peu l'honneur que j'en reçoi.
Je sais trop que je dois au bien de votre empire
Et le sang qui m'anime et l'air que je respire ;
Et, quand je les perdrai pour un si digne objet,
Je ferai seulement le devoir d'un sujet.

LE ROI.

Tous ceux que ce devoir à mon service engage
Ne s'en acquittent pas avec même courage ;
Et lorsque la valeur ne va point dans l'excès,
Elle ne produit point de si rares succès. 1250
Souffre donc qu'on te loue, et de cette victoire
Apprends-moi plus au long la véritable histoire.

D. RODRIGUE.

Sire, vous avez su qu'en ce danger pressant,
Qui jeta dans la ville un effroi si puissant,
Une troupe d'amis chez mon père assemblée
Sollicita mon âme encor toute troublée...
Mais, sire, pardonnez à ma témérité,
Si j'osai l'employer sans votre autorité ;
Le péril approchait, leur brigade était prête :
Me montrant à la cour, je hasardais ma tête ; 1260
Et, s'il la fallait perdre, il m'était bien plus doux
De sortir de la vie en combattant pour vous.

LE ROI.

J'excuse ta chaleur à venger ton offense ;
Et l'État défendu me parle en ta défense :
Crois que dorénavant Chimène a beau parler,
Je ne l'écoute plus que pour la consoler.
Mais poursuis.

D. RODRIGUE. Sous moi donc cette troupe s'avance
Et porte sur le front une mâle assurance :　　[fort,
Nous partîmes cinq cents ; mais, par un prompt ren-
Nous nous vîmes trois mille en arrivant au port, 1270
Tant à nous voir marcher avec un tel visage

Corneille.　　　　　　　　　　　3 a

Les plus épouvantés reprenaient de courage !
J'en cache les deux tiers aussitôt qu'arrivés
Dans le fond des vaisseaux qui lors furent trouvés :
Le reste, dont le nombre augmentait à toute heure,
Brûlant d'impatience, autour de moi demeure,
Se couche contre terre, et, sans faire aucun bruit,
Passe une bonne part d'une si belle nuit.
Par mon commandement la garde en fait de même,
Et, se tenant cachée, aide à mon stratagème; 1280
Et je feins hardiment d'avoir reçu de vous
L'ordre qu'on me voit suivre et que je donne à tous.
Cette obscure clarté qui tombe des étoiles
Enfin avec le flux nous fit voir trente voiles :
L'onde s'enfle dessous, et d'un commun effort
Les Maures et la mer montent jusques au port.
On les laisse passer : tout leur paraît tranquille;
Point de soldats au port, point aux murs de la ville.
Notre profond silence abusant leurs esprits,
Ils n'osent plus douter de nous avoir surpris ; 1290
Ils abordent sans peur, ils ancrent, ils descendent,
Et courent se livrer aux mains qui les attendent.
Nous nous levons alors, et tous en même temps
Poussons jusques au ciel mille cris éclatants;
Les nôtres, au signal, de nos vaisseaux répondent;
Ils paraissent armés, les Maures se confondent;
L'épouvante les prend à demi descendus ;
Avant que de combattre ils s'estiment perdus.
Ils couraient au pillage, et rencontrent la guerre;
Nous les pressons sur l'eau, nous les pressons sur
                                        [terre, 1300
Et nous faisons courir des ruisseaux de leur sang,
Avant qu'aucun résiste ou reprenne son rang.
Mais bientôt, malgré nous, leurs princes les rallient,
Leur courage renaît, et leurs terreurs s'oublient :
La honte de mourir sans avoir combattu
Arrête leur désordre, et leur rend leur vertu.

3. *a*

Contre nous de pied ferme ils tirent leurs épées,
Des plus braves soldats les trames sont coupées ;
Et la terre, et le fleuve, et leur flotte, et le port,
Sont des champs de carnage où triomphe la mort.
O combien d'actions, combien d'exploits célèbres
Furent ensevelis dans l'horreur des ténèbres,　　1312
Où chacun, seul témoin des grands coups qu'il don-
Ne pouvait discerner où le sort inclinait!　　[nait,
J'allais de tous côtés encourager les nôtres,
Faire avancer les uns et soutenir les autres,
Ranger ceux qui venaient, les pousser à leur tour,
Et ne l'ai pu savoir jusques au point du jour.
Mais enfin sa clarté montre notre avantage ;
Le Maure voit sa perte, et soudain perd courage :
Et voyant un renfort qui nous vient secourir, 1321
L'ardeur de vaincre cède à la peur de mourir.
Ils gagnent leurs vaisseaux, ils en coupent les câbles,
Nous laissent pour adieux des cris épouvantables,
Font retraite en tumulte, et sans considérer
Si leurs rois avec eux peuvent se retirer.
Pour souffrir ce devoir leur frayeur est trop forte ;
Le flux les apporta, le reflux les remporte,
Cependant que leurs rois, engagés parmi nous,
Et quelque peu des leurs, tous percés de nos coups,
Disputent vaillamment et vendent bien leur vie. 1331
A se rendre moi-même en vain je les convie ;
Le cimeterre au poing ils ne m'écoutent pas :
Mais voyant à leurs pieds tomber tous leurs soldats,
Et que seuls désormais en vain ils se défendent,
Ils demandent le chef ; je me nomme, ils se rendent.
Je vous les envoyai tous deux en même temps ;
Et le combat cessa faute de combattants.
C'est de cette façon, que, pour votre service....

SCÈNE IV.

LE ROI, D. DIÈGUE, D. RODRIGUE, D. ARIAS,
D. ALONSE, D. SANCHE.

D. ALONSE.
Sire, Chimène vient vous demander justice.   1340
LE ROI.
La fâcheuse nouvelle, et l'importun devoir !
Va, je ne la veux pas obliger à te voir.
Pour tout remercîment il faut que je te chasse :
Mais avant que sortir, viens, que ton roi t'embrasse.
        (*D. Rodrigue rentre.*)
D. DIÈGUE.
Chimène le poursuit, et voudrait le sauver.
LE ROI.
On m'a dit qu'elle l'aime, et je vais l'éprouver :
Montrez un œil plus triste.

SCÈNE V.

LE ROI, D. DIÈGUE, D. ARIAS, D. SANCHE, D. ALONSE,
CHIMÈNE, ELVIRE.

                    LE ROI. Enfin soyez contente,
Chimène, le succès répond à votre attente.
Si de nos ennemis Rodrigue a le dessus,
Il est mort à nos yeux des coups qu'il a reçus ; 1350
Rendez grâces au ciel qui vous en a vengée.
        (*A D. Diègue.*)
Voyez comme déjà sa couleur est changée.
D. DIÈGUE.
Mais voyez qu'elle pâme, et d'un amour parfait,
Dans cette pamoison, sire, admirez l'effet.

Sa douleur a trahi les secrets de son âme,
Et ne vous permet plus de douter de sa flamme.

CHIMÈNE.

Quoi! Rodrigue est donc mort?

LE ROI. Non, non, il voit le jour,
Et te conserve encore un immuable amour:
Calme cette douleur qui pour lui s'intéresse.

CHIMÈNE.

Sire, on pâme de joie, ainsi que de tristesse: 1360
Un excès de plaisir nous rend tout languissants;
Et, quand il surprend l'âme, il accable les sens.

LE ROI.

Tu veux qu'en ta faveur nous croyions l'impossible?
Chimène, ta douleur a paru trop visible.

CHIMÈNE.

Eh bien! sire, ajoutez ce comble à mes malheurs,
Nommez ma pamoison l'effet de mes douleurs;
Un juste déplaisir à ce point m'a réduite;
Son trépas dérobait sa tête à ma poursuite;
S'il meurt des coups reçus pour le bien du pays,
Ma vengeance est perdue et mes desseins trahis: 1370
Une si belle fin m'est trop injurieuse.
Je demande sa mort, mais non pas glorieuse,
Non pas dans un éclat qui l'élève si haut,
Non pas au lit d'honneur, mais sur un échafaud:
Qu'il meure pour mon père, et non pour la patrie;
Que son nom soit taché, sa mémoire flétrie.
Mourir pour le pays n'est pas un triste sort,
C'est s'immortaliser par une belle mort.
J'aime donc sa victoire, et je le puis sans crime;
Elle assure l'État, et me rend ma victime, 1380
Mais noble, mais fameuse entre tous les guerriers,
Le chef, au lieu de fleurs, couronné de lauriers;
Et, pour dire en un mot ce que j'en considère,
Digne d'être immolée aux mânes de mon père.
Hélas! à quel espoir me laissé-je emporter!

Rodrigue de ma part n'a rien à redouter ;
Que pourraient contre lui des larmes qu'on méprise?
Pour lui tout votre empire est un lieu de franchise :
Là, sous votre pouvoir, tout lui devient permis;
Il triomphe de moi comme des ennemis.   1390
Dans leur sang répandu la justice étouffée
Au crime du vainqueur sert d'un nouveau trophée;
Nous en croissons la pompe, et le mépris des lois
Nous fait suivre son char au milieu de deux rois.

        LE ROI.

Ma fille, ces transports ont trop de violence.
Quand on rend la justice on met tout en balance.
On a tué ton père, il était l'agresseur ;
Et la même équité m'ordonne la douceur.
Avant que d'accuser ce que j'en fais paraître,
Consulte bien ton cœur, Rodrigue en est le maître;
Et ta flamme en secret rend grâces à ton roi,   1401
Dont la faveur conserve un tel amant pour toi.

        CHIMÈNE.

Pour moi, mon ennemi ! l'objet de ma colère!
L'auteur de mes malheurs! l'assassin de mon père!
De ma juste poursuite on fait si peu de cas
Qu'on me croit obliger en ne m'écoutant pas.
Puisque vous refusez la justice à mes larmes,
Sire, permettez-moi de recourir aux armes:
C'est par là seulement qu'il a su m'outrager,
Et c'est aussi par là que je me dois venger.   1410
A tous vos cavaliers je demande sa tête;
Oui, qu'un d'eux me l'apporte, et je suis sa conquête;
Qu'ils le combattent, sire ; et, le combat fini,
J'épouse le vainqueur, si Rodrigue est puni;
Sous votre autorité souffrez qu'on le publie.

        LE ROI.

Cette vieille coutume en ces lieux établie,
Sous couleur de punir un injuste attentat,
Des meilleurs combattants affaiblit un État :

Souvent de cet abus le succès déplorable
Opprime l'innocent et soutient le coupable.   1420
J'en dispense Rodrigue, il m'est trop précieux
Pour l'exposer aux coups d'un sort capricieux ;
Et quoi qu'ait pu commettre un cœur si magnanime,
Les Maures en fuyant ont emporté son crime.

D. DIÈGUE.

Quoi! sire, pour lui seul vous renversez des lois
Qu'a vu toute la cour observer tant de fois !
Que croira votre peuple, et que dira l'envie
Si sous votre défense il ménage sa vie,
Et s'en fait un prétexte à ne paraître pas
Où tous les gens d'honneur cherchent un beau tré-
De pareilles faveurs terniraient trop sa gloire; [pas?
Qu'il goûte sans rougir les fruits de sa victoire. 1430
Le comte eut de l'audace, il l'en a su punir :
Il l'a fait en brave homme, et le doit soutenir.

LE ROI.

Puisque vous le voulez, j'accorde qu'il le fasse :
Mais d'un guerrier vaincu mille prendraient la place;
Et le prix que Chimène au vainqueur a promis
De tous mes cavaliers ferait ses ennemis :
L'opposer seul à tous serait trop d'injustice;
Il suffit qu'une fois il entre dans la lice.   1440
Choisis qui tu voudras, Chimène, et choisis bien;
Mais après ce combat ne demande plus rien.

D. DIÈGUE.

N'excusez point par là ceux que son bras étonne;
Laissez un champ ouvert où n'entrera personne.
Après ce que Rodrigue a fait voir aujourd'hui,
Quel courage assez vain s'oserait prendre à lui?
Qui se hasarderait contre un tel adversaire?
Qui serait ce vaillant ou bien ce téméraire?

D. SANCHE.

Faites ouvrir le champ : vous voyez l'assaillant,
Je suis ce téméraire, ou plutôt ce vaillant.   1450

(*A Chimène.*)
Accordez cette grâce à l'ardeur qui me presse.
Madame, vous savez quelle est votre promesse.

LE ROI.

Chimène, remets-tu ta querelle en sa main?

CHIMÈNE.

Sire, je l'ai promis.

        LE ROI. Soyez prêt à demain.

D. DIÈGUE.

Non, sire, il ne faut pas différer davantage;
On est toujours tout prêt quand on a du courage.

LE ROI.

Sortir d'une bataille et combattre à l'instant!

D. DIÈGUE.

Rodrigue a pris haleine en vous la racontant.

LE ROI.

Du moins une heure ou deux je veux qu'il se délasse.
Mais de peur qu'en exemple un tel combat ne passe,
Pour témoigner à tous qu'à regret je permets   1461
Un sanglant procédé qui ne me plut jamais,
De moi ni de ma cour il n'aura la présence.

     (*A D. Arias.*)
Vous seul des combattants jugerez la vaillance.
Ayez soin que tous deux fassent en gens de cœur,
Et, le combat fini, m'amenez le vainqueur.
Quel qu'il soit, même prix est acquis à sa peine;
Je le veux de ma main présenter à Chimène,
Et que, pour récompense, il reçoive sa foi.

CHIMÈNE.

Quoi! sire, m'imposer une si dure loi!   1470

LE ROI.

Tu t'en plains; mais ton feu, loin d'avouer ta plainte,
Si Rodrigue est vainqueur, l'accepte sans contrainte.
Cesse de murmurer contre un arrêt si doux;
Qui que ce soit des deux, j'en ferai ton époux.

ACTE CINQUIÈME.

—

SCÈNE I.

D. RODRIGUE, CHIMÈNE.

CHIMÈNE.   [dace?
Quoi! Rodrigue, en plein jour! d'où te vient cette au-
Va, tu me perds d'honneur; retire-toi, de grâce.

D. RODRIGUE.
Je vais mourir, madame, et vous viens en ce lieu,
Avant le coup mortel, dire un dernier adieu:
Mon amour vous le doit, et mon cœur qui soupire
N'ose sans votre aveu sortir de votre empire.   1480

CHIMÈNE.
Tu vas mourir!

D. RODRIGUE. Je cours à ces heureux moments
Qui vont livrer ma vie à vos ressentiments.

CHIMÈNE.
Tu vas mourir! Don Sanche est-il si redoutable
Qu'il donne l'épouvante à ce cœur indomptable?
Qui t'a rendu si faible? ou qui le rend si fort?
Rodrigue va combattre, et se croit déjà mort!
Celui qui n'a pas craint les Maures, ni mon père,
Va combattre don Sanche, et déjà désespère!
Ainsi donc au besoin ton courage s'abat?

D. RODRIGUE.
Je cours à mon supplice, et non pas au combat;
Et ma fidèle ardeur sait bien m'ôter l'envie,   1491
Quand vous cherchez ma mort, de défendre ma vie.
J'ai toujours même cœur; mais je n'ai point de bras
Quand il faut conserver ce qui ne vous plaît pas;
Et déjà cette nuit m'aurait été mortelle,
Si j'eusse combattu pour ma seule querelle;

3. a

Mais défendant mon roi, son peuple, et mon pays,
A me défendre mal je les aurais trahis.
Mon esprit généreux ne hait pas tant la vie,
Qu'il en veuille sortir par une perfidie :   1500
Maintenant qu'il s'agit de mon seul intérêt,
Vous demandez ma mort, j'en accepte l'arrêt.
Votre ressentiment choisit la main d'un autre ;
Je ne méritais pas de mourir de la vôtre.
On ne me verra point en repousser les coups :
Je dois plus de respect à qui combat pour vous ;
Et, ravi de penser que c'est de vous qu'ils viennent,
Puisque c'est votre honneur que ses armes soutien-
Je lui vais présenter mon estomac ouvert,   [nent,
Adorant en sa main la vôtre qui me perd.   1510

CHIMÈNE.

Si d'un triste devoir la juste violence,
Qui me fait malgré moi poursuivre ta vaillance,
Prescrit à ton amour une si forte loi,
Qu'il te rend sans défense à qui combat pour moi ;
En cet aveuglement ne perds pas la mémoire
Qu'ainsi que de ta vie il y va de ta gloire,
Et que, dans quelque éclat que Rodrigue ait vécu,
Quand on le saura mort, on le croira vaincu.
L'honneur te fut plus cher que je ne te suis chère
Puisqu'il trempa tes mains dans le sang de mon père,
Et te fit renoncer, malgré ta passion,   1520
A l'espoir le plus doux de ma possession :
Je t'en vois cependant faire si peu de compte,
Que sans rendre combat tu veux qu'on te surmonte.
Quelle inégalité ravale ta vertu ?
Pourquoi ne l'as-tu plus ? ou pourquoi l'avais-tu ?
Quoi ! n'es-tu généreux que pour me faire outrage ?
S'il ne faut m'offenser, n'as-tu point de courage ?
Et traites-tu mon père avec tant de rigueur,
Qu'après l'avoir vaincu tu souffres un vainqueur ?
Non, sans vouloir mourir, laisse-moi te poursuivre,

Et défends ton honneur, si tu ne veux plus vivre.

D. RODRIGUE.

Après la mort du comte, et les Maures défaits, 1533
Faudrait-il à ma gloire encor d'autres effets?
Elle peut dédaigner le soin de me défendre :
On sait que mon courage ose tout entreprendre,
Que ma valeur peut tout, et que, dessous les cieux,
Auprès de mon honneur rien ne m'est précieux.
Non, non, en ce combat, quoi que vous veuilliez croire,
Rodrigue peut mourir sans hasarder sa gloire,　　1540
Sans qu'on l'ose accuser d'avoir manqué de cœur,
Sans passer pour vaincu, sans souffrir un vainqueur.
On dira seulement : « Il adorait Chimène ;
Il n'a pas voulu vivre et mériter sa haine ;
Il a cédé lui-même à la rigueur du sort
Qui forçait sa maîtresse à poursuivre sa mort :
Elle voulait sa tête ; et son cœur magnanime,
S'il l'en eût refusée, eût pensé faire un crime.
Pour venger son honneur il perdit son amour,
Pour venger sa maîtresse il a quitté le jour,　　1550
Préférant, quelque espoir qu'eût son âme asservie,
Son honneur à Chimène, et Chimène à sa vie. »
Ainsi donc vous verrez ma mort en ce combat,
Loin d'obscurcir ma gloire, en rehausser l'éclat ;
Et cet honneur suivra mon trépas volontaire
Que tout autre que moi n'eût pu vous satisfaire.

CHIMÈNE.

Puisque pour t'empêcher de courir au trépas
Ta vie et ton honneur sont de faibles appas,
Si jamais je t'aimai, cher Rodrigue, en revanche
Défends-toi maintenant pour m'ôter à don Sanche.
Combats pour m'affranchir d'une condition　　1561
Qui me livre à l'objet de mon aversion.
Te dirai-je encor plus? va, songe à ta défense,
Pour forcer mon devoir, pour m'imposer silence,
Et, si tu sens pour moi ton cœur encore épris,

Sors vainqueur d'un combat dont Chimène est le prix.
Adieu : ce mot lâché me fait rougir de honte.

D. RODRIGUE, *seul.*

Est-il quelque ennemi qu'à présent je ne dompte ?
Paraissez, Navarrais, Maures et Castillans,
Et tout ce que l'Espagne a nourri de vaillants ;   1570
Unissez-vous ensemble, et faites une armée,
Pour combattre une main de la sorte animée :
Joignez tous vos efforts contre un espoir si doux ;
Pour en venir à bout c'est trop peu que de vous.

SCÈNE II.

L'INFANTE, *seule.*

T'écouterai-je encor, respect de ma naissance,
    Qui fais un crime de mes feux ?
T'écouterai-je, amour, dont la douce puissance
Contre ce fier tyran fait révolter mes vœux ?
        Pauvre princesse, auquel des deux
        Dois-tu prêter obéissance ?   1580
Rodrigue, ta valeur te rend digne de moi ;
Mais pour être vaillant tu n'es pas fils de roi.

Impitoyable sort, dont la rigueur sépare
    Ma gloire d'avec mes désirs,
Est-il dit que le choix d'une vertu si rare
Coûte à ma passion de si grands déplaisirs ?
        O cieux ! à combien de soupirs
        Faut-il que mon cœur se prépare,
Si jamais il n'obtient sur un si long tourment
Ni d'éteindre l'amour, ni d'accepter l'amant ?   1590

Mais c'est trop de scrupule, et ma raison s'étonne
    Du mépris d'un si digne choix :

Bien qu'aux monarques seuls ma naissance me donne,
Rodrigue, avec honneur je vivrai sous tes lois.
     Après avoir vaincu deux rois,
     Pourrais-tu manquer de couronne?
Et ce grand nom de Cid que tu viens de gagner
Ne fait-il pas trop voir sur qui tu dois régner?

Il est digne de moi, mais il est à Chimène;
     Le don que j'en ai fait me nuit.   1600
Entre eux la mort d'un père a si peu mis de haine,
Que le devoir du sang à regret le poursuit:
     Ainsi n'espérons aucun fruit
     De son crime, ni de ma peine,
Puisque pour me punir le destin a permis
Que l'amour dure même entre deux ennemis.

SCÈNE III.

L'INFANTE, LÉONOR.

L'INFANTE.
Où viens-tu, Léonor?
     LÉONOR. Vous applaudir, madame,
Sur le repos qu'enfin a retrouvé votre âme.
     L'INFANTE.
D'où viendrait ce repos dans un comble d'ennui?
     LÉONOR.
Si l'amour vit d'espoir, et s'il meurt avec lui,   1610
Rodrigue ne peut plus charmer votre courage.
Vous savez le combat où Chimène l'engage;
Puisqu'il faut qu'il y meure, ou qu'il soit son mari,
Votre espérance est morte et votre esprit guéri.
     L'INFANTE.
Ah! qu'il s'en faut encor!
     LÉONOR. Que pouvez-vous prétendre?

L'INFANTE.

Mais plutôt quel espoir me pourrais-tu défendre ?
Si Rodrigue combat sous ces conditions,
Pour en rompre l'effet j'ai trop d'inventions.
L'amour, ce doux auteur de mes cruels supplices,
Aux esprits des amants apprend trop d'artifices. 1620

LÉONOR.

Pourrez-vous quelque chose, après qu'un père mort
N'a pu, dans leurs esprits, allumer de discord ?
Car Chimène aisément montre, par sa conduite,
Que la haine aujourd'hui ne fait pas sa poursuite.
Elle obtient un combat, et pour son combattant
C'est le premier offert qu'elle accepte à l'instant :
Elle n'a point recours à ces mains généreuses
Que tant d'exploits fameux rendent si glorieuses ;
Don Sanche lui suffit et mérite son choix,
Parce qu'il va s'armer pour la première fois ;   1630
Elle aime en ce duel son peu d'expérience ;
Comme il est sans renom, elle est sans défiance ;
Et sa facilité vous doit bien faire voir
Qu'elle cherche un combat qui force son devoir,
Qui livre à son Rodrigue une victoire aisée,
Et l'autorise enfin à paraître apaisée.

L'INFANTE.

Je le remarque assez, et toutefois mon cœur
A l'envi de Chimène adore ce vainqueur.
A quoi me résoudrai-je, amante infortunée ?

LÉONOR.

A vous mieux souvenir de qui vous êtes née :   1640
Le ciel vous doit un roi, vous aimez un sujet !

L'INFANTE.

Mon inclination a bien changé d'objet.
Je n'aime plus Rodrigue, un simple gentilhomme ;
Non, ce n'est plus ainsi que mon amour le nomme :
Si j'aime, c'est l'auteur de tant de beaux exploits,
C'est le valeureux Cid, le maître de deux rois.

Je me vaincrai pourtant, non de peur d'aucun blâme,
Mais pour ne troubler pas une si belle flamme ;
Et, quand pour m'obliger on l'aurait couronné,
Je ne veux point reprendre un bien que j'ai donné. 1650
Puisqu'en un tel combat sa victoire est certaine,
Allons encore un coup le donner à Chimène.
Et toi, qui vois les traits dont mon cœur est percé,
Viens me voir achever comme j'ai commencé.

SCÈNE IV.

CHIMÈNE , ELVIRE.

CHIMÈNE.

Elvire, que je souffre ! et que je suis à plaindre !
Je ne sais qu'espérer, et je vois tout à craindre ;
Aucun vœu ne m'échappe où j'ose consentir ;
Je ne souhaite rien sans un prompt repentir.
A deux rivaux pour moi je fais prendre les armes :
Le plus heureux succès me coûtera des larmes ; 1660
Et, quoi qu'en ma faveur en ordonne le sort,
Mon père est sans vengeance, ou mon amant est mort

ELVIRE.

D'un et d'autre côté je vous vois soulagée :
Ou vous avez Rodrigue, ou vous êtes vengée ;
Et, quoi que le destin puisse ordonner de vous,
Il soutient votre gloire et vous donne un époux.

CHIMÈNE.

Quoi ! l'objet de ma haine, ou bien de ma colère !
L'assassin de Rodrigue, ou celui de mon père !
De tous les deux côtés on me donne un mari
Encor tout teint du sang que j'ai le plus chéri. 1670
De tous les deux côtés mon âme se rebelle.
Je crains plus que la mort la fin de ma querelle.
Allez, vengeance, amour, qui troublez mes esprits,
Vous n'avez point pour moi de douceurs à ce prix :

Et toi, puissant moteur du destin qui m'outrage,
Termine ce combat sans aucun avantage,
Sans faire aucun des deux ni vaincu ni vainqueur.

ELVIRE.

Ce serait vous traiter avec trop de rigueur.
Ce combat pour votre âme est un nouveau supplice,
S'il vous laisse obligée à demander justice,   1680
A témoigner toujours ce haut ressentiment,
Et poursuivre toujours la mort de votre amant.
Madame, il vaut bien mieux que sa rare vaillance,
Lui couronnant le front, vous impose silence;
Que la loi du combat étouffe vos soupirs,
Et que le roi vous force à suivre vos désirs.

CHIMÈNE.

Quand il sera vainqueur, crois-tu que je me rende?
Mon devoir est trop fort, et ma perte trop grande;
Et ce n'est pas assez pour leur faire la loi,
Que celle du combat et le vouloir du roi.   1690
Il peut vaincre don Sanche avec fort peu de peine,
Mais non pas avec lui la gloire de Chimène;
Et, quoi qu'à sa victoire un monarque ait promis,
Mon honneur lui fera mille autres ennemis.

ELVIRE.

Gardez, pour vous punir de cet orgueil étrange,
Que le ciel à la fin ne souffre qu'on vous venge.
Quoi! vous voulez encor refuser le bonheur
De pouvoir maintenant vous taire avec honneur?
Que prétend ce devoir, et qu'est-ce qu'il espère?[1700
La mort de votre amant vous rendra-t-elle un père?
Est-ce trop peu pour vous que d'un coup de malheur?
Faut-il perte sur perte, et douleur sur douleur?
Allez, dans le caprice où votre humeur s'obstine,
Vous ne méritez pas l'amant qu'on vous destine;
Et nous verrons du ciel l'équitable courroux
Vous laisser, par sa mort, don Sanche pour époux.

CHIMÈNE.

Elvire, c'est assez des peines que j'endure;
Ne les redouble point par ce funeste augure :
Je veux, si je le puis, les éviter tous deux ;
Sinon, en ce combat Rodrigue a tous mes vœux : 1710
Non qu'une folle ardeur de son côté me penche ;
Mais, s'il était vaincu, je serais à don Sanche :
Cette appréhension fait naître mon souhait.
Que vois-je, malheureuse ! Elvire, c'en est fait.

SCÈNE V.

D. SANCHE, CHIMÈNE, ELVIRE.

D. SANCHE.

Madame, à vos genoux j'apporte cette épée...

CHIMÈNE.

Quoi ! du sang de Rodrigue encor toute trempée ?
Perfide, oses-tu bien te montrer à mes yeux,
Après m'avoir ôté ce que j'aimais le mieux ?
Éclate, mon amour, tu n'as plus rien à craindre:
Mon père est satisfait, cesse de te contraindre ; 1720
Un même coup a mis ma gloire en sûreté,
Mon âme au désespoir, ma flamme en liberté.

D. SANCHE.

D'un esprit plus rassis...

                              CHIMÈNE. Tu me parles encore,
Exécrable assassin d'un héros que j'adore !
Va, tu l'as pris en traître ; un guerrier si vaillant
N'eût jamais succombé sous un tel assaillant.
N'espère rien de moi, tu ne m'as point servie :
En croyant me venger, tu m'as ôté la vie.

D. SANCHE.

Étrange impression qui, loin de m'écouter...

CHIMÈNE.

Veux-tu que de sa mort je l'écoute vanter,   1730
Que j'entende à loisir avec quelle insolence
Tu peindras son malheur, mon crime, et ta vaillance ?

SCÈNE VI.

LE ROI, D. DIÈGUE, D. ARIAS, D. SANCHE, D. ALONSE,
CHIMÈNE, ELVIRE.

CHIMÈNE.

Sire, il n'est plus besoin de vous dissimuler
Ce que tous mes efforts ne vous ont pu celer.
J'aimais, vous l'avez su ; mais, pour venger mon père,
J'ai bien voulu proscrire une tête si chère :
Votre Majesté, sire, elle-même a pu voir
Comme j'ai fait céder mon amour au devoir.
Enfin Rodrigue est mort, et sa mort m'a changée
D'implacable ennemie en amante affligée.   1740
J'ai dû cette vengeance à qui m'a mise au jour,
Et je dois maintenant ces pleurs à mon amour.
Don Sanche m'a perdue en prenant ma défense;
Et du bras qui me perd je suis la récompense !
Sire, si la pitié peut émouvoir un roi,
De grâce, révoquez une si dure loi:
Pour prix d'une victoire où je perds ce que j'aime,
Je lui laisse mon bien ; qu'il me laisse à moi-même;
Qu'en un cloître sacré je pleure incessamment,
Jusqu'au dernier soupir, mon père et mon amant. 1750

D. DIÈGUE.

Enfin, elle aime, sire, et ne croit plus un crime
D'avouer par sa bouche un amour légitime.

LE ROI.

Chimène, sors d'erreur, ton amant n'est pas mort;
Et don Sanche vaincu t'a fait un faux rapport.

D. SANCHE.

Sire, un peu trop d'ardeur malgré moi l'a déçue :
Je venais du combat lui raconter l'issue.
Ce généreux guerrier dont son cœur est charmé,
« Ne crains rien, m'a-t-il dit quand il m'a désarmé,
« Je laisserais plutôt la victoire incertaine,
« Que de répandre un sang hasardé pour Chimène; 1700
« Mais puisque mon devoir m'appelle auprès du roi,
« Va de notre combat l'entretenir pour moi,
« De la part du vainqueur lui porter ton épée. »
Sire, j'y suis venu : cet objet l'a trompée;
Elle m'a cru vainqueur, me voyant de retour;
Et soudain sa colère a trahi son amour
Avec tant de transport et tant d'impatience,
Que je n'ai pu gagner un moment d'audience.
Pour moi, bien que vaincu, je me répute heureux;
Et malgré l'intérêt de mon cœur amoureux,　　　1770
Perdant infiniment, j'aime encor ma défaite,
Qui fait le beau succès d'une amour si parfaite.

　　　LE ROI.

Ma fille, il ne faut point rougir d'un si beau feu,
Ni chercher les moyens d'en faire un désaveu :
Une louable honte en vain t'en sollicite;
Ta gloire est dégagée, et ton devoir est quitte;
Ton père est satisfait, et c'était le venger
Que mettre tant de fois ton Rodrigue en danger.
Tu vois comme le ciel autrement en dispose.
Ayant tant fait pour lui, fais pour toi quelque chose, 1780
Et ne sois point rebelle à mon commandement,
Qui te donne un époux aimé si chèrement.

SCÈNE VII.

LE ROI, D. DIÈGUE, D. ARIAS, D. RODRIGUE, D. ALONSE,
D. SANCHE, L'INFANTE, CHIMÈNE, LÉONOR, ELVIRE.

L'INFANTE.

Sèche tes pleurs, Chimène, et reçois sans tristesse
Ce généreux vainqueur des mains de ta princesse.

D. RODRIGUE.

Ne vous offensez point, sire, si devant vous
Un respect amoureux me jette à ses genoux.
Je ne viens point ici demander ma conquête;
Je viens tout de nouveau vous apporter ma tête,
Madame ; mon amour n'emploîra point pour moi,
Ni la loi du combat, ni le vouloir du roi.   1790
Si tout ce qui s'est fait est trop peu pour un père,
Dites par quels moyens il vous faut satisfaire.
Faut-il combattre encor mille et mille rivaux,
Aux deux bouts de la terre étendre mes travaux,
Forcer moi seul un camp, mettre en fuite une armée,
Des héros fabuleux passer la renommée?
Si mon crime par là se peut enfin laver,
J'ose tout entreprendre, et puis tout achever :
Mais si ce fier honneur, toujours inexorable,
Ne se peut apaiser sans la mort du coupable,   1800
N'armez plus contre moi le pouvoir des humains;
Ma tête est à vos pieds, vengez-vous par vos mains;
Vos mains seules ont droit de vaincre un invincible:
Prenez une vengeance à tout autre impossible;
Mais du moins que ma mort suffise à me punir.
Ne me bannissez point de votre souvenir;
Et, puisque mon trépas conserve votre gloire,
Pour vous en revancher conservez ma mémoire,
Et dites quelquefois, en déplorant mon sort :
S'il ne m'avait aimée, il ne serait pas mort.   1810

CHIMÈNE.

Relève-toi, Rodrigue. Il faut l'avouer, sire,
Je vous en ai trop dit pour m'en pouvoir dédire.
Rodrigue a des vertus que je ne puis haïr;
Et vous êtes mon roi, je vous dois obéir.
Mais, à quoi que déjà vous m'ayez condamnée,
Pourrez-vous à vos yeux souffrir cet hyménée?
Et quand de mon devoir vous voulez cet effort,
Toute votre justice en est-elle d'accord?
Si Rodrigue à l'État devient si nécessaire,
De ce qu'il fait pour vous dois-je être le salaire, 1820
Et me livrer moi-même au reproche éternel
D'avoir trempé mes mains dans le sang paternel?

LE ROI.

Le temps assez souvent a rendu légitime
Ce qui semblait d'abord ne se pouvoir sans crime.
Rodrigue t'a gagnée, et tu dois être à lui.
Mais, quoique sa valeur t'ait conquise aujourd'hui,
Il faudrait que je fusse ennemi de ta gloire
Pour lui donner sitôt le prix de sa victoire.
Cet hymen différé ne rompt point une loi
Qui, sans marquer de temps, lui destine ta foi. 1830
Prends un an, si tu veux, pour essuyer tes larmes.
Rodrigue, cependant il faut prendre les armes.
Après avoir vaincu les Maures sur nos bords,
Renversé leurs desseins, repoussé leurs efforts,
Va jusqu'en leur pays leur reporter la guerre,
Commander mon armée, et ravager leur terre.
A ce seul nom de Cid ils trembleront d'effroi;
Ils t'ont nommé seigneur, et te voudront pour roi.
Mais parmi tes hauts faits sois-lui toujours fidèle:
Reviens-en, s'il se peut, encor plus digne d'elle; 1840
Et par tes grands exploits fais-toi si bien priser,
Qu'il lui soit glorieux alors de t'épouser.

D. RODRIGUE.

Pour posséder Chimène, et pour votre service,

Que peut-on m'ordonner que mon bras n'accomplisse?
Quoi qu'absent de ses yeux il me faille endurer,
Sire, ce m'est trop d'heur de pouvoir espérer.

LE ROI.

Espère en ton courage, espère en ma promesse;
Et possédant déjà le cœur de ta maîtresse,
Pour vaincre un point d'honneur qui combat contre toi
Laisse faire le temps, ta vaillance, et ton roi.   1850

FIN DU CID.

HORACE

TRAGÉDIE.

(1639.)

PERSONNAGES. — Tulle, roi de Rome.— Le vieil Horace, chevalier romain. — Horace, son fils. — Curiace, gentilhomme d'Albe, amant de Camille. — Valère, chevalier romain, amoureux de Camille. — Sabine, femme d'Horace et sœur de Curiace. — Camille, amante de Curiace et sœur d'Horace. — Julie, dame romaine, confidente de Sabine et de Camille. — Flavian, soldat de l'armée d'Albe. — Procule, soldat de l'armée de Rome.

La scène est à Rome, dans une salle de la maison d'Horace.

ACTE PREMIER.

SCÈNE I.

SABINE, JULIE.

SABINE.

Approuvez ma faiblesse, et souffrez ma douleur;
Elle n'est que trop juste en un si grand malheur:
Si près de voir sur soi fondre de tels orages,
L'ébranlement sied bien aux plus fermes courages,
Et l'esprit le plus mâle et le moins abattu
Ne saurait sans désordre exercer sa vertu.
Quoique le mien s'étonne à ces rudes alarmes,
Le trouble de mon cœur ne peut rien sur mes larmes,
Et, parmi les soupirs qu'il pousse vers les cieux,
Ma constance du moins règne encor sur mes yeux :
Quand on arrête là les déplaisirs d'une âme, [femme;
Si l'on fait moins qu'un homme, on fait plus qu'une

1 *b*

Commander à ses pleurs en cette extrémité,   13
C'est montrer pour le sexe assez de fermeté.
       JULIE.
C'en est peut-être assez pour une âme commune,
Qui du moindre péril se fait une infortune;
Mais de cette faiblesse un grand cœur est honteux;
Il ose espérer tout dans un succès douteux.
Les deux camps sont rangés au pied de nos murailles:
Mais Rome ignore encor comme on perd des batailles.
Loin de trembler pour elle, il lui faut applaudir : 21
Puisqu'elle va combattre, elle va s'agrandir.
Bannissez, bannissez une frayeur si vaine,
Et concevez des vœux dignes d'une Romaine.
      SABINE.
Je suis Romaine, hélas! puisque Horace est Romain:
J'en ai reçu le titre en recevant sa main ;
Mais ce nœud me tiendrait en esclave enchaînée,
S'il m'empêchait de voir en quels lieux je suis née.
Albe, où j'ai commencé de respirer le jour,
Albe, mon cher pays, et mon premier amour,   30
Lorsqu'entre nous et toi je vois la guerre ouverte,
Je crains notre victoire autant que notre perte.
   Rome, si tu te plains que c'est là te trahir,
Fais-toi des ennemis que je puisse haïr.
Quand je vois de tes murs leur armée et la nôtre,
Mes trois frères dans l'une et mon mari dans l'au-
Puis-je former des vœux, et sans impiété   [tre,
Importuner le ciel pour ta félicité?
Je sais que ton État, encore en sa naissance,
Ne saurait, sans la guerre, affermir sa puissance; 40
Je sais qu'il doit s'accroître, et que tes grands destins
Ne le borneront pas chez les peuples latins;
Que les dieux t'ont promis l'empire de la terre,
Et que tu n'en peux voir l'effet que par la guerre :
Bien loin de m'opposer à cette noble ardeur,
Qui suit l'arrêt des dieux et court à ta grandeur,
   1. b

Je voudrais déjà voir les troupes couronnées
D'un pas victorieux franchir les Pyrénées.
Va jusqu'en l'Orient pousser tes bataillons;
Va sur les bords du Rhin planter tes pavillons;　　50
Fais trembler sous tes pas les colonnes d'Hercule,
Mais respecte une ville à qui tu dois Romule.
Ingrate, souviens-toi que du sang de ses rois
Tu tiens ton nom, tes murs, et tes premières lois.
Albe est ton origine; arrête, et considère
Que tu portes le fer dans le sein de ta mère.
Tourne ailleurs les efforts de tes bras triomphants:
Sa joie éclatera dans l'heur de ses enfants;
Et, se laissant ravir à l'amour maternelle,　　59
Ses vœux seront pour toi, si tu n'es plus contre elle.

JULIE.

Ce discours me surprend, vu que depuis le temps
Qu'on a contre son peuple armé nos combattants,
Je vous ai vu pour elle autant d'indifférence
Que si d'un sang romain vous aviez pris naissance.
J'admirais la vertu qui réduisait en vous
Vos plus chers intérêts à ceux de votre époux;
Et je vous consolais au milieu de vos plaintes,
Comme si notre Rome eût fait toutes vos craintes.

SABINE.

Tant qu'on ne s'est choqué qu'en de légers combats,
Trop faibles pour jeter un des partis à bas,　　70
Tant qu'un espoir de paix a pu flatter ma peine,
Oui, j'ai fait vanité d'être toute Romaine.
Si j'ai vu Rome heureuse avec quelque regret,
Soudain j'ai condamné ce mouvement secret;
Et si j'ai ressenti, dans ses destins contraires,
Quelque maligne joie en faveur de mes frères,
Soudain, pour l'étouffer rappelant ma raison,
J'ai pleuré quand la gloire entrait dans leur maison.
Mais aujourd'hui qu'il faut que l'une ou l'autre tombe,
Qu'Albe devienne esclave ou que Rome succombe,

Corneille.　　　　　　　　　　　　　4

Et qu'après la bataille il ne demeure plus · 81
Ni d'obstacle aux vainqueurs ni d'espoir aux vaincus,
J'aurais pour mon pays une cruelle haine
Si je pouvais encore être toute Romaine,
Et si je demandais votre triomphe aux dieux
Au prix de tant de sang qui m'est si précieux.
Je m'attache un peu moins aux intérêts d'un homme ;
Je ne suis point pour Albe, et ne suis plus pour Rome ;
Je crains pour l'une et l'autre en ce dernier effort,
Et serai du parti qu'affligera le sort. 90
Égale à tous les deux jusques à la victoire,
Je prendrai part aux maux sans en prendre à la gloire ;
Et je garde, au milieu de tant d'âpres rigueurs,
Mes larmes aux vaincus et ma haine aux vainqueurs.

JULIE.

Qu'on voit naître souvent de pareilles traverses,
En des esprits divers, des passions diverses !
Et qu'à nos yeux Camille agit bien autrement !
Son frère est votre époux, le vôtre est son amant :
Mais elle voit d'un œil bien différent du vôtre 99
Son sang dans une armée et son amour dans l'autre.
    Lorsque vous conserviez un esprit tout romain,
Le sien irrésolu, le sien tout incertain,
De la moindre mêlée appréhendait l'orage,
De tous les deux partis détestait l'avantage,
Au malheur des vaincus donnait toujours ses pleurs,
Et nourrissait ainsi d'éternelles douleurs.
Mais hier, quand elle sut qu'on avait pris journée,
Et qu'enfin la bataille allait être donnée,
Une soudaine joie éclatant sur son front....

SABINE.

Ah ! que je crains, Julie, un changement si prompt !
Hier dans sa belle humeur elle entretint Valère : 111
Pour ce rival, sans doute, elle quitte mon frère ;
Son esprit, ébranlé par les objets présents,
Ne trouve point d'absent aimable après deux ans.

    4.

Mais excusez l'ardeur d'une amour fraternelle ;
Le soin que j'ai de lui me fait craindre tout d'elle :
Je forme des soupçons d'un trop léger sujet.
Près d'un jour si funeste on change peu d'objet.
Les âmes rarement sont de nouveau blessées,
Et dans un si grand trouble on a d'autres pensées ;
Mais on n'a pas aussi de si doux entretiens,　　121
Ni de contentements qui soient pareils aux siens.

JULIE.

Les causes, comme à vous, m'en semblent fort obs-
Je ne me satisfais d'aucunes conjectures.　[cures ;
C'est assez de constance en un si grand danger
Que de le voir, l'attendre, et ne point s'affliger ;
Mais certes c'en est trop d'aller jusqu'à la joie.

SABINE.

Voyez qu'un bon génie à propos nous l'envoie.
Essayez sur ce point à la faire parler ;
Elle vous aime assez pour ne vous rien celer.　　130
Je vous laisse.

SCÈNE II.

CAMILLE, SABINE, JULIE.

SABINE. Ma sœur, entretenez Julie :
J'ai honte de montrer tant de mélancolie,
Et mon cœur, accablé de mille déplaisirs,
Cherche la solitude à cacher ses soupirs.

SCÈNE III.

CAMILLE, JULIE.

CAMILLE.

Qu'elle a tort de vouloir que je vous entretienne !
Croit-elle ma douleur moins vive que la sienne,

Et que , plus insensible à de si grands malheurs,
A mes tristes discours je mêle moins de pleurs ?
De pareilles frayeurs mon âme est alarmée ;
Comme elle je perdrai dans l'une et l'autre armée.
Je verrai mon amant, mon plus unique bien,   14
Mourir pour son pays ou détruire le mien,
Et cet objet d'amour devenir, pour ma peine ,
Digne de mes soupirs ou digne de ma haine.
Hélas !

JULIE. Elle est pourtant plus à plaindre que vous.
On peut changer d'amant, mais non changer d'époux.
Oubliez Curiace, et recevez Valère :
Vous ne tremblerez plus pour le parti contraire,
Vous serez toute nôtre, et votre esprit remis
N'aura plus rien à perdre au camp des ennemis. 150

CAMILLE.
Donnez-moi des conseils qui soient plus légitimes,
Et plaignez mes malheurs sans m'ordonner des crimes.
Quoiqu'à peine à mes maux je puisse résister,
J'aime mieux les souffrir que de les mériter.

JULIE.
Quoi ! vous appelez crime un change raisonnable ? .

CAMILLE.
Quoi ! le manque de foi vous semble pardonnable ?

JULIE.
Envers un ennemi qui peut nous obliger ?

CAMILLE.
D'un serment solennel qui peut nous dégager ?

JULIE.
Vous déguisez en vain une chose trop claire.
Je vous vis encore hier entretenir Valère ;   160
Et l'accueil gracieux qu'il recevait de vous
Lui permet de nourrir un espoir assez doux.

CAMILLE.
Si je l'entretins hier et lui fis bon visage,
N'en imaginez rien qu'à son désavantage ;

De mon contentement un autre était l'objet :
Mais pour sortir d'erreur sachez-en le sujet;
Je garde à Curiace une amitié trop pure
Pour souffrir plus longtemps qu'on m'estime parjure.
Il vous souvient qu'à peine on voyait de sa sœur
Par un heureux hymen mon frère possesseur,　170
Quand, pour comble de joie, il obtint de mon père
Que de ses chastes feux je serais le salaire.
Ce jour nous fut propice et funeste à la fois :
Unissant nos maisons, il désunit nos rois;
Un même instant conclut notre hymen et la guerre,
Fit naître notre espoir et le jeta par terre,
Nous ôta tout, sitôt qu'il nous eut tout promis;
Et, nous faisant amants, il nous fit ennemis.
Combien nos déplaisirs parurent lors extrêmes !
Combien contre le ciel il vomit de blasphèmes !　180
Et combien de ruisseaux coulèrent de mes yeux !
Je ne vous le dis point, vous vîtes nos adieux.
Vous avez vu depuis les troubles de mon âme :
Vous savez pour la paix quels vœux a faits ma flamme,
Et quels pleurs j'ai versés à chaque événement,
Tantôt pour mon pays, tantôt pour mon amant.
Enfin mon désespoir, parmi ces longs obstacles,
M'a fait avoir recours à la voix des oracles.
Écoutez si celui qui me fut hier rendu
Eut droit de rassurer mon esprit éperdu.　190
Ce Grec si renommé, qui depuis tant d'années
Au pied de l'Aventin prédit nos destinées,
Lui qu'Apollon jamais n'a fait parler à faux,
Me promit par ces vers la fin de mes travaux :
« Albe et Rome demain prendront une autre face;
« Tes vœux sont exaucés, elles auront la paix,
« Et tu seras unie avec ton Curiace,
« Sans qu'aucun mauvais sort t'en sépare jamais. »
Je pris sur cet oracle une entière assurance ;
Et, comme le succès passait mon espérance,　200

J'abandonnai mon âme à des ravissements
Qui passaient les transports des plus heureux **amants.**
Jugez de leur excès : je rencontrai Valère,
Et, contre sa coutume, il ne put me déplaire ;
Il me parla d'amour sans me donner d'ennui :
Je ne m'aperçus pas que je parlais à lui ;
Je ne lui pus montrer de mépris ni de glace :
Tout ce que je voyais me semblait Curiace ;
Tout ce qu'on me disait me parlait de ses feux ;
Tout ce que je disais l'assurait de mes vœux.   210
Le combat général aujourd'hui se hasarde ;
J'en sus hier la nouvelle, et je n'y pris pas garde ;
Mon esprit rejetait ces funestes objets,
Charmé des doux pensers d'hymen et de la paix.
La nuit a dissipé des erreurs si charmantes ;
Mille songes affreux, mille images sanglantes,
Ou plutôt mille amas de carnage et d'horreur,
M'ont arraché ma joie et rendu ma terreur.
J'ai vu du sang, des morts, et n'ai rien vu de suite ;
Un spectre en paraissant prenait soudain la fuite : 220
Ils s'effaçaient l'un l'autre ; et chaque illusion
Redoublait mon effroi par sa confusion.

JULIE.

C'est en contraire sens qu'un songe s'interprète.

CAMILLE.

Je le dois croire ainsi, puisque je le souhaite ;
Mais je me trouve enfin, malgré tous mes souhaits,
Au jour d'une bataille, et non pas d'une paix.

JULIE.

Par là finit la guerre, et la paix lui succède.

CAMILLE.

Dure à jamais le mal, s'il y faut ce remède !
Soit que Rome y succombe ou qu'Albe ait le dessous,
Cher amant, n'attends plus d'être un jour mon époux ;
Jamais, jamais ce nom ne sera pour un homme 231
Qui soit ou le vainqueur ou l'esclave de Rome.

Mais quel objet nouveau se présente en ces lieux ?
Est-ce toi, Curiace ? en croirai-je mes yeux ?

SCÈNE IV.

CURIACE, CAMILLE, JULIE.

CURIACE.

N'en doutez point, Camille, et revoyez un homme
Qui n'est ni le vainqueur ni l'esclave de Rome ;
Cessez d'appréhender de voir rougir mes mains
Du poids honteux des fers ou du sang des Romains.
J'ai cru que vous aimiez assez Rome et la gloire
Pour mépriser ma chaîne et haïr ma victoire ;   240
Et comme également en cette extrémité
Je craignais la victoire et la captivité...

CAMILLE.

Curiace, il suffit, je devine le reste :
Tu fuis une bataille à tes vœux si funeste,
Et ton cœur, tout à moi, pour ne me perdre pas,
Dérobe à ton pays le secours de ton bras.
Qu'un autre considère ici ta renommée,
Et te blâme, s'il veut, de m'avoir trop aimée,
Ce n'est point à Camille à t'en mésestimer :
Plus ton amour paraît, plus elle doit t'aimer ;   250
Et, si tu dois beaucoup aux lieux qui t'ont vu naître,
Plus tu quittes pour moi, plus tu le fais paraître.
Mais as-tu vu mon père ? et peut-il endurer
Qu'ainsi dans sa maison tu t'oses retirer ?
Ne préfère-t-il point l'État à sa famille ?
Ne regarde-t-il point Rome plus que sa fille ?
Enfin notre bonheur est-il bien affermi ?
T'a-t-il vu comme gendre ou bien comme ennemi ?

CURIACE.

Il m'a vu comme gendre, avec une tendresse
Qui témoignait assez une entière allégresse ;   260

1. *b*

Mais il ne m'a point vu, par une trahison,
Indigne de l'honneur d'entrer dans sa maison.
Je n'abandonne point l'intérêt de ma ville ;
J'aime encor mon honneur en adorant Camille.
Tant qu'a duré la guerre, on m'a vu constamment
Aussi bon citoyen que véritable amant.
D'Albe avec mon amour j'accordais la querelle ;
Je soupirais pour vous en combattant pour elle :
Èt, s'il fallait encor que l'on en vînt aux coups,
Je combattrais pour elle en soupirant pour vous. 270
Oui, malgré les désirs de mon âme charmée,
Si la guerre durait, je serais dans l'armée :
C'est la paix qui chez vous me donne un libre accès,
La paix à qui nos feux doivent ce beau succès.

CAMILLE.

La paix ! Et le moyen de croire un tel miracle ?

JULIE.

Camille, pour le moins croyez-en votre oracle,
Et sachons pleinement par quels heureux effets
L'heure d'une bataille a produit cette paix.

CURIACE.

L'aurait-on jamais cru ? Déjà les deux armées,
D'une égale chaleur au combat animées,   280
Se menaçaient des yeux, et, marchant fièrement,
N'attendaient, pour donner, que le commandement :
Quand notre dictateur devant les rangs s'avance,
Demande à votre prince un moment de silence ;
Et, l'ayant obtenu : « Que faisons-nous, Romains,
« Dit-il, et quel démon nous fait venir aux mains ?
« Souffrons que la raison éclaire enfin nos âmes :
« Nous sommes vos voisins, nos filles sont vos femmes,
« Et l'hymen nous a joints par tant et tant de nœuds,
« Qu'il est peu de nos fils qui ne soient vos neveux ; 290
« Nous ne sommes qu'un sang et qu'un peuple en deux
                                                  [villes :
« Pourquoi nous déchirer par des guerres civiles,

« Où la mort des vaincus affaiblit les vainqueurs,
« Et le plus beau triomphe est arrosé de pleurs ?
« Nos ennemis communs attendent avec joie
« Qu'un des partis défait leur donne l'autre en proie,
« Lassé, demi-rompu, vainqueur, mais, pour tout fruit,
« Dénué d'un secours par lui-même détruit.
« Ils ont assez longtemps joui de nos divorces ;
« Contre eux dorénavant joignons toutes nos forces,
« Et noyons dans l'oubli ces petits différends   301
« Qui de si bons guerriers font de mauvais parents.
« Que si l'ambition de commander aux autres
« Fait marcher aujourd'hui vos troupes et les nôtres,
« Pourvu qu'à moins de sang nous voulions l'apaiser,
« Elle nous unira, loin de nous diviser.
« Nommons des combattants pour la cause commune :
« Que chaque peuple aux siens attache sa fortune ;
« Et, suivant ce que d'eux ordonnera le sort,
« Que le parti plus faible obéisse au plus fort :   310
« Mais, sans indignité pour des guerriers si braves,
« Qu'ils deviennent sujets sans devenir esclaves,
« Sans honte, sans tribut, et sans autre rigueur
« Que de suivre en tous lieux les drapeaux du vain-
                                        [queur.
« Ainsi nos deux États ne feront qu'un empire. »
Il semble qu'à ces mots notre discorde expire :
Chacun, jetant les yeux dans un rang ennemi,
Reconnaît un beau-frère, un cousin, un ami ;
Ils s'étonnent comment leurs mains, de sang avides,
Volaient, sans y penser, à tant de parricides,   320
Et font paraître un front couvert tout à la fois
D'horreur pour la bataille et d'ardeur pour ce choix.
Enfin l'offre s'accepte, et la paix désirée
Sous ces conditions est aussitôt jurée :   [choisir,
Trois combattront pour tous ; mais, pour les mieux
Nos chefs ont voulu prendre un peu plus de loisir :
Le vôtre est au sénat, le nôtre dans sa tente.
                                        4.

CAMILLE.

O dieux, que ce discours rend mon âme contente !

CURIACE.

Dans deux heures au plus, par un commun accord,
Le sort de nos guerriers réglera notre sort.   330
Cependant tout est libre, attendant qu'on les nomme.
Rome est dans notre camp, et notre camp dans Rome ;
D'un et d'autre côté l'accès étant permis,
Chacun va renouer avec ses vieux amis.
Pour moi, ma passion m'a fait suivre vos frères ;
Et mes désirs ont eu des succès si prospères,
Que l'auteur de vos jours m'a promis à demain
Le bonheur sans pareil de vous donner la main.
Vous ne deviendrez pas rebelle à sa puissance ?

CAMILLE.

Le devoir d'une fille est dans l'obéissance.   340

CURIACE.

Venez donc recevoir ce doux commandement,
Qui doit mettre le comble à mon contentement.

CAMILLE.

Je vais suivre vos pas, mais pour revoir mes frères,
Et savoir d'eux encor la fin de nos misères.

JULIE.

Allez, et cependant au pied de nos autels
J'irai rendre pour vous grâces aux immortels.

ACTE DEUXIÈME.

—

SCÈNE I.

HORACE, CURIACE.

CURIACE.

Ainsi Rome n'a point séparé son estime ;
Elle eût cru faire ailleurs un choix illégitime :
Cette superbe ville en vos frères et vous
Trouve les trois guerriers qu'elle préfère à tous,   350
Et son illustre ardeur d'oser plus que les autres
D'une seule maison brave toutes les nôtres :
Nous croirons, à la voir tout entière en vos mains,
Que hors les fils d'Horace il n'est point de Romains.
Ce choix pouvait combler trois familles de gloire,
Consacrer hautement leurs noms à la mémoire :
Oui, l'honneur que reçoit la vôtre par ce choix
En pouvait à bon titre immortaliser trois ;
Et puisque c'est chez vous que mon heur et ma flamme
M'ont fait placer ma sœur et choisir une femme,   360
Ce que je vais vous être et ce que je vous suis
Me font y prendre part autant que je le puis.
Mais un autre intérêt tient ma joie en contrainte,
Et parmi ses douceurs mêle beaucoup de crainte :
La guerre en tel éclat a mis votre valeur,
Que je tremble pour Albe et prévois son malheur :
Puisque vous combattez, sa perte est assurée ;
En vous faisant nommer, le destin l'a jurée.
Je vois trop dans ce choix ses funestes projets,
Et me compte déjà pour un de vos sujets.   370

HORACE.

Loin de trembler pour Albe, il vous faut plaindre Rome,
Voyant ceux qu'elle oublie et les trois qu'elle nomme.

C'est un aveuglement pour elle bien fatal
D'avoir tant à choisir, et de choisir si mal.
Mille de ses enfants beaucoup plus dignes d'elle
Pouvaient bien mieux que nous soutenir sa querelle :
Mais quoique ce combat me promette un cercueil,
La gloire de ce choix m'enfle d'un juste orgueil ;
Mon esprit en conçoit une mâle assurance :
J'ose espérer beaucoup de mon peu de vaillance ; 380
Et du sort envieux quels que soient les projets,
Je ne me compte point pour un de vos sujets.
Rome a trop cru de moi ; mais mon âme ravie
Remplira son attente ou quittera la vie.
Qui veut mourir ou vaincre est vaincu rarement ;
Ce noble désespoir périt malaisément.
Rome, quoi qu'il en soit, ne sera point sujette
Que mes derniers soupirs n'assurent ma défaite.

     CURIACE.

Hélas ! c'est bien ici que je dois être plaint.
Ce que veut mon pays, mon amitié le craint : 390
Dures extrémités, de voir Albe asservie,
Ou sa victoire au prix d'une si chère vie,
Et que l'unique bien où tendent ses désirs
S'achète seulement par vos derniers soupirs !
Quels vœux puis-je former ? et quel bonheur attendre ?
De tous les deux côtés j'ai des pleurs à répandre ;
De tous les deux côtés mes désirs sont trahis.

     HORACE.

Quoi ! vous me pleureriez mourant pour mon pays !
Pour un cœur généreux ce trépas a des charmes ;
La gloire qui le suit ne souffre point de larmes , 400
Et je le recevrais en bénissant mon sort,
Si Rome et tout l'État perdaient moins en ma mort

     CURIACE.

A vos amis pourtant permettez de le craindre ;
Dans un si beau trépas ils sont les seuls à plaindre
La gloire en est pour vous, et la perte pour eux

Il vous fait immortel, et les rend malheureux :
On perd tout quand on perd un ami si fidèle.
Mais Flavian m'apporte ici quelque nouvelle.

SCÈNE II.

HORACE, CURIACE, FLAVIAN.

CURIACE.
Albe de trois guerriers a-t-elle fait le choix ?   409
FLAVIAN.
Je viens pour vous l'apprendre.
CURIACE. Eh bien ! qui sont les trois ?
FLAVIAN.
Vos deux frères et vous.
CURIACE. Qui ?
FLAVIAN. Vous et vos deux frères.
Mais pourquoi ce front triste et ces regards sévères ?
Ce choix vous déplaît-il ?
CURIACE. Non, mais il me surprend ;
Je m'estimais trop peu pour un honneur si grand.
FLAVIAN.
Dirai-je au dictateur, dont l'ordre ici m'envoie,
Que vous le recevez avec si peu de joie ?
Ce morne et froid accueil me surprend à mon tour.
CURIACE.
Dis-lui que l'amitié, l'alliance et l'amour
Ne pourront empêcher que les trois Curiaces
Ne servent leur pays contre les trois Horaces.   420
FLAVIAN.
Contre eux ! Ah ! c'est beaucoup me dire en peu de
CURIACE.   [mots.
Porte-lui ma réponse, et nous laisse en repos.

SCÈNE III.

HORACE, CURIACE.

CURIACE.

Que désormais le ciel, les enfers, et la terre,
Unissent leurs fureurs à nous faire la guerre,
Que les hommes, les dieux, les démons, et le sort,
Préparent contre nous un général effort:
Je mets à faire pis, en l'état où nous sommes,
Le sort, et les démons, et les dieux, et les hommes.
Ce qu'ils ont de cruel, et d'horrible, et d'affreux,
L'est bien moins que l'honneur qu'on nous fait à tous
HORACE.   [deux. 430
Le sort qui de l'honneur nous ouvre la barrière
Offre à notre constance une illustre matière:
Il épuise sa force à former un malheur
Pour mieux se mesurer avec notre valeur;
Et comme il voit en nous des âmes peu communes,
Hors de l'ordre commun il nous fait des fortunes.
Combattre un ennemi pour le salut de tous,
Et contre un inconnu s'exposer seul aux coups,
D'une simple vertu c'est l'effet ordinaire,
Mille déjà l'ont fait, mille pourraient le faire;   440
Mourir pour le pays est un si digne sort,
Qu'on briguerait en foule une si belle mort.
Mais vouloir au public immoler ce qu'on aime,
S'attacher au combat contre un autre soi-même,
Attaquer un parti qui prend pour défenseur
Le frère d'une femme et l'amant d'une sœur,
Et, rompant tous ces nœuds, s'armer pour la patrie
Contre un sang qu'on voudrait racheter de sa vie;
Une telle vertu n'appartenait qu'à nous :
L'éclat de son grand nom lui fait peu de jaloux, 450
Et peu d'hommes au cœur l'ont assez imprimée

Pour oser aspirer à tant de renommée.

CURIACE.

Il est vrai que nos noms ne sauraient plus périr :
L'occasion est belle, il nous la faut chérir.
Nous serons les miroirs d'une vertu bien rare :
Mais votre fermeté tient un peu du barbare ;
Peu, même des grands cœurs, tireraient vanité
D'aller par ce chemin à l'immortalité :
A quelque prix qu'on mette une telle fumée,
L'obscurité vaut mieux que tant de renommée. 460
Pour moi, je l'ose dire, et vous l'avez pu voir,
Je n'ai point consulté pour suivre mon devoir ;
Notre longue amitié, l'amour, ni l'alliance,
N'ont pu mettre un moment mon esprit en balance ;
Et puisque par ce choix Albe montre en effet
Qu'elle m'estime autant que Rome vous a fait,
Je crois faire pour elle autant que vous pour Rome ;
J'ai le cœur aussi bon, mais enfin je suis homme :
Je vois que votre honneur demande tout mon sang,
Que tout le mien consiste à vous percer le flanc, 470
Près d'épouser la sœur, qu'il faut tuer le frère,
Et que pour mon pays j'ai le sort si contraire.
Encor qu'à mon devoir je coure sans terreur,
Mon cœur s'en effarouche, et j'en frémis d'horreur ;
J'ai pitié de moi-même, et jette un œil d'envie
Sur ceux dont notre guerre a consumé la vie,
Sans souhait toutefois de pouvoir reculer.
Ce triste et fier honneur m'émeut sans m'ébranler :
J'aime ce qu'il me donne, et je plains ce qu'il m'ôte ;
Et si Rome demande une vertu plus haute, 480
Je rends grâces aux dieux de n'être pas Romain,
Pour conserver encor quelque chose d'humain.

HORACE.

Si vous n'êtes Romain, soyez digne de l'être ;
Et si vous m'égalez, faites-le mieux paraître.
La solide vertu dont je fais vanité

N'admet point de faiblesse avec sa fermeté;
Et c'est mal de l'honneur entrer dans la carrière
Que dès le premier pas regarder en arrière.
Notre malheur est grand, il est au plus haut point;
Je l'envisage entier, mais je n'en frémis point : 490
Contre qui que ce soit que mon pays m'emploie,
J'accepte aveuglément cette gloire avec joie;
Celle de recevoir de tels commandements
Doit étouffer en nous tous autres sentiments.
Qui, près de le servir, considère autre chose,
A faire ce qu'il doit lâchement se dispose;
Ce droit saint et sacré rompt tout autre lien.
Rome a choisi mon bras, je n'examine rien.
Avec une allégresse aussi pleine et sincère
Que j'épousai la sœur, je combattrai le frère : 500
Et pour trancher enfin ces discours superflus,
Albe vous a nommé, je ne vous connais plus.

CURIACE.

Je vous connais encore et c'est ce qui me tue;
Mais cette âpre vertu ne m'était pas connue;
Comme notre malheur elle est au plus haut point :
Souffrez que je l'admire et ne l'imite point.

HORACE.

Non, non, n'embrassez pas de vertu par contrainte;
Et, puisque vous trouvez plus de charme à la plainte,
En toute liberté goûtez un bien si doux.
Voici venir ma sœur pour se plaindre avec vous. 510
Je vais revoir la vôtre, et résoudre son âme
A se bien souvenir qu'elle est toujours ma femme,
A vous aimer encor, si je meurs par vos mains,
Et prendre en son malheur des sentiments romains.

SCÈNE IV.

CAMILLE, HORACE, CURIACE.

HORACE.

Avez-vous su l'état qu'on fait de Curiace,
Ma sœur?

CAMILLE. Hélas! mon sort a bien changé de face.

HORACE.

Armez-vous de constance, et montrez-vous ma sœur;
Et si par mon trépas il retourne vainqueur,
Ne le recevez point en meurtrier d'un frère,
Mais en homme d'honneur qui fait ce qu'il doit faire,
Qui sert bien son pays, et sait montrer à tous, 525
Par sa haute vertu, qu'il est digne de vous.
Comme si je vivais, achevez l'hyménée;
Mais si ce fer aussi tranche sa destinée,
Faites à ma victoire un pareil traitement,
Ne me reprochez point la mort de votre amant.
Vos larmes vont couler, et votre cœur se presse:
Consumez avec lui toute cette faiblesse,
Querellez ciel et terre, et maudissez le sort;
Mais après le combat ne pensez plus au mort. 530
　　　　　　　　(A Curiace.)
Je ne vous laisserai qu'un moment avec elle,
Puis nous irons ensemble où l'honneur nous appelle.

SCÈNE V.

CURIACE, CAMILLE.

CAMILLE.

Iras-tu, Curiace? et ce funeste honneur
Te plaît-il aux dépens de tout notre bonheur?

CURIACE.

Hélas ! je vois trop bien qu'il faut, quoi que je fasse,
Mourir ou de douleur, ou de la main d'Horace.
Je vais comme au supplice à cet illustre emploi ;
Je maudis mille fois l'état qu'on fait de moi :
Je hais cette valeur qui fait qu'Albe m'estime :
Ma flamme au désespoir passe jusques au crime, 540
Elle se prend au ciel, et l'ose quereller.
Je vous plains, je me plains ; mais il y faut aller.

CAMILLE.

Non, je te connais mieux, tu veux que je te prie,
Et qu'ainsi mon pouvoir t'excuse à ta patrie.
Tu n'es que trop fameux par tes autres exploits :
Albe a reçu par eux tout ce que tu lui dois.
Autre n'a mieux que toi soutenu cette guerre ;
Autre de plus de morts n'a couvert notre terre :
Ton nom ne peut plus croître, il ne lui manque rien ;
Souffre qu'un autre aussi puisse ennoblir le sien. 550

CURIACE.

Que je souffre à mes yeux qu'on ceigne une autre
Des lauriers immortels que la gloire m'apprête, [tête
Ou que tout mon pays reproche à ma vertu
Qu'il aurait triomphé si j'avais combattu,
Et que sous mon amour ma valeur endormie
Couronne tant d'exploits d'une telle infamie !
Non, Albe, après l'honneur que j'ai reçu de toi,
Tu ne succomberas ni vaincras que par moi ;
Tu m'as commis ton sort, je t'en rendrai bon compte,
Et vivrai sans reproche ou périrai sans honte. 560

CAMILLE.

Quoi ! tu ne veux pas voir qu'ainsi tu me trahis !

CURIACE.

Avant que d'être à vous je suis à mon pays.

CAMILLE.

Mais te priver pour lui toi-même d'un beau-frère,
Ta sœur de son mari !

CURIACE. Telle est notre misère ;
Le choix d'Albe et de Rome ôte toute douceur
Aux noms jadis si doux de beau-frère et de sœur.

CAMILLE.

Tu pourras donc, cruel, me présenter sa tête,
Et demander ma main pour prix de ta conquête !

CURIACE.

Il n'y faut plus penser ; en l'état où je suis,
Vous aimer sans espoir, c'est tout ce que je puis.
Vous en pleurez, Camille !　　　　　　　　　571

CAMILLE. Il faut bien que je pleure :
Mon insensible amant ordonne que je meure ;
Et quand l'hymen pour nous allume son flambeau,
Il l'éteint de sa main pour m'ouvrir le tombeau.
Ce cœur impitoyable à ma perte s'obstine,
Et dit qu'il m'aime encore alors qu'il m'assassine.

CURIACE.

Que les pleurs d'une amante ont de puissants discours !
Et qu'un bel œil est fort avec un tel secours !
Que mon cœur s'attendrit à cette triste vue !
Ma constance contre elle à regret s'évertue.　　580
N'attaquez plus ma gloire avec tant de douleurs,
Et laissez-moi sauver ma vertu de vos pleurs ;
Je sens qu'elle chancelle et défend mal la place :
Plus je suis votre amant, moins je suis Curiace.
Faible d'avoir déjà combattu l'amitié,
Vaincrait-elle à la fois l'amour et la pitié ?
Allez, ne m'aimez plus, ne versez plus de larmes,
Ou j'oppose l'offense à de si fortes armes ;
Je me défendrai mieux contre votre courroux,
Et, pour le mériter... je n'ai plus d'yeux pour vous. 590
Vengez-vous d'un ingrat, punissez un volage...
Vous ne vous montrez point sensible à cet outrage !
Je n'ai plus d'yeux pour vous, vous en avez pour moi !
En faut-il plus encor ? je renonce à ma foi.
Rigoureuse vertu dont je suis la victime,

Ne peux-tu résister sans le secours d'un crime?

CAMILLE.

Ne fais point d'autre crime, et j'atteste les dieux
Qu'au lieu de t'en haïr, je t'en aimerai mieux;
Oui, je te chérirai, tout ingrat et perfide,
Et cesse d'aspirer au nom de fratricide.   600
Pourquoi suis-je Romaine, ou que n'es-tu Romain?
Je te préparerais des lauriers de ma main;
Je t'encouragerais, au lieu de te distraire,
Et je te traiterais comme j'ai fait mon frère.
Hélas! j'étais aveugle en mes vœux aujourd'hui,
J'en ai fait contre toi quand j'en ai fait pour lui.
Il revient; quel malheur, si l'amour de sa femme
Ne peut non plus sur lui que le mien sur ton âme!

SCÈNE VI.

HORACE, SABINE, CURIACE, CAMILLE.

CURIACE.

Dieux! Sabine le suit! Pour ébranler mon cœur,
Est-ce peu de Camille? y joignez-vous ma sœur?   610
Et, laissant à ses pleurs vaincre ce grand courage,
L'amenez-vous ici chercher même avantage?

SABINE.

Non, non, mon frère, non, je ne viens en ce lieu
Que pour vous embrasser et pour vous dire adieu.
Votre sang est trop bon, n'en craignez rien de lâche,
Rien dont la fermeté de ces grands cœurs se fâche:
Si ce malheur illustre ébranlait l'un de vous,
Je le désavoûrais pour frère ou pour époux.
Pourrai-je toutefois vous faire une prière
Digne d'un tel époux et digne d'un tel frère?   620
Je veux d'un coup si noble ôter l'impiété,
A l'honneur qui l'attend rendre sa pureté,
La mettre en son éclat sans mélange de crimes;

Enfin, je vous veux faire ennemis légitimes.
Du saint nœud qui vous joint je suis le seul lien :
Quand je ne serai plus, vous ne vous serez rien.
Brisez votre alliance, et rompez-en la chaîne ;
Et, puisque votre honneur veut des effets de haine,
Achetez par ma mort le droit de vous haïr :
Albe le veut, et Rome ; il faut leur obéir.　　630
Qu'un de vous deux me tue, et que l'autre me venge :
Alors votre combat n'aura plus rien d'étrange,
Et du moins l'un des deux sera juste agresseur,
Ou pour venger sa femme ou pour venger sa sœur. \
Mais, quoi ? vous souilleriez une gloire si belle,
Si vous vous animiez par quelque autre querelle :
Le zèle du pays vous défend de tels soins ;
Vous feriez peu pour lui si vous vous étiez moins :
Il lui faut, et sans haine, immoler un beau-frère.
Ne différez donc plus ce que vous devez faire ;　　640
Commencez par sa sœur à répandre son sang,
Commencez par sa femme à lui percer le flanc,
Commencez par Sabine à faire de vos vies
Un digne sacrifice à vos chères patries :
Vous êtes ennemis en ce combat fameux,
Vous d'Albe, vous de Rome, et moi de toutes deux.
Quoi ! me réservez-vous à voir une victoire
Où, pour haut appareil d'une pompeuse gloire,
Je verrai les lauriers d'un frère ou d'un mari
Fumer encor d'un sang que j'aurai tant chéri ?　　650
Pourrai-je entre vous deux régler alors mon âme,
Satisfaire aux devoirs et de sœur et de femme, .
Embrasser le vainqueur en pleurant le vaincu ?
Non, non, avant ce coup Sabine aura vécu :
Ma mort le préviendra, de qui que je l'obtienne ;
Le refus de vos mains y condamne la mienne.
Sus donc, qui vous retient ? Allez, cœurs inhumains,
J'aurai trop de moyens pour y forcer vos mains ;
Vous ne les aurez point au combat occupées,

Que ce corps au milieu n'arrête vos épées,   660
Et, malgré vos refus, il faudra que leurs coups
Se fassent jour ici pour aller jusqu'à vous.

HORACE.

O ma femme!

CURIACE. O ma sœur!

CAMILLE. Courage! ils s'amollissent.

SABINE.

Vous poussez des soupirs! vos visages pâlissent!
Quelle peur vous saisit? Sont-ce là ces grands cœurs,
Ces héros qu'Albe et Rome ont pris pour défenseurs?

HORACE.

Que t'ai-je fait, Sabine? et quelle est mon offense
Qui t'oblige à chercher une telle vengeance?
Que t'a fait mon honneur? et par quel droit viens-tu
Avec toute ta force attaquer ma vertu?   670
Du moins contente-toi de l'avoir étonnée,
Et me laisse achever cette grande journée.
Tu me viens de réduire en un étrange point;
Aime assez ton mari pour n'en triompher point;
Va-t'en, et ne rends plus la victoire douteuse;
La dispute déjà m'en est assez honteuse :
Souffre qu'avec honneur je termine mes jours.

SABINE.

Va, cesse de me craindre; on vient à ton secours.

SCÈNE VII.

LE VIEIL HORACE, HORACE, CURIACE, SABINE, CAMILLE.

LE VIEIL HORACE.

Qu'est-ce ci, mes enfants? écoutez-vous vos flammes?
Et perdez-vous encor le temps avec des femmes? 680
Prêts à verser du sang, regardez-vous des pleurs?
Fuyez, et laissez-les déplorer leurs malheurs.

Leurs plaintes ont pour vous trop d'art et de tendresse :
Elles vous feraient part enfin de leur faiblesse,
Et ce n'est qu'en fuyant qu'on pare de tels coups.

SABINE.

N'appréhendez rien d'eux, ils sont dignes de vous.
Malgré tous nos efforts vous en devez attendre
Ce que vous souhaitez et d'un fils et d'un gendre ;
Et si notre faiblesse ébranlait leur honneur,
Nous vous laissons ici pour leur rendre du cœur. 690
Allons, ma sœur, allons, ne perdons plus de larmes;
Contre tant de vertus ce sont de faibles armes.
Ce n'est qu'au désespoir qu'il nous faut recourir :
Tigres, allez combattre, et nous, allons mourir.

SCÈNE VIII.

LE VIEIL HORACE, HORACE, CURIACE.

HORACE.

Mon père, retenez des femmes qui s'emportent,
Et, de grâce, empêchez surtout qu'elles ne sortent :
Leur amour importun viendrait avec éclat
Par des cris et des pleurs troubler notre combat;
Et ce qu'elles nous sont ferait qu'avec justice
On nous imputerait ce mauvais artifice : 700
L'honneur d'un si beau choix serait trop acheté,
Si l'on nous soupçonnait de quelque lâcheté.

LE VIEIL HORACE.

J'en aurai soin. Allez : vos frères vous attendent;
Ne pensez qu'aux devoirs que vos pays demandent.

CURIACE.

Quel adieu vous dirai-je? et par quels compliments...

LE VIEIL HORACE.

Ah! n'attendrissez point ici mes sentiments :
Pour vous encourager ma voix manque de termes;

2 b

Mon cœur ne forme point de pensers assez fermes ;
Moi-même en cet adieu j'ai les larmes aux yeux.
Faites votre devoir, et laissez faire aux dieux.   710

ACTE TROISIÈME.

SCÈNE I.

SABINE, *seule.*

Prenons parti, mon âme, en de telles disgrâces ;
Soyons femme d'Horace ou sœur des Curiaces ;
Cessons de partager nos inutiles soins ;
Souhaitons quelque chose et craignons un peu moins.
Mais, las ! quel parti prendre en un sort si contraire ?
Quel ennemi choisir, d'un époux ou d'un frère ?
La nature ou l'amour parle pour chacun d'eux,
Et la loi du devoir m'attache à tous les deux.
Sur leurs hauts sentiments réglons plutôt les nôtres ;
Soyons femme de l'un ensemble et sœur des autres ; 720
Regardons leur honneur comme un souverain bien ;
Imitons leur constance, et ne craignons plus rien.
La mort qui les menace est une mort si belle,
Qu'il en faut sans frayeur attendre la nouvelle.
N'appelons point alors les destins inhumains ;
Songeons pour quelle cause, et non par quelles mains :
Revoyons les vainqueurs, sans penser qu'à la gloire
Que toute leur maison reçoit de leur victoire ;
Et, sans considérer aux dépens de quel sang
Leur vertu les élève en cet illustre rang,   730
Faisons nos intérêts de ceux de leur famille :
En l'une je suis femme, en l'autre je suis fille ;

2. *b*

Et tiens à toutes deux par de si forts liens,
Qu'on ne peut triompher que par les bras des miens.
Fortune, quelques maux que ta rigueur m'envoie,
J'ai trouvé les moyens d'en tirer de la joie,
Et puis voir aujourd'hui le combat sans terreur,
Les morts sans désespoir, les vainqueurs sans horreur.
Flatteuse illusion, erreur douce et grossière,
Vain effort de mon âme, impuissante lumière,   740
De qui le faux brillant prend droit de m'éblouir,
Que tu sais peu durer, et tôt t'évanouir !
Pareille à ces éclairs qui dans le fort des ombres
Poussent un jour qui fuit et rend les nuits plus sombres,
Tu n'as frappé mes yeux d'un moment de clarté
Que pour les abîmer dans plus d'obscurité.
Tu charmais trop ma peine, et le ciel, qui s'en fâche,
Me vend déjà bien cher ce moment de relâche.
Je sens mon triste cœur percé de tous les coups
Qui m'ôtent maintenant un frère ou mon époux. 750
Quand je songe à leur mort, quoi que je me propose,
Je songe par quel bras, et non pour quelle cause,
Et ne vois les vainqueurs en leur illustre rang,   -
Que pour considérer aux dépens de quel sang.
La maison des vaincus touche seule mon âme ;
En l'une je suis fille, en l'autre je suis femme,
Et tiens à toutes deux par de si forts liens,
Qu'on ne peut triompher que par la mort des miens.
C'est donc là cette paix que j'ai tant souhaitée !
Trop favorables dieux, vous m'avez écoutée !   760
Quels foudres lancez-vous quand vous vous irritez,
Si même vos faveurs ont tant de cruautés ?
Et de quelle façon punissez-vous l'offense,
Si vous traitez ainsi les vœux de l'innocence ?

Corneille.   5

SCÈNE II.

SABINE, JULIE.

SABINE.

En est-ce fait, Julie? et que m'apportez-vous?
Est-ce la mort d'un frère, ou celle d'un époux?
Le funeste succès de leurs armes impies
De tous les combattants a-t-il fait des hosties?
Et, m'enviant l'horreur que j'aurais des vainqueurs,
Pour tous tant qu'ils étaient demande-t-il mes pleurs?

JULIE.

Quoi! ce qui s'est passé, vous l'ignorez encore?　771

SABINE.

Vous faut-il étonner de ce que je l'ignore?
Et ne savez-vous point que de cette maison
Pour Camille et pour moi l'on fait une prison?
Julie, on nous renferme, on a peur de nos larmes;
Sans cela nous serions au milieu de leurs armes,
Et, par les désespoirs d'une chaste amitié,
Nous aurions des deux camps tiré quelque pitié.

JULIE.

Il n'était pas besoin d'un si tendre spectacle;
Leur vue à leur combat apporte assez d'obstacle. 780
Sitôt qu'ils ont paru prêts à se mesurer,
On a dans les deux camps entendu murmurer:
A voir de tels amis, des personnes si proches,
Venir pour leur patrie aux mortelles approches,
L'un s'émeut de pitié, l'autre est saisi d'horreur;
L'autre d'un si grand zèle admire la fureur;
Tel porte jusqu'aux cieux leur vertu sans égale,
Et tel l'ose nommer sacrilége et brutale.
Ces divers sentiments n'ont pourtant qu'une voix:
Tous accusent leurs chefs, tous détestent leurs choix;
Et, ne pouvant souffrir un combat si barbare,　791

5.

On s'écrie, on s'avance, enfin on les sépare.

SABINE.

Que je vous dois d'encens, grands dieux, qui m'exau-

JULIE.　　　　　　　　　　　　　　　　[cez !

Vous n'êtes pas, Sabine, encore où vous pensez :
Vous pouvez espérer, vous avez moins à craindre :
Mais il vous reste encore assez de quoi vous plaindre.
En vain d'un sort si triste on les veut garantir ;
Ces cruels généreux n'y peuvent consentir :
La gloire de ce choix leur est si précieuse,
Et charme tellement leur âme ambitieuse,　　　800
Qu'alors qu'on les déplore ils s'estiment heureux,
Et prennent pour affront la pitié qu'on a d'eux.
Le trouble des deux camps souille leur renommée ;
Ils combattront plutôt et l'une et l'autre armée,
Et mourront par les mains qui leur font d'autres lois,
Que pas un d'eux renonce aux honneurs d'un tel choix.

SABINE.

Quoi ! dans leur dureté ces cœurs d'acier s'obstinent ?

JULIE.

Oui ; mais d'autre côté les deux camps se mutinent,
Et leurs cris des deux parts poussés en même temps
Demandent la bataille, ou d'autres combattants. 810
La présence des chefs à peine est respectée,
Leur pouvoir est douteux, leur voix mal écoutée ;
Le roi même s'étonne ; et, pour dernier effort,
« Puisque chacun, dit-il, s'échauffe en ce discord,
« Consultons des grands dieux la majesté sacrée,
« Et voyons si ce change à leurs bontés agrée.
« Quel impie osera se prendre à leur vouloir,
« Lorsqu'en un sacrifice ils nous l'auront fait voir ? »
Il se tait, et ces mots semblent être des charmes :
Même aux six combattants ils arrachent les armes ;
Et ce désir d'honneur qui leur ferme les yeux,　821
Tout aveugle qu'il est, respecte encor les dieux.
Leur plus bouillante ardeur cède à l'avis de Tulle ;

Et, soit par déférence, ou par un prompt scrupule,
Dans l'une et l'autre armée on s'en fait une loi,
Comme si toutes deux le connaissaient pour roi.
Le reste s'apprendra par la mort des victimes.

SABINE.

Les dieux n'avoûront point un combat plein de cri-
J'en espère beaucoup, puisqu'il est différé;   [mes:
Et je commence à voir ce que j'ai désiré.   830

SCÈNE III.

CAMILLE, SABINE, JULIE.

SABINE.

Ma sœur, que je vous die une bonne nouvelle.

CAMILLE.

Je pense la savoir, s'il faut la nommer telle:
On l'a dite à mon père, et j'étais avec lui;
Mais je n'en conçois rien qui flatte mon ennui.
Ce délai de nos maux rendra leurs coups plus rudes:
Ce n'est qu'un plus long terme à nos inquiétudes;
Et tout l'allégement qu'il en faut espérer,
C'est de pleurer plus tard ceux qu'il faudra pleurer.

SABINE.

Les dieux n'ont pas en vain inspiré ce tumulte.

CAMILLE.

Disons plutôt, ma sœur, qu'en vain on les consulte.
Ces mêmes dieux à Tulle ont inspiré ce choix; 841
Et la voix du public n'est pas toujours leur voix:
Ils descendent bien moins dans de si bas étages,
Que dans l'âme des rois, leurs vivantes images,
De qui l'indépendante et sainte autorité
Est un rayon secret de leur divinité.

JULIE.

C'est vouloir sans raison vous former des obstacles,
Que de chercher leur voix ailleurs qu'en leurs oracles;

Et vous ne vous pouvez figurer tout perdu
Sans démentir celui qui vous fut hier rendu.   850

CAMILLE.

Un oracle jamais ne se laisse comprendre :
On l'entend d'autant moins, que plus on croit l'enten-
Et, loin de s'assurer sur un pareil arrêt,   [dre ;
Qui n'y voit rien d'obscur doit croire que tout l'est.

SABINE.

Sur ce qu'il fait pour nous prenons plus d'assurance,
Et souffrons les douceurs d'une juste espérance.
Quand la faveur du ciel ouvre à demi ses bras,
Qui ne s'en promet rien ne la mérite pas :
Il empêche souvent qu'elle ne se déploie ;
Et lorsqu'elle descend, son refus la renvoie.   860

CAMILLE.

Le ciel agit sans nous en ces événements,
Et ne les règle point dessus nos sentiments.

JULIE.

Il ne vous a fait peur que pour vous faire grâce.
Adieu : je vais savoir comme enfin tout se passe.
Modérez vos frayeurs ; j'espère à mon retour
Ne vous entretenir que de propos d'amour,
Et que nous n'emploîrons la fin de la journée
Qu'aux doux préparatifs d'un heureux hyménée.

SABINE.

J'ose encor l'espérer.

         CAMILLE. Moi, je n'espère rien.

JULIE.

L'effet vous fera voir que nous en jugeons bien.   870

SCÈNE IV.

SABINE, CAMILLE.

SABINE.

Parmi nos déplaisirs souffrez que je vous blâme :
Je ne puis approuver tant de trouble en votre âme;
Que feriez-vous, ma sœur, au point où je me vois,
Si vous aviez à craindre autant que je le dois,
Et si vous attendiez de leurs armes fatales
Des maux pareils aux miens, et des pertes égales ?

CAMILLE.

Parlez plus sainement de vos maux et des miens :
Chacun voit ceux d'autrui d'un autre œil que les siens;
Mais, à bien regarder ceux où le ciel me plonge, 879
Les vôtres auprès d'eux vous sembleront un songe.
La seule mort d'Horace est à craindre pour vous.
Des frères ne sont rien à l'égal d'un époux :
L'hymen qui nous attache en une autre famille
Nous détache de celle où l'on a vécu fille :
On voit d'un œil divers des nœuds si différents,
Et pour suivre un mari l'on quitte ses parents.
Mais, si près d'un hymen, l'amant que donne un père
Nous est moins qu'un époux, et non pas moins qu'un
Nos sentiments entre eux demeurent suspendus,[frère
Notre choix impossible, et nos vœux confondus. 890
Ainsi, ma sœur, du moins vous avez dans vos plaintes
Où porter vos souhaits et terminer vos craintes ;
Mais si le ciel s'obstine à nous persécuter,
Pour moi, j'ai tout à craindre et rien à souhaiter

SABINE.

Quand il faut que l'un meure et par les mains de l'au-
C'est un raisonnement bien mauvais que le vôtre.[tre,
Quoique ce soient, ma sœur, des nœuds bien diffé-
C'est sans les oublier qu'on quitte ses parents :[rents,

L'hymen n'efface point ces profonds caractères ;
Pour aimer un mari l'on ne hait pas ses frères ;　900
La nature en tout temps garde ses premiers droits ;
Aux dépens de leur vie on ne fait point de choix :
Aussi bien qu'un époux ils sont d'autres nous-mêmes ;
Et tous maux sont pareils alors qu'ils sont extrêmes.
Mais l'amant qui vous charme et pour qui vous brûlez
Ne vous est, après tout, que ce que vous voulez ;
Une mauvaise humeur, un peu de jalousie,
En fait assez souvent passer la fantaisie.
Ce que peut le caprice, osez-le par raison,
Et laissez votre sang hors de comparaison :　910
C'est crime qu'opposer des liens volontaires
A ceux que la naissance a rendus nécessaires.
Si donc le ciel s'obstine à nous persécuter,
Seule j'ai tout à craindre et rien à souhaiter ;
Mais pour vous, le devoir vous donne, dans vos plain-
Où porter vos souhaits et terminer vos craintes. [tes,

　　　　CAMILLE.

Je le vois bien, ma sœur, vous n'aimâtes jamais ;
Et vous ne connaissez ni l'amour ni ses traits :
On peut lui résister quand il commence à naître,
Mais non pas le bannir quand il s'est rendu maître,
Et que l'aveu d'un père, engageant notre foi,　921
A fait de ce tyran un légitime roi :
Il entre avec douceur, mais il règne par force ;
Et quand l'âme une fois a goûté son amorce,
Vouloir ne plus aimer, c'est ce qu'elle ne peut,
Puisqu'elle ne peut plus vouloir que ce qu'il veut :
Ses chaînes sont pour nous aussi fortes que belles.

　　　　　　　　　　　　　2. b

SCÈNE V.

.LE VIEIL HORACE, SABINE, CAMILLE.

LE VIEIL HORACE.

Je viens vous apporter de fâcheuses nouvelles,
Mes filles; mais en vain je voudrais vous celer
Ce qu'on ne vous saurait longtemps dissimuler : 930
Vos frères sont aux mains, les dieux ainsi l'ordon-

SABINE.   [nent.

Je veux bien l'avouer, ces nouvelles m'étonnent;
Et je m'imaginais dans la Divinité
Beaucoup moins d'injustice et bien plus de bonté.
Ne nous consolez point : contre tant d'infortune
La pitié parle en vain, la raison importune.
Nous avons en nos mains la fin de nos douleurs,
Et qui veut bien mourir peut braver les malheurs.
Nous pourrions aisément faire en votre présence
De notre désespoir une fausse constance;   940
Mais quand on peut sans honte être sans fermeté,
L'affecter au dehors, c'est une lâcheté;
L'usage d'un tel art, nous le laissons aux hommes,
Et ne voulons passer que pour ce que nous sommes.
Nous ne demandons point qu'un courage si fort
S'abaisse à notre exemple à se plaindre du sort.
Recevez sans frémir ces mortelles alarmes;
Voyez couler nos pleurs sans y mêler vos larmes:
Enfin, pour toute grâce, en de tels déplaisirs,
Gardez votre constance et souffrez nos soupirs. 950

LE VIEIL HORACE.

Loin de blâmer les pleurs que je vous vois répandre,
Je crois faire beaucoup de m'en pouvoir défendre,
Et céderais peut-être à de si rudes coups,

Si je prenais ici même intérêt que vous ·
Non qu'Albe par son choix m'ait fait haïr vos frères,
Tous trois me sont encor des personnes bien chères;
Mais enfin l'amitié n'est pas de même rang,
Et n'a point les effets de l'amour ni du sang;
Je ne sens point pour eux la douleur qui tourmente
Sabine comme sœur, Camille comme amante :　960
Je puis les regarder comme nos ennemis,
Et donne sans regret mes souhaits à mes fils.
Ils sont, grâces aux dieux, dignes de leur patrie;
Aucun étonnement n'a leur gloire flétrie :
Et j'ai vu leur honneur croître de la moitié
Quand ils ont des deux camps refusé la pitié.
Si par quelque faiblesse ils l'avaient mendiée,
Si leur haute vertu ne l'eût répudiée,
Ma main bientôt sur eux m'eût vengé hautement
De l'affront que m'eût fait ce mol consentement. 970
Mais lorsqu'en dépit d'eux on en a voulu d'autres,
Je ne le cèle point, j'ai joint mes vœux aux vôtres.
Si le ciel pitoyable eût écouté ma voix,
Albe serait réduite à faire un autre choix;
Nous pourrions voir tantôt triompher les Horaces
Sans voir leurs bras souillés du sang des Curiaces,
Et de l'événement d'un combat plus humain
Dépendrait maintenant l'honneur du nom romain :
La prudence des dieux autrement en dispose;
Sur leur ordre éternel mon esprit se repose :　980
Il s'arme en ce besoin de générosité,
Et du bonheur public fait sa félicité.
Tâchez d'en faire autant pour soulager vos peines,
Et songez toutes deux que vous êtes Romaines :
Vous l'êtes devenue, et vous l'êtes encor;
Un si glorieux titre est un digne trésor.
Un jour, un jour viendra que par toute la terre
Rome se fera craindre à l'égal du tonnerre,
Et que, tout l'univers tremblant dessous ses lois,

5.

Ce grand nom deviendra l'ambition des rois :   990
Les dieux à notre Énée ont promis cette gloire.

SCÈNE VI.

LE VIEIL HORACE, SABINE, CAMILLE, JULIE.

LE VIEIL HORACE

Nous venez-vous, Julie, apprendre la victoire ?
JULIE.
Mais plutôt du combat les funestes effets.
Rome est sujette d'Albe, et vos fils sont défaits ;
Des trois les deux sont morts, son époux seul vous reste
LE VIEIL HORACE.
O d'un triste combat effet vraiment funeste !
Rome est sujette d'Albe, et pour l'en garantir
Il n'a pas employé jusqu'au dernier soupir !
Non, non, cela n'est point, on vous trompe, Julie ;
Rome n'est point sujette, ou mon fils est sans vie :   1000
Je connais mieux mon sang, il sait mieux son devoir.
JULIE.
Mille, de nos remparts, comme moi l'ont pu voir.
Il s'est fait admirer tant qu'ont duré ses frères ;
Mais, comme il s'est vu seul contre trois adversaires,
Près d'être enfermé d'eux, sa fuite l'a sauvé.
LE VIEIL HORACE.
Et nos soldats trahis ne l'ont point achevé !
Dans leurs rangs à ce lâche ils ont donné retraite !
JULIE.
Je n'ai rien voulu voir après cette défaite.
CAMILLE.
O mes frères !
LE VIEIL HORACE. Tout beau, ne les pleurez pas tous ;
Deux jouissent d'un sort dont leur père est jaloux.   1010
Que des plus nobles fleurs leur tombe soit couverte :

La gloire de leur mort m'a payé de leur perte :
Ce bonheur a suivi leur courage invaincu,
Qu'ils ont vu Rome libre autant qu'ils ont vécu,
Et ne l'auront point vue obéir qu'à son prince,
Ni d'un État voisin devenir la province.
Pleurez l'autre, pleurez l'irréparable affront
Que sa fuite honteuse imprime à notre front ;
Pleurez le déshonneur de toute notre race,
Et l'opprobre éternel qu'il laisse au nom d'Horace. 1020

JULIE.
Que vouliez-vous qu'il fît contre trois ?

LE VIEIL HORACE. Qu'il mourût,
Ou qu'un beau désespoir alors le secourût.
N'eût-il que d'un moment reculé sa défaite,
Rome eût été du moins un peu plus tard sujette ;
Il eût avec honneur laissé mes cheveux gris,
Et c'était de sa vie un assez digne prix.
Il est de tout son sang comptable à sa patrie ;
Chaque goutte épargnée a sa gloire flétrie ;
Chaque instant de sa vie, après ce lâche tour,
Met d'autant plus ma honte avec la sienne au jour. 1030
J'en romprai bien le cours, et ma juste colère,
Contre un indigne fils usant des droits d'un père,
Saura bien faire voir, dans sa punition,
L'éclatant désaveu d'une telle action.

SABINE.
Écoutez un peu moins ces ardeurs généreuses,
Et ne nous rendez point tout à fait malheureuses.

LE VIEIL HORACE.
Sabine, votre cœur se console aisément ;
Nos malheurs jusqu'ici vous touchent faiblement.
Vous n'avez point encor de part à nos misères ;
Le ciel vous a sauvé votre époux et vos frères : 1040
Si nous sommes sujets, c'est de votre pays :
Vos frères sont vainqueurs quand nous sommes trahis ;
Et voyant le haut point où leur gloire se monte,

Vous regardez fort peu ce qui nous vient de honte.
Mais votre trop d'amour pour cet infâme époux
Vous donnera bientôt à plaindre comme à nous :
Vos pleurs en sa faveur sont de faibles défenses ;
J'atteste des grands dieux les suprêmes puissances,
Qu'avant ce jour fini, ces mains, ces propres mains
Laveront dans son sang la honte des Romains.   1050

Le vieil Horace sort.

SABINE.

Suivons-le promptement, la colère l'emporte.
Dieux ! verrons-nous toujours des malheurs de la sorte ?
Nous faudra-t-il toujours en craindre de plus grands,
Et toujours redouter la main de nos parents ?

ACTE QUATRIÈME.

—

SCÈNE I.

LE VIEIL HORACE, CAMILLE.

LE VIEIL HORACE.

Ne me parlez jamais en faveur d'un infâme ;
Qu'il me fuie à l'égal des frères de sa femme :
Pour conserver un sang qu'il tient si précieux,
Il n'a rien fait encor, s'il n'évite mes yeux.
Sabine y peut mettre ordre, ou derechef j'atteste
Le souverain pouvoir de la troupe céleste...   1060

CAMILLE.

Ah ! mon père, prenez un plus doux sentiment :
Vous verrez Rome même en user autrement ;
Et, de quelque malheur que le ciel l'ait comblée,
Excuser la vertu sous le nombre accablée.

LE VIEIL HORACE.

Le jugement de Rome est peu pour mon regard,
Camille; je suis père, et j'ai mes droits à part.
Je sais trop comme agit la vertu véritable:
C'est sans en triompher que le nombre l'accable;
Et sa mâle vigueur, toujours en même point,
Succombe sous la force, et ne lui cède point.   1070
Taisez-vous, et sachons ce que nous veut Valère.

SCÈNE II.

LE VIEIL HORACE, VALÈRE, CAMILLE.

VALÈRE.

Envoyé par le roi pour consoler un père,
Et pour lui témoigner...
                     LE VIEIL HORACE. N'en prenez aucun soin:
C'est un soulagement dont je n'ai pas besoin;
Et j'aime mieux voir morts que couverts d'infamie
Ceux que vient de m'ôter une main ennemie.
Tous deux pour leur pays sont morts en gens d'hon-
Il me suffit.   [neur;
          VALÈRE. Mais l'autre est un rare bonheur;
De tous les trois chez vous il doit tenir la place.
        LE VIEIL HORACE.
Que n'a-t-on vu périr en lui le nom d'Horace!   1080
          VALÈRE.
Seul vous le maltraitez après ce qu'il a fait.
        LE VIEIL HORACE.
C'est à moi seul aussi de punir son forfait.
          VALÈRE.
Quel forfait trouvez-vous en sa bonne conduite?
        LE VIEIL HORACE.
Quel éclat de vertu trouvez-vous en sa fuite?

VALÈRE.

La fuite est glorieuse en cette occasion.

LE VIEIL HORACE.

Vous redoublez ma honte et ma confusion.
Certes, l'exemple est rare et digne de mémoire
De trouver dans la fuite un chemin à la gloire.

VALÈRE.

Quelle confusion, et quelle honte à vous
D'avoir produit un fils qui nous conserve tous,   1090
Qui fait triompher Rome, et lui gagne un empire!
A quels plus grands honneurs faut-il qu'un père aspire?

LE VIEIL HORACE.

Quels honneurs, quel triomphe, et quel empire enfin,
Lorsqu'Albe sous ses lois range notre destin?

VALÈRE.

Que parlez-vous ici d'Albe et de sa victoire?
Ignorez-vous encor la moitié de l'histoire?

LE VIEIL HORACE.

Je sais que par sa fuite il a trahi l'État.

VALÈRE.

Oui, s'il eût en fuyant terminé le combat;
Mais on a bientôt vu qu'il ne fuyait qu'en homme
Qui savait ménager l'avantage de Rome.   1100

LE VIEIL HORACE.

Quoi, Rome donc triomphe!

          VALÈRE. Apprenez, apprenez
La valeur de ce fils qu'à tort vous condamnez.
  Resté seul contre trois, mais en cette aventure
Tous trois étant blessés, et lui seul sans blessure,
Trop faible pour eux tous, trop fort pour chacun
Il sait bien se tirer d'un pas si hasardeux;   [d'eux,
Il fuit pour mieux combattre, et cette prompte ruse
Divise adroitement trois frères qu'elle abuse.
Chacun le suit d'un pas ou plus ou moins pressé,

Selon qu'il se rencontre ou plus ou moins blessé : 111
Leur ardeur est égale à poursuivre sa fuite ;
Mais leurs coups inégaux séparent leur poursuite.
Horace, les voyant l'un de l'autre écartés,
Se retourne, et déjà les croit demi domptés :
Il attend le premier, et c'était votre gendre.
L'autre, tout indigné qu'il ait osé l'attendre,
En vain en l'attaquant fait paraître un grand cœur;
Le sang qu'il a perdu ralentit sa vigueur.
Albe à son tour commence à craindre un sort contraire;
Elle crie au second qu'il secoure son frère :   1120
Il se hâte et s'épuise en efforts superflus ;
Il trouve en les joignant que son frère n est plus.

       CAMILLE.

Hélas !
VALÈRE. Tout hors d'haleine il prend pourtant sa place,
Et redouble bientôt la victoire d'Horace :
Son courage sans force est un débile appui;
Voulant venger son frère, il tombe auprès de lui.
L'air résonne des cris qu'au ciel chacun envoie;
Albe en jette d'angoisse, et les Romains de joie.
Comme notre héros se voit près d'achever,
C'est peu pour lui de vaincre, il veut encor braver : 1130
« J'en viens d'immoler deux aux mânes de mes frères,
« Rome aura le dernier de mes trois adversaires,
« C'est à ses intérêts que je vais l'immoler, »
Dit-il ; et tout d'un temps on le voit y voler.
La victoire entre eux deux n'était pas incertaine,
L'Albain percé de coups ne se traînait qu'à peine,
Et, comme une victime aux marches de l'autel,
Il semblait présenter sa gorge au coup mortel :
Aussi le reçoit-il, peu s'en faut, sans défense,
Et son trépas de Rome établit la puissance.   1140

      LE VIEIL HORACE.

O mon fils ! ô ma joie ! ô l'honneur de nos jours !

O d'un État penchant l'inespéré secours !
Vertu digne de Rome, et sang digne d'Horace !
Appui de ton pays, et gloire de ta race !
Quand pourrai-je étouffer dans tes embrassements
L'erreur dont j'ai formé de si faux sentiments ?
Quand pourra mon amour baigner avec tendresse
Ton front victorieux de larmes d'allégresse ?

VALÈRE.

Vos caresses bientôt pourront se déployer ;
Le roi, dans un moment, vous le va renvoyer,   1150
Et remet à demain la pompe qu'il prépare
D'un sacrifice aux dieux pour un bonheur si rare :
Aujourd'hui seulement on s'acquitte vers eux
Par des chants de victoire et par de simples vœux.
C'est où le roi le mène, et tandis il m'envoie
Faire office vers vous de douleur et de joie ;
Mais cet office encor n'est pas assez pour lui :
Il y viendra lui-même, et peut-être aujourd'hui.
Il croit mal reconnaître une vertu si pure,
Si de sa propre bouche il ne vous en assure,   1160
S'il ne vous dit chez vous combien vous doit l'État.

LE VIEIL HORACE.

De tels remercîments ont pour moi trop d'éclat,
Et je me tiens déjà trop payé par les vôtres
Du service d'un fils et du sang des deux autres.

VALÈRE.

Le roi ne sait que c'est d'honorer à demi ;
Et son sceptre arraché des mains de l'ennemi
Fait qu'il tient cet honneur qu'il lui plaît de vous faire
Au-dessous du mérite et du fils et du père.
Je vais lui témoigner quels nobles sentiments
La vertu vous inspire en tous vos mouvements,   1170
Et combien vous montrez d'ardeur pour son service.

LE VIEIL HORACE.

Je vous devrai beaucoup pour un si bon office.

SCÈNE III.

LE VIEIL HORACE, CAMILLE.

LE VIEIL HORACE.

Ma fille, il n'est plus temps de répandre des pleurs;
Il sied mal d'en verser où l'on voit tant d'honneurs :
On pleure injustement des pertes domestiques,
Quand on en voit sortir des victoires publiques.
Rome triomphe d'Albe, et c'est assez pour nous ;
Tous nos maux à ce prix doivent nous être doux.
En la mort d'un amant vous ne perdez qu'un homme
Dont la perte est aisée à réparer dans Rome ;   1180
Après cette victoire, il n'est point de Romain
Qui ne soit glorieux de vous donner la main.
Il me faut à Sabine en porter la nouvelle ;
Ce coup sera sans doute assez rude pour elle,
Et ses trois frères morts par la main d'un époux
Lui donneront des pleurs bien plus justes qu'à vous ;
Mais j'espère aisément en dissiper l'orage,
Et qu'un peu de prudence, aidant son grand courage,
Fera bientôt régner sur un si noble cœur
Le généreux amour qu'elle doit au vainqueur.   1190
Cependant étouffez cette lâche tristesse ;
Recevez-le, s'il vient, avec moins de faiblesse;
Faites-vous voir sa sœur, et qu'en un même flanc
Le ciel vous a tous deux formés d'un même sang.

SCÈNE IV.

CAMILLE, *seule.*

Oui, je lui ferai voir, par d'infaillibles marques,
Qu'un véritable amour brave la main des Parques,
Et ne prend point de lois de ces cruels tyrans
Qu'un astre injurieux nous donne pour parents.
Tu blâmes ma douleur, tu l'oses nommer lâche;
Je l'aime d'autant plus que plus elle te fâche,   1200
Impitoyable père, et par un juste effort
Je la veux rendre égale aux rigueurs de mon sort.
En vit-on jamais un dont les rudes traverses
Prissent en moins de rien tant de faces diverses,
Qui fût doux tant de fois, et tant de fois cruel,
Et portât tant de coups avant le coup mortel?
Vit-on jamais une âme en un jour plus atteinte
De joie et de douleur, d'espérance et de crainte,
Asservie en esclave à plus d'événements,
Et le piteux jouet de plus de changements?   1210
Un oracle m'assure, un songe me travaille;
La paix calme l'effroi que me fait la bataille;
Mon hymen se prépare, et presqu'en un moment
Pour combattre mon frère on choisit mon amant;
Ce choix me désespère, et tous le désavouent,
La partie est rompue, et les dieux la renouent;
Rome semble vaincue, et seul des trois Albains
Curiace en mon sang n'a point trempé ses mains.
O dieux! sentais-je alors des douleurs trop légères
Pour le malheur de Rome et la mort de deux frères?
Et me flattais-je trop quand je croyais pouvoir   1221
L'aimer encor sans crime et nourrir quelque espoir?
Sa mort m'en punit bien, et la façon cruelle
Dont mon âme éperdue en reçoit la nouvelle;

Son rival me l'apprend, et, faisant à mes yeux
D'un si triste succès le récit odieux,
Il porte sur le front une allégresse ouverte,
Que le bonheur public fait bien moins que ma perte,
Et, bâtissant en l'air sur le malheur d'autrui,
Aussi bien que mon frère il triomphe de lui.　　1230
Mais ce n'est rien encore au prix de ce qui reste :
On demande ma joie en un jour si funeste ;
Il me faut applaudir aux exploits du vainqueur,
Et baiser une main qui me perce le cœur.
En un sujet de pleurs si grand, si légitime,
Se plaindre est une honte, et soupirer un crime ;
Leur brutale vertu veut qu'on s'estime heureux,
Et si l'on n'est barbare on n'est point généreux.
Dégénérons, mon cœur, d'un si vertueux père ;
Soyons indigne sœur d'un si généreux frère :　　1240
C'est gloire de passer pour un cœur abattu,
Quand la brutalité fait la haute vertu.
Éclatez, mes douleurs : à quoi bon vous contraindre ?
Quand on a tout perdu, que saurait-on plus craindre ?
Pour ce cruel vainqueur n'ayez point de respect ;
Loin d'éviter ses yeux, croissez à son aspect ;
Offensez sa victoire, irritez sa colère,
Et prenez, s'il se peut, plaisir à lui déplaire.
Il vient, préparons-nous à montrer constamment
Ce que doit une amante à la mort d'un amant.　　1250

SCÈNE V.

HORACE, CAMILLE, PROCULE.

(Procule porte en sa main les trois épées des Curiaces.)

HORACE.

Ma sœur, voici le bras qui venge nos deux frères,
Le bras qui rompt le cours de nos destins contraires,
Qui nous rend maîtres d'Albe ; enfin, voici le bras
Qui seul fait aujourd'hui le sort de deux États ;
Vois ces marques d'honneur, ces témoins de ma gloire,
Et rends ce que tu dois à l'heur de ma victoire.

CAMILLE.

Recevez donc mes pleurs, c'est ce que je lui dois.

HORACE.

Rome n'en veut point voir après de tels exploits,
Et nos deux frères morts dans le malheur des armes
Sont trop payés de sang pour exiger des larmes : 1260
Quand la perte est vengée, on n'a plus rien perdu.

CAMILLE.

Puisqu'ils sont satisfaits par le sang épandu,
Je cesserai pour eux de paraître affligée,
Et j'oublirai leur mort que vous avez vengée ;
Mais qui me vengera de celle d'un amant
Pour me faire oublier sa perte en un moment ?

HORACE.

Que dis-tu, malheureuse ?

CAMILLE. O mon cher Curiace !

HORACE.

O d'une indigne sœur insupportable audace !
D'un ennemi public dont je reviens vainqueur

Le nom est dans ta bouche et l'amour dans ton cœur !
Ton ardeur criminelle à la vengeance aspire !　1271
Ta bouche la demande, et ton cœur la respire !
Suis moins ta passion, règle mieux tes désirs,
Ne me fais plus rougir d'entendre tes soupirs.
Tes flammes désormais doivent être étouffées ;
Bannis-les de ton âme, et songe à mes trophées :
Qu'ils soient dorénavant ton unique entretien.

      CAMILLE.

Donne-moi donc, barbare, un cœur comme le tien ;
Et, si tu veux enfin que je t'ouvre mon âme,
Rends-moi mon Curiace, ou laisse agir ma flamme :
Ma joie et mes douleurs dépendaient de son sort ;　1281
Je l'adorais vivant, et je le pleure mort.
   Ne cherche plus ta sœur où tu l'avais laissée ;
Tu ne revois en moi qu'une amante offensée,
Qui, comme une furie attachée à tes pas,
Te veut incessamment reprocher son trépas.
Tigre altéré de sang, qui me défends les larmes,
Qui veux que dans sa mort je trouve encor des charmes,
Et que, jusques au ciel élevant tes exploits,
Moi-même je le tue une seconde fois !　　　1290
Puissent tant de malheurs accompagner ta vie,
Que tu tombes au point de me porter envie !
Et toi bientôt souiller par quelque lâcheté
Cette gloire si chère à ta brutalité !

      HORACE.

O ciel ! qui vit jamais une pareille rage !
Crois-tu donc que je sois insensible à l'outrage,
Que je souffre en mon sang ce mortel déshonneur ?
Aime, aime cette mort qui fait notre bonheur,
Et préfère du moins au souvenir d'un homme
Ce que doit ta naissance aux intérêts de Rome.　1300

      CAMILLE.

Rome, l'unique objet de mon ressentiment !

Rome, à qui vient ton bras d'immoler mon amant !
Rome qui t'a vu naître, et que ton cœur adore !
Rome enfin que je hais parce qu'elle t'honore !
Puissent tous ses voisins ensemble conjurés
Saper ses fondements encor mal assurés !
Et, si ce n'est assez de toute l'Italie,
Que l'Orient contre elle à l'Occident s'allie ;
Que cent peuples unis des bouts de l'univers
Passent pour la détruire et les monts et les mers ! 1310
Qu'elle-même sur soi renverse ses murailles,
Et de ses propres mains déchire ses entrailles !
Que le courroux du ciel allumé par mes vœux
Fasse pleuvoir sur elle un déluge de feux !
Puissé-je de mes yeux y voir tomber ce foudre,
Voir ses maisons en cendre et tes lauriers en poudre,
Voir le dernier Romain à son dernier soupir,
Moi seule en être cause, et mourir de plaisir !

HORACE, *mettant l'épée à la main et poursuivant sa
sœur qui s'enfuit.*

C'est trop, ma patience à la raison fait place ;
Va dedans les enfers plaindre ton Curiace.   1320

CAMILLE, *blessée, derrière le théâtre.*

Ah, traître !
HORACE, *revenant sur le théâtre.*
                Ainsi reçoive un châtiment soudain
Quiconque ose pleurer un ennemi romain !

SCÈNE VI.

HORACE, PROCULE.

PROCULE.

Que venez-vous de faire?
　　　　　　　HORACE. Un acte de justice;
Un semblable forfait veut un pareil supplice.
　　PROCULE.
Vous deviez la traiter avec moins de rigueur.
　　HORACE.
Ne me dis point qu'elle est et mon sang et ma sœur.
Mon père ne peut plus l'avouer pour sa fille :
Qui maudit son pays renonce à sa famille;
Des noms si pleins d'amour ne lui sont plus permis;
De ses plus chers parents il fait ses ennemis;　1330
Le sang même les arme en haine de son crime.
La plus prompte vengeance en est plus légitime;
Et ce souhait impie, encore qu'impuissant,
Est un monstre qu'il faut étouffer en naissant.

SCÈNE VII.

SABINE, HORACE, PROCULE.

SABINE.

A quoi s'arrête ici ton illustre colère?
Viens voir mourir ta sœur dans les bras de ton père;
Viens repaître tes yeux d'un spectacle si doux;
Ou, si tu n'es point las de ces généreux coups,
Immole au cher pays des vertueux Horaces

3 b

Ce reste malheureux du sang des Curiaces. 1340
Si prodigue du tien, n'épargne point le leur;
Joins Sabine à Camille et ta femme à ta sœur;
Nos crimes sont pareils, ainsi que nos misères,
Je soupire comme elle et déplore mes frères :
Plus coupable en ce point contre tes dures lois,
Qu'elle n'en pleurait qu'un et que j'en pleure trois,
Qu'après son châtiment ma faute continue.

HORACE.

Sèche tes pleurs, Sabine, ou les cache à ma vue;
Rends-toi digne du nom de ma chaste moitié,
Et ne m'accable point d'une indigne pitié. 1350
Si l'absolu pouvoir d'une pudique flamme
Ne nous laisse à tous deux qu'un penser et qu'une âme,
C'est à toi d'élever tes sentiments aux miens,
Non à moi de descendre à la honte des tiens.
Je t'aime, et je connais la douleur qui te presse;
Embrasse ma vertu pour vaincre ta faiblesse,
Participe à ma gloire au lieu de la souiller,
Tâche à t'en revêtir, non à m'en dépouiller.
Es-tu de mon honneur si mortelle ennemie,
Que je te plaise mieux couvert d'une infamie? 1360
Sois plus femme que sœur, et, te réglant sur moi,
Fais-toi de mon exemple une immuable loi.

SABINE.

Cherche pour t'imiter des âmes plus parfaites.
Je ne t'impute point les pertes que j'ai faites,
J'en ai les sentiments que je dois en avoir,
Et je m'en prends au sort plutôt qu'à ton devoir;
Mais enfin je renonce à la vertu romaine,
Si, pour la posséder, je dois être inhumaine,
Et ne puis voir en moi la femme du vainqueur
Sans y voir des vaincus la déplorable sœur. 1370
Prenons part en public aux victoires publiques,
Pleurons dans la maison nos malheurs domestiques,

3. *b*

Et ne regardons point des biens communs à tous,
Quand nous voyons des maux qui ne sont que pour nous,
Pourquoi veux-tu, cruel, agir d'une autre sorte?
Laisse en entrant ici tes lauriers à la porte,
Mêle tes pleurs aux miens. Quoi! ces lâches discours
N'arment point ta vertu contre mes tristes jours?
Mon crime redoublé n'émeut point ta colère?
Que Camille est heureuse! elle a pu te déplaire; 1380
Elle a reçu de toi ce qu'elle a prétendu,
Et recouvre là-bas tout ce qu'elle a perdu.
Cher époux, cher auteur du tourment qui me presse,
Écoute la pitié, si ta colère cesse,
Exerce l'une ou l'autre, après de tels malheurs,
A punir ma faiblesse ou finir mes douleurs.
Je demande la mort pour grâce ou pour supplice:
Qu'elle soit un effet d'amour ou de justice,
N'importe; tous ses traits n'auront rien que de doux,
Si je les vois partir de la main d'un époux.　　1390

HORACE.

Quelle injustice aux dieux d'abandonner aux femmes
Un empire si grand sur les plus belles âmes,
Et de se plaire à voir de si faibles vainqueurs
Régner si puissamment sur les plus nobles cœurs!
A quel point ma vertu devient-elle réduite!
Rien ne la saurait plus garantir que la fuite.
Adieu. Ne me suis point, ou retiens tes soupirs.

SABINE, seule.

O colère, ô pitié, sourdes à mes désirs,
Vous négligez mon crime, et ma douleur vous lasse,
Et je n'obtiens de vous ni supplice ni grâce!　　1400
Allons-y par nos pleurs faire encore un effort,
Et n'employons après que nous à notre mort.

ACTE CINQUIÈME.

—

SCÈNE I.

LE VIEIL HORACE, HORACE.

LE VIEIL HORACE.

Retirons nos regards de cet objet funeste,
Pour admirer ici le jugement céleste.
Quand la gloire nous enfle, il sait bien comme il faut
Confondre notre orgueil qui s'élève trop haut :
Nos plaisirs les plus doux ne vont point sans tristesse;
Il mêle à nos vertus des marques de faiblesse,
Et rarement accorde à notre ambition
L'entier et pur honneur d'une bonne action.   1410
Je ne plains point Camille : elle était criminelle;
Je me tiens plus à plaindre, et je te plains plus qu'elle:
Moi, d'avoir mis au jour un cœur si peu romain;
Toi, d'avoir par sa mort déshonoré ta main.
Je ne la trouve point injuste ni trop prompte;
Mais tu pouvais, mon fils, t'en épargner la honte:
Son crime, quoique énorme et digne du trépas,
Était mieux impuni que puni par ton bras.

HORACE.

Disposez de mon sang, les lois vous en font maître;
J'ai cru devoir le sien aux lieux qui m'ont vu naître.
Si dans vos sentiments mon zèle est criminel, 1421
S'il m'en faut recevoir un reproche éternel,
Si ma main en devient honteuse et profanée,
Vous pouvez d'un seul mot trancher ma destinée :
Reprenez tout ce sang de qui ma lâcheté
A si brutalement souillé la pureté.

6.

Ma main n'a pu souffrir de crime en votre race ;
Ne souffrez point de tache en la maison d'Horace.
C'est en ces actions dont l'honneur est blessé
Qu'un père tel que vous se montre intéressé :　　1430
Son amour doit se taire où toute excuse est nulle ;
Lui-même il y prend part lorsqu'il les dissimule ;
Et de sa propre gloire il fait trop peu de cas
Quand il ne punit point ce qu'il n'approuve pas.

LE VIEIL HORACE.

Il n'use pas toujours d'une rigueur extrême ;
Il épargne ses fils bien souvent pour soi-même :
Sa vieillesse sur eux aime à se soutenir,
Et ne les punit point de peur de se punir.
Je te vois d'un autre œil que tu ne te regardes ;
Je sais... Mais le roi vient, je vois entrer ses gardes.

SCÈNE II.

TULLE, VALÈRE, LE VIEIL HORACE, HORACE, *troupe
de gardes.*

LE VIEIL HORACE.

Ah, sire ! un tel honneur a trop d'excès pour moi ; 1441
Ce n'est point en ce lieu que je dois voir mon roi :
Permettez qu'à genoux...
　　　　　　　TULLE. Non, levez-vous, mon père.
Je fais ce qu'en ma place un bon prince doit faire.
Un si rare service et si fort important
Veut l'honneur le plus rare et le plus éclatant.

(*Montrant Valère.*)

Vous en aviez déjà sa parole pour gage ;
Je ne l'ai pas voulu différer davantage.
　　J'ai su, par son rapport, et je n'en doutais pas,

Comme de vos deux fils vous portez le trépas, 1450
Et que, déjà votre âme étant trop résolue,
Ma consolation vous serait superflue :
Mais je viens de savoir quel étrange malheur
D'un fils victorieux a suivi la valeur,
Et que son trop d'amour pour la cause publique,
Par ses mains, à son père ôte une fille unique.
Ce coup est un peu rude à l'esprit le plus fort ;
Et je doute comment vous portez cette mort.

LE VIEIL HORACE.

Sire, avec déplaisir, mais avec patience.

TULLE.

C'est l'effet vertueux de votre expérience.   1460
Beaucoup par un long âge ont appris comme vous
Que le malheur succède au bonheur le plus doux :
Peu savent comme vous s'appliquer ce remède,
Et dans leur intérêt toute leur vertu cède.
Si vous pouvez trouver dans ma compassion
Quelque soulagement pour votre affliction,
Ainsi que votre mal sachez qu'elle est extrême,
Et que je vous en plains autant que je vous aime.

VALÈRE.

Sire, puisque le ciel entre les mains des rois
Dépose sa justice et la force des lois,   1470
Et que l'État demande aux princes légitimes
Des prix pour les vertus, des peines pour les crimes,
Souffrez qu'un bon sujet vous fasse souvenir
Que vous plaignez beaucoup ce qu'il vous faut punir.
Souffrez...

LE VIEIL HORACE. Quoi ! qu'on envoie un vainqueur au

TULLE.   [supplice ?

Permettez qu'il achève, et je ferai justice :
J'aime à la rendre à tous, à toute heure, en tout lieu ;
C'est par elle qu'un roi se fait un demi-dieu ;
Et c'est dont je vous plains qu'après un tel service

On puisse contre lui me demander justice.   1480

VALÈRE.

Souffrez donc, ô grand roi, le plus juste des rois,
Que tous les gens de bien vous parlent par ma voix :
Non que nos cœurs jaloux de ses honneurs s'irritent,
S'il en reçoit beaucoup, ses hauts faits les méritent;
Ajoutez-y plutôt que d'en diminuer;
Nous sommes tous encor prêts d'y contribuer :
Mais, puisque d'un tel crime il s'est montré capable,
Qu'il triomphe en vainqueur et périsse en coupable.
Arrêtez sa fureur, et sauvez de ses mains,
Si vous voulez régner, le reste des Romains;   1490
Il y va de la perte ou du salut du reste.
    La guerre avait un cours si sanglant, si funeste,
Et les nœuds de l'hymen, durant nos bons destins,
Ont tant de fois uni des peuples si voisins,
Qu'il est peu de Romains que le parti contraire
N'intéresse en la mort d'un gendre ou d'un beau-frère,
Et qui ne soient forcés de donner quelques pleurs,
Dans le bonheur public, à leurs propres malheurs.
Si c'est offenser Rome, et que l'heur de ses armes
L'autorise à punir ce crime de nos larmes,   1500
Quel sang épargnera ce barbare vainqueur,
Qui ne pardonne pas à celui de sa sœur,
Et ne peut excuser cette douleur pressante
Que la mort d'un amant jette au cœur d'une amante,
Quand, près d'être éclairés du nuptial flambeau,
Elle voit avec lui son espoir au tombeau?
Faisant triompher Rome, il se l'est asservie :
Il a sur nous un droit et de mort et de vie;
Et nos jours criminels ne pourront plus durer,
Qu'autant qu'à sa clémence il plaira l'endurer.   1510
    Je pourrais ajouter aux intérêts de Rome,
Combien un pareil coup est indigne d'un homme;
Je pourrais demander qu'on mît devant vos yeux
Ce grand et rare exploit d'un bras victorieux :

3..

Vous verriez un beau sang, pour accuser sa rage,
D'un frère si cruel rejaillir au visage;
Vous verriez des horreurs qu'on ne peut concevoir;
Son âge et sa beauté vous pourraient émouvoir :
Mais je hais ces moyens qui sentent l'artifice.
Vous avez à demain remis le sacrifice;   1520
Pensez-vous que les dieux, vengeurs des innocents.
D'une main parricide acceptent de l'encens?
Sur vous ce sacrilége attirerait sa peine :
Ne le considérez qu'en objet de leur haine;
Et croyez avec nous qu'en tous ces trois combats
Le bon destin de Rome a fait plus que son bras,
Puisque ces mêmes dieux, auteurs de sa victoire,
Ont permis qu'aussitôt il en souillât la gloire,
Et qu'un si grand courage, après ce noble effort,
Fût digne en même jour de triomphe et de mort. 1530
Sire, c'est ce qu'il faut que votre arrêt décide.
En ce lieu Rome a vu le premier parricide;
La suite en est à craindre, et la haine des cieux.
Sauvez-nous de sa main, et redoutez les dieux.

TULLE.
Défendez-vous, Horace.

HORACE. A quoi bon me défendre?
Vous savez l'action, vous la venez d'entendre;
Ce que vous en croyez me doit être une loi.
Sire, on se défend mal contre l'avis d'un roi;
Et le plus innocent devient soudain coupable,
Quand aux yeux de son prince il paraît condamnable;
C'est crime qu'envers lui se vouloir excuser :   1541
Notre sang est son bien, il en peut disposer;
Et c'est à nous de croire, alors qu'il en dispose,
Qu'il ne s'en prive point sans une juste cause.
Sire, prononcez donc, je suis prêt d'obéir;
D'autres aiment la vie, et je la dois haïr.
Je ne reproche point à l'ardeur de Valère
Qu'en amant de la sœur il accuse le frère :

Mes vœux avec les siens conspirent aujourd'hui ;
Il demande ma mort, je la veux comme lui.   1550
Un seul point entre nous met cette différence,
Que mon honneur par là cherche son assurance,
Et qu'à ce même but nous voulons arriver,
Lui pour flétrir ma gloire et moi pour la sauver.
   Sire, c'est rarement qu'il s'offre une matière
A montrer d'un grand cœur la vertu tout entière ;
Suivant l'occasion elle agit plus ou moins,
Et paraît forte ou faible aux yeux de ses témoins.
Le peuple, qui voit tout seulement par l'écorce,
S'attache à son effet pour juger de sa force ;   1560
Il veut que ses dehors gardent un même cours,
Qu'ayant fait un miracle, elle en fasse toujours :
Après une action pleine, haute, éclatante,
Tout ce qui brille moins remplit mal son attente :
Il veut qu'on soit égal en tout temps, en tous lieux ;
Il n'examine point si lors on pouvait mieux,
Ni que, s'il ne voit pas sans cesse une merveille,
L'occasion est moindre et la vertu pareille :
Son injustice accable et détruit les grands noms ;
L'honneur des premiers faits se perd par les seconds ;
Et quand la renommée a passé l'ordinaire,   1571
Si l'on n'en veut déchoir, il faut ne plus rien faire.
   Je ne vanterai point les exploits de mon bras ;
Votre Majesté, sire, a vu mes trois combats :
Il est bien malaisé qu'un pareil les seconde,
Qu'une autre occasion à celle-ci réponde,
Et que tout mon courage, après de si grands coups,
Parvienne à des succès qui n'aillent au-dessous ;
Si bien que, pour laisser une illustre mémoire,
La mort seule aujourd'hui peut conserver ma gloire :
Encor la fallait-il sitôt que j'eus vaincu,   1581
Puisque pour mon honneur j'ai déjà trop vécu.
Un homme tel que moi voit sa gloire ternie,
Quand il tombe en péril de quelque ignominie :

Et ma main aurait su déjà m'en garantir ;
Mais sans votre congé mon sang n'ose sortir ;
Comme il vous appartient, votre aveu doit se prendre :
C'est vous le dérober qu'autrement le répandre.
Rome ne manque point de généreux guerriers ;
Assez d'autres sans moi soutiendront vos lauriers ; 1590
Que votre Majesté désormais m'en dispense :
Et si ce que j'ai fait vaut quelque récompense,
Permettez, ô grand roi, que de ce bras vainqueur
Je m'immole à ma gloire et non pas à ma sœur.

SCÈNE III.

TULLE, VALÈRE, LE VIEIL HORACE, HORACE, SABINE.

SABINE.

Sire, écoutez Sabine ; et voyez dans son âme
Les douleurs d'une sœur et celles d'une femme,
Qui, toute désolée, à vos sacrés genoux,
Pleure pour sa famille et craint pour son époux.
Ce n'est pas que je veuille avec cet artifice
Dérober un coupable au bras de la justice ; 1600
Quoi qu'il ait fait pour vous, traitez-le comme tel,
Et punissez en moi ce noble criminel ;
De mon sang malheureux expiez tout son crime :
Vous ne changerez point pour cela de victime ;
Ce n'en sera point prendre une injuste pitié,
Mais en sacrifier la plus chère moitié.
Les nœuds de l'hyménée, et son amour extrême,
Font qu'il vit plus en moi qu'il ne vit en lui-même ;
Et si vous m'accordez de mourir aujourd'hui,
Il mourra plus en moi qu'il ne mourrait en lui : 1610
La mort que je demande, et qu'il faut que j'obtienne,
Augmentera sa peine et finira la mienne.

Sire, voyez l'excès de mes tristes ennuis,
Et l'effroyable état où mes jours sont réduits.
Quelle horreur d'embrasser un homme dont l'épée
De toute ma famille a la trame coupée !
Et quelle impiété de haïr un époux
Pour avoir bien servi les siens, l'État, et vous!
Aimer un bras souillé du sang de tous mes frères!
N'aimer pas un mari qui finit nos misères!　　　1620
Sire, délivrez-moi, par un heureux trépas,
Des crimes de l'aimer et de ne l'aimer pas :
J'en nommerai l'arrêt une faveur bien grande.
Ma main peut me donner ce que je vous demande;
Mais ce trépas enfin me sera bien plus doux,
Si je puis de sa honte affranchir mon époux;
Si je puis par mon sang apaiser la colère
Des dieux qu'a pu fâcher sa vertu trop sévère,
Satisfaire, en mourant, aux mânes de sa sœur
Et conserver à Rome un si bon défenseur.　　　1630

LE VIEIL HORACE.

Sire, c'est donc à moi de répondre à Valère.
Mes enfants avec lui conspirent contre un père;
Tous trois veulent me perdre, et s'arment sans raison
Contre si peu de sang qui reste en ma maison.

(A Sabine.)

Toi, qui, par des douleurs à ton devoir contraires,
Veux quitter un mari pour rejoindre tes frères,
Va plutôt consulter leurs mânes généreux;
Ils sont morts, mais pour Albe, et s'en tiennent heu-
Puisque le ciel voulait qu'elle fût asservie,　[reux :
Si quelque sentiment demeure après la vie,　　　1640
Ce mal leur semble moindre, et moins rudes ses coups,
Voyant que tout l'honneur en retombe sur nous;
Tous trois désavoûront la douleur qui te touche,
Les larmes de tes yeux, les soupirs de ta bouche,
L'horreur que tu fais voir d'un mari vertueux.

6.

Sabine, sois leur sœur, suis ton devoir comme eux.

(*Au roi.*)

Contre ce cher époux Valère en vain s'anime :
Un premier mouvement ne fut jamais un crime ;
Et la louange est due au lieu du châtiment,
Quand la vertu produit ce premier mouvement. 1650
Aimer nos ennemis avec idolâtrie,
De rage en leur trépas maudire la patrie,
Souhaiter à l'État un malheur infini,
C'est ce qu'on nomme crime, et ce qu'il a puni.
Le seul amour de Rome a sa main animée ;
Il serait innocent, s'il l'avait moins aimée.
Qu'ai-je dit, sire? il l'est, et ce bras paternel
L'aurait déjà puni, s'il était criminel ;
J'aurais su mieux user de l'entière puissance
Que me donnent sur lui les droits de la naissance : 1660
J'aime trop l'honneur, sire, et ne suis point de rang
A souffrir ni d'affront ni de crime en mon sang.
C'est dont je ne veux point de témoin que Valère :
Il a vu quel accueil lui gardait ma colère,
Lorsqu'ignorant encor la moitié du combat,
Je croyais que sa fuite avait trahi l'État.
Qui le fait se charger des soins de ma famille?
Qui le fait, malgré moi, vouloir venger ma fille?
Et par quelle raison dans son juste trépas
Prend-il un intérêt qu'un père ne prend pas?   1670
On craint qu'après sa sœur il n'en maltraite d'autres !
Sire, nous n'avons part qu'à la honte des nôtres,
Et, de quelque façon qu'un autre puisse agir,
Qui ne nous touche point ne nous fait point rougir.

(*A Valère.*)

Tu peux pleurer, Valère, et même aux yeux d'Horace ;
Il ne prend intérêt qu'aux crimes de sa race :
Qui n'est point de son sang ne peut faire d'affront
Aux lauriers immortels qui lui ceignent le front.

Lauriers, sacrés rameaux qu'on veut réduire en poudre,
Vous qui mettez sa tête à couvert de la foudre, 1680
L'abandonnerez-vous à l'infâme couteau
Qui fait choir les méchants sous la main d'un bourreau ?
Romains, souffrirez-vous qu'on vous immole un homme
Sans qui Rome aujourd'hui cesserait d'être Rome,
Et qu'un Romain s'efforce à tacher le renom
D'un guerrier à qui tous doivent un si beau nom ?
Dis, Valère, dis-nous, si tu veux qu'il périsse,
Où tu penses choisir un lieu pour son supplice :
Sera-ce entre ces murs que mille et mille voix
Font résonner encor du bruit de ses exploits ?   1690
Sera-ce hors des murs, au milieu de ces places
Qu'on voit fumer encor du sang des Curiaces,
Entre leurs trois tombeaux, et dans ce champ d'hon-
Témoin de sa vaillance et de notre bonheur ? [neur
Tu ne saurais cacher sa peine à sa victoire :
Dans les murs, hors des murs, tout parle de sa gloire,
Tout s'oppose à l'effort de ton injuste amour,
Qui veut d'un si bon sang souiller un si beau jour.
Albe ne pourra pas souffrir un tel spectacle,
Et Rome par ses pleurs y mettra trop d'obstacle. 1700
      Vous les préviendrez, sire ; et par un juste arrêt
Vous saurez embrasser bien mieux son intérêt.
Ce qu'il a fait pour elle il peut encor le faire ;
Il peut la garantir encor d'un sort contraire.
Sire, ne donnez rien à mes débiles ans :
Rome aujourd'hui m'a vu père de quatre enfants ;
Trois en ce même jour sont morts pour sa querelle :
Il m'en reste encore un ; conservez-le pour elle :
N'ôtez pas à ses murs un si puissant appui ;
Et souffrez, pour finir, que je m'adresse à lui.   1710
      Horace, ne crois pas que le peuple stupide
Soit le maître absolu d'un renom bien solide.
Sa voix tumultueuse assez souvent fait bruit :
Mais un moment l'élève, un moment le détruit,

Et ce qu'il contribue à notre renommée
Toujours en moins de rien se dissipe en fumée.
C'est aux rois, c'est aux grands, c'est aux esprits bien
A voir la vertu pleine en ses moindres effets; [faits
C'est d'eux seuls qu'on reçoit la véritable gloire,
Eux seuls des vrais héros assurent la mémoire. 1720
Vis toujours en Horace; et toujours auprès d'eux
Ton nom demeurera grand, illustre, fameux,
Bien que l'occasion, moins haute ou moins brillante,
D'un vulgaire ignorant trompe l'injuste attente.
Ne hais donc plus la vie, et du moins vis pour moi,
Et pour servir encor ton pays et ton roi.
    Sire, j'en ai trop dit : mais l'affaire vous touche;
Et Rome tout entière a parlé par ma bouche.

          VALÈRE.

Sire, permettez-moi...
               TULLE. Valère, c'est assez,
Vos discours par les leurs ne sont pas effacés; 1730
J'en garde en mon esprit les forces plus pressantes,
Et toutes vos raisons me sont encor présentes.
Cette énorme action faite presqu'à nos yeux
Outrage la nature, et blesse jusqu'aux dieux.
Un premier mouvement qui produit un tel crime
Ne saurait lui servir d'excuse légitime :
Les moins sévères lois en ce point sont d'accord;
Et, si nous les suivons, il est digne de mort.
Si d'ailleurs nous voulons regarder le coupable,
Ce crime, quoique grand, énorme, inexcusable, 1740
Vient de la même épée et part du même bras
Qui me fait aujourd'hui maître de deux États.
Deux sceptres en ma main, Albe à Rome asservie,
Parlent bien hautement en faveur de sa vie :
Sans lui j'obéirais où je donne la loi,
Et je serais sujet où je suis deux fois roi.
Assez de bons sujets dans toutes les provinces

Par des vœux impuissants s'acquittent vers leurs prin-
Tous les peuvent aimer : mais tous ne peuvent pas [ces ;
Par d'illustres effets assurer leurs États ;   1750
Et l'art et le pouvoir d'affermir des couronnes
Sont des dons que le ciel fait à peu de personnes.
De pareils serviteurs sont les forces des rois,
Et de pareils aussi sont au-dessus des lois.
Qu'elles se taisent donc ; que Rome dissimule
Ce que dès sa naissance elle vit en Romule ;
Elle peut bien souffrir en son libérateur
Ce qu'elle a bien souffert en son premier auteur.
   Vis donc, Horace ; vis, guerrier trop magnanime :
Ta vertu met ta gloire au-dessus de ton crime ; 1760
Sa chaleur généreuse a produit ton forfait ;
D'une cause si belle il faut souffrir l'effet.
Vis pour servir l'État ; vis, mais aime Valère :
Qu'il ne reste entre vous ni haine ni colère ;
Et soit qu'il ait suivi l'amour ou le devoir,
Sans aucun sentiment résous-toi de le voir.
Sabine, écoutez moins la douleur qui vous presse ;
Chassez de ce grand cœur ces marques de faiblesse :
C'est en séchant vos pleurs que vous vous montrerez
La véritable sœur de ceux que vous pleurez.   1770
   Mais nous devons aux dieux demain un sacrifice ;
Et nous aurions le ciel à nos vœux mal propice,
Si nos prêtres, avant que de sacrifier,
Ne trouvaient les moyens de le purifier :
Son père en prendra soin ; il lui sera facile
D'apaiser tout d'un temps les mânes de Camille.
Je la plains ; et pour rendre à son sort rigoureux
Ce que peut souhaiter son esprit amoureux,
Puisqu'en un même jour l'ardeur d'un même zèle
Achève le destin de son amant et d'elle,   1780
Je veux qu'un même jour, témoin de leurs deux morts,
En un même tombeau voie enfermer leurs corps.

SCÈNE IV.

JULIE, *seule.*

Camille, ainsi le ciel t'avait bien avertie
Des tragiques succès qu'il t'avait préparés;
Mais toujours du secret il cache une partie
Aux esprits les plus nets et les mieux éclairés.

Il semblait nous parler de ton proche hyménée,
Il semblait tout promettre à tes vœux innocents;
Et, nous cachant ainsi ta mort inopinée,   1790
Sa voix n'est que trop vraie en trompant notre sens

« Albe et Rome aujourd'hui prennent une autre face.
« Tes vœux sont exaucés; elles goûtent la paix;
« Et tu vas être unie avec ton Curiace,
« Sans qu'aucun mauvais sort t'en sépare jamais. »

FIN D'HORACE.

CINNA

OU

LA CLÉMENCE D'AUGUSTE.

TRAGÉDIE.

(1639.)

PERSONNAGES. — Octave-César-Auguste, empereur de Rome. — Livie, impératrice. — Cinna, fils d'une fille de Pompée, chef de la conjuration contre Auguste. — Maxime, autre chef de la conjuration. — Émilie, fille de C. Toranius, tuteur d'Auguste, et proscrit par lui durant le triumvirat. — Fulvie, confidente d'Émilie. — Polyclète, affranchi d'Auguste. — Évandre, affranchi de Cinna. — Euphorbe, affranchi de Maxime.

La scène est à Rome.

———◆◆———

ACTE PREMIER.

—

SCÈNE I.

ÉMILIE, *seule.*

Impatients désirs d'une illustre vengeance
Dont la mort de mon père a formé la naissance,
Enfants impétueux de mon ressentiment,
Que ma douleur séduite embrasse aveuglément,
Vous prenez sur mon âme un trop puissant empire ;
Durant quelques moments souffrez que je respire ;
Et que je considère, en l'état où je suis,
Et ce que je hasarde et ce que je poursuis.

1   c

Quand je regarde Auguste au milieu de sa gloire,
Et que vous reprochez à ma triste mémoire   10
Que par sa propre main mon père massacré
Du trône où je le vois fait le premier degré ;
Quand vous me présentez cette sanglante image,
La cause de ma haine, et l'effet de sa rage,
Je m'abandonne toute à vos ardents transports,
Et crois, pour une mort, lui devoir mille morts.
Au milieu toutefois d'une fureur si juste,
J'aime encor plus Cinna que je ne hais Auguste,
Et je sens refroidir ce bouillant mouvement
Quand il faut, pour le suivre, exposer mon amant. 20
Oui, Cinna, contre moi moi-même je m'irrite
Quand je songe aux dangers où je te précipite.
Quoique pour me servir tu n'appréhendes rien,
Te demander du sang, c'est exposer le tien :
D'une si haute place on n'abat point de têtes
Sans attirer sur soi mille et mille tempêtes ;
L'issue en est douteuse, et le péril certain.
Un ami déloyal peut trahir ton dessein ;
L'ordre mal concerté, l'occasion mal prise,
Peuvent sur son auteur renverser l'entreprise,   30
Tourner sur toi les coups dont tu le veux frapper :
Dans sa ruine même il peut t'envelopper ;
Et, quoi qu'en ma faveur ton amour exécute,
Il te peut, en tombant, écraser sous sa chute.
Ah ! cesse de courir à ce mortel danger ;
Te perdre en me vengeant, ce n'est pas me venger.
Un cœur est trop cruel quand il trouve des charmes
Aux douceurs que corrompt l'amertume des larmes ;
Et l'on doit mettre au rang des plus cuisants malheurs
La mort d'un ennemi qui coûte tant de pleurs.   40
    Mais peut-on en verser alors qu'on venge un père ?
Est-il perte à ce prix qui ne semble légère ?
Et, quand son assassin tombe sous notre effort,
Doit-on considérer ce que coûte sa mort ?

1. c

Cessez, vaines frayeurs, cessez, lâches tendresses,
De jeter dans mon cœur vos indignes faiblesses ;
Et toi qui les produis par tes soins superflus,
Amour, sers mon devoir et ne le combats plus :
Lui céder c'est ta gloire, et le vaincre, ta honte ;
Montre-toi généreux, souffrant qu'il te surmonte : 50
Plus tu lui donneras, plus il te va donner,
Et ne triomphera que pour te couronner.

SCÈNE II.

ÉMILIE, FULVIE.

ÉMILIE.

Je l'ai juré, Fulvie, et je le jure encore,
Quoique j'aime Cinna, quoique mon cœur l'adore,
S'il me veut posséder, Auguste doit périr ;
Sa tête est le seul prix dont il peut m'acquérir.
Je lui prescris la loi que mon devoir m'impose.

FULVIE.

Elle a pour la blâmer une trop juste cause ;
Par un si grand dessein vous vous faites juger
Digne sang de celui que vous voulez venger ;   60
Mais encore une fois, souffrez que je vous die
Qu'une si juste ardeur devrait être attiédie.
Auguste chaque jour, à force de bienfaits,
Semble assez réparer les maux qu'il vous a faits ;
Sa faveur envers vous paraît si déclarée,
Que vous êtes chez lui la plus considérée ;
Et de ses courtisans souvent les plus heureux
Vous pressent à genoux de lui parler pour eux.

ÉMILIE.

Toute cette faveur ne me rend pas mon père ;
Et de quelque façon que l'on me considère,   70
Abondante en richesse, ou puissante en crédit,
Je demeure toujours la fille d'un proscrit.

Les bienfaits ne font pas toujours ce que tu penses ;
D'une main odieuse ils tiennent lieu d'offenses :
Plus nous en prodiguons à qui nous peut haïr,
Plus d'armes nous donnons à qui nous veut trahir.
Il m'en fait chaque jour, sans changer mon courage ;
Je suis ce que j'étais, et je puis davantage,
Et des mêmes présents qu'il verse dans mes mains
J'achète contre lui les esprits des Romains ;   80
Je recevrais de lui la place de Livie,
Comme un moyen plus sûr d'attenter à sa vie.
Pour qui venge son père il n'est point de forfaits,
Et c'est vendre son sang que se rendre aux bienfaits.

          FULVIE.

Quel besoin toutefois de passer pour ingrate ?
Ne pouvez-vous haïr sans que la haine éclate ?
Assez d'autres sans vous n'ont pas mis en oubli
Par quelles cruautés son trône est établi ;
Tant de braves Romains, tant d'illustres victimes,
Qu'à son ambition ont immolés ses crimes,   90
Laissent à leurs enfants d'assez vives douleurs
Pour venger votre perte en vengeant leurs malheurs.
Beaucoup l'ont entrepris, mille autres vont les suivre :
Qui vit haï de tous ne saurait longtemps vivre :
Remettez à leurs bras les communs intérêts,
Et n'aidez leurs desseins que par des vœux secrets.

          ÉMILIE.

Quoi ! je le haïrai sans tâcher de lui nuire ?
J'attendrai du hasard qu'il ose le détruire ?
Et je satisferai des devoirs si pressants
Par une haine obscure et des vœux impuissants ?   100
Sa perte, que je veux, me deviendrait amère,
Si quelqu'un l'immolait à d'autres qu'à mon père ;
Et tu verrais mes pleurs couler pour son trépas
Qui, le faisant périr, ne me vengerait pas.
C'est une lâcheté que de remettre à d'autres
Les intérêts publics qui s'attachent aux nôtres.

Joignons à la douceur de venger nos parents
La gloire qu'on remporte à punir les tyrans,
Et faisons publier par toute l'Italie:
« La liberté de Rome est l'œuvre d'Émilie;   110
« On a touché son âme, et son cœur s'est épris;
« Mais elle n'a donné son amour qu'à ce prix. »

FULVIE.

Votre amour à ce prix n'est qu'un présent funeste
Qui porte à votre amant sa perte manifeste.
Pensez mieux, Émilie, à quoi vous l'exposez,
Combien à cet écueil se sont déjà brisés;
Ne vous aveuglez point quand sa mort est visible.

ÉMILIE.

Ah! tu sais me frapper par où je suis sensible.
Quand je songe aux dangers que je lui fais courir,
La crainte de sa mort me fait déjà mourir;   120
Mon esprit en désordre à soi-même s'oppose:
Je veux, et ne veux pas, je m'emporte, et je n'ose;
Et mon devoir confus, languissant, étonné,
Cède aux rébellions de mon cœur mutiné.

Tout beau, ma passion, deviens un peu moins forte;
Tu vois bien des hasards, ils sont grands, mais n'im-
Cinna n'est pas perdu pour être hasardé.   [porte:
De quelques légions qu'Auguste soit gardé,   [tienne,
Quelque soin qu'il se donne, et quelque ordre qu'il
Qui méprise la vie est maître de la sienne.   130
Plus le péril est grand, plus doux en est le fruit;
La vertu nous y jette, et la gloire le suit:
Quoi qu'il en soit, qu'Auguste ou que Cinna périsse,
Aux mânes paternels je dois ce sacrifice:
Cinna me l'a promis en recevant ma foi;
Et ce coup seul aussi le rend digne de moi.
Il est tard, après tout, de m'en vouloir dédire.
Aujourd'hui l'on s'assemble, aujourd'hui l'on con-
L'heure, le lieu, le bras se choisit aujourd'hui; [spire:
Et c'est à faire enfin à mourir après lui.   140

Mais le voici qui vient.

SCÈNE III.

CINNA, ÉMILIE, FULVIE.

ÉMILIE. Cinna, votre assemblée
Par l'effroi du péril n'est-elle point troublée ?
Et reconnaissez-vous au front de vos amis
Qu'ils soient prêts à tenir ce qu'ils vous ont promis ?

CINNA.
Jamais contre un tyran entreprise conçue
Ne permit d'espérer une si belle issue,
Jamais de telle ardeur on n'en jura la mort,
Et jamais conjurés ne furent mieux d'accord :
Tous s'y montrent portés avec tant d'allégresse,
Qu'ils semblent, comme moi, servir une maîtresse ;
Et tous font éclater un si puissant courroux,   151
Qu'ils semblent tous venger un père, comme vous.

ÉMILIE.
Je l'avais bien prévu, que, pour un tel ouvrage,
Cinna saurait choisir des hommes de courage,
Et ne remettrait pas en de mauvaises mains
L'intérêt d'Émilie et celui des Romains.

CINNA.
Plût aux dieux que vous-même eussiez vu de quel zèle
Cette troupe entreprend une action si belle !
Au seul nom de César, d'Auguste, et d'empereur,
Vous eussiez vu leurs yeux s'enflammer de fureur,
Et dans un même instant, par un effet contraire,   161
Leur front pâlir d'horreur et rougir de colère.
« Amis, leur ai-je dit, voici le jour heureux
« Qui doit conclure enfin nos desseins généreux ;
« Le ciel entre nos mains a mis le sort de Rome,
« Et son salut dépend de la perte d'un homme,

« Si l'on doit le nom d'homme à qui n'a rien d'hu-
« A ce tigre altéré de tout le sang romain.   [main,
« Combien pour le répandre a-t-il formé de brigues !
« Combien de fois changé de partis et de ligues, 170
« Tantôt ami d'Antoine, et tantôt ennemi,
« Et jamais insolent ni cruel à demi ! »
Là, par un long récit de toutes les misères
Que durant notre enfance ont enduré nos pères,
Renouvelant leur haine avec leur souvenir,
Je redouble en leurs cœurs l'ardeur de le punir.
Je leur fais des tableaux de ces tristes batailles
Où Rome par ses mains déchirait ses entrailles,
Où l'aigle abattait l'aigle, et de chaque côté
Nos légions s'armaient contre leur liberté ;   180
Où les meilleurs soldats et les chefs les plus braves
Mettaient toute leur gloire à devenir esclaves ;
Où, pour mieux assurer la honte de leurs fers,
Tous voulaient à leur chaîne attacher l'univers ;
Et l'exécrable honneur de lui donner un maître
Faisant aimer à tous l'infâme nom de traître,
Romains contre Romains, parents contre parents,
Combattaient seulement pour le choix des tyrans.
   J'ajoute à ces tableaux la peinture effroyable
De leur concorde impie, affreuse, inexorable,   190
Funeste aux gens de bien, aux riches, au sénat,
Et, pour tout dire enfin, de leur triumvirat ;
Mais je ne trouve point de couleurs assez noires
Pour en représenter les tragiques histoires.
Je les peins dans le meurtre à l'envi triomphants,
Rome entière noyée au sang de ses enfants :
Les uns assassinés dans les places publiques,
Les autres dans le sein de leurs dieux domestiques :
Le méchant par le prix au crime encouragé,
Le mari par sa femme en son lit égorgé ;   200
Le fils tout dégouttant du meurtre de son père,
Et, sa tête à la main, demandant son salaire,

Sans pouvoir exprimer par tant d'horribles traits
Qu'un crayon imparfait de leur sanglante paix.
   Vous dirai-je les noms de ces grands personnages
Dont j'ai dépeint les morts pour aigrir les courages,
De ces fameux proscrits, ces demi-dieux mortels,
Qu'on a sacrifiés jusque sur les autels?
Mais pourrais-je vous dire à quelle impatience,
A quels frémissements, à quelle violence,   210
Ces indignes trépas, quoique mal figurés,
Ont porté les esprits de tous nos conjurés?
Je n'ai point perdu temps, et voyant leur colère
Au point de ne rien craindre, en état de tout faire,
J'ajoute en peu de mots : « Toutes ces cruautés,
« La perte de nos biens et de nos libertés,
« Le ravage des champs, le pillage des villes,
« Et les proscriptions, et les guerres civiles,
« Sont les degrés sanglants dont Auguste a fait choix
« Pour monter sur le trône et nous donner des lois. 220
« Mais nous pouvons changer un destin si funeste,
« Puisque de trois tyrans c'est le seul qui nous reste,
« Et que, juste une fois, il s'est privé d'appui, [lui.
« Perdant, pour régner seul, deux méchants comme
« Lui mort, nous n'avons point de vengeur ni de maî-
« Avec la liberté Rome s'en va renaître;   [tre:
« Et nous mériterons le nom de vrais Romains,
« Si le joug qui l'accable est brisé par nos mains.
« Prenons l'occasion tandis qu'elle est propice :
« Demain au Capitole il fait un sacrifice;   230
« Qu'il en soit la victime, et faisons en ces lieux
« Justice à tout le monde, à la face des dieux:
« Là presque pour sa suite il n'a que notre troupe;
« C'est de ma main qu'il prend et l'encens et la coupe;
« Et je veux pour signal que cette même main
« Lui donne, au lieu d'encens, d'un poignard dans le
« Ainsi d'un coup mortel la victime frappée   [sein.
« Fera voir si je suis du sang du grand Pompée;

« Faites voir, après moi, si vous vous souvenez
« Des illustres aïeux de qui vous êtes nés. »   240
A peine ai-je achevé, que chacun renouvelle,
Par un noble serment, le vœu d'être fidèle;
L'occasion leur plaît, mais chacun veut pour soi
L'honneur du premier coup que j'ai choisi pour moi.
La raison règle enfin l'ardeur qui les emporte:
Maxime et la moitié s'assurent de la porte;
L'autre moitié me suit, et doit l'environner,
Prête au moindre signal que je voudrai donner.
    Voilà, belle Émilie, à quel point nous en sommes.
Demain, j'attends la haine ou la faveur des hommes,
Le nom de parricide ou de libérateur,   250
César celui de prince ou d'un usurpateur.
Du succès qu'on obtient contre la tyrannie
Dépend ou notre gloire ou notre ignominie;
Et le peuple, inégal à l'endroit des tyrans,
S'il les déteste morts, les adore vivants.
Pour moi, soit que le ciel me soit dur ou propice,
Qu'il m'élève à la gloire ou me livre au supplice,
Que Rome se déclare ou pour ou contre nous,
Mourant pour vous servir, tout me semblera doux.

        ÉMILIE.

Ne crains point de succès qui souille ta mémoire :
Le bon et le mauvais sont égaux pour ta gloire;   262
Et, dans un tel dessein, le manque de bonheur
Met en péril ta vie, et non pas ton honneur.
Regarde le malheur de Brute et de Cassie;
La splendeur de leur nom en est-elle obscurcie?
Sont-ils morts tout entiers avec leurs grands desseins?
Ne les compte-t-on plus pour les derniers Romains?
Leur mémoire dans Rome est encor précieuse
Autant que de César la vie est odieuse :   270
Si leur vainqueur y règne, ils y sont regrettés,
Et par les vœux de tous leurs pareils souhaités.
Va marcher sur leurs pas où l'honneur te convie:

                              . 1. c

Mais ne perds pas le soin de conserver ta vie ;
Souviens-toi du beau feu dont nous sommes épris,
Qu'aussi bien que la gloire Émilie est ton prix ;
Que tu me dois ton cœur, que mes faveurs t'attendent,
Que tes jours me sont chers, que les miens en dépen-
Mais quelle occasion mène Évandre vers nous ? [dent.

SCÈNE IV.

CINNA, ÉMILIE, ÉVANDRE, FULVIE.

ÉVANDRE.

Seigneur, César vous mande, et Maxime avec vous.

CINNA.

Et Maxime avec moi ! Le sais-tu bien, Évandre ? 281

ÉVANDRE.

Polyclète est encor chez vous à vous attendre,
Et fût venu lui-même avec moi vous chercher,
Si ma dextérité n'eût su l'en empêcher ;
Je vous en donne avis de peur d'une surprise.
Il presse fort.

ÉMILIE. Mander les chefs de l'entreprise !
Tous deux ! en même temps ! Vous êtes découverts.

CINNA.

Espérons mieux, de grâce.

ÉMILIE. Ah, Cinna ! je te perds !
Et les dieux, obstinés à nous donner un maître,
Parmi tes vrais amis ont mêlé quelque traître.   290
Il n'en faut point douter, Auguste a tout appris.
Quoi, tous deux ! et sitôt que le conseil est pris !

CINNA.

Je ne vous puis celer que son ordre m'étonne :
Mais souvent il m'appelle auprès de sa personne ;
Maxime est comme moi de ses plus confidents,
Et nous nous alarmons peut-être en imprudents.

ÉMILIE.

Sois moins ingénieux à te tromper toi-même,
Cinna; ne porte point mes maux jusqu'à l'extrême;
Et, puisque désormais tu ne peux me venger,
Dérobe au moins ta tête à ce mortel danger;   300
Fuis d'Auguste irrité l'implacable colère.
Je verse assez de pleurs pour la mort de mon père;
N'aigris point ma douleur par un nouveau tourment,
Et ne me réduis point à pleurer mon amant.

CINNA.

Quoi! sur l'illusion d'une terreur panique
Trahir vos intérêts et la cause publique!
Par cette lâcheté moi-même m'accuser,
Et tout abandonner quand il faut tout oser!
Que feront nos amis si vous êtes déçue?

ÉMILIE.

Mais que deviendras-tu si l'entreprise est sue?   310

CINNA.

S'il est pour me trahir des esprits assez bas,
Ma vertu pour le moins ne me trahira pas;
Vous la verrez, brillante au bord des précipices,
Se couronner de gloire en bravant les supplices,
Rendre Auguste jaloux du sang qu'il répandra,
Et le faire trembler alors qu'il me perdra.
    Je deviendrais suspect à tarder davantage.
Adieu. Raffermissez ce généreux courage.
S'il faut subir le coup d'un destin rigoureux,
Je mourrai tout ensemble heureux et malheureux: 320
Heureux pour vous servir de perdre ainsi la vie,
Malheureux de mourir sans vous avoir servie.

ÉMILIE.

Oui, va, n'écoute plus ma voix qui te retient;
Mon trouble se dissipe, et ma raison revient.
Pardonne à mon amour cette indigne faiblesse.
Tu voudrais fuir en vain, Cinna, je le confesse;
Si tout est découvert, Auguste a su pourvoir

A ne te laisser pas ta fuite en ton pouvoir.
Porte, porte chez lui cette mâle assurance,
Digne de notre amour, digne de ta naissance;   330
Meurs, s'il y faut mourir, en citoyen romain,
Et par un beau trépas couronne un beau dessein.
Ne crains pas qu'après toi rien ici me retienne :
Ta mort emportera mon âme vers la tienne;
Et mon cœur aussitôt percé des mêmes coups...

CINNA.

Ah! souffrez que tout mort je vive encore en vous;
Et du moins en mourant permettez que j'espère
Que vous saurez venger l'amant avec le père.
Rien n'est pour vous à craindre : aucun de nos amis
Ne sait ni vos desseins, ni ce qui m'est promis;   340
Et, leur parlant tantôt des misères romaines,
Je leur ai tu la mort qui fait naître nos haines,
De peur que mon ardeur touchant vos intérêts
D'un si parfait amour ne trahît les secrets :
Il n'est su que d'Évandre et de votre Fulvie.

ÉMILIE.

Avec moins de frayeur je vais donc chez Livie,
Puisque dans ton péril il me reste un moyen
De faire agir pour toi son crédit et le mien :
Mais si mon amitié par là ne te délivre,
N'espère pas qu'enfin je veuille te survivre.   350
Je fais de ton destin des règles à mon sort,
Et j'obtiendrai ta vie, ou je suivrai ta mort.

CINNA.

Soyez en ma faveur moins cruelle à vous-même.

ÉMILIE.

Va-t'en, et souviens-toi seulement que je t'aime.

7.

ACTE DEUXIÈME.

—

SCÈNE I.

AUGUSTE, **CINNA**, **MAXIME**, *troupe de courtisans.*

AUGUSTE.

Que chacun se retire, et qu'aucun n'entre ici.
Vous, Cinna, demeurez, et vous, Maxime, aussi.
　　(*Tous se retirent, à la réserve de Cinna et de
　　　　Maxime.*)
Cet empire absolu sur la terre et sur l'onde,
Ce pouvoir souverain que j'ai sur tout le monde,
Cette grandeur sans borne, et cet illustre rang
Qui m'a jadis coûté tant de peine et de sang,　　360
Enfin tout ce qu'adore en ma haute fortune
D'un courtisan flatteur la présence importune,
N'est que de ces beautés dont l'éclat éblouit,
Et qu'on cesse d'aimer sitôt qu'on en jouit.
L'ambition déplaît quand elle est assouvie,
D'une contraire ardeur son ardeur est suivie;
Et comme notre esprit, jusqu'au dernier soupir,
Toujours vers quelque objet pousse quelque désir,
Il se ramène en soi, n'ayant plus où se prendre,
Et, monté sur le faîte, il aspire à descendre.　　370
J'ai souhaité l'empire, et j'y suis parvenu;
Mais, en le souhaitant, je ne l'ai pas connu:
Dans sa possession j'ai trouvé pour tous charmes
D'effroyables soucis, d'éternelles alarmes,
Mille ennemis secrets, la mort à tout propos,
Point de plaisir sans trouble, et jamais de repos.
Sylla m'a précédé dans ce pouvoir suprême:

Le grand César mon père en a joui de même ;
D'un œil si différent tous deux l'ont regardé,
Que l'un s'en est démis et l'autre l'a gardé :   380
Mais l'un cruel, barbare, est mort aimé, tranquille,
Comme un bon citoyen dans le sein de sa ville ;
L'autre, tout débonnaire, au milieu du sénat
A vu trancher ses jours par un assassinat.
Ces exemples récents suffiraient pour m'instruire,
Si par l'exemple seul on se devait conduire :
L'un m'invite à le suivre, et l'autre me fait peur ;
Mais l'exemple souvent n'est qu'un miroir trompeur ;
Et l'ordre du destin qui gêne nos pensées
N'est pas toujours écrit dans les choses passées : 390
Quelquefois l'un se brise où l'autre s'est sauvé,
Et par où l'un périt un autre est conservé.
    Voilà, mes chers amis, ce qui me met en peine.
Vous, qui me tenez lieu d'Agrippe et de Mécène,
Pour résoudre ce point avec eux débattu,
Prenez sur mon esprit le pouvoir qu'ils ont eu :
Ne considérez point cette grandeur suprême,
Odieuse aux Romains et pesante à moi-même ;
Traitez-moi comme ami, non comme souverain ;
Rome, Auguste, l'État, tout est en votre main : 400
Vous mettrez et l'Europe, et l'Asie, et l'Afrique,
Sous les lois d'un monarque ou d'une république ;
Votre avis est ma régle, et par ce seul moyen
Je veux être empereur ou simple citoyen.
              CINNA.
Malgré notre surprise et mon insuffisance,
Je vous obéirai, seigneur, sans complaisance,
Et mets bas le respect qui pourrait m'empêcher
De combattre un avis où vous semblez pencher ;
Souffrez-le d'un esprit jaloux de votre gloire,
Que vous allez souiller d'une tache trop noire, 410
Si vous ouvrez votre âme à ces impressions
'usques à condamner toutes vos actions.

On ne renonce point aux grandeurs légitimes :
On garde sans remords ce qu'on acquiert sans crimes ;
Et plus le bien qu'on quitte est noble, grand, exquis,
Plus qui l'ose quitter le juge mal acquis.
N'imprimez pas, seigneur, cette honteuse marque
A ces rares vertus qui vous ont fait monarque ;
Vous l'êtes justement, et c'est sans attentat
Que vous avez changé la forme de l'État.   420
Rome est dessous vos lois par le droit de la guerre,
Qui sous les lois de Rome a mis toute la terre ;
Vos armes l'ont conquise, et tous les conquérants
Pour être usurpateurs ne sont pas des tyrans ;
Quand ils ont sous leurs lois asservi des provinces,
Gouvernant justement, ils s'en font justes princes :
C'est ce que fit César ; il vous faut aujourd'hui
Condamner sa mémoire ou faire comme lui.
Si le pouvoir suprême est blâmé par Auguste,
César fut un tyran, et son trépas fut juste,   430
Et vous devez aux dieux compte de tout le sang
Dont vous l'avez vengé pour monter à son rang.
N'en craignez point, seigneur, les tristes destinées ;
Un plus puissant démon veille sur vos années :
On a dix fois sur vous attenté sans effet,
Et qui l'a voulu perdre au même instant l'a fait.
On entreprend assez, mais aucun n'exécute ;
Il est des assassins, mais il n'est plus de Brute :
Enfin, s'il faut attendre un semblable revers,
Il est beau de mourir maître de l'univers.   440
C'est ce qu'en peu de mots j'ose dire ; et j'estime
Que ce peu que j'ai dit est l'avis de Maxime.

MAXIME.

Oui, j'accorde qu'Auguste a droit de conserver
L'empire où sa vertu l'a fait seule arriver,
Et qu'au prix de son sang, au péril de sa tête,
Il a fait de l'État une juste conquête ;
Mais que, sans se noircir, il ne puisse quitter

Le fardeau que sa main est lasse de porter,
Qu'il accuse par là César de tyrannie,
Qu'il approuve sa mort, c'est ce que je dénie.　450
　Rome est à vous, seigneur; l'empire est votre bien.
Chacun en liberté peut disposer du sien;
Il le peut, à son choix, garder ou s'en défaire.
Vous seul ne pourriez pas ce que peut le vulgaire!
Et seriez devenu, pour avoir tout dompté,
Esclave des grandeurs où vous êtes monté!
Possédez-les, seigneur, sans qu'elles vous possèdent.
Loin de vous captiver, souffrez qu'elles vous cèdent;
Et faites hautement connaître enfin à tous
Que tout ce qu'elles ont est au-dessous de vous.　460
Votre Rome autrefois vous donna la naissance;
Vous lui voulez donner votre toute-puissance;
Et Cinna vous impute à crime capital
La libéralité vers le pays natal!
Il appelle remords l'amour de la patrie!
Par la haute vertu la gloire est donc flétrie,
Et ce n'est qu'un objet digne de nos mépris,
Si de ses pleins effets l'infamie est le prix!
Je veux bien avouer qu'une action si belle
Donne à Rome bien plus que vous ne tenez d'elle;
Mais commet-on un crime indigne de pardon,　471
Quand la reconnaissance est au-dessus du don?
Suivez, suivez, seigneur, le ciel qui vous inspire :
Votre gloire redouble à mépriser l'empire;
Et vous serez fameux chez la postérité
Moins pour l'avoir conquis que pour l'avoir quitté.
Le bonheur peut conduire à la grandeur suprême :
Mais pour y renoncer il faut la vertu même;
Et peu de généreux vont jusqu'à dédaigner,
Après un sceptre acquis, la douceur de régner. 480
　Considérez d'ailleurs que vous régnez dans Rome,
Où, de quelque façon que votre cour vous nomme,
On hait la monarchie; et le nom d'empereur,

Cachant celui de roi , ne fait pas moins d'horreur.
Il passe pour tyran quiconque s'y fait maître ;
Qui le sert, pour esclave ; et qui l'aime , pour traître :
Qui le souffre a le cœur lâche , mol , abattu ;
Et pour s'en affranchir tout s'appelle vertu.
Vous en avez, seigneur , des preuves trop certaines :
On a fait contre vous dix entreprises vaines ;　　490
Peut-être que l'onzième est prête d'éclater,
Et que ce mouvement qui vous vient d'agiter
N'est qu'un avis secret que le ciel vous envoie,
Qui pour vous conserver n'a plus que cette voie.
Ne vous exposez plus à ces fameux revers :
Il est beau de mourir maître de l'univers ;
Mais la plus belle mort souille notre mémoire,
Quand nous avons pu vivre et croître notre gloire.

　　　CINNA.

Si l'amour du pays doit ici prévaloir,
C'est son bien seulement que vous devez vouloir ;
Et cette liberté , qui lui semble si chère ,　　501
N'est pour Rome , seigneur , qu'un bien imaginaire,
Plus nuisible qu'utile , et qui n'approche pas
De celui qu'un bon prince apporte à ses États.
Avec ordre et raison les honneurs il dispense,
Avec discernement punit et récompense,
Et dispose de tout en juste possesseur ,
Sans rien précipiter, de peur d'un successeur. [multe ;
Mais quand le peuple est maître, on n'agit qu'en tu-
La voix de la raison jamais ne se consulte ;　　510
Les honneurs sont vendus aux plus ambitieux,
L'autorité livrée aux plus séditieux.
Ces petits souverains qu'il fait pour une année,
Voyant d'un temps si court leur puissance bornée ,
Des plus heureux desseins font avorter le fruit,
De peur de le laisser à celui qui les suit ;　　[nent,
Comme ils ont peu de part au bien dont ils ordon-
Dans le champ du public largement ils moissonnent,

Assurés que chacun leur pardonne aisément,
Espérant à son tour un pareil traitement.   520
Le pire des états, c'est l'état populaire.

AUGUSTE.

Et toutefois le seul qui dans Rome peut plaire.
Cette haine des rois que depuis cinq cents ans
Avec le premier lait sucent tous ses enfants,
Pour l'arracher des cœurs, est trop enracinée.

MAXIME.

Oui, seigneur, dans son mal Rome est trop obstinée;
Son peuple, qui s'y plaît, en fuit la guérison :
Sa coutume l'emporte, et non pas la raison ;
Et cette vieille erreur, que Cinna veut abattre,
Est une heureuse erreur dont il est idolâtre,   530
Par qui le monde entier, asservi sous ses lois,
L'a vu cent fois marcher sur la tête des rois,
Son épargne s'enfler du sac de leurs provinces.
Que lui pouvaient de plus donner les meilleurs prin-
   J'ose dire, seigneur, que par tous les climats [ces?
Ne sont pas bien reçus toutes sortes d'états ;
Chaque peuple a le sien conforme à sa nature,
Qu'on ne saurait changer sans lui faire une injure :
Telle est la loi du ciel, dont la sage équité
Sème dans l'univers cette diversité.   540
Les Macédoniens aiment le monarchique,
Et le reste des Grecs la liberté publique :
Les Parthes, les Persans, veulent des souverains ;
Et le seul consulat est bon pour les Romains.

CINNA.

Il est vrai que du ciel la prudence infinie
Départ à chaque peuple un différent génie;
Mais il n'est pas moins vrai que cet ordre des cieux
Change selon les temps comme selon les lieux.
Rome a reçu des rois ses murs et sa naissance;
Elle tient des consuls sa gloire et sa puissance, 550
Et reçoit maintenant de vos rares bontés

Le comble souverain de ses prospérités.
Sous vous, l'État n'est plus en pillage aux armées ;
Les portes de Janus par vos mains sont fermées,
Ce que sous ses consuls on n'a vu qu'une fois,
Et qu'a fait voir comme eux le second de ses rois.

MAXIME.

Les changements d'état que fait l'ordre céleste
Ne coûtent point de sang, n'ont rien qui soit funeste.

CINNA.

C'est un ordre des dieux qui jamais ne se rompt,
De nous vendre bien cher les grands biens qu'ils nous
[font. 560
L'exil des Tarquins même ensanglanta nos terres,
Et nos premiers consuls nous ont coûté des guerres.

MAXIME.

Donc votre aïeul Pompée au ciel a résisté
Quand il a combattu pour notre liberté ?

CINNA.

Si le ciel n'eût voulu que Rome l'eût perdue,
Par les mains de Pompée il l'aurait défendue :
Il a choisi sa mort pour servir dignement
D'une marque éternelle à ce grand changement,
Et devait cette gloire aux mânes d'un tel homme,
D'emporter avec eux la liberté de Rome.　　　570
　　Ce nom depuis longtemps ne sert qu'à l'éblouir,
Et sa propre grandeur l'empêche d'en jouir.
Depuis qu'elle se voit la maîtresse du monde,
Depuis que la richesse entre ses murs abonde,
Et que son sein, fécond en glorieux exploits,
Produit des citoyens plus puissants que des rois,
Les grands, pour s'affermir achetant les suffrages,
Tiennent pompeusement leurs maîtres à leurs gages,
Qui, par des fers dorés se laissant enchaîner,　　579
Reçoivent d'eux les lois qu'ils pensent leur donner.
Envieux l'un de l'autre, ils mènent tout par brigues,
Que leur ambition tourne en sanglantes ligues.

7.

Ainsi de Marius Sylla devint jaloux;
César, de mon aïeul; Marc-Antoine, de vous:
Ainsi la liberté ne peut plus être utile
Qu'à former les fureurs d'une guerre civile,
Lorsque, par un désordre à l'univers fatal,
L'un ne veut point de maître, et l'autre point d'égal.
   Seigneur, pour sauver Rome, il faut qu'elle s'unisse
En la main d'un bon chef à qui tout obéisse.   590
Si vous aimez encore à la favoriser,
Otez-lui les moyens de se plus diviser.
Sylla, quittant la place enfin bien usurpée,
N'a fait qu'ouvrir le champ à César et Pompée,
Que le malheur des temps ne nous eût pas fait voir
S'il eût dans sa famille assuré son pouvoir.
Qu'a fait du grand César le cruel parricide,
Qu'élever contre vous Antoine avec Lépide,
Qui n'eussent pas détruit Rome par les Romains,
Si César eût laissé l'empire entre vos mains?   600
Vous la replongerez, en quittant cet empire,
Dans les maux dont à peine encore elle respire,
Et de ce peu, seigneur, qui lui reste de sang,
Une guerre nouvelle épuisera son flanc.
   Que l'amour du pays, que la pitié vous touche;
Votre Rome à genoux vous parle par ma bouche.
Considérez le prix que vous avez coûté :
Non pas qu'elle vous croie avoir trop acheté,
Des maux qu'elle a soufferts elle est trop bien payée;
Mais une juste peur tient son âme effrayée :   610
Si, jaloux de son heur et las de commander,
Vous lui rendez un bien qu'elle ne peut garder,
S'il lui faut à ce prix en acheter un autre,
Si vous ne préférez son intérêt au vôtre,
Si ce funeste don la met au désespoir,
Je n'ose dire ici ce que j'ose prévoir.
Conservez-vous, seigneur, en lui laissant un maître
Sous qui son vrai bonheur commence de renaître;

Et, pour mieux assurer le bien commun de tous,
Donnez un successeur qui soit digne de vous.   620

AUGUSTE.

N'en délibérons plus, cette pitié l'emporte.   [forte;
Mon repos m'est bien cher, mais Rome est la plus
Et, quelque grand malheur qui m'en puisse arriver,
Je consens à me perdre afin de la sauver.
Pour ma tranquillité mon cœur en vain soupire :
Cinna, par vos conseils je retiendrai l'empire;
Mais je le retiendrai pour vous en faire part.   [fard,
Je vois trop que vos cœurs n'ont point pour moi de
Et que chacun de vous, dans l'avis qu'il me donne,
Regarde seulement l'État et ma personne;   630
Votre amour en tous deux fait ce combat d'esprits,
Et vous allez tous deux en recevoir le prix :
Maxime, je vous fais gouverneur de Sicile;
Allez donner mes lois à ce terroir fertile :
Songez que c'est pour moi que vous gouvernerez,
Et que je répondrai de ce que vous ferez.
Pour épouse, Cinna, je vous donne Émilie;
Vous savez qu'elle tient la place de Julie,
Et que, si nos malheurs et la nécessité
M'ont fait traiter son père avec sévérité,   640
Mon épargne depuis en sa faveur ouverte
Doit avoir adouci l'aigreur de cette perte.
Voyez-la de ma part, tâchez de la gagner :
Vous n'êtes point pour elle un homme à dédaigner;
De l'offre de vos vœux elle sera ravie.
Adieu : j'en veux porter la nouvelle à Livie.

SCÈNE II.

CINNA , MAXIME.

MAXIME.

Quel est votre dessein après ces beaux discours?

CINNA.

Le même que j'avais, et que j'aurai toujours.

MAXIME.

Un chef de conjurés flatte la tyrannie!

CINNA.

Un chef de conjurés la veut voir impunie!   650

MAXIME.

Je veux voir Rome libre.

             CINNA. Et vous pouvez juger
Que je veux l'affranchir ensemble et la venger.
Octave aura donc vu ses fureurs assouvies,
Pillé jusqu'aux autels, sacrifié nos vies,
Rempli les champs d'horreur, comblé Rome de morts
Et sera quitte après pour l'effet d'un remords!
Quand le ciel par nos mains à le punir s'apprête,
Un lâche repentir garantira sa tête!
C'est trop semer d'appâts, et c'est trop inviter
Par son impunité quelque autre à l'imiter.   660
Vengeons nos citoyens, et que sa peine étonne
Quiconque après sa mort aspire à la couronne.
Que le peuple aux tyrans ne soit plus exposé :
S'il eût puni Sylla, César eût moins osé.

MAXIME.

Mais la mort de César, que vous trouvez si juste,
A servi de prétexte aux cruautés d'Auguste.
Voulant nous affranchir, Brute s'est abusé;
S'il n'eût puni César, Auguste eût moins osé.

CINNA.

La faute de Cassie, et ses terreurs paniques.

Ont fait rentrer l'État sous des lois tyranniques ; 670
Mais nous ne verrons point de pareils accidents,
Lorsque Rome suivra des chefs moins imprudents.

MAXIME.

Nous sommes encor loin de mettre en évidence
Si nous nous conduirons avec plus de prudence ;
Cependant c'en est peu que de n'accepter pas
Le bonheur qu'on recherche au péril du trépas.

CINNA.

C'en est encor bien moins, alors qu'on s'imagine
Guérir un mal si grand sans couper la racine ;
Employer la douceur à cette guérison,
C'est, en fermant la plaie, y verser du poison. 680

MAXIME.

Vous la voulez sanglante, et la rendez douteuse.

CINNA.

Vous la voulez sans peine, et la rendez honteuse.

MAXIME.

Pour sortir de ses fers jamais on ne rougit.

CINNA.

On en sort lâchement, si la vertu n'agit.

MAXIME.

Jamais la liberté ne cesse d'être aimable ;
Et c'est toujours pour Rome un bien inestimable.

CINNA.

Ce ne peut être un bien qu'elle daigne estimer,
Quand il vient d'une main lasse de l'opprimer :
Elle a le cœur trop bon pour se voir avec joie
Le rebut du tyran dont elle fut la proie ; 690
Et tout ce que la gloire a de vrais partisans
Le hait trop puissamment pour aimer ses présents.

MAXIME.

Donc pour vous Émilie est un objet de haine ?

CINNA.

La recevoir de lui me serait une gêne :
Mais quand j'aurai vengé Rome des maux soufferts,

Je saurai le braver jusque dans les enfers.
Oui, quand par son trépas je l'aurai méritée,
Je veux joindre à sa main ma main ensanglantée,
L'épouser sur sa cendre, et qu'après notre effort
Les présents du tyran soient le prix de sa mort. 700

MAXIME.

Mais l'apparence, ami, que vous puissiez lui plaire
Teint du sang de celui qu'elle aime comme un père ?
Car vous n'êtes pas homme à la violenter.

CINNA.

Ami, dans ce palais on peut nous écouter,
Et nous parlons peut-être avec trop d'imprudence
Dans un lieu si mal propre à notre confidence :
Sortons, qu'en sûreté j'examine avec vous
Pour en venir à bout les moyens les plus doux.

———⊷◆⊶———

ACTE TROISIÈME.

—

SCÈNE I.

MAXIME, EUPHORBE.

MAXIME.

Lui-même il m'a tout dit, leur flamme est mutuelle :
Il adore Émilie, il est adoré d'elle ; 710
Mais sans venger son père il n'y peut aspirer,
Et c'est pour l'acquérir qu'il nous fait conspirer.

EUPHORBE.

Je ne m'étonne plus de cette violence
Dont il contraint Auguste à garder sa puissance :
La ligue se romprait, s'il s'en était démis,
Et tous vos conjurés deviendraient ses amis.

MAXIME.

Ils servent à l'envi la passion d'un homme
Qui n'agit que pour soi, feignant d'agir pour Rome ;
Et moi, par un malheur qui n'eut jamais d'égal,
Je pense servir Rome, et je sers mon rival !　　720

EUPHORBE.

Vous êtes son rival ?

MAXIME. Oui, j'aime sa maîtresse,
Et l'ai caché toujours avec assez d'adresse ;
Mon ardeur inconnue, avant que d'éclater,
Par quelque grand exploit la voulait mériter :
Cependant par mes mains je vois qu'il me l'enlève ;
Son dessein fait ma perte, et c'est moi qui l'achève ;
J'avance des succès dont j'attends le trépas,
Et pour m'assassiner je lui prête mon bras.
Que l'amitié me plonge en un malheur extrême !

EUPHORBE.

L'issue en est aisée, agissez pour vous-même ;　　730
D'un dessein qui vous perd rompez le coup fatal,
Gagnez une maîtresse, accusant un rival.
Auguste, à qui par là vous sauverez la vie,
Ne vous pourra jamais refuser Émilie.

MAXIME.

Quoi ! trahir mon ami !

EUPHORBE. L'amour rend tout permis ;
Un véritable amant ne connaît point d'amis,
Et même avec justice on peut trahir un traître
Qui pour une maîtresse ose trahir son maître.
Oubliez l'amitié comme lui les bienfaits.

MAXIME.

C'est un exemple à fuir que celui des forfaits.　　740

EUPHORBE.

Contre un si noir dessein tout devient légitime ;
On n'est point criminel quand on punit un crime.

MAXIME.

Un crime par qui Rome obtient sa liberté !

2 c

EUPHORBE.

Craignez tout d'un esprit si plein de lâcheté.
L'intérêt du pays n'est point ce qui l'engage;
Le sien, et non la gloire anime son courage :
Il aimerait César, s'il n'était amoureux,
Et n'est enfin qu'ingrat, et non pas généreux.
    Pensez-vous avoir lu jusqu'au fond de son âme?
Sous la cause publique il vous cachait sa flamme,
Et peut cacher encor sous cette passion   751
Les détestables feux de son ambition.
Peut-être qu'il prétend, après la mort d'Octave,
Au lieu d'affranchir Rome, en faire son esclave,
Qu'il vous compte déjà pour un de ses sujets,
Ou que sur votre perte il fonde ses projets.

MAXIME.

Mais comment l'accuser sans nommer tout le reste?
A tous nos conjurés l'avis serait funeste.
Et par là nous verrions indignement trahis
Ceux qu'engage avec nous le seul bien du pays. 760
D'un si lâche dessein mon âme est incapable :
Il perd trop d'innocents pour punir un coupable.
J'ose tout contre lui, mais je crains tout pour eux.

EUPHORBE.

Auguste s'est lassé d'être si rigoureux ;
En ces occasions, ennuyé de supplices,
Ayant puni les chefs, il pardonne aux complices.
Si toutefois pour eux vous craignez son courroux,
Quand vous lui parlerez, parlez au nom de tous.

MAXIME.

Nous disputons en vain, et ce n'est que folie
De vouloir par sa perte acquérir Émilie;   770
Ce n'est pas le moyen de plaire à ses beaux yeux
Que de priver du jour ce qu'elle aime le mieux.
Pour moi, j'estime peu qu'Auguste me la donne;
Je veux gagner son cœur plutôt que sa personne,
Et ne fais point d'état de sa possession,

2. c

Si je n'ai point de part à son affection.
Puis-je la mériter par une triple offense?
Je trahis son amant, je détruis sa vengeance,
Je conserve le sang qu'elle veut voir périr;
Et j'aurais quelque espoir qu'elle me pût chérir!

EUPHORBE.

C'est ce qu'à dire vrai je vois fort difficile.　　　781
L'artifice pourtant vous y peut être utile;
Il en faut trouver un qui la puisse abuser,
Et du reste le temps en pourra disposer.

MAXIME.

Mais si pour s'excuser il nomme sa complice,
S'il arrive qu'Auguste avec lui la punisse,
Puis-je lui demander, pour prix de mon rapport,
Celle qui nous oblige à conspirer sa mort?

EUPHORBE.

Vous pourriez m'opposer tant et de tels obstacles,
Que pour les surmonter il faudrait des miracles;
J'espère toutefois qu'à force d'y rêver...　　　791

MAXIME.

Éloigne-toi; dans peu j'irai te retrouver:
Cinna vient, et je veux en tirer quelque chose,
Pour mieux résoudre après ce que je me propose.

SCÈNE II.

CINNA, MAXIME.

MAXIME.

Vous me semblez pensif.
　　　　　　CINNA. Ce n'est pas sans sujet.

MAXIME.

Puis-je d'un tel chagrin savoir quel est l'objet?

CINNA.

Émilie et César; l'un et l'autre me gêne:
L'un me semble trop bon, l'autre trop inhumaine.

Plût aux dieux que César employât mieux ses soins,
Et s'en fît plus aimer ou m'aimât un peu moins;
Que sa bonté touchât la beauté qui me charme, 801
Et la pût adoucir comme elle me désarme!
Je sens au fond du cœur mille remords cuisants
Qui rendent à mes yeux tous ses bienfaits présents;
Cette faveur si pleine, et si mal reconnue,
Par un mortel reproche à tous moments me tue :
Il me semble surtout incessamment le voir
Déposer en nos mains son absolu pouvoir,
Écouter nos avis, m'applaudir, et me dire :
« Cinna, par vos conseils je retiendrai l'empire, 810
« Mais je le retiendrai pour vous en faire part : »
Et je puis dans son sein enfoncer un poignard!
Ah! plutôt... Mais hélas! j'idolâtre Émilie;
Un serment exécrable à sa haine me lie;
L'horreur qu'elle a de lui me le rend odieux :
Des deux côtés j'offense et ma gloire et les dieux;
Je deviens sacrilége, ou je suis parricide,
Et vers l'un ou vers l'autre il faut être perfide.

MAXIME.

Vous n'aviez point tantôt ces agitations;
Vous paraissiez plus ferme en vos intentions; 820
Vous ne sentiez au cœur ni remords ni reproche.

CINNA.

On ne les sent aussi que quand le coup approche,
Et l'on ne reconnaît de semblables forfaits
Que quand la main s'apprête à venir aux effets.
L'âme, de son dessein jusque-là possédée,
S'attache aveuglément à sa première idée;
Mais alors quel esprit n'en devient point troublé?
Ou plutôt quel esprit n'en est point accablé?
Je crois que Brute même, à tel point qu'on le prise,
Voulut plus d'une fois rompre son entreprise, 830
Qu'avant que de frapper elle lui fît sentir
Plus d'un remords en l'âme et plus d'un repentir.

MAXIME.

Il eut trop de vertu pour tant d'inquiétude ;
Il ne soupçonna point sa main d'ingratitude,
Et fut contre un tyran d'autant plus animé
Qu'il en reçut de biens et qu'il s'en vit aimé.
Comme vous l'imitez, faites la même chose,
Et formez vos remords d'une plus juste cause,
De vos lâches conseils, qui seuls ont arrêté
Le bonheur renaissant de notre liberté :   840
C'est vous seul aujourd'hui qui nous l'avez ôtée ;
De la main de César Brute l'eût acceptée,
Et n'eût jamais souffert qu'un intérêt léger
De vengeance ou d'amour l'eût remise en danger.
N'écoutez plus la voix d'un tyran qui vous aime,
Et vous veut faire part de son pouvoir suprême ;
Mais entendez crier Rome à votre côté :
« Rends-moi, rends-moi, Cinna, ce que tu m'as ôté
« Et, si tu m'as tantôt préféré ta maîtresse,
« Ne me préfère pas le tyran qui m'oppresse. »   850

CINNA.

Ami, n'accable plus un esprit malheureux
Qui ne forme qu'en lâche un dessein généreux.
Envers nos citoyens je sais quelle est ma faute,
Et leur rendrai bientôt tout ce que je leur ôte ;
Mais pardonne aux abois d'une vieille amitié
Qui ne peut expirer sans me faire pitié,
Et laisse-moi, de grâce, attendant Émilie,
Donner un libre cours à ma mélancolie :
Mon chagrin t'importune, et le trouble où je suis
Veut de la solitude à calmer tant d'ennuis.   860

MAXIME.

Vous voulez rendre compte à l'objet qui vous blesse
De la bonté d'Octave et de votre faiblesse ;
L'entretien des amants veut un entier secret.
Adieu. Je me retire en confident discret.

SCÈNE III.

CINNA, *seul.*

Donne un plus digne nom au glorieux empire
Du noble sentiment que la vertu m'inspire,
Et que l'honneur oppose au coup précipité
De mon ingratitude et de ma lâcheté;
Mais plutôt continue à le nommer faiblesse,
Puisqu'il devient si faible auprès d'une maîtresse,
Qu'il respecte un amour qu'il devrait étouffer,   871
Ou que, s'il le combat, il n'ose en triompher.
En ces extrémités quel conseil dois-je prendre?
De quel côté pencher? à quel parti me rendre?
    Qu'une âme généreuse a de peine à faillir!
Quelque fruit que par là j'espère de cueillir,
Les douceurs de l'amour, celles de la vengeance,
La gloire d'affranchir le lieu de ma naissance,
N'ont point assez d'appas pour flatter ma raison,
S'il les faut acquérir par une trahison,   880
S'il faut percer le flanc d'un prince magnanime
Qui du peu que je suis fait une telle estime,
Qui me comble d'honneurs, qui m'accable de biens,
Qui ne prend pour régner de conseils que les miens.
Ô coup! ô trahison trop indigne d'un homme!
Dure, dure à jamais l'esclavage de Rome!
Périsse mon amour, périsse mon espoir
Plutôt que de ma main parte un crime si noir!
Quoi! ne m'offre-t-il pas tout ce que je souhaite,
Et qu'au prix de son sang ma passion achète?   890
Pour jouir de ses dons faut-il l'assassiner?
Et faut-il lui ravir ce qu'il me veut donner?
Mais je dépends de vous, ô serment téméraire!
O haine d'Émilie! ô souvenir d'un père!

Ma foi, mon cœur, mon bras, tout vous est engagé,
Et je ne puis plus rien que par votre congé :
C'est à vous à régler ce qu'il faut que je fasse;
C'est à vous, Émilie, à lui donner sa grâce;
Vos seules volontés président à son sort,
Et tiennent en mes mains et sa vie et sa mort.　900
O dieux, qui comme vous la rendez adorable,
Rendez-la, comme vous, à mes vœux exorable;
Et, puisque de ses lois je ne puis m'affranchir,
Faites qu'à mes désirs je la puisse fléchir.
Mais voici de retour cette aimable inhumaine.

SCÈNE IV.

ÉMILIE, CINNA, FULVIE.

ÉMILIE.

Grâces aux dieux, Cinna, ma frayeur était vaine;
Aucun de tes amis ne t'a manqué de foi,
Et je n'ai point eu lieu de m'employer pour toi.
Octave en ma présence a tout dit à Livie,
Et par cette nouvelle il m'a rendu la vie.　910

CINNA.

Le désavoûrez-vous? et du don qu'il me fait
Voudrez-vous retarder le bienheureux effet?

ÉMILIE.

L'effet est en ta main.

CINNA. Mais plutôt en la vôtre.

ÉMILIE.

Je suis toujours moi-même, et mon cœur n'est point
Me donner à Cinna, c'est ne lui donner rien, [autre;
C'est seulement lui faire un présent de son bien.

CINNA.

Vous pouvez toutefois... ô ciel! l'osé-je dire?

ÉMILIE.

Que puis-je? et que crains-tu?

CINNA. Je tremble, je soupire,
Et vois que, si nos cœurs avaient mêmes désirs,
Je n'aurais pas besoin d'expliquer mes soupirs. 920
Ainsi je suis trop sûr que je vais vous déplaire ;
Mais je n'ose parler, et je ne puis me taire.

ÉMILIE.
C'est trop me gêner, parle.

CINNA. Il faut vous obéir.
Je vais donc vous déplaire, et vous m'allez haïr.
   Je vous aime, Émilie, et le ciel me foudroie
Si cette passion ne fait toute ma joie,
Et si je ne vous aime avec toute l'ardeur
Que peut un digne objet attendre d'un grand cœur!
Mais voyez à quel prix vous me donnez votre âme;
En me rendant heureux vous me rendez infâme :
Cette bonté d'Auguste...

ÉMILIE. Il suffit, je t'entends, 931
Je vois ton repentir et tes vœux inconstants :
Les faveurs du tyran emportent tes promesses;
Tes feux et tes serments cèdent à ses caresses;
Et ton esprit crédule ose s'imaginer
Qu'Auguste pouvant tout peut aussi me donner:
Tu me veux de sa main plutôt que de la mienne;
Mais ne crois pas qu'ainsi jamais je t'appartienne.
Il peut faire trembler la terre sous ses pas,
Mettre un roi hors du trône et donner ses États,
De ses proscriptions rougir la terre et l'onde, 941
Et changer à son gré l'ordre de tout le monde;
Mais le cœur d'Émilie est hors de son pouvoir.

CINNA.
Aussi n'est-ce qu'à vous que je veux le devoir.
Je suis toujours moi-même, et ma foi toujours pure;
La pitié que je sens ne me rend point parjure;
J'obéis sans réserve à tous vos sentiments,
Et prends vos intérêts par-delà mes serments.
   J'ai pu, vous le savez, sans parjure et sans crime,

Vous laisser échapper cette illustre victime :   950
César se dépouillant du pouvoir souverain
Nous ôtait tout prétexte à lui percer le sein :
La conjuration s'en allait dissipée,
Vos desseins avortés, votre haine trompée :
Moi seul j'ai raffermi son esprit étonné,
Et pour vous l'immoler ma main l'a couronné.

ÉMILIE.

Pour me l'immoler, traître ! et tu veux que moi-même
Je retienne ta main ! qu'il vive, et que je l'aime !
Que je sois le butin de qui l'ose épargner,
Et le prix du conseil qui le force à régner !   960

CINNA.

Ne me condamnez point quand je vous ai servie :
Sans moi, vous n'auriez plus de pouvoir sur sa vie ;
Et, malgré ses bienfaits, je rends tout à l'amour,
Quand je veux qu'il périsse ou vous doive le jour.
Avec les premiers vœux de mon obéissance
Souffrez ce faible effort de ma reconnaissance,
Que je tâche de vaincre un indigne courroux,
Et vous donner pour lui l'amour qu'il a pour vous.
Une âme généreuse, et que la vertu guide,
Fuit la honte des noms d'ingrate et de perfide ;   970
Elle en hait l'infamie attachée au bonheur,
Et n'accepte aucun bien aux dépens de l'honneur.

ÉMILIE.

Je fais gloire, pour moi, de cette ignominie :
La perfidie est noble envers la tyrannie ;
Et quand on rompt le cours d'un sort si malheureux,
Les cœurs les plus ingrats sont les plus généreux.

CINNA.

Vous faites des vertus au gré de votre haine.

ÉMILIE.

Je me fais des vertus dignes d'une Romaine.

CINNA.

Un cœur vraiment romain...

                                        2. *C*

ÉMILIE. Ose tout pour ravir
Une odieuse vie à qui le fait servir;   980
Il fuit plus que la mort la honte d'être esclave.

CINNA.

C'est l'être avec honneur que de l'être d'Octave;
Et nous voyons souvent des rois à nos genoux
Demander pour appuis tels esclaves que nous;
Il abaisse à nos pieds l'orgueil des diadèmes,
Il nous fait souverains sur leurs grandeurs suprêmes,
Il prend d'eux les tributs dont il nous enrichit,
Et leur impose un joug dont il nous affranchit.

ÉMILIE.

L'indigne ambition que ton cœur se propose!
Pour être plus qu'un roi, tu te crois quelque chose!
Aux deux bouts de la terre en est-il un si vain   991
Qu'il prétende égaler un citoyen romain?
Antoine sur sa tête attira notre haine
En se déshonorant par l'amour d'une reine;
Attale, ce grand roi, dans la pourpre blanchi,
Qui du peuple romain se nommait l'affranchi,
Quand de toute l'Asie il se fût vu l'arbitre,
Eût encor moins prisé son trône que ce titre.
Souviens-toi de ton nom, soutiens sa dignité;
Et prenant d'un Romain la générosité,   1000
Sache qu'il n'en est point que le ciel n'ait fait naître
Pour commander aux rois et pour vivre sans maître.

CINNA.

Le ciel a trop fait voir en de tels attentats
Qu'il hait les assassins et punit les ingrats;
Et quoi qu'on entreprenne et quoi qu'on exécute,
Quand il élève un trône, il en venge la chute;
Il se met du parti de ceux qu'il fait régner:
Le coup dont on les tue est longtemps à saigner;
Et quand à les punir il a pu se résoudre,
De pareils châtiments n'appartiennent qu'au foudre.

ÉMILIE.

Dis que de leur parti toi-même tu te rends,   1011
De te remettre au foudre à punir les tyrans.
Je ne t'en parle plus, va, sers la tyrannie;
Abandonne ton âme à son lâche génie;
Et, pour rendre le calme à ton esprit flottant,
Oublie et ta naissance et le prix qui t'attend.
Sans emprunter ta main pour servir ma colère,
Je saurai bien venger mon pays et mon père.
J'aurais déjà l'honneur d'un si fameux trépas,
Si l'amour jusqu'ici n'eût arrêté mon bras;   1020
C'est lui qui, sous tes lois me tenant asservie,
M'a fait en ta faveur prendre soin de ma vie:
Seule contre un tyran, en le faisant périr,
Par les mains de sa garde il me fallait mourir.
Je t'eusse par ma mort dérobé ta captive;
Et, comme pour toi seul l'amour veut que je vive,
J'ai voulu, mais en vain, me conserver pour toi,
Et te donner moyen d'être digne de moi.
     Pardonnez-moi, grands dieux, si je me suis trompée
Quand j'ai pensé chérir un neveu de Pompée,   1030
Et si d'un faux semblant mon esprit abusé
A fait choix d'un esclave en son lieu supposé.
Je t'aime toutefois, quel que tu puisses être,
Et, si pour me gagner il faut trahir ton maître,
Mille autres à l'envi recevraient cette loi,
S'ils pouvaient m'acquérir à même prix que toi;
Mais n'appréhende pas qu'un autre ainsi m'obtienne.
Vis pour ton cher tyran, tandis que je meurs tienne:
Mes jours avec les tiens se vont précipiter,
Puisque ta lâcheté n'ose me mériter.   1040
Viens me voir dans son sang et dans le mien baignée
De ma seule vertu mourir accompagnée,
Et te dire en mourant d'un esprit satisfait:
« N'accuse point mon sort, c'est toi seul qui l'as fait;
« Je descends dans la tombe où tu m'as condamnée,

Corneille.   8

« Où la gloire me suit qui t'était destinée :
« Je meurs en détruisant un pouvoir absolu ;
« Mais je vivrais à toi, si tu l'avais voulu. »

CINNA.

Eh bien ! vous le voulez, il faut vous satisfaire,
Il faut affranchir Rome, il faut venger un père,
Il faut sur un tyran porter de justes coups ;   1051
Mais apprenez qu'Auguste est moins tyran que vous.
S'il nous ôte à son gré nos biens, nos jours, nos fem-
Il n'a point jusqu'ici tyrannisé nos âmes ;   [mes,
Mais l'empire inhumain qu'exercent vos beautés
Force jusqu'aux esprits et jusqu'aux volontés.
Vous me faites priser ce qui me déshonore ;
Vous me faites haïr ce que mon âme adore ;
Vous me faites répandre un sang pour qui je dois
Exposer tout le mien et mille et mille fois ;   1060
Vous le voulez, j'y cours, ma parole est donnée :
Mais ma main, aussitôt contre mon sein tournée,
Aux mânes d'un tel prince immolant votre amant,
A mon crime forcé joindra mon châtiment,
Et, par cette action dans l'autre confondue,
Recouvrera ma gloire aussitôt que perdue.
Adieu.

SCÈNE V.

ÉMILIE, FULVIE.

FULVIE. Vous avez mis son âme au désespoir.

ÉMILIE.

Qu'il cesse de m'aimer, ou suive son devoir.

FULVIE.

Il va vous obéir aux dépens de sa vie :
Vous en pleurez !

            ÉMILIE. Hélas ! cours après lui, Fulvie,
Et, si ton amitié daigne me secourir,   1071
      8.

Arrache-lui du cœur ce dessein de mourir;
Dis-lui...
　FULVIE. Qu'en sa faveur vous laissez vivre Auguste?
　　　ÉMILIE.
Ah! c'est faire à ma haine une loi trop injuste.
　　　FULVIE.
Et quoi donc?
　　　　　ÉMILIE. Qu'il achève et dégage sa foi,
Et qu'il choisisse après de la mort ou de moi.

ACTE QUATRIÈME.

SCÈNE I.

AUGUSTE, EUPHORBE, POLYCLÈTE, *gardes.*

　　　AUGUSTE.
Tout ce que tu me dis, Euphorbe, est incroyable.
　　　EUPHORBE.
Seigneur, le récit même en paraît effroyable:
On ne conçoit qu'à peine une telle fureur,
Et la seule pensée en fait frémir d'horreur.　　　1080
　　　AUGUSTE.
Quoi! mes plus chers amis! quoi! Cinna! quoi! Maxi-
Les deux que j'honorais d'une si haute estime, [me!
A qui j'ouvrais mon cœur, et dont j'avais fait choix
Pour les plus importants et plus nobles emplois!
Après qu'entre leurs mains j'ai remis mon empire,
Pour m'arracher le jour l'un et l'autre conspire!
Maxime a vu sa faute, il m'en fait avertir,
Et montre un cœur touché d'un juste repentir;
Mais Cinna!

EUPHORBE. Cinna seul dans sa rage s'obstine,
Et contre vos bontés d'autant plus se mutine ; 1090
Lui seul combat encor les vertueux efforts
Que sur les conjurés fait ce juste remords,
Et, malgré les frayeurs à leurs regrets mêlées,
Il tâche à raffermir leurs âmes ébranlées.

AUGUSTE.

Lui seul les encourage, et lui seul les séduit!
O le plus déloyal que la terre ait produit!
O trahison conçue au sein d'une furie!
O trop sensible coup d'une main si chérie!
Cinna, tu me trahis! Polyclète, écoutez.

(*Il lui parle à l'oreille.*)

POLYCLÈTE.

Tous vos ordres, seigneur, seront exécutés.   1100

AUGUSTE.

Qu'Éraste en même temps aille dire à Maxime
Qu'il vienne recevoir le pardon de son crime.

SCÈNE II.

AUGUSTE, EUPHORBE.

EUPHORBE.

Il l'a jugé trop grand pour ne pas s'en punir :
A peine du palais il a pu revenir,
Que, les yeux égarés et le regard farouche,
Le cœur gros de soupirs, les sanglots à la bouche,
Il déteste sa vie et ce complot maudit,
M'en apprend l'ordre entier tel que je vous l'ai dit;
Et m'ayant commandé que je vous avertisse,
Il ajoute : « Dis-lui que je me fais justice,   1110
« Que je n'ignore point ce que j'ai mérité. »
Puis soudain dans le Tibre il s'est précipité;
Et l'eau grosse et rapide, et la nuit assez noire,
M'ont dérobé la fin de sa tragique histoire.

AUGUSTE.

Sous ce pressant remords il a trop succombé,
Et s'est à mes bontés lui-même dérobé ;
Il n'est crime envers moi qu'un repentir n'efface :
Mais puisqu'il a voulu renoncer à ma grâce,
Allez pourvoir au reste, et faites qu'on ait soin
De tenir en lieu sûr ce fidèle témoin.   1120

SCÈNE III.

AUGUSTE, *seul.*

Ciel, à qui voulez-vous désormais que je fie
Les secrets de mon âme et le soin de ma vie?
Reprenez le pouvoir que vous m'avez commis,
Si donnant des sujets il ôte les amis,
Si tel est le destin des grandeurs souveraines [nes,
Que leurs plus grands bienfaits n'attirent que des hai-
Et si votre rigueur les condamne à chérir   1127
Ceux que vous animez à les faire périr. [craindre.
Pour elles rien n'est sûr ; qui peut tout doit tout
Rentre en toi-même, Octave, et cesse de te plaindre!
Quoi! tu veux qu'on t'épargne, et n'as rien épargné.
Songe aux fleuves de sang où ton bras s'est baigné,
De combien ont rougi les champs de Macédoine,
Combien en a versé la défaite d'Antoine,   1134
Combien celle de Sexte, et revois tout d'un temps
Pérouse au sien noyée et tous ses habitants;
Remets dans ton esprit, après tant de carnages,
De tes proscriptions les sanglantes images,
Où toi-même, des tiens devenu le bourreau,
Au sein de ton tuteur enfonças le couteau ;   1140
Et puis ose accuser le destin d'injustice
Quand tu vois que les tiens s'arment pour ton supplice,
Et que, par ton exemple à la perte guidés,

Ils violent des droits que tu n'as pas gardés !
Leur trahison est juste, et le ciel l'autorise :
Quitte ta dignité comme tu l'as acquise ;
Rends un sang infidèle à l'infidélité,
Et souffre des ingrats après l'avoir été.
　　Mais que mon jugement au besoin m'abandonne !
Quelle fureur, Cinna, m'accuse et te pardonne ?
Toi, dont la trahison me force à retenir　　　1151
Ce pouvoir souverain dont tu me veux punir,
Me traite en criminel et fait seule mon crime,
Relève pour l'abattre un trône illégitime,
Et, d'un zèle effronté couvrant son attentat,
S'oppose, pour me perdre, au bonheur de l'État ?
Donc jusqu'à l'oublier je pourrais me contraindre !
Tu vivrais en repos après m'avoir fait craindre !
Non, non, je me trahis moi-même d'y penser :
Qui pardonne aisément invite à l'offenser ;　　　1160
Punissons l'assassin, proscrivons les complices.
　　Mais quoi ! toujours du sang, et toujours des suppli-
Ma cruauté se lasse, et ne peut s'arrêter ;　　　[ces !
Je veux me faire craindre, et ne fais qu'irriter.
Rome a pour ma ruine une hydre trop fertile :
Une tête coupée en fait renaître mille,
Et le sang répandu de mille conjurés
Rend mes jours plus maudits, et non plus assurés.
Octave, n'attends plus le coup d'un nouveau Brute ;
Meurs, et dérobe-lui la gloire de ta chute,　　　1170
Meurs ; tu ferais pour vivre un lâche et vain effort,
Si tant de gens de cœur font des vœux pour ta mort,
Et si tout ce que Rome a d'illustre jeunesse
Pour te faire périr tour à tour s'intéresse ;
Meurs, puisque c'est un mal que tu ne peux guérir ;
Meurs enfin, puisqu'il faut ou tout perdre ou mourir :
La vie est peu de chose, et le peu qui t'en reste
Ne vaut pas l'acheter par un prix si funeste ;
Meurs, mais quitte du moins la vie avec éclat,

Éteins-en le flambeau dans le sang de l'ingrat,
A toi-même en mourant immole ce perfide;　　1181
Contentant ses désirs, punis son parricide;
Fais un tourment pour lui de ton propre trépas,
En faisant qu'il le voie et n'en jouisse pas:
Mais jouissons plutôt nous-même de sa peine;
Et si Rome nous hait, triomphons de sa haine.
O Romains! ô vengeance! ô pouvoir absolu!
O rigoureux combat d'un cœur irrésolu
Qui fuit en même temps tout ce qu'il se propose!
D'un prince malheureux ordonnez quelque chose.
Qui des deux dois-je suivre, et duquel m'éloigner?
Ou laissez-moi périr, ou laissez-moi régner.　　1192

SCÈNE IV.

AUGUSTE, LIVIE.

AUGUSTE.

Madame, on me trahit, et la main qui me tue
Rend sous mes déplaisirs ma constance abattue.
Cinna, Cinna le traître...
　　　　　　　LIVIE. Euphorbe m'a tout dit,
Seigneur, et j'ai pâli cent fois à ce récit.
Mais écouteriez-vous les conseils d'une femme?
　　AUGUSTE.
Hélas! de quel conseil est capable mon âme?
　　LIVIE.
Votre sévérité, sans produire aucun fruit,
Seigneur, jusqu'à présent a fait beaucoup de bruit;
Par les peines d'un autre aucun ne s'intimide: 1201
Salvidien à bas a soulevé Lépide;
Murène a succédé, Cépion l'a suivi:
Le jour à tous les deux dans les tourments ravi
N'a point mêlé de crainte à la fureur d'Égnace,
Dont Cinna maintenant ose prendre la place;

Et dans les plus bas rangs les noms les plus abjects
Ont voulu s'ennoblir par de si hauts projets.
Après avoir en vain puni leur insolence,
Essayez sur Cinna ce que peut la clémence ;   1210
Faites son châtiment de sa confusion,
Cherchez le plus utile en cette occasion :
Sa peine peut aigrir une ville animée ;
Son pardon peut servir à votre renommée ;
Et ceux que vos rigueurs ne font qu'effaroucher
Peut-être à vos bontés se laisseront toucher.

ALIGN CENTER:
AUGUSTE.

Gagnons-les tout à fait en quittant cet empire
Qui nous rend odieux, contre qui l'on conspire.
J'ai trop par vos avis consulté là-dessus ;
Ne m'en parlez jamais, je ne consulte plus.   1220
        Cesse de soupirer, Rome, pour ta franchise ;
Si je t'ai mise aux fers, moi-même je les brise,
Et te rends ton état, après l'avoir conquis,
Plus paisible et plus grand que je ne te l'ai pris :
Si tu me veux haïr, hais-moi sans plus rien feindre ;
Si tu me veux aimer, aime-moi sans me craindre :
De tout ce qu'eut Sylla de puissance et d'honneur
Lassé comme il en fut, j'aspire à son bonheur.

ALIGN CENTER:
LIVIE.

Assez et trop longtemps son exemple vous flatte ;
Mais gardez que sur vous le contraire n'éclate :
Ce bonheur sans pareil qui conserva ses jours   1231
Ne serait pas bonheur, s'il arrivait toujours.

ALIGN CENTER:
AUGUSTE.

Eh bien ! s'il est trop grand, si j'ai tort d'y prétendre,
J'abandonne mon sang à qui voudra l'épandre.
Après un long orage il faut trouver un port ;
Et je n'en vois que deux, le repos ou la mort.

ALIGN CENTER:
LIVIE.

Quoi ! vous voulez quitter le fruit de tant de peines ?

AUGUSTE.

Quoi! vous voulez garder l'objet de tant de haines?

LIVIE.

Seigneur, vous emporter à cette extrémité,
C'est plutôt désespoir que générosité.   1240

AUGUSTE.

Régner et caresser une main si traîtresse,
Au lieu de sa vertu, c'est montrer sa faiblesse.

LIVIE.

C'est régner sur vous-même, et, par un noble choix,
Pratiquer la vertu la plus digne des rois.

AUGUSTE.

Vous m'aviez bien promis des conseils d'une femme;
Vous me tenez parole, et c'en sont là, madame.
Après tant d'ennemis à mes pieds abattus,
Depuis vingt ans je règne, et j'en sais les vertus;
Je sais leur divers ordre, et de quelle nature
Sont les devoirs d'un prince en cette conjoncture:
Tout son peuple est blessé par un tel attentat,
Et la seule pensée est un crime d'État,   1252
Une offense qu'on fait à toute sa province,
Dont il faut qu'il la venge, ou cesse d'être prince.

LIVIE.

Donnez moins de croyance à votre passion.

AUGUSTE.

Ayez moins de faiblesse, ou moins d'ambition.

LIVIE.

Ne traitez plus si mal un conseil salutaire.

AUGUSTE.

Le ciel m'inspirera ce qu'ici je dois faire.
Adieu: nous perdons temps.
                    LIVIE. Je ne vous quitte point,
Seigneur, que mon amour n'ait obtenu ce point.

AUGUSTE.   [tune. 1261
C'est l'amour des grandeurs qui vous rend impor-

                              8.

LIVIE.

J'aime votre personne, et non votre fortune.
(*Seule.*)
Il m'échappe; suivons, et forçons-le de voir
Qu'il peut, en faisant grâce. affermir son pouvoir,
Et qu'enfin la clémence est la plus belle marque
Qui fasse à l'univers connaître un vrai monarque.

SCÈNE V.

ÉMILIE, FULVIE.

ÉMILIE.

D'où me vient cette joie? et que mal à propos
Mon esprit malgré moi goûte un entier repos!
César mande Cinna sans me donner d'alarmes!
Mon cœur est sans soupirs, mes yeux n'ont point de
[larmes;
Comme si j'apprenais d'un secret mouvement 1271
Que tout doit succéder à mon contentement!
Ai-je bien entendu? me l'as-tu dit, Fulvie?

FULVIE.

J'avais gagné sur lui qu'il aimerait la vie,
Et je vous l'amenais, plus traitable et plus doux,
Faire un second effort contre votre courroux;
Je m'en applaudissais, quand soudain Polyclète,
Des volontés d'Auguste ordinaire interprète,
Est venu l'aborder et sans suite et sans bruit,
Et de sa part sur l'heure au palais l'a conduit.
Auguste est fort troublé, l'on ignore la cause: 1281
Chacun diversement soupçonne quelque chose;
Tous présument qu'il ait un grand sujet d'ennui,
Et qu'il mande Cinna pour prendre avis de lui. [dre,
Mais ce qui m'embarrasse, et que je viens d'appren-

C'est que deux inconnus se sont saisis d'Évandre,
Qu'Euphorbe est arrêté sans qu'on sache pourquoi,
Que même de son maître on dit je ne sais quoi :
On lui veut imputer un désespoir funeste ;
On parle d'eaux, de Tibre, et l'on se tait du reste

ÉMILIE.

Que de sujets de craindre et de désespérer,   1291
Sans que mon triste cœur en daigne murmurer !
A chaque occasion le ciel y fait descendre
Un sentiment contraire à celui qu'il doit prendre :
Une vaine frayeur tantôt m'a pu troubler :
Et je suis insensible alors qu'il faut trembler !
Je vous entends, grands dieux ! vos bontés que j'adore
Ne peuvent consentir que je me déshonore,
Et ne me permettant soupirs, sanglots ni pleurs,
Soutiennent ma vertu contre de tels malheurs.   1300
Vous voulez que je meure avec ce grand courage
Qui m'a fait entreprendre un si fameux ouvrage ;
Et je veux bien périr comme vous l'ordonnez,
Et dans la même assiette où vous me retenez.
O liberté de Rome ! ô mânes de mon père !
J'ai fait de mon côté tout ce que j'ai pu faire :
Contre votre tyran j'ai ligué ses amis,
Et plus osé pour vous qu'il ne m'était permis.
Si l'effet a manqué, ma gloire n'est pas moindre ;
N'ayant pu vous venger, je vous irai rejoindre, 1310
Mais si fumante encor d'un généreux courroux,
Par un trépas si noble et si digne de vous,
Qu'il vous fera sur l'heure aisément reconnaître
Le sang des grands héros dont vous m'avez fait naître.

SCÈNE VI.

MAXIME, ÉMILIE, FULVIE.

ÉMILIE.

Mais je vous vois, Maxime, et l'on vous faisait mort!

MAXIME.

Euphorbe trompe Auguste avec ce faux rapport;
Se voyant arrêté, la trame découverte,
Il a feint ce trépas pour empêcher ma perte.

ÉMILIE.

Que dit-on de Cinna?

MAXIME. Que son plus grand regret
C'est de voir que César sait tout votre secret;   1320
En vain il le dénie et le veut méconnaître,
Évandre a tout conté pour excuser son maître,
Et par l'ordre d'Auguste on vient vous arrêter.

ÉMILIE.

Celui qui l'a reçu tarde à l'exécuter;
Je suis prête à le suivre et lasse de l'attendre.

MAXIME.

Il vous attend chez moi.

ÉMILIE. Chez vous!

MAXIME. C'est vous surprendre:
Mais apprenez le soin que le ciel a de vous;
C'est un des conjurés qui va fuir avec nous.
Prenons notre avantage avant qu'on nous poursuive;
Nous avons pour partir un vaisseau sur la rive.

ÉMILIE.

Me connais-tu, Maxime, et sais-tu qui je suis? 1331

MAXIME.

En faveur de Cinna je fais ce que je puis,
Et tâche à garantir de ce malheur extrême
La plus belle moitié qui reste de lui-même.

Sauvons-nous, Émilie, et conservons le jour,
Afin de le venger par un heureux retour.

　　　ÉMILIE.

Cinna dans son malheur est de ceux qu'il faut suivre,
Qu'il ne faut pas venger, de peur de leur survivre ;
Quiconque après sa perte aspire à se sauver
Est indigne du jour qu'il tâche à conserver.　　1340

　　　MAXIME.

Quel désespoir aveugle à ces fureurs vous porte ?
O dieux ! que de faiblesse en une âme si forte !
Ce cœur si généreux rend si peu de combat,
Et du premier revers la fortune l'abat !
Rappelez, rappelez cette vertu sublime,
Ouvrez enfin les yeux, et connaissez Maxime :
C'est un autre Cinna qu'en lui vous regardez ;
Le ciel vous rend en lui l'amant que vous perdez ;
Et puisque l'amitié n'en faisait plus qu'une âme,
Aimez en cet ami l'objet de votre flamme ;　　1350
Avec la même ardeur il saura vous chérir,
Que.....

　　ÉMILIE. Tu m'oses aimer, et tu n'oses mourir !
Tu prétends un peu trop ; mais quoi que tu prétendes,
Rends-toi digne du moins de ce que tu demandes ;
Cesse de fuir en lâche un glorieux trépas,
Ou de m'offrir un cœur que tu fais voir si bas ;
Fais que je porte envie à ta vertu parfaite ;
Ne te pouvant aimer, fais que je te regrette ;
Montre d'un vrai Romain la dernière vigueur,
Et mérite mes pleurs au défaut de mon cœur.　　1360
Quoi ! si ton amitié pour Cinna s'intéresse,
Crois-tu qu'elle consiste à flatter sa maîtresse ?
Apprends, apprends de moi quel en est le devoir,
Et donne-m'en l'exemple, ou viens le recevoir.

　　　MAXIME.

Votre juste douleur est trop impétueuse.

ÉMILIE.

La tienne en ta faveur est trop ingénieuse.
Tu me parles déjà d'un bienheureux retour,
Et dans tes déplaisirs tu conçois de l'amour !

MAXIME.

Cet amour en naissant est toutefois extrême ;
C'est votre amant en vous, c'est mon ami que j'aime,
Et des mêmes ardeurs dont il fut embrasé....   1371

ÉMILIE.

Maxime, en voilà trop pour un homme avisé.
Ma perte m'a surprise, et ne m'a point troublée ;
Mon noble désespoir ne m'a point aveuglée ;
Ma vertu tout entière agit sans s'émouvoir,
Et je vois malgré moi plus que je ne veux voir.

MAXIME.

Quoi ! vous suis-je suspect de quelque perfidie ?

ÉMILIE.

Oui, tu l'es, puisque enfin tu veux que je le die ;
L'ordre de notre fuite est trop bien concerté
Pour ne te soupçonner d'aucune lâcheté :   1380
Les dieux seraient pour nous prodigues en miracles,
S'ils en avaient sans toi levé tous les obstacles.
Fuis sans moi, tes amours sont ici superflus.

MAXIME.

Ah ! vous m'en dites trop.
                    ÉMILIE. J'en présume encor plus.
Ne crains pas toutefois que j'éclate en injures ;
Mais n'espère non plus m'éblouir de parjures.
Si c'est te faire tort que de m'en défier,
Viens mourir avec moi pour te justifier.

MAXIME.

Vivez, belle Émilie, et souffrez qu'un esclave...

ÉMILIE.

Je ne t'écoute plus qu'en présence d'Octave.　　1390
Allons, Fulvie, allons.

SCÈNE VII.

MAXIME, *seul.*

　　　　　　Désespéré, confus,
Et digne, s'il se peut, d'un plus cruel refus,
Que résous-tu, Maxime? et quel est le supplice
Que ta vertu prépare à ton vain artifice?
Aucune illusion ne te doit plus flatter;
Émilie en mourant va tout faire éclater;
Sur un même échafaud la perte de sa vie
Étalera sa gloire et ton ignominie,
Et sa mort va laisser à la postérité
L'infâme souvenir de ta déloyauté.　　1400
Un même jour t'a vu, par une fausse adresse,
Trahir ton souverain, ton ami, ta maîtresse,
Sans que de tant de droits en un jour violés,
Sans que de deux amants au tyran immolés,
Il te reste aucun fruit que la honte et la rage
Qu'un remords inutile allume en ton courage.
　　Euphorbe, c'est l'effet de tes lâches conseils;
Mais que peut-on attendre enfin de tes pareils?
Jamais un affranchi n'est qu'un esclave infâme;
Bien qu'il change d'état, il ne change point d'âme;
La tienne, encor servile, avec la liberté　　1411
N'a pu prendre un rayon de générosité:
Tu m'as fait relever une injuste puissance;
Tu m'as fait démentir l'honneur de ma naissance;
Mon cœur te résistait, et tu l'as combattu
Jusqu'à ce que ta fourbe ait souillé sa vertu.
　　　　　　　　　3 c

Il m'en coûte la vie, il m'en coûte la gloire,
Et j'ai tout mérité pour l'avoir voulu croire ;
Mais les dieux permettront à mes ressentiments
De te sacrifier aux yeux des deux amants,   1420
Et j'ose m'assurer qu'en dépit de mon crime
Mon sang leur servira d'assez pure victime,
Si dans le tien mon bras, justement irrité,
Peut laver le forfait de l'avoir écouté.

ACTE CINQUIÈME.

SCÈNE I.

AUGUSTE , CINNA.

AUGUSTE.

Prends un siége, Cinna, prends, et sur toute chose
Observe exactement la loi que je t'impose :
Prête, sans me troubler, l'oreille à mes discours ;
D'aucun mot, d'aucun cri, n'en interromps le cours ;
Tiens ta langue captive ; et si ce grand silence
A ton émotion fait quelque violence,   1430
Tu pourras me répondre après tout à loisir :
Sur ce point seulement contente mon désir.

CINNA.

Je vous obéirai, seigneur.
                          AUGUSTE. Qu'il te souvienne
De garder ta parole, et je tiendrai la mienne.
Tu vois le jour, Cinna ; mais ceux dont tu le tiens
Furent les ennemis de mon père, et les miens :
Au milieu de leur camp tu reçus la naissance ;

3. c

Et lorsqu'après leur mort tu vins en ma puissance,
Leur haine enracinée au milieu de ton sein   1440
T'avait mis contre moi les armes à la main ;
Tu fus mon ennemi même avant que de naître
Et tu le fus encor quand tu me pus connaître,
Et l'inclination jamais n'a démenti
Ce sang qui t'avait fait du contraire parti :
Autant que tu l'as pu les effets l'ont suivie ;
Je ne m'en suis vengé qu'en te donnant la vie ;
Je te fis prisonnier pour te combler de biens ;
Ma cour fut ta prison, mes faveurs tes liens ;
Je te restituai d'abord ton patrimoine ;
Je t'enrichis après des dépouilles d'Antoine,   1450
Et tu sais que depuis à chaque occasion
Je suis tombé pour toi dans la profusion ;
Toutes les dignités que tu m'as demandées,
Je te les ai sur l'heure et sans peine accordées;
Je t'ai préféré même à ceux dont les parents
Ont jadis dans mon camp tenu les premiers rangs,
A ceux qui de leur sang m'ont acheté l'empire,
Et qui m'ont conservé le jour que je respire ;
De la façon enfin qu'avec toi j'ai vécu,   1459
Les vainqueurs sont jaloux du bonheur du vaincu.
Quand le ciel me voulut, en rappelant Mécène,
Après tant de faveur montrer un peu de haine,
Je te donnai sa place en ce triste accident,
Et te fis, après lui, mon plus cher confident ;
Aujourd'hui même encor, mon âme irrésolue
Me pressant de quitter ma puissance absolue,
De Maxime et de toi j'ai pris les seuls avis,
Et ce sont, malgré lui, les tiens que j'ai suivis;
Bien plus, ce même jour je te donne Émilie,
Le digne objet des vœux de toute l'Italie,   1470
Et qu'ont mise si haut mon amour et mes soins,
Qu'en te couronnant roi je t'aurais donné moins :
Tu t'en souviens, Cinna, tant d'heur et tant de gloire

Ne peuvent pas sitôt sortir de ta mémoire ;
Mais ce qu'on ne pourrait jamais s'imaginer,
Cinna, tu t'en souviens, et veux m'assassiner.

CINNA.

Moi, seigneur, moi, que j'eusse une âme si traîtresse !
Qu'un si lâche dessein...

AUGUSTE. Tu tiens mal ta promesse :
Sieds-toi, je n'ai pas dit encor ce que je veux ;
Tu te justifieras après, si tu le peux.   1480
Écoute cependant, et tiens mieux ta parole :
    Tu veux m'assassiner demain au Capitole,
Pendant le sacrifice, et ta main pour signal
Me doit au lieu d'encens donner le coup fatal ;
La moitié de tes gens doit occuper la porte,
L'autre moitié te suivre et te prêter main-forte.
Ai-je de bons avis, ou de mauvais soupçons ?
De tous ces meurtriers te dirai-je les noms ?
Procule, Glabrion, Virginian, Rutile,
Marcel, Plaute, Lénas, Pompone, Albin, Icile,
Maxime, qu'après toi j'avais le plus aimé ;   1491
Le reste ne vaut pas l'honneur d'être nommé :
Un tas d'hommes perdus de dettes et de crimes,
Que pressent de mes lois les ordres légitimes,
Et qui, désespérant de les plus éviter,
Si tout n'est renversé, ne sauraient subsister.
    Tu te tais maintenant, et gardes le silence,
Plus par confusion que par obéissance.
Quel était ton dessein, et que prétendais-tu
Après m'avoir au temple à tes pieds abattu ?   1500
Affranchir ton pays d'un pouvoir monarchique ?
Si j'ai bien entendu tantôt ta politique,
Son salut désormais dépend d'un souverain,
Qui pour tout conserver tienne tout en sa main ;
Et si sa liberté te faisait entreprendre,
Tu ne m'eusses jamais empêché de la rendre ;

Tu l'aurais acceptée au nom de tout l'État,
Sans vouloir l'acquérir par un assassinat.
Quel était donc ton but ? d'y régner en ma place ?
D'un étrange malheur son destin le menace,　　1510
Si pour monter au trône et lui donner la loi
Tu ne trouves dans Rome autre obstacle que moi,
Si jusques à ce point son sort est déplorable,
Que tu sois après moi le plus considérable,
Et que ce grand fardeau de l'empire romain
Ne puisse après ma mort tomber mieux qu'en ta main.
　　Apprends à te connaître, et descends en toi-même :
On t'honore dans Rome, on te courtise, on t'aime,
Chacun tremble sous toi, chacun t'offre des vœux,
Ta fortune est bien haut, tu peux ce que tu veux :
Mais tu ferais pitié même à ceux qu'elle irrite,　1521
Si je t'abandonnais à ton peu de mérite.
Ose me démentir, dis-moi ce que tu vaux ;
Conte-moi tes vertus, tes glorieux travaux,
Les rares qualités par où tu m'as dû plaire,
Et tout ce qui t'élève au-dessus du vulgaire :
Ma faveur fait ta gloire, et ton pouvoir en vient ;
Elle seule t'élève, et seule te soutient ;
C'est elle qu'on adore, et non pas ta personne ;
Tu n'as crédit ni rang qu'autant qu'elle t'en donne ;
Et pour te faire choir je n'aurais aujourd'hui　　1531
Qu'à retirer la main qui seule est ton appui :
J'aime mieux toutefois céder à ton envie ;
Règne, si tu le peux, aux dépens de ma vie ;
Mais oses-tu penser que les Serviliens,
Les Cosses, les Métels, les Pauls, les Fabiens,
Et tant d'autres enfin de qui les grands courages
Des héros de leur sang sont les vives images,
Quittent le noble orgueil d'un sang si généreux
Jusqu'à pouvoir souffrir que tu règnes sur eux ?
Parle, parle, il est temps.
　　　　　　　　CINNA. Je demeure stupide : 1541
　　　　　　　　　　　　　　　3.

Non que votre colère ou la mort m'intimide ;
Je vois qu'on m'a trahi, vous m'y voyez rêver,
Et j'en cherche l'auteur sans le pouvoir trouver.
Mais c'est trop y tenir toute l'âme occupée :
Seigneur, je suis Romain, et du sang de Pompée.
Le père et les deux fils, lâchement égorgés,
Par la mort de César étaient trop peu vengés ;
C'est là d'un beau dessein l'illustre et seule cause :
Et puisqu'à vos rigueurs la trahison m'expose, 1550
N'attendez point de moi d'infâmes repentirs,
D'inutiles regrets, ni de honteux soupirs ;
Le sort vous est propice autant qu'il m'est contraire :
Je sais ce que j'ai fait, et ce qu'il vous faut faire.
Vous devez un exemple à la postérité,
Et mon trépas importe à votre sûreté.

AUGUSTE.

Tu me braves, Cinna, tu fais le magnanime,
Et, loin de t'excuser, tu couronnes ton crime.
Voyons si ta constance ira jusques au bout.
Tu sais ce qui t'est dû, tu vois que je sais tout ; 1560
Fais ton arrêt toi-même, et choisis tes supplices.

SCÈNE II.

LIVIE, AUGUSTE, CINNA, ÉMILIE, FULVIE.

LIVIE.

Vous ne connaissez pas encor tous les complices ;
Votre Émilie en est, seigneur, et la voici.

CINNA.

C'est elle-même, ô dieux !

AUGUSTE. Et toi, ma fille, aussi !

ÉMILIE.

Oui, tout ce qu'il a fait, il l'a fait pour me plaire,
Et j'en étais, seigneur, la cause et le salaire.

AUGUSTE.

Quoi! l'amour qu'en ton cœur j'ai fait naître aujour-
T'emporte-t-il déjà jusqu'à mourir pour lui!　[d'hui
Ton âme à ces transports un peu trop s'abandonne,
Et c'est trop tôt aimer l'amant que je te donne. 1576

ÉMILIE.

Cet amour qui m'expose à vos ressentiments
N'est point le prompt effet de vos commandements;
Ces flammes dans nos cœurs sans votre ordre étaient
Et ce sont des secrets de plus de quatre années : [nées,
Mais, quoique je l'aimasse, et qu'il brûlât pour moi,
Une haine plus forte à tous deux fit la loi;
Je ne voulus jamais lui donner d'espérance
Qu'il ne m'eût de mon père assuré la vengeance;
Je la lui fis jurer; il chercha des amis :
Le ciel rompt le succès que je m'étais promis, 1580
Et je vous viens, seigneur, offrir une victime,
Non pour sauver sa vie en me chargeant du crime,
Son trépas est trop juste après son attentat,
Et toute excuse est vaine en un crime d'État;
Mourir en sa présence et rejoindre mon père,
C'est tout ce qui m'amène et tout ce que j'espère.

AUGUSTE.

Jusques à quand, ô ciel, et par quelle raison
Prendrez-vous contre moi des traits dans ma maison?
Pour ses débordements j'en ai chassé Julie;
Mon amour en sa place a fait choix d'Émilie, 1590
Et je la vois comme elle indigne de ce rang.
L'une m'ôtait l'honneur, l'autre a soif de mon sang;
Et prenant toutes deux leur passion pour guide,
L'une fut impudique et l'autre est parricide.

3.

O ma fille ! est-ce là le prix de mes bienfaits ?

ÉMILIE.

Ceux de mon père en vous firent mêmes effets.

AUGUSTE.

Songe avec quel amour j'élevai ta jeunesse.

ÉMILIE.

Il éleva la vôtre avec même tendresse ;
Il fut votre tuteur, et vous son assassin ;
Et vous m'avez au crime enseigné le chemin : 1600
Le mien d'avec le vôtre en ce point seul diffère,
Que votre ambition s'est immolé mon père,
Et qu'un juste courroux dont je me sens brûler
A son sang innocent voulait vous immoler.

LIVIE.

C'en est trop, Émilie, arrête, et considère
Qu'il t'a trop bien payé les bienfaits de ton père :
Sa mort, dont la mémoire allume ta fureur,
Fut un crime d'Octave, et non de l'empereur.

ÉMILIE.

Aussi, dans le discours que vous venez d'entendre,
Je parlais pour l'aigrir, et non pour me défendre : 1610
l'unissez donc, seigneur, ces criminels appas
Qui de vos favoris font d'illustres ingrats ;
Tranchez mes tristes jours pour assurer les vôtres.
Si j'ai séduit Cinna, j'en séduirai bien d'autres ;
Et je suis plus à craindre, et vous plus en danger,
Si j'ai l'amour ensemble et le sang à venger.

CINNA.

Que vous m'ayez séduit, et que je souffre encore
D'être déshonoré par celle que j'adore !
Seigneur, la vérité doit ici s'exprimer :
J'avais fait ce dessein avant que de l'aimer ; 1620
A mes plus saints désirs la trouvant inflexible,

Je crus qu'à d'autres soins elle serait sensible ;
Je parlai de son père, et de votre rigueur,
Et l'offre de mon bras suivit celle du cœur.
Que la vengeance est douce à l'esprit d'une femme !
Je l'attaquai par là, par là je pris son âme ;
Dans mon peu de mérite elle me négligeait,
Et ne put négliger le bras qui la vengeait :
Elle n'a conspiré que par mon artifice ;
J'en suis le seul auteur, elle n'est que complice. 1630

ÉMILIE.

Cinna, qu'oses-tu dire ? est-ce là me chérir
Que de m'ôter l'honneur quand il me faut mourir ?

CINNA.

Mourez, mais en mourant ne souillez point ma gloire.

ÉMILIE.

La mienne se flétrit, si César te veut croire.

CINNA.

Et la mienne se perd, si vous tirez à vous
Toute celle qui suit de si généreux coups.

ÉMILIE.

Eh bien ! prends-en ta part, et me laisse la mienne ;
Ce serait l'affaiblir que d'affaiblir la tienne :
La gloire et le plaisir, la honte et les tourments,
Tout doit être commun entre de vrais amants. 1640
    Nos deux âmes, seigneur, sont deux âmes romai-
Unissant nos désirs nous unîmes nos haines ; [nes ;
De nos parents perdus le vif ressentiment
Nous apprit nos devoirs en un même moment ;
En ce noble dessein nos cœurs se rencontrèrent ;
Nos esprits généreux ensemble le formèrent ;
Ensemble nous cherchons l'honneur d'un beau tré-
Vous vouliez nous unir, ne nous séparez pas. [pas :

AUGUSTE.

Oui, je vous unirai, couple ingrat et perfide,
Et plus mon ennemi qu'Antoine ni Lépide ;   1650
Oui, je vous unirai, puisque vous le voulez :
Il faut bien satisfaire aux feux dont vous brûlez ;
Et que tout l'univers, sachant ce qui m'anime,
S'étonne du supplice aussi bien que du crime.
Mais enfin le ciel m'aime, et ses bienfaits nouveaux
Ont arraché Maxime à la fureur des eaux.

SCÈNE III.

AUGUSTE, LIVIE, CINNA, MAXIME, ÉMILIE, FULVIE.

AUGUSTE.

Approche, seul ami, que j'éprouve fidèle.

MAXIME.

Honorez moins, seigneur, une âme criminelle.

AUGUSTE.

Ne parlons plus de crime après ton repentir,
Après que du péril tu m'as su garantir ;   1660
C'est à toi que je dois et le jour et l'empire.

MAXIME.

De tous vos ennemis connaissez mieux le pire :
Si vous régnez encor, seigneur, si vous vivez,
C'est ma jalouse rage à qui vous le devez.
Un vertueux remords n'a point touché mon âme ;
Pour perdre mon rival j'ai découvert sa trame ;
Euphorbe vous a feint que je m'étais noyé
De crainte qu'après moi vous n'eussiez envoyé :
Je voulais avoir lieu d'abuser Émilie,

Effrayer son esprit, la tirer d'Italie,   1670
Et pensais la résoudre à cet enlèvement
Sous l'espoir du retour pour venger son amant ;
Mais, au lieu de goûter ces grossières amorces,
Sa vertu combattue a redoublé ses forces,
Elle a lu dans mon cœur ; vous savez le surplus,
Et je vous en ferais des récits superflus.
Vous voyez le succès de mon lâche artifice :
Si pourtant quelque grâce est due à mon indice,
Faites périr Euphorbe au milieu des tourments,
Et souffrez que je meure aux yeux de ces amants. 1680
J'ai trahi mon ami, ma maîtresse, mon maître,
Ma gloire, mon pays, par l'avis de ce traître ;
Et croirai toutefois mon bonheur infini,
Si je puis m'en punir après l'avoir puni.

AUGUSTE.

En est-ce assez, ô ciel ! et le sort pour me nuire
A-t-il quelqu'un des miens qu'il veuille encor séduire ?
Qu'il joigne à ses efforts le secours des enfers :
Je suis maître de moi comme de l'univers ;
Je le suis, je veux l'être. O siècles ! ô mémoire,
Conservez à jamais ma dernière victoire ;   1690
Je triomphe aujourd'hui du plus juste courroux
De qui le souvenir puisse aller jusqu'à vous.
Soyons amis, Cinna, c'est moi qui t'en convie :
Comme à mon ennemi je t'ai donné la vie ;
Et, malgré la fureur de ton lâche dessein,
Je te la donne encor comme à mon assassin.
Commençons un combat qui montre par l'issue
Qui l'aura mieux de nous ou donnée ou reçue.
Tu trahis mes bienfaits, je les veux redoubler ;
Je t'en avais comblé, je t'en veux accabler :   1700
Avec cette beauté que je t'avais donnée
Reçois le consulat pour la prochaine année.
Aime Cinna, ma fille, en cet illustre rang ;

Corneille.   9

Préfères-en la pourpre à celle de mon sang ;
Apprends sur mon exemple à vaincre ta colère :
Te rendant un époux, je te rends plus qu'un père.

ÉMILIE.

Et je me rends, seigneur, à ces hautes bontés ;
Je recouvre la vue auprès de leurs clartés :
Je connais mon forfait qui me semblait justice,
Et, ce que n'avait pu la terreur du supplice,   1710
Je sens naître en mon âme un repentir puissant ;
Et mon cœur en secret me dit qu'il y consent.
    Le ciel a résolu votre grandeur suprême ;
Et pour preuve, seigneur, je n'en veux que moi-
J'ose avec vanité me donner cet éclat,   [même :
Puisqu'il change mon cœur, qu'il veut changer l'État.
Ma haine va mourir, que j'ai crue immortelle ;
Elle est morte, et ce cœur devient sujet fidèle,
Et prenant désormais cette haine en horreur,
L'ardeur de vous servir succède à sa fureur.   1720

CINNA.

Seigneur, que vous dirai-je après que nos offenses
Au lieu de châtiments trouvent des récompenses ?
O vertu sans exemple ! ô clémence, qui rend
Votre pouvoir plus juste et mon crime plus grand !

AUGUSTE.

Cesse d'en retarder un oubli magnanime ;
Et tous deux avec moi faites grâce à Maxime :
Il nous a trahis tous ; mais ce qu'il a commis
Vous conserve innocents et me rend mes amis.

(A Maxime.)

Reprends auprès de moi ta place accoutumée ;
Rentre dans ton crédit et dans ta renommée ;   1730
Qu'Euphorbe de tous trois ait sa grâce à son tour ;
Et que demain l'hymen couronne leur amour.
Si tu l'aimes encor, ce sera ton supplice.

9.

MAXIME.

Je n'en murmure point, il a trop de justice ;
Et je suis plus confus, seigneur, de vos bontés
Que je ne suis jaloux du bien que vous m'ôtez.

CINNA.

Souffrez que ma vertu dans mon cœur rappelée
Vous consacre une foi lâchement violée,
Mais si ferme à présent, si loin de chanceler,
Que la chute du ciel ne pourrait l'ébranler.   1740
    Puisse le grand moteur des belles destinées,
Pour prolonger vos jours, retrancher nos années ;
Et moi, par un bonheur dont chacun soit jaloux,
Perdre pour vous cent fois ce que je tiens de vous !

LIVIE.

Ce n'est pas tout, seigneur ; une céleste flamme
D'un rayon prophétique illumine mon âme.
Oyez ce que les dieux vous font savoir par moi :
De votre heureux destin c'est l'immuable loi.
    Après cette action vous n'avez rien à craindre ;
On portera le joug désormais sans se plaindre, 1750
Et les plus indomptés, renversant leurs projets,
Mettront toute leur gloire à mourir vos sujets ;
Aucun lâche dessein, aucune ingrate envie,
N'attaquera le cours d'une si belle vie ;
Jamais plus d'assassins, ni de conspirateurs ;
Vous avez trouvé l'art d'être maître des cœurs.
Rome, avec une joie et sensible et profonde,
Se démet en vos mains de l'empire du monde ;
Vos royales vertus lui vont trop enseigner
Que son bonheur consiste à vous faire régner : 1760
D'une si longue erreur pleinement affranchie,
Elle n'a plus de vœux que pour la monarchie,
Vous prépare déjà des temples, des autels,
Et le ciel une place entre les immortels ;

Et la postérité, dans toutes les provinces,
Donnera votre exemple aux plus généreux princes.

AUGUSTE.

J'en accepte l'augure, et j'ose l'espérer :
Ainsi toujours les dieux vous daignent inspirer !
Qu'on redouble demain les heureux sacrifices
Que nous leur offrirons sous de meilleurs auspices,
Et que vos conjurés entendent publier   1771
Qu'Auguste a tout appris, et veut tout oublier.

FIN DE CINNA.

POLYEUCTE

MARTYR

TRAGÉDIE CHRÉTIENNE.

(1640.)

PERSONNAGES. — Félix, sénateur romain, gouverneur d'Arménie. — Polyeucte, seigneur arménien, gendre de Félix. — Sévère, chevalier romain, favori de l'empereur Décie. — Néarque, seigneur arménien, ami de Polyeucte. — Pauline, fille de Félix, et femme de Polyeucte. — Stratonice, confidente de Pauline. — Albin, confident de Félix. — Fabian, domestique de Sévère. — Cléon, domestique de Félix. — Trois gardes.

La scène est à Mélitène, capitale de l'Arménie, dans le palais de Félix.

ACTE PREMIER.

SCÈNE I.

POLYEUCTE, NÉARQUE.

NÉARQUE.
Quoi ! vous vous arrêtez aux songes d'une femme !
De si faibles sujets troublent cette grande âme !
Et ce cœur tant de fois dans la guerre éprouvé
S'alarme d'un péril qu'une femme a rêvé !
POLYEUCTE.
Je sais ce qu'est un songe, et le peu de croyance
Qu'un homme doit donner à son extravagance,
Qui d'un amas confus des vapeurs de la nuit

Polyeucte.   1

Forme de vains objets que le réveil détruit;
Mais vous ne savez pas ce que c'est qu'une femme:
Vous ignorez quels droits elle a sur toute l'âme 10
Quand, après un long temps qu'elle a su nous charmer,
Les flambeaux de l'hymen viennent de s'allumer.
Pauline, sans raison dans la douleur plongée,
Craint et croit déjà voir ma mort qu'elle a songée;
Elle oppose ses pleurs au dessein que je fais,
Et tâche à m'empêcher de sortir du palais.
Je méprise sa crainte, et je cède à ses larmes;
Elle me fait pitié sans me donner d'alarmes;
Et mon cœur, attendri sans être intimidé,
N'ose déplaire aux yeux dont il est possédé.   20
L'occasion, Néarque, est-elle si pressante
Qu'il faille être insensible aux soupirs d'une amante?
Par un peu de remise épargnons son ennui,
Pour faire en plein repos ce qu'il trouble aujourd'hui.

NÉARQUE.

Avez-vous cependant une pleine assurance
D'avoir assez de vie ou de persévérance?
Et Dieu, qui tient votre âme et vos jours dans sa main,
Promet-il à vos vœux de le vouloir demain?
Il est toujours tout juste et tout bon; mais sa grâce
Ne descend pas toujours avec même efficace;   30
Après certains moments que perdent nos longueurs
Elle quitte ces traits qui pénètrent les cœurs;
Le nôtre s'endurcit, la repousse, l'égare:
Le bras qui la versait en devient plus avare;
Et cette sainte ardeur qui doit porter au bien
Tombe plus rarement, ou n'opère plus rien.
Celle qui vous pressait de courir au baptême,
Languissante déjà, cesse d'être la même,
Et, pour quelques soupirs qu'on vous a fait ouïr,
Sa flamme se dissipe et va s'évanouir.   40

POLYEUCTE.

Vous me connaissez mal: la même ardeur me brûle

1.

Et le désir s'accroît quand l'effet se recule.
Ces pleurs, que je regarde avec un œil d'époux,
Me laissent dans le cœur aussi chrétien que vous ;
Mais, pour en recevoir le sacré caractère
Qui lave nos forfaits dans une eau salutaire,
Et qui, purgeant notre âme et dessillant nos yeux,
Nous rend le premier droit que nous avions aux cieux,
Bien que je le préfère aux grandeurs d'un empire,
Comme le bien suprême et le seul où j'aspire,　　50
Je crois, pour satisfaire un juste et saint amour,
Pouvoir un peu remettre et différer d'un jour.

NÉARQUE.

Ainsi du genre humain l'ennemi vous abuse :
Ce qu'il ne peut de force, il l'entreprend de ruse.
Jaloux des bons desseins qu'il tâche d'ébranler,
Quand il ne les peut rompre, il pousse à reculer;
D'obstacle sur obstacle il va troubler le vôtre,
Aujourd'hui par des pleurs, chaque jour par quelque
Et ce songe rempli de noires visions　　　　[autre ;
N'est que le coup d'essai de ses illusions :　　60
Il met tout en usage, et prière et menace ;
Il attaque toujours, et jamais ne se lasse ;
Il croit pouvoir enfin ce qu'encore il n'a pu,
Et que ce qu'on diffère est à demi rompu.
　　Rompez ces premiers coups; laissez pleurer Pauline.
Dieu ne veut point d'un cœur où le monde domine,
Qui regarde en arrière, et, douteux en son choix,
Lorsque sa voix l'appelle, écoute une autre voix.

POLYEUCTE.

Pour se donner à lui faut-il n'aimer personne ?

NÉARQUE.

Nous pouvons tout aimer, il le souffre, il l'ordonne; 70
Mais, à vous dire tout, ce Seigneur des seigneurs
Veut le premier amour et les premiers honneurs.
Comme rien n'est égal à sa grandeur suprême,
Il faut ne rien aimer qu'après lui, qu'en lui-même,

Négliger, pour lui plaire, et femme, et biens, et rang,
Exposer pour sa gloire et verser tout son sang.
Mais que vous êtes loin de cette ardeur parfaite
Qui vous est nécessaire, et que je vous souhaite !
Je ne puis vous parler que les larmes aux yeux.
Polyeucte, aujourd'hui qu'on nous hait en tous lieux,
Qu'on croit servir l'État quand on nous persécute,   81
Qu'aux plus âpres tourments un chrétien est en butte,
Comment en pourrez-vous surmonter les douleurs,
Si vous ne pouvez pas résister à des pleurs ?

POLYEUCTE.

Vous ne m'étonnez point ; la pitié qui me blesse
Sied bien aux plus grands cœurs, et n'a point de fai-
[blesse.
Sur mes pareils, Néarque, un bel œil est bien fort :
Tel craint de le fâcher qui ne craint pas la mort ;
Et s'il faut affronter les plus cruels supplices,
Y trouver des appas, en faire mes délices,   90
Votre Dieu, que je n'ose encor nommer le mien,
M'en donnera la force en me faisant chrétien.

NÉARQUE.

Hâtez-vous donc de l'être.

POLYEUCTE. Oui, j'y cours, cher Néarque ;
Je brûle d'en porter la glorieuse marque.
Mais Pauline s'afflige, et ne peut consentir,
Tant ce songe la trouble, à me laisser sortir.

NÉARQUE.

Votre retour pour elle en aura plus de charmes :
Dans une heure au plus tard vous essuîrez ses larmes ;
Et l'heur de vous revoir lui semblera plus doux,
Plus elle aura pleuré pour un si cher époux.   100
Allons, on nous attend.

POLYEUCTE. Apaisez donc sa crainte,
Et calmez la douleur dont son âme est atteinte.
Elle revient.

NÉARQUE. Fuyez.

POLYEUCTE. Je ne puis.
NÉARQUE. Il le faut ;
Fuyez un ennemi qui sait votre défaut,
Qui le trouve aisément, qui blesse par la vue,
Et dont le coup mortel vous plaît quand il vous tue.
POLYEUCTE.
Fuyons, puisqu'il le faut.

SCÈNE II.

POLYEUCTE, NÉARQUE, PAULINE, STRATONICE.

POLYEUCTE. Adieu, Pauline, adieu.
Dans une heure au plus tard je reviens en ce lieu.
PAULINE.
Quel sujet si pressant à sortir vous convie ?
Y va-t-il de l'honneur ? y va-t-il de la vie ?   110
POLYEUCTE.
Il y va de bien plus.
PAULINE. Quel est donc ce secret ?
POLYEUCTE.
Vous le saurez un jour : je vous quitte à regret ;
Mais enfin il le faut.
PAULINE. Vous m'aimez ?
POLYEUCTE. Je vous aime,
Le ciel m'en soit témoin, cent fois plus que moi-même ;
Mais...
PAULINE. Mais mon déplaisir ne vous peut émouvoir !
Vous avez des secrets que je ne puis savoir !
Quelle preuve d'amour ! Au nom de l'hyménée,
Donnez à mes soupirs cette seule journée.
POLYEUCTE.
Un songe vous fait peur ?
PAULINE. Ses présages sont vains,
Je le sais ; mais enfin je vous aime, et je crains. 120

9.

POLYEUCTE.

Ne craignez rien de mal pour une heure d'absence.
Adieu : vos pleurs sur moi prennent trop de puissance ;
Je sens déjà mon cœur prêt à se révolter,
Et ce n'est qu'en fuyant que j'y puis résister.

SCÈNE III.

PAULINE, STRATONICE.

PAULINE.

Va, néglige mes pleurs, cours, et te précipite
Au-devant de la mort que les dieux m'ont prédite ;
Suis cet agent fatal de tes mauvais destins,
Qui peut-être te livre aux mains des assassins.
Tu vois, ma Stratonice, en quel siècle nous sommes :
Voilà notre pouvoir sur les esprits des hommes ; 130
Voilà ce qui nous reste, et l'ordinaire effet　　[fait.
De l'amour qu'on nous offre et des vœux qu'on nous
Tant qu'ils ne sont qu'amants nous sommes souverai-
Et jusqu'à la conquête ils nous traitent de reines ; [nes,
Mais après l'hyménée ils sont rois à leur tour.

STRATONICE.

Polyeucte pour vous ne manque point d'amour ·
S'il ne vous traite ici d'entière confidence,
S'il part malgré vos pleurs, c'est un trait de prudence ;
Sans vous en affliger, présumez avec moi
Qu'il est plus à propos qu'il vous cèle pourquoi ; 140
Assurez-vous sur lui qu'il en a juste cause.
Il est bon qu'un mari nous cache quelque chose,
Qu'il soit quelquefois libre, et ne s'abaisse pas
A nous rendre toujours compte de tous ses pas :
On n'a tous deux qu'un cœur qui sent mêmes traver-
Mais ce cœur a pourtant ses fonctions diverses, [ses;
Et la loi de l'hymen qui vous tient assemblés

N'ordonne pas qu'il tremble alors que vous tremblez :
Ce qui fait vos frayeurs ne peut le mettre en peine ;
Il est Arménien, et vous êtes Romaine,　　　　　150
Et vous pouvez savoir que nos deux nations
N'ont pas sur ce sujet mêmes impressions.
Un songe en notre esprit passe pour ridicule,
Il ne nous laisse espoir, ni crainte, ni scrupule ;
Mais il passe dans Rome avec autorité
Pour fidèle miroir de la fatalité.

PAULINE.

Quelque peu de crédit que chez vous il obtienne,
Je crois que ta frayeur égalerait la mienne,
Si de telles horreurs t'avaient frappé l'esprit,
Si je t'en avais fait seulement le récit.　　　　　160

STRATONICE.

A raconter ses maux souvent on les soulage.

PAULINE.

Écoute ; mais il faut te dire davantage,
Et que, pour mieux comprendre un si triste discours,
Tu saches ma faiblesse et mes autres amours :
Une femme d'honneur peut avouer sans honte
Ces surprises des sens que la raison surmonte ;
Ce n'est qu'en ces assauts qu'éclate la vertu,
Et l'on doute d'un cœur qui n'a point combattu.

Dans Rome, où je naquis, ce malheureux visage
D'un chevalier romain captiva le courage ;　　　　170
Il s'appelait Sévère : excuse les soupirs
Qu'arrache encore un nom trop cher à mes désirs.

STRATONICE.

Est-ce lui qui naguère aux dépens de sa vie
Sauva des ennemis votre empereur Décie,
Qui leur tira mourant la victoire des mains,
Et fit tourner le sort des Perses aux Romains ?
Lui, qu'entre tant de morts immolés à son maître,
On ne put rencontrer, ou du moins reconnaître ;
A qui Décie enfin pour des exploits si beaux

Fit si pompeusement dresser de vains tombeaux? 180
     PAULINE.

Hélas ! c'était lui-même, et jamais notre Rome
N'a produit plus grand cœur ni vu plus honnête
Puisque tu le connais, je ne t'en dirai rien. [homme.
Je l'aimai, Stratonice ; il le méritait bien.
Mais que sert le mérite où manque la fortune ?
L'un était grand en lui, l'autre faible et commune ;
Trop invincible obstacle, et dont trop rarement
Triomphe auprès d'un père un vertueux amant !
     STRATONICE.

La digne occasion d'une rare constance !
     PAULINE.

Dis plutôt d'une indigne et folle résistance.   190
Quelque fruit qu'une fille en puisse recueillir,
Ce n'est une vertu que pour qui veut faillir.
   Parmi ce grand amour que j'avais pour Sévère,
J'attendais un époux de la main de mon père ;
Toujours prête à le prendre, et jamais ma raison
N'avoua de mes yeux l'aimable trahison :
Il possédait mon cœur, mes désirs, ma pensée ;
Je ne lui cachais point combien j'étais blessée ;
Nous soupirions ensemble et pleurions nos malheurs :
Mais au lieu d'espérance il n'avait que des pleurs ; 200
Et, malgré des soupirs si doux, si favorables,
Mon père et mon devoir étaient inexorables.
Enfin je quittai Rome et ce parfait amant,
Pour suivre ici mon père en son gouvernement ;
Et lui, désespéré, s'en alla dans l'armée
Chercher d'un beau trépas l'illustre renommée.
Le reste, tu le sais. Mon abord en ces lieux
Me fit voir Polyeucte, et je plus à ses yeux ;
Et comme il est ici le chef de la noblesse,
Mon père fut ravi qu'il me prît pour maîtresse, 210
Et par son alliance il se crut assuré
D'être plus redoutable et plus considéré:

Il approuva sa flamme et conclut l'hyménée ;
Et moi, comme à son lit je me vis destinée,
Je donnai par devoir à son affection
Tout ce que l'autre avait par inclination.
Si tu peux en douter, juge-le par la crainte
Dont en ce triste jour tu me vois l'âme atteinte.

STRATONICE.

Elle fait assez voir à quel point vous l'aimez.
Mais quel songe, après tout, tient vos sens alarmés ?

PAULINE.

Je l'ai vu cette nuit, ce malheureux Sévère,　　221
La vengeance à la main, l'œil ardent de colère :
Il n'était point couvert de ces tristes lambeaux
Qu'une ombre désolée emporte des tombeaux ;
Il n'était point percé de ces coups pleins de gloire
Qui, retranchant sa vie, assurent sa mémoire ;
Il semblait triomphant, et tel que sur son char
Victorieux dans Rome entre notre César.
Après un peu d'effroi que m'a donné sa vue :
« Porte à qui tu voudras la faveur qui m'est due,
« Ingrate, m'a-t-il dit, et, ce jour expiré,　　231
« Pleure à loisir l'époux que tu m'as préféré. »
A ces mots, j'ai frémi, mon âme s'est troublée ;
Ensuite des chrétiens une impie assemblée,
Pour avancer l'effet de ce discours fatal,
A jeté Polyeucte aux pieds de son rival.
Soudain à son secours j'ai réclamé mon père :
Hélas ! c'est de tout point ce qui me désespère.
J'ai vu mon père même un poignard à la main
Entrer le bras levé pour lui percer le sein :　　240
Là, ma douleur trop forte a brouillé ces images ;
Le sang de Polyeucte a satisfait leurs rages.
Je ne sais ni comment ni quand ils l'ont tué,
Mais je sais qu'à sa mort tous ont contribué.
Voilà quel est mon songe.

　　　　　　　STRATONICE. Il est vrai qu'il est triste ;

　　　　　　　　　　　　　　　　　I.

Mais il faut que votre âme à ces frayeurs résiste :
La vision de soi peut faire quelque horreur,
Mais non pas vous donner une juste terreur.
Pouvez-vous craindre un mort, pouvez-vous craindre
[un père,
Qui chérit votre époux, que votre époux révère, 250
Et dont le juste choix vous a donnée à lui
Pour s'en faire en ces lieux un ferme et sûr appui ?

PAULINE.

Il m'en a dit autant, et rit de mes alarmes ;
Mais je crains des chrétiens les complots et les char-
Et que sur mon époux leur troupeau ramassé [mes,
Ne venge tant de sang que mon père a versé.

STRATONICE.

Leur secte est insensée, impie et sacrilége,
Et dans son sacrifice use de sortilége ;
Mais sa fureur ne va qu'à briser nos autels :
Elle n'en veut qu'aux dieux, et non pas aux mortels.
Quelque sévérité que sur eux on déploie,   261
Ils souffrent sans murmure et meurent avec joie ;
Et depuis qu'on les traite en criminels d'État,
On ne peut les charger d'aucun assassinat.

PAULINE.

Tais-toi, mon père vient.

SCÈNE IV.

FÉLIX, ALBIN, PAULINE, STRATONICE.

FÉLIX. Ma fille, que ton songe
En d'étranges frayeurs ainsi que toi me plonge !
Que j'en crains les effets qui semblent s'approcher !

PAULINE.

Quelle subite alarme ainsi vous peut toucher ?

FÉLIX.

Sévère n'est point mort.

　　　　　　　PAULINE. Quel mal nous fait sa vie ?

FÉLIX.

Il est le favori de l'empereur Décie.　　　　　　　270

PAULINE.

Après l'avoir sauvé des mains des ennemis,
L'espoir d'un si haut rang lui devenait permis ;
Le destin, aux grands cœurs si souvent mal propice,
Se résout quelquefois à leur faire justice.

FÉLIX.

Il vient ici lui-même.

　　　　　　PAULINE. Il vient !

　　　　　　　　　FÉLIX. Tu vas le voir.

PAULINE.

C'en est trop ; mais comment le pouvez-vous savoir?

FÉLIX.

Albin l'a rencontré dans la proche campagne :
Un gros de courtisans en foule l'accompagne,
Et montre assez quel est son rang et son crédit :
Mais, Albin, redis-lui ce que ses gens t'ont dit.　280

ALBIN.

Vous savez quelle fut cette grande journée,
Que sa perte pour nous rendit si fortunée,
Où l'empereur captif, par sa main dégagé,
Rassura son parti déjà découragé,
Tandis que sa vertu succomba sous le nombre ;
Vous savez les honneurs qu'on fit faire à son ombre
Après qu'entre les morts on ne le put trouver :
Le roi de Perse aussi l'avait fait enlever ;
Témoin de ses hauts faits et de son grand courage,
Ce monarque en voulut connaître le visage ;　　290
On le mit dans sa tente, où, tout percé de coups,
Tout mort qu'il paraissait, il fit mille jaloux ;
Là bientôt il montra quelque signe de vie :
Ce prince généreux en eut l'âme ravie,

Et sa joie, en dépit de son dernier malheur,
Du bras qui le causait honora la valeur ;
Il en fit prendre soin, la cure en fut secrète ;
Et comme au bout d'un mois sa santé fut parfaite,
Il offrit dignités, alliance, trésors,
Et pour gagner Sévère il fit cent vains efforts.   300
Après avoir comblé ses refus de louange,
Il envoie à Décie en proposer l'échange ;
Et soudain l'empereur, transporté de plaisir,
Offre au Perse son frère et cent chefs à choisir.
Ainsi revint au camp le valeureux Sévère
De sa haute vertu recevoir le salaire ;
La faveur de Décie en fut le digne prix.
De nouveau l'on combat, et nous sommes surpris :
Ce malheur toutefois sert à croître sa gloire ;
Lui seul rétablit l'ordre et gagne la victoire,   310
Mais si belle, et si pleine, et par tant de beaux faits,
Qu'on nous offre tribut, et nous faisons la paix.
L'empereur, qui lui montre une amour infinie,
Après ce grand succès l'envoie en Arménie ;
Il vient en apporter la nouvelle en ces lieux,
Et par un sacrifice en rendre hommage aux dieux.

FÉLIX.

O ciel ! en quel état ma fortune est réduite !

ALBIN.

Voilà ce que j'ai su d'un homme de sa suite,
Et j'ai couru, seigneur, pour vous y disposer.

FÉLIX.

Ah ! sans doute, ma fille, il vient pour t'épouser ; 320
L'ordre d'un sacrifice est pour lui peu de chose,
C'est un prétexte faux dont l'amour est la cause.

PAULINE.

Cela pourrait bien être ; il m'aimait chèrement.

FÉLIX.

Que ne permettra-t-il à son ressentiment ?
Et jusques à quel point ne porte sa vengeance

Une juste colère avec tant de puissance ?
Il nous perdra, ma fille.

PAULINE. Il est trop généreux.

FÉLIX.

Tu veux flatter en vain un père malheureux ;
Il nous perdra, ma fille. Ah ! regret qui me tue
De n'avoir pas aimé la vertu toute nue !   330
Ah, Pauline ! en effet, tu m'as trop obéi :
Ton courage était bon, ton devoir l'a trahi :
Que ta rébellion m'eût été favorable !
Qu'elle m'eût garanti d'un état déplorable !
Si quelque espoir me reste, il n'est plus aujourd'hui
Qu'en l'absolu pouvoir qu'il te donnait sur lui ;
Ménage en ma faveur l'amour qui le possède,
Et d'où provient mon mal fais sortir le remède.

PAULINE.

Moi ! moi ! que je revoie un si puissant vainqueur,
Et m'expose à des yeux qui me percent le cœur !   340
Mon père, je suis femme, et je sais ma faiblesse ;
Je sens déjà mon cœur qui pour lui s'intéresse,
Et poussera sans doute, en dépit de ma foi,
Quelque soupir indigne et de vous et de moi.
Je ne le verrai point.

FÉLIX. Rassure un peu ton âme.

PAULINE.

Il est toujours aimable, et je suis toujours femme ;
Dans le pouvoir sur moi que ses regards ont eu
Je n'ose m'assurer de toute ma vertu.
Je ne le verrai point.

FÉLIX. Il faut le voir, ma fille,
Ou tu trahis ton père et toute la famille.   350

PAULINE.

C'est à moi d'obéir, puisque vous commandez ;
Mais voyez les périls où vous me hasardez.

FÉLIX.

Ta vertu m'est connue.

PAULINE. Elle vaincra sans doute ;
Ce n'est pas le succès que mon âme redoute :
Je crains ce dur combat et ces troubles puissants
Que fait déjà chez moi la révolte des sens ;
Mais, puisqu'il faut combattre un ennemi que j'aime,
Souffrez que je me puisse armer contre moi-même,
Et qu'un peu de loisir me prépare à le voir.

FÉLIX.
Jusqu'au-devant des murs je vais le recevoir ;   360
Rappelle cependant tes forces étonnées,
Et songe qu'en tes mains tu tiens nos destinées.

PAULINE.
Oui, je vais de nouveau dompter mes sentiments
Pour servir de victime à vos commandements.

ACTE DEUXIÈME.

SCÈNE I.

SÉVÈRE, FABIAN.

SÉVÈRE.
Cependant que Félix donne ordre au sacrifice,
Pourrai-je prendre un temps à mes vœux si propice?
Pourrai-je voir Pauline, et rendre à ses beaux yeux
L'hommage souverain que l'on va rendre aux dieux ?
Je ne t'ai point celé que c'est ce qui m'amène,
Le reste est un prétexte à soulager ma peine ;   370
Je viens sacrifier, mais c'est à ses beautés
Que je viens immoler toutes mes volontés.

FABIAN.
Vous la verrez, seigneur.

SÉVÈRE. Ah, quel comble de joie !
Cette chère beauté consent que je la voie !
Mais ai-je sur son âme encor quelque pouvoir ?
Quelque reste d'amour s'y fait-il encor voir ?
Quel trouble, quel transport lui cause ma venue ?
Puis-je tout espérer de cette heureuse vue ?
Car je voudrais mourir plutôt que d'abuser
Des lettres de faveur que j'ai pour l'épouser :   380
Elles sont pour Félix, non pour triompher d'elle.
Jamais à ses désirs mon cœur ne fut rebelle ;
Et, si mon mauvais sort avait changé le sien,
Je me vaincrais moi-même et ne prétendrais rien.

FABIAN.

Vous la verrez, c'est tout ce que je vous puis dire.

SÉVÈRE.

D'où vient que tu frémis et que ton cœur soupire ?
Ne m'aime-t-elle plus ? éclaircis-moi ce point.

FABIAN.

M'en croirez-vous, seigneur ? ne la revoyez point ;
Portez en lieu plus haut l'honneur de vos caresses :
Vous trouverez à Rome assez d'autres maîtresses ; 390
Et, dans ce haut degré de puissance et d'honneur,
Les plus grands y tiendront votre amour à bonheur.

SÉVÈRE.

Qu'à des pensers si bas mon âme se ravale !
Que je tienne Pauline à mon sort inégale !
Elle en a mieux usé, je la dois imiter ;
Je n'aime mon bonheur que pour la mériter.
Voyons-la, Fabian, ton discours m'importune ;
Allons mettre à ses pieds cette haute fortune :
Je l'ai dans les combats trouvée heureusement
En cherchant une mort digne de son amant ;   400
Ainsi ce rang est sien, cette faveur est sienne,
Et je n'ai rien enfin que d'elle je ne tienne.

FABIAN.

Non, mais encore un coup ne la revoyez point.

SÉVÈRE.

Ah ! c'en est trop enfin, éclaircis-moi ce point ;
As-tu vu des froideurs quand tu l'en as priée ?

FABIAN.

Je tremble à vous le dire ; elle est...

SÉVÈRE. Quoi ?

FABIAN. Mariée.

SÉVÈRE.

Soutiens-moi, Fabian ; ce coup de foudre est grand,
Et frappe d'autant plus que plus il me surprend.

FABIAN.

Seigneur, qu'est devenu ce généreux courage ?

SÉVÈRE.

La constance est ici d'un difficile usage :   410
De pareils déplaisirs accablent un grand cœur ;
La vertu la plus mâle en perd toute vigueur ;
Et quand d'un feu si beau les âmes sont éprises,
La mort les trouble moins que de telles surprises.
Je ne suis plus à moi quand j'entends ce discours.
Pauline est mariée !

FABIAN. Oui, depuis quinze jours ;
Polyeucte, un seigneur des premiers d'Arménie,
Goûte de son hymen la douceur infinie.

SÉVÈRE.

Je ne la puis du moins blâmer d'un mauvais choix ;
Polyeucte a du nom, et sort du sang des rois :   420
Faibles soulagements d'un malheur sans remède !
Pauline, je verrai qu'un autre vous possède !
O ciel, qui malgré moi me renvoyez au jour,
O sort, qui redonniez l'espoir à mon amour,
Reprenez la faveur que vous m'avez prêtée,
Et rendez-moi la mort que vous m'avez ôtée !
Voyons-la toutefois, et dans ce triste lieu
Achevons de mourir en lui disant adieu ;
Que mon cœur, chez les morts emportant son image,
De son dernier soupir puisse lui faire hommage.   430

FABIAN.

Seigneur, considérez...
　　　　　　　SÉVÈRE. Tout est considéré.
Quel désordre peut craindre un cœur désespéré ?
N'y consent-elle pas ?
　　　　　　FABIAN. Oui, seigneur, mais...
　　　　　　　　　SÉVÈRE. N'importe

FABIAN.

Cette vive douleur en deviendra plus forte.

SÉVÈRE.

Et ce n'est pas un mal que je veuille guérir :
Je ne veux que la voir, soupirer, et mourir.

FABIAN.

Vous vous échapperez sans doute en sa présence :
Un amant qui perd tout n'a plus de complaisance ;
Dans un tel entretien il suit sa passion,
Et ne pousse qu'injure et qu'imprécation.　　　　440

SÉVÈRE.

Juge autrement de moi, mon respect dure encore;
Tout violent qu'il est, mon désespoir l'adore.
Quels reproches aussi peuvent m'être permis ?
De quoi puis-je accuser qui ne m'a rien promis ?
Elle n'est point parjure, elle n'est point légère :
Son devoir m'a trahi, mon malheur, et son père.
Mais son devoir fut juste, et son père eut raison ;
J'impute à mon malheur toute la trahison :
Un peu moins de fortune et plus tôt arrivée
Eût gagné l'un par l'autre, et me l'eût conservée; 450
Trop heureux, mais trop tard, je n'ai pu l'acquérir :
Laisse-la-moi donc voir, soupirer, et mourir.

FABIAN.

Oui, je vais l'assurer qu'en ce malheur extrême
Vous êtes assez fort pour vous vaincre vous-même.
Elle a craint comme moi ces premiers mouvements
Qu'une perte imprévue arrache aux vrais amants,
Et dont la violence excite assez de trouble,

Sans que l'objet présent l'irrite et le redouble.

SÉVÈRE.

Fabian, je la vois.

FABIAN. Seigneur, souvenez-vous....

SÉVÈRE.

Hélas! elle aime un autre! un autre est son époux! 460

SCÈNE II.

PAULINE, SÉVÈRE, STRATONICE, FABIAN.

PAULINE.

Oui, je l'aime, Sévère, et n'en fais point d'excuse:
Que tout autre que moi vous flatte et vous abuse,
Pauline a l'âme noble, et parle à cœur ouvert.
Le bruit de votre mort n'est point ce qui vous perd:
Si le ciel en mon choix eût mis mon hyménée,
A vos seules vertus je me serais donnée,
Et toute la rigueur de votre premier sort
Contre votre mérite eût fait un vain effort;
Je découvrais en vous d'assez illustres marques
Pour vous préférer même aux plus heureux monarques
Mais puisque mon devoir m'imposait d'autres lois, 471
De quelque amant pour moi que mon père eût fait
[choix,
Quand à ce grand pouvoir que la valeur vous donne
Vous auriez ajouté l'éclat d'une couronne,
Quand je vous aurais vu, quand je l'aurais haï,
J'en aurais soupiré, mais j'aurais obéi,
Et sur mes passions ma raison souveraine
Eût blâmé mes soupirs et dissipé ma haine.

SÉVÈRE.

Que vous êtes heureuse! et qu'un peu de soupirs
Fait un aisé remède à tous vos déplaisirs! 480
Ainsi, de vos désirs toujours reine absolue,

Les plus grands changements vous trouvent résolue ;
De la plus forte ardeur vous portez vos esprits
Jusqu'à l'indifférence, et peut-être au mépris,
Et votre fermeté fait succéder sans peine
La faveur au dédain et l'amour à la haine.
Qu'un peu de votre humeur ou de votre vertu
Soulagerait les maux de ce cœur abattu !
Un soupir, une larme à regret épandue,
M'aurait déjà guéri de vous avoir perdue ;   490
Ma raison pourrait tout sur l'amour affaibli,
Et de l'indifférence irait jusqu'à l'oubli ;
Et, mon feu désormais se réglant sur le vôtre,
Je me tiendrais heureux entre les bras d'une autre.
O trop aimable objet, qui m'avez trop charmé,
Est-ce là comme on aime, et m'avez-vous aimé ?

        PAULINE.

Je vous l'ai trop fait voir, seigneur, et si mon âme
Pouvait bien étouffer les restes de sa flamme,
Dieux, que j'éviterais de rigoureux tourments !
Ma raison, il est vrai, dompte mes sentiments ; 500
Mais, quelque autorité que sur eux elle ait prise,
Elle n'y règne pas, elle les tyrannise,
Et, quoique le dehors soit sans émotion,
Le dedans n'est que trouble et que sédition.
Un je ne sais quel charme encor vers vous m'emporte ;
Votre mérite est grand, si ma raison est forte :
Je le vois, encor tel qu'il alluma mes feux,
D'autant plus puissamment solliciter mes vœux
Qu'il est environné de puissance et de gloire,
Qu'en tous lieux après vous il traîne la victoire, 510
Que j'en sais mieux le prix, et qu'il n'a point déçu
Le généreux espoir que j'en avais conçu ;
Mais ce même devoir qui le vainquit dans Rome,
Et qui me range ici dessous les lois d'un homme,
Repousse encor si bien l'effort de tant d'appas,
Qu'il déchire mon âme et ne l'ébranle pas :

C'est cette vertu même, à nos désirs cruelle,
Que vous louiez alors en blasphémant contre elle :
Plaignez-vous-en encor, mais louez sa rigueur
Qui triomphe à la fois de vous et de mon cœur, 520
Et voyez qu'un devoir moins ferme et moins sincère
N'aurait pas mérité l'amour du grand Sévère.

SÉVÈRE.

. Ah ! madame, excusez une aveugle douleur
Qui ne connaît plus rien que l'excès du malheur :
Je nommais inconstance et prenais pour un crime
De ce juste devoir l'effort le plus sublime.
De grâce, montrez moins à mes sens désolés
La grandeur de ma perte et ce que vous valez ;
Et cachant par pitié cette vertu si rare,
Qui redouble mes feux lorsqu'elle nous sépare, 530
Faites voir des défauts qui puissent à leur tour
Affaiblir ma douleur avecque mon amour.

PAULINE.

Hélas ! cette vertu, quoique enfin invincible,
Ne laisse que trop voir une âme trop sensible.
Ces pleurs en sont témoins, et ces lâches soupirs
Qu'arrachent de nos feux les cruels souvenirs :
Trop rigoureux effets d'une aimable présence
Contre qui mon devoir a trop peu de défense !
Mais si vous estimez ce vertueux devoir,
Conservez-m'en la gloire, et cessez de me voir. 540
Épargnez-moi des pleurs qui coulent à ma honte ;
Épargnez-moi des feux qu'à regret je surmonte ;
Enfin épargnez-moi ces tristes entretiens,
Qui ne font qu'irriter vos tourments et les miens.

SÉVÈRE.

Que je me prive ainsi du seul bien qui me reste !

PAULINE.

Sauvez-vous d'une vue à tous les deux funeste.

SÉVÈRE.

Quel prix de mon amour ! quel fruit de mes travaux !

PAULINE.

C'est le remède seul qui peut guérir nos maux.

SÉVÈRE.

Je veux mourir des miens ; aimez-en la mémoire.

PAULINE.

Je veux guérir des miens ; ils souilleraient ma gloire.

SÉVÈRE.

Ah ! puisque votre gloire en prononce l'arrêt,   551
Il faut que ma douleur cède à son intérêt.
Est-il rien que sur moi cette gloire n'obtienne ?
Elle me rend les soins que je dois à la mienne.
Adieu : je vais chercher au milieu des combats
Cette immortalité que donne un beau trépas,
Et remplir dignement, par une mort pompeuse,
De mes premiers exploits l'attente avantageuse,
Si toutefois, après ce coup mortel du sort,
J'ai de la vie assez pour chercher une mort.   560

PAULINE.

Et moi, dont votre vue augmente le supplice,
Je l'éviterai même en votre sacrifice ;
Et, seule dans ma chambre enfermant mes regrets,
Je vais pour vous aux dieux faire des vœux secrets.

SÉVÈRE.

Puisse le juste ciel, content de ma ruine,
Combler d'heur et de jours Polyeucte et Pauline !

PAULINE.

Puisse trouver Sévère, après tant de malheur,
Une félicité digne de sa valeur !

SÉVÈRE.

Il la trouvait en vous.

PAULINE. Je dépendais d'un père.

SÉVÈRE.

O devoir qui me perd et qui me désespère !   570
Adieu, trop vertueux objet, et trop charmant.

PAULINE.

Adieu, trop malheureux et trop parfait amant.

Corneille.   10

SCÈNE III.

PAULINE, STRATONICE.

STRATONICE.
Je vous ai plaints tous deux, j'en verse encor des lar-
[mes;
Mais du moins votre esprit est hors de ses alarmes :
Vous voyez clairement que votre songe est vain ;
Sévère ne vient pas la vengeance à la main.

PAULINE.
Laisse-moi respirer du moins si tu m'as plainte :
Au fort de ma douleur tu rappelles ma crainte ;
Souffre un peu de relâche à mes esprits troublés ,
Et ne m'accable point par des maux redoublés.   580

STRATONICE.
Quoi ! vous craignez encor ?

PAULINE. Je tremble, Stratonice ;
Et, bien que je m'effraie avec peu de justice,
Cette injuste frayeur sans cesse reproduit
L'image des malheurs que j'ai vus cette nuit.

STRATONICE.
Sévère est généreux.

PAULINE. Malgré sa retenue,
Polyeucte sanglant frappe toujours ma vue.

STRATONICE.
Vous voyez ce rival faire des vœux pour lui.

PAULINE.
Je crois même au besoin qu'il serait son appui :
Mais soit cette croyance ou fausse, ou véritable,
Son séjour en ce lieu m'est toujours redoutable ;   590
A quoi que sa vertu puisse le disposer,
Il est puissant, il m'aime, et vient pour m'épouser.

10.

SCÈNE IV.

POLYEUCTE, NÉARQUE, PAULINE, STRATONICE.

POLYEUCTE.

C'est trop verser de pleurs ; il est temps qu'ils tarissent
Que votre douleur cesse et vos craintes finissent,
Malgré les faux avis par vos dieux envoyés,
Je suis vivant, madame, et vous me revoyez.

PAULINE.

Le jour est encor long, et ce qui plus m'effraie,
La moitié de l'avis se trouve déjà vraie ;
J'ai cru Sévère mort, et je le vois ici.

POLYEUCTE.

Je le sais ; mais enfin j'en prends peu de souci.   600
Je suis dans Mélitène ; et, quel que soit Sévère,
Votre père y commande, et l'on m'y considère ;
Et je ne pense pas qu'on puisse avec raison
D'un cœur tel que le sien craindre une trahison :
On m'avait assuré qu'il vous faisait visite,
Et je venais lui rendre un honneur qu'il mérite.

PAULINE.

Il vient de me quitter assez triste et confus ;
Mais j'ai gagné sur lui qu'il ne me verra plus.

POLYEUCTE.

Quoi ! vous me soupçonnez déjà de quelque ombrage ?

PAULINE.

Je ferais à tous trois un trop sensible outrage :   610
J'assure mon repos que troublent ses regards.
La vertu la plus ferme évite les hasards :
Qui s'expose au péril veut bien trouver sa perte ;
Et, pour vous en parler avec une âme ouverte,
Depuis qu'un vrai mérite a pu nous enflammer,
Sa présence toujours a droit de nous charmer.

Outre qu'on doit rougir de s'en laisser surprendre,
On souffre à résister, on souffre à s'en défendre;
Et, bien que la vertu triomphe de ces feux,
La victoire est pénible et le combat honteux.   620

POLYEUCTE.

O vertu trop parfaite et devoir trop sincère,
Que vous devez coûter de regrets à Sévère !
Qu'aux dépens d'un beau feu vous me rendez heu-
Et que vous êtes doux à mon cœur amoureux ! [reux !
Plus je vois mes défauts et plus je vous contemple,
Plus j'admire...

SCÈNE V.

POLYEUCTE, PAULINE, NÉARQUE, STRATONICE, CLÉON.

CLÉON. Seigneur, Félix vous mande au temple:
La victime est choisie, et le peuple à genoux ;
Et pour sacrifier on n'attend plus que vous.

POLYEUCTE.

Va, nous allons te suivre. Y venez-vous, madame ?

PAULINE.

Sévère craint ma vue, elle irrite sa flamme ;   630
Je lui tiendrai parole, et ne veux plus le voir.
Adieu : vous l'y verrez ; pensez à son pouvoir,
Et ressouvenez-vous que sa faveur est grande.

POLYEUCTE.

Allez, tout son crédit n'a rien que j'appréhende ;
Et comme je connais sa générosité,
Nous ne nous combattrons que de civilité.

1

SCÈNE VI.

POLYEUCTE, NÉARQUE.

NÉARQUE.
Où pensez-vous aller ?
　　　　POLYEUCTE. Au temple où l'on m'appelle.
NÉARQUE.
Quoi ! vous mêler aux vœux d'une troupe infidèle !
Oubliez-vous déjà que vous êtes chrétien ?
　　　POLYEUCTE.
Vous par qui je le suis, vous en souvient-il bien ? 640
　　　NÉARQUE.
J'abhorre les faux dieux.
　　　　　POLYEUCTE. Et moi, je les déteste.
　　　NÉARQUE.
Je tiens leur culte impie.
　　　　　POLYEUCTE. Et je le tiens funeste.
　　　NÉARQUE.
Fuyez donc leurs autels.
　　　　　POLYEUCTE. Je les veux renverser,
Et mourir dans leur temple, ou les y terrasser.
Allons, mon cher Néarque, allons aux yeux des hom-
Braver l'idolâtrie et montrer qui nous sommes. [mes
C'est l'attente du ciel, il nous la faut remplir ;
Je viens de le promettre, et je vais l'accomplir.
Je rends grâces au Dieu que tu m'as fait connaître
De cette occasion qu'il a sitôt fait naître, 650
Où déjà sa bonté, prête à me couronner,
Daigne éprouver la foi qu'il vient de me donner.
　　　NÉARQUE.
Ce zèle est trop ardent, souffrez qu'il se modère.
　　　POLYEUCTE.
On n'en peut avoir trop pour le Dieu qu'on révère.

Polyeucte.　　　　　　　　　　　　　　　2

NÉARQUE.

Vous trouverez la mort.

POLYEUCTE. Je la cherche pour lui.

NÉARQUE.

Et si ce cœur s'ébranle ?

POLYEUCTE. Il sera mon appui.

NÉARQUE.

Il ne commande point que l'on s'y précipite.

POLYEUCTE.

Plus elle est volontaire, et plus elle mérite.

NÉARQUE.

Il suffit, sans chercher, d'attendre et de souffrir.

POLYEUCTE.

On souffre avec regret quand on n'ose s'offrir.   660

NÉARQUE.

Mais dans ce temple enfin la mort est assurée.

POLYEUCTE.

Mais dans le ciel déjà la palme est préparée.

NÉARQUE.

Par une sainte vie il faut la mériter.

POLYEUCTE.

Mes crimes en vivant me la pourraient ôter.
Pourquoi mettre au hasard ce que la mort assure ?
Quand elle ouvre le ciel, peut-elle sembler dure ?
Je suis chrétien, Néarque, et le suis tout à fait ;
La foi que j'ai reçue aspire à son effet.
Qui fuit croit lâchement et n'a qu'une foi morte.

NÉARQUE.

Ménagez votre vie, à Dieu même elle importe ; 670
Vivez pour protéger les chrétiens en ces lieux.

POLYEUCTE.

L'exemple de ma mort les fortifiera mieux.

NÉARQUE.

Vous voulez donc mourir ?

POLYEUCTE. Vous aimez donc à vivre ?

2.

NÉARQUE.

Je ne puis déguiser que j'ai peine à vous suivre.
Sous l'horreur des tourments je crains de succomber.

POLYEUCTE.

Qui marche assurément n'a point peur de tomber :
Dieu fait part, au besoin, de sa force infinie.
Qui craint de le nier, dans son âme le nie ;
Il croit le pouvoir faire, et doute de sa foi.

NÉARQUE.

Qui n'appréhende rien présume trop de soi.　　　　680

POLYEUCTE.

J'attends tout de sa grâce, et rien de ma faiblesse.
Mais loin de me presser, il faut que je vous presse !
D'où vient cette froideur ?

　　　　　　　NÉARQUE. Dieu même a craint la mort.

POLYEUCTE.

Il s'est offert pourtant : suivons ce saint effort ;
Dressons-lui des autels sur des monceaux d'idoles.
Il faut, je me souviens encor de vos paroles,
Négliger, pour lui plaire, et femme, et biens, et rang ;
Exposer pour sa gloire et verser tout son sang.
Hélas ! qu'avez-vous fait de cette amour parfaite
Que vous me souhaitiez, et que je vous souhaite ? 690
S'il vous en reste encor, n'êtes-vous point jaloux
Qu'à grand'peine chrétien j'en montre plus que vous ?

NÉARQUE.

Vous sortez du baptême, et ce qui vous anime,
C'est sa grâce qu'en vous n'affaiblit aucun crime ;
Comme encor tout entière, elle agit pleinement,
Et tout semble possible à son feu véhément :
Mais cette même grâce en moi diminuée,
Et par mille péchés sans cesse exténuée,
Agit aux grands effets avec tant de langueur,
Que tout semble impossible à son peu de vigueur : 700
Cette indigne mollesse et ces lâches défenses
Sont des punitions qu'attirent mes offenses ;

Mais Dieu, dont on ne doit jamais se défier,
Me donne votre exemple à me fortifier.

Allons, cher Polyeucte, allons aux yeux des hom-
Braver l'idolâtrie et montrer qui nous sommes ; [mes
Puissé-je vous donner l'exemple de souffrir,
Comme vous me donnez celui de vous offrir !

POLYEUCTE.

A cet heureux transport que le ciel vous envoie,
Je reconnais Néarque, et j'en pleure de joie.　710
Ne perdons plus de temps ; le sacrifice est prêt ;
Allons-y du vrai Dieu soutenir l'intérêt ;
Allons fouler aux pieds ce foudre ridicule
Dont arme un bois pourri ce peuple trop crédule,
Allons en éclairer l'aveuglement fatal ;
Allons briser ces dieux de pierre et de métal ;
Abandonnons nos jours à cette ardeur céleste ;
Faisons triompher Dieu : qu'il dispose du reste.

NÉARQUE.

Allons faire éclater sa gloire aux yeux de tous,
Et répondre avec zèle à ce qu'il veut de nous.　720

—⟶◆⟵—

ACTE TROISIÈME.

—

SCÈNE I.

PAULINE, *seule*.

Que de soucis flottants, que de confus nuages
Présentent à mes yeux d'inconstantes images !
Douce tranquillité, que je n'ose espérer,
Que ton divin rayon tarde à les éclairer !
Mille agitations, que mes troubles produisent,

Dans mon cœur ébranlé tour à tour se détruisent ;
Aucun espoir n'y coule où j'ose persister ;
Aucun effroi n'y règne où j'ose m'arrêter.
Mon esprit, embrassant tout ce qu'il s'imagine,
Voit tantôt mon bonheur et tantôt ma ruine,   730
Et suit leur vaine idée avec si peu d'effet,
Qu'il ne peut espérer ni craindre tout à fait.
Sévère incessamment brouille ma fantaisie :
J'espère en sa vertu, je crains sa jalousie ;
Et je n'ose penser que d'un œil bien égal
Polyeucte en ces lieux puisse voir son rival.
Comme entre deux rivaux la haine est naturelle,
L'entrevue aisément se termine en querelle ;
L'un voit aux mains d'autrui ce qu'il croit mériter,
L'autre un désespéré qui peut trop attenter.   740
Quelque haute raison qui règle leur courage,
L'un conçoit de l'envie et l'autre de l'ombrage ;
La honte d'un affront que chacun d'eux croit voir
Ou de nouveau reçue, ou prête à recevoir,
Consumant dès l'abord toute leur patience,
Forme de la colère et de la défiance ;
Et, saisissant ensemble et l'époux et l'amant,
En dépit d'eux les livre à leur ressentiment.
Mais que je me figure une étrange chimère !
Et que je traite mal Polyeucte et Sévère,   750
Comme si la vertu de ces fameux rivaux
Ne pouvait s'affranchir de ces communs défauts !
Leurs âmes à tous deux d'elles-mêmes maîtresses
Sont d'un ordre trop haut pour de telles bassesses :
Ils se verront au temple en hommes généreux.
Mais las ! ils se verront, et c'est beaucoup pour eux.
Que sert à mon époux d'être dans Mélitène,
Si contre lui Sévère arme l'aigle romaine,
Si mon père y commande, et craint ce favori,
Et se repent déjà du choix de mon mari ?   760
Si peu que j'ai d'espoir ne luit qu'avec contrainte ;

10.

En naissant il avorte, et fait place à la crainte ;
Ce qui doit l'affermir sert à le dissiper.
Dieux ! faites que ma peur puisse enfin se tromper !
Mais sachons-en l'issue.

SCÈNE II.

PAULINE, STRATONICE.

PAULINE. Eh bien ! ma Stratonice,
Comment s'est terminé ce pompeux sacrifice ?
Ces rivaux généreux au temple se sont vus ?
    STRATONICE.
Ah, Pauline !
    PAULINE. Mes vœux ont-ils été déçus ?
J'en vois sur ton visage une mauvaise marque.
Se sont-ils querellés ?
    STRATONICE. Polyeucte, Néarque,   770
Les chrétiens...
    PAULINE. Parle donc : les chrétiens ?...
                STRATONICE. Je ne puis.
    PAULINE.
Tu prépares mon âme à d'étranges ennuis.
    STRATONICE.
Vous n'en sauriez avoir une plus juste cause.
    PAULINE.
L'ont-ils assassiné ?
    STRATONICE. Ce serait peu de chose.
Tout votre songe est vrai, Polyeucte n'est plus...
    PAULINE.
Il est mort !
STRATONICE. Non, il vit ; mais, ô pleurs superflus !
Ce courage si grand, cette âme si divine,
N'est plus digne du jour, ni digne de Pauline.
Ce n'est plus cet époux si charmant à vos yeux ;

C'est l'ennemi commun de l'État et des dieux, 780
Un méchant, un infâme, un rebelle, un perfide,
Un traître, un scélérat, un lâche, un parricide,
Une peste exécrable à tous les gens de bien,
Un sacrilége impie, en un mot, un chrétien.

PAULINE.

Ce mot aurait suffi sans ce torrent d'injures.

STRATONICE.

Ces titres aux chrétiens sont-ce des impostures ?

PAULINE.

Il est ce que tu dis, s'il embrasse leur foi ;
Mais il est mon époux, et tu parles à moi.

STRATONICE.

Ne considérez plus que le Dieu qu'il adore.

PAULINE.

Je l'aimai par devoir ; ce devoir dure encore. 790

STRATONICE.

Il vous donne à présent sujet de le haïr :
Qui trahit tous nos dieux aurait pu vous trahir.

PAULINE.

Je l'aimerais encor, quand il m'aurait trahie ;
Et si de tant d'amour tu peux être ébahie,
Apprends que mon devoir ne dépend point du sien :
Qu'il y manque, s'il veut ; je dois faire le mien.
Quoi ! s'il aimait ailleurs, serais-je dispensée
A suivre, à son exemple, une ardeur insensée ?
Quelque chrétien qu'il soit, je n'en ai point d'horreur ;
Je chéris sa personne, et je hais son erreur. 800
Mais quel ressentiment en témoigne mon père ?

STRATONICE.

Une secrète rage, un excès de colère,
Malgré qui toutefois un reste d'amitié
Montre pour Polyeucte encor quelque pitié.
Il ne veut point sur lui faire agir sa justice,
Que du traître Néarque il n'ait vu le supplice.

PAULINE.

Quoi ! Néarque en est donc ?

STRATONICE. Néarque l'a séduit ;
De leur vieille amitié c'est là l'indigne fruit.
Ce perfide tantôt, en dépit de lui-même,
L'arrachant de vos bras, le traînait au baptême. 810
Voilà ce grand secret et si mystérieux
Que n'en pouvait tirer votre amour curieux.

PAULINE.

Tu me blâmais alors d'être trop importune.

STRATONICE.

Je ne prévoyais pas une telle infortune.

PAULINE.

Avant qu'abandonner mon âme à mes douleurs,
Il me faut essayer la force de mes pleurs ;
En qualité de femme ou de fille, j'espère
Qu'ils vaincront un époux ou fléchiront un père.
Que si sur l'un et l'autre ils manquent de pouvoir,
Je ne prendrai conseil que de mon désespoir. 820
Apprends-moi cependant ce qu'ils ont fait au temple.

STRATONICE.

C'est une impiété qui n'eut jamais d'exemple.
Je ne puis y penser sans frémir à l'instant,
Et crains de faire un crime en vous la racontant.
Apprenez en deux mots leur brutale insolence.
    Le prêtre avait à peine obtenu du silence,
Et devers l'orient assuré son aspect,
Qu'ils ont fait éclater leur manque de respect.
A chaque occasion de la cérémonie,
A l'envi l'un et l'autre étalait sa manie, 830
Des mystères sacrés hautement se moquait,
Et traitait de mépris les dieux qu'on invoquait.
Tout le peuple en murmure, et Félix s'en offense ;
Mais tous deux s'emportant à plus d'irrévérence,
« Quoi ! lui dit Polyeucte en élevant sa voix,
« Adorez-vous des dieux ou de pierre ou de bois ? »

Ici dispensez-moi du récit des blasphèmes
Qu'ils ont vomis tous deux contre Jupiter mêmes :
L'adultère et l'inceste en étaient les plus doux.
« Oyez, dit-il ensuite, oyez, peuple ; oyez tous.   840
« Le Dieu de Polyeucte et celui de Néarque
« De la terre et du ciel est l'absolu monarque,
« Seul être indépendant, seul maître du destin,
« Seul principe éternel, et souveraine fin.
« C'est ce Dieu des chrétiens qu'il faut qu'on remer-
« Des victoires qu'il donne à l'empereur Décie ; [cie
« Lui seul tient en sa main le succès des combats ;
« Il le veut élever, il le peut mettre à bas ;
« Sa bonté, son pouvoir, sa justice est immense ;
« C'est lui seul qui punit, lui seul qui récompense :
« Vous adorez en vain des monstres impuissants. » 851
Se jetant à ces mots sur le vin et l'encens,
Après en avoir mis les saints vases par terre,
Sans crainte de Félix, sans crainte du tonnerre,
D'une fureur pareille ils courent à l'autel.
Cieux ! a-t-on vu jamais, a-t-on rien vu de tel !
Du plus puissant des dieux nous voyons la statue
Par une main impie à leurs pieds abattue,
Les mystères troublés, le temple profané,
La fuite et les clameurs d'un peuple mutiné,   860
Qui craint d'être accablé sous le courroux céleste.
Félix... Mais le voici qui vous dira le reste.
      PAULINE.
Que son visage est sombre et plein d'émotion !
Qu'il montre de tristesse et d'indignation !

SCÈNE III.

FÉLIX , PAULINE , STRATONICE.

FÉLIX.

Une telle insolence avoir osé paraître!
En public ! à ma vue ! il en mourra, le traître.

PAULINE.

Souffrez que votre fille embrasse vos genoux.

FÉLIX.

Je parle de Néarque, et non de votre époux.
Quelque indigne qu'il soit de ce doux nom de gendre,
Mon âme lui conserve un sentiment plus tendre ; 870
La grandeur de son crime et de mon déplaisir
N'a pas éteint l'amour qui me l'a fait choisir.

PAULINE.

Je n'attendais pas moins de la bonté d'un père.

FÉLIX.

Je pouvais l'immoler à ma juste colère :
Car vous n'ignorez pas à quel comble d'horreur
De son audace impie a monté la fureur ;
Vous l'avez pu savoir du moins de Stratonice.

PAULINE.

Je sais que de Néarque il doit voir le supplice.

FÉLIX.

Du conseil qu'il doit prendre il sera mieux instruit,
Quand il verra punir celui qui l'a séduit.   882
Au spectacle sanglant d'un ami qu'il faut suivre,
La crainte de mourir et le désir de vivre
Ressaisissent une âme avec tant de pouvoir,
Que qui voit le trépas cesse de le vouloir.
L'exemple touche plus que ne fait la menace:
Cette indiscrète ardeur tourne bientôt en glace,
Et nous verrons bientôt son cœur inquiété
Me demander pardon de tant d'impiété

PAULINE.

Vous pouvez espérer qu'il change de courage ?

FÉLIX.

Aux dépens de Néarque il doit se rendre sage.　890

PAULINE.

Il le doit, mais, hélas ! où me renvoyez-vous ?
Et quels tristes hasards ne court point mon époux,
Si de son inconstance il faut qu'enfin j'espère
Le bien que j'espérais de la bonté d'un père ?

FÉLIX.

Je vous en fais trop voir, Pauline, à consentir
Qu'il évite la mort par un prompt repentir.
Je devais même peine à des crimes semblables ;
Et, mettant différence entre ces deux coupables,
J'ai trahi la justice à l'amour paternel ;
Je me suis fait pour lui moi-même criminel ;　900
Et j'attendais de vous, au milieu de vos craintes,
Plus de remercîments que je n'entends de plaintes.

PAULINE.

De quoi remercier qui ne me donne rien ?
Je sais quelle est l'humeur et l'esprit d'un chrétien.
Dans l'obstination jusqu'au bout il demeure :
Vouloir son repentir, c'est ordonner qu'il meure.

FÉLIX.

Sa grâce est en sa main, c'est à lui d'y rêver.

PAULINE.

Faites-la tout entière.

FÉLIX. Il la peut achever.

PAULINE.

Ne l'abandonnez pas aux fureurs de sa secte.

FÉLIX.

Je l'abandonne aux lois, qu'il faut que je respecte.

PAULINE.

Est-ce ainsi que d'un gendre un beau-père est l'appui ?

FÉLIX.

Qu'il fasse autant pour soi comme je fais pour lui.　912

PAULINE.
Mais il est aveuglé.
   FÉLIX. Mais il se plaît à l'être.
Qui chérit son erreur ne la veut pas connaître.
PAULINE.
Mon père, au nom des dieux...
     FÉLIX. Ne les réclamez pas,
Ces dieux dont l'intérêt demande son trépas.
PAULINE.
Ils écoutent nos vœux.
   FÉLIX. Eh bien ! qu'il leur en fasse.
PAULINE.
Au nom de l'empereur, dont vous tenez la place...
FÉLIX.
J'ai son pouvoir en main ; mais, s'il me l'a commis,
C'est pour le déployer contre ses ennemis. 920
PAULINE.
Polyeucte l'est-il ?
   FÉLIX. Tous chrétiens sont rebelles.
PAULINE.
N'écoutez point pour lui ces maximes cruelles ;
En épousant Pauline il s'est fait votre sang.
FÉLIX.
Je regarde sa faute, et ne vois plus son rang.
Quand le crime d'État se mêle au sacrilége,
Le sang ni l'amitié n'ont plus de privilége.
PAULINE.
Quel excès de rigueur !
   FÉLIX. Moindre que son forfait.
PAULINE.
O de mon songe affreux trop véritable effet !
Voyez-vous qu'avec lui vous perdez votre fille ?
FÉLIX.
Les dieux et l'empereur sont plus que ma famille.
PAULINE.
La perte de tous deux ne vous peut arrêter ! 931

FÉLIX.

J'ai les dieux et Décie ensemble à redouter.
Mais nous n'avons encore à craindre rien de triste :
Dans son aveuglement pensez-vous qu'il persiste ?
S'il nous semblait tantôt courir à son malheur,
C'est d'un nouveau chrétien la première chaleur.

PAULINE.

Si vous l'aimez encor, quittez cette espérance
Que deux fois en un jour il change de croyance :
Outre que les chrétiens ont plus de dureté,
Vous attendez de lui trop de légèreté.   940
Ce n'est point une erreur avec le lait sucée,
Que sans l'examiner son âme ait embrassée ;
Polyeucte est chrétien parce qu'il l'a voulu,
Et vous portait au temple un esprit résolu.
Vous devez présumer de lui comme du reste :
Le trépas n'est pour eux ni honteux ni funeste ;
Ils cherchent de la gloire à mépriser nos dieux ;
Aveugles pour la terre, ils aspirent aux cieux ;
Et, croyant que la mort leur en ouvre la porte,
Tourmentés, déchirés, assassinés, n'importe,   950
Les supplices leur sont ce qu'à nous les plaisirs,
Et les mènent au but où tendent leurs désirs :
La mort la plus infâme ils l'appellent martyre.

FÉLIX.

Eh bien donc ! Polyeucte aura ce qu'il désire :
N'en parlons plus.

PAULINE. Mon père...

SCÈNE IV.

FÉLIX, ALBIN, PAULINE, STRATONICE.

FÉLIX. Albin, en est-ce fait ?

ALBIN.

Oui, seigneur; et Néarque a payé son forfait.

FÉLIX.

Et notre Polyeucte a vu trancher sa vie ?

ALBIN.

Il l'a vu, mais, hélas ! avec un œil d'envie.
Il brûle de le suivre, au lieu de reculer;
Et son cœur s'affermit, au lieu de s'ébranler.   960

PAULINE.

Je vous le disais bien. Encore un coup, mon père,
Si jamais mon respect a pu vous satisfaire,
Si vous l'avez prisé, si vous l'avez chéri...

FÉLIX.

Vous aimez trop, Pauline, un indigne mari.

PAULINE.

Je l'ai de votre main : mon amour est sans crime ;
Il est de votre choix la glorieuse estime ;
Et j'ai, pour l'accepter, éteint le plus beau feu
Qui d'une âme bien née ait mérité l'aveu.
Au nom de cette aveugle et prompte obéissance
Que j'ai toujours rendue aux lois de la naissance,
Si vous avez pu tout sur moi, sur mon amour, 971
Que je puisse sur vous quelque chose à mon tour !
Par ce juste pouvoir à présent trop à craindre,
Par ces beaux sentiments qu'il m'a fallu contraindre,
Ne m'ôtez pas vos dons ; ils sont chers à mes yeux,
Et m'ont assez coûté pour m'être précieux.

FÉLIX.   [dre,

Vous m'importunez trop : bien que j'aie un cœur ten-

Je n'aime la pitié qu'au prix que j'en veux prendre :
Employez mieux l'effort de vos justes douleurs ;
Malgré moi m'en toucher, c'est perdre et temps et
                                        [pleurs ;
J'en veux être le maître, et je veux bien qu'on sache
Que je la désavoue alors qu'on me l'arrache.   982
Préparez-vous à voir ce malheureux chrétien ;
Et faites votre effort quand j'aurai fait le mien.
Allez ; n'irritez plus un père qui vous aime ,
Et tâchez d'obtenir votre époux de lui-même.
Tantôt jusqu'en ce lieu je le ferai venir :
Cependant quittez-nous ; je veux l'entretenir.

     PAULINE.

De grâce, permettez...

        FÉLIX. Laissez-nous seuls, vous dis-je ;
Votre douleur m'offense autant qu'elle m'afflige. 990
A gagner Polyeucte appliquez tous vos soins ;
Vous avancerez plus en m'importunant moins.

SCÈNE V.

FÉLIX , ALBIN.

    FÉLIX.

Albin, comme est-il mort ?

       ALBIN. En brutal, en impie,
En bravant les tourments, en dédaignant la vie,
Sans regret, sans murmure, et sans étonnement,
Dans l'obstination et l'endurcissement,
Comme un chrétien enfin, le blasphème à la bouche

    FÉLIX.

Et l'autre ?

    ALBIN. Je l'ai dit déjà, rien ne le touche ;
Loin d'en être abattu, son cœur en est plus haut ;
On l'a violenté pour quitter l'échafaud :   1000

Il est dans la prison où je l'ai vu conduire ;
Mais vous êtes bien loin encor de le réduire.

FÉLIX.

Que je suis malheureux !

ALBIN. Tout le monde vous plaint.

FÉLIX.

On ne sait pas les maux dont mon cœur est atteint ;
De pensers sur pensers mon âme est agitée,
De soucis sur soucis elle est inquiétée ;
Je sens l'amour, la haine, et la crainte, et l'espoir,
La joie et la douleur tour à tour l'émouvoir ;
J'entre en des sentiments qui ne sont pas croyables ;
J'en ai de violents, j'en ai de pitoyables ;   1010
J'en ai de généreux qui n'oseraient agir ;
J'en ai même de bas, et qui me font rougir.
J'aime ce malheureux que j'ai choisi pour gendre,
Je hais l'aveugle erreur qui le vient de surprendre ;
Je déplore sa perte, et, le voulant sauver,
J'ai la gloire des dieux ensemble à conserver ;
Je redoute leur foudre et celui de Décie ;
Il y va de ma charge, il y va de ma vie.
Ainsi tantôt pour lui je m'expose au trépas,
Et tantôt je le perds pour ne me perdre pas.   1020

ALBIN.

Décie excusera l'amitié d'un beau-père ;
Et d'ailleurs Polyeucte est d'un sang qu'on révère.

FÉLIX.

A punir les chrétiens son ordre est rigoureux ;
Et plus l'exemple est grand, plus il est dangereux :
On ne distingue point quand l'offense est publique ;
Et, lorsqu'on dissimule un crime domestique,
Par quelle autorité peut-on, par quelle loi,
Châtier en autrui ce qu'on souffre chez soi ?

ALBIN.

Si vous n'osez avoir d'égard à sa personne,

Écrivez à Décie afin qu'il en ordonne.　　　　1030

　　　　FÉLIX.

Sévère me perdrait, si j'en usais ainsi :
Sa haine et son pouvoir font mon plus grand souci.
Si j'avais différé de punir un tel crime,
Quoiqu'il soit généreux, quoiqu'il soit magnanime,
Il est homme, et sensible, et je l'ai dédaigné ;
Et de tant de mépris son esprit indigné,
Que met au désespoir cet hymen de Pauline,
Du courroux de Décie obtiendrait ma ruine.
Pour venger un affront tout semble être permis,
Et les occasions tentent les plus remis.　　　　1040
Peut-être, et ce soupçon n'est pas sans apparence,
Il rallume en son cœur déjà quelque espérance ;
Et, croyant bientôt voir Polyeucte puni,
Il rappelle un amour à grand'peine banni.
Juge si sa colère, en ce cas implacable,
Me ferait innocent de sauver un coupable,
Et s'il m'épargnerait, voyant par mes bontés
Une seconde fois ses desseins avortés.
　Te dirai-je un penser indigne, bas, et lâche ?　1050
Je l'étouffe ; il renaît ; il me flatte, et me fâche :
L'ambition toujours me le vient présenter ;
Et tout ce que je puis, c'est de le détester.
Polyeucte est ici l'appui de ma famille ;
Mais si, par son trépas, l'autre épousait ma fille,
J'acquerrais bien par là de plus puissants appuis
Qui me mettraient plus haut cent fois que je ne suis.
Mon cœur en prend par force une maligne joie :
Mais que plutôt le ciel à tes yeux me foudroie,
Qu'à des pensers si bas je puisse consentir,
Que jusque-là ma gloire ose se démentir !　　　　1060

　　　　ALBIN.

Votre cœur est trop bon et votre âme trop haute.
Mais vous résolvez-vous à punir cette faute ?

FÉLIX.

Je vais dans la prison faire tout mon effort
A vaincre cet esprit par l'effroi de la mort;
Et nous verrons après ce que pourra Pauline.

ALBIN.

Que ferez-vous enfin, si toujours il s'obstine?

FÉLIX.

Ne me presse point tant; dans un tel déplaisir
Je ne puis que résoudre et ne sais que choisir.

ALBIN.

Je dois vous avertir, en serviteur fidèle,
Qu'en sa faveur déjà la ville se rebelle,   1070
Et ne peut voir passer par la rigueur des lois
Sa dernière espérance et le sang de ses rois.
Je tiens sa prison même assez mal assurée;
J'ai laissé tout autour une troupe éplorée;
Je crains qu'on ne la force.

                            FÉLIX. Il faut donc l'en tirer,
Et l'amener ici pour nous en assurer.

ALBIN.

Tirez-l'en donc vous-même, et d'un espoir de grâce
Apaisez la fureur de cette populace.

FÉLIX.

Allons, et, s'il persiste à demeurer chrétien,
Nous en disposerons sans qu'elle en sache rien

ACTE QUATRIÈME.

—

SCÈNE I.

POLYEUCTE, CLÉON, *trois autres gardes.*

POLYEUCTE.
Gardes, que me veut-on ?
　　　　　　　　CLÉON. Pauline vous demande.
POLYEUCTE.
O présence, ô combat que surtout j'appréhende ! 1082
Félix, dans la prison j'ai triomphé de toi,
J'ai ri de ta menace et t'ai vu sans effroi :
Tu prends pour t'en venger de plus puissantes armes;
Je craignais beaucoup moins les bourreaux que ses
　　　　　　　　　　　　　　　　　　[larmes.
　　Seigneur, qui vois ici les périls que je cours,
En ce pressant besoin redouble ton secours ;
Et toi qui, tout sortant encor de la victoire,
Regardes mes travaux du séjour de la gloire,　1090
Cher Néarque, pour vaincre un si fort ennemi,
Prête du haut du ciel la main à ton ami.
　　Gardes, oseriez-vous me rendre un bon office ?
Non pour me dérober aux rigueurs du supplice:
Ce n'est pas mon dessein qu'on me fasse évader ;
Mais comme il suffira de trois à me garder,
L'autre m'obligerait d'aller querir Sévère.
Je crois que sans péril on peut me satisfaire :
Si j'avais pu lui dire un secret important,
Il vivrait plus heureux, et je mourrais content.
　　CLÉON.
Si vous me l'ordonnez, j'y cours en diligence.

POLYEUCTE.

Sévère à mon défaut fera ta récompense. 1102
Va, ne perds point de temps, et reviens promptement.

CLÉON.

Je serai de retour, seigneur, dans un moment.

SCÈNE II.

POLYEUCTE, *seul.*

(Les gardes se retirent aux côtés du théâtre.)

Source délicieuse, en misères féconde,
Que voulez-vous de moi, flatteuses voluptés ?
Honteux attachements de la chair et du monde,
Que ne me quittez-vous, quand je vous ai quittés !
Allez, honneurs, plaisirs, qui me livrez la guerre :
    Toute votre félicité, 1110
    Sujette à l'instabilité,
    En moins de rien tombe par terre ;
    Et comme elle a l'éclat du verre,
    Elle en a la fragilité.

Ainsi n'espérez pas qu'après vous je soupire.
Vous étalez en vain vos charmes impuissants,
Vous me montrez en vain par tout ce vaste empire
Les ennemis de Dieu pompeux et florissants :
Il étale à son tour des revers équitables
    Par qui les grands sont confondus ; 1120
    Et les glaives qu'il tient pendus
    Sur les plus fortunés coupables
    Sont d'autant plus inévitables,
    Que leurs coups sont moins attendus.

Tigre altéré de sang, Décie impitoyable,
Ce Dieu t'a trop longtemps abandonné les siens :
De ton heureux destin vois la suite effroyable ;
Le Scythe va venger la Perse et les chrétiens.
Encore un peu plus outre, et ton heure est venue ;
　　Rien ne t'en saurait garantir ;　　　　1130
　　Et la foudre qui va partir,
　　Toute prête à crever la nue,
　　Ne peut plus être retenue
　　Par l'attente du repentir.

Que cependant Félix m'immole à ta colère ;
Qu'un rival plus puissant éblouisse ses yeux ;
Qu'aux dépens de ma vie il s'en fasse beau-père,
Et qu'à titre d'esclave il commande en ces lieux :
Je consens, ou plutôt j'aspire à ma ruine.
　　Monde, pour moi tu n'as plus rien :　　1140
　　Je porte en un cœur tout chrétien
　　Une flamme toute divine ;
　　Et je ne regarde Pauline
　　Que comme un obstacle à mon bien.

Saintes douceurs du ciel, adorables idées,
Vous remplissez un cœur qui vous peut recevoir :
De vos sacrés attraits les âmes possédées
Ne conçoivent plus rien qui les puisse émouvoir.
Vous promettez beaucoup, et donnez davantage :
　　Vos biens ne sont point inconstants,　　1150
　　Et l'heureux trépas que j'attends
　　Ne vous sert que d'un doux passage
　　Pour nous introduire au partage
　　Qui nous rend à jamais contents.

C'est vous, ô feu divin que rien ne peut éteindre,
Qui m'allez faire voir Pauline sans la craindre.
Je la vois : mais mon cœur, d'un saint zèle enflammé,

N'en goûte plus l'appas dont il était charmé ;
Et mes yeux, éclairés des célestes lumières,
Ne trouvent plus aux siens leurs grâces coutumières.

SCÈNE III.

POLYEUCTE, PAULINE, *gardes.*

POLYEUCTE.

Madame, quel dessein vous fait me demander ? 1161
Est-ce pour me combattre ou pour me seconder ?
Cet effort généreux de votre amour parfaite
Vient-il à mon secours, vient-il à ma défaite ?
Apportez-vous ici la haine ou l'amitié,
Comme mon ennemie ou ma chère moitié ?

PAULINE.

Vous n'avez point ici d'ennemi que vous-même ;
Seul vous vous haïssez lorsque chacun vous aime ;
Seul vous exécutez tout ce que j'ai rêvé :
Ne veuillez pas vous perdre, et vous êtes sauvé.
A quelque extrémité que votre crime passe,   1171
Vous êtes innocent si vous vous faites grâce.
Daignez considérer le sang dont vous sortez,
Vos grandes actions, vos rares qualités ;
Chéri de tout le peuple, estimé chez le prince,
Gendre du gouverneur de toute la province,
Je ne vous compte à rien le nom de mon époux :
C'est un bonheur pour moi qui n'est pas grand pour
Mais après vos exploits, après votre naissance, [vous ;
Après votre pouvoir, voyez notre espérance ;   1180
Et n'abandonnez pas à la main d'un bourreau
Ce qu'à nos justes vœux promet un sort si beau.

POLYEUCTE.

Je considère plus ; je sais mes avantages,
Et l'espoir que sur eux forment les grands courages.

Ils n'aspirent enfin qu'à des biens passagers,
Que troublent les soucis, que suivent les dangers ;
La mort nous les ravit, la fortune s'en joue :
Aujourd'hui dans le trône, et demain dans la boue ;
Et leur plus haut éclat fait tant de mécontents,
Que peu de vos Césars en ont joui longtemps.　1190
　J'ai de l'ambition, mais plus noble et plus belle :
Cette grandeur périt, j'en veux une immortelle,
Un bonheur assuré, sans mesure et sans fin,
Au-dessus de l'envie, au-dessus du destin.
Est-ce trop l'acheter que d'une triste vie,
Qui tantôt, qui soudain, me peut être ravie ;
Qui ne me fait jouir que d'un instant qui fuit,
Et ne peut m'assurer de celui qui le suit ?

　　　　PAULINE.

Voilà de vos chrétiens les ridicules songes ; [songes :
Voilà jusqu'à quel point vous charment leurs men-
Tout votre sang est peu pour un bonheur si doux !
Mais, pour en disposer, ce sang est-il à vous ?　1202
Vous n'avez pas la vie ainsi qu'un héritage ;
Le jour qui vous la donne en même temps l'engage :
Vous la devez au prince, au public, à l'État.

　　　　POLYEUCTE.

Je la voudrais pour eux perdre dans un combat ;
Je sais quel en est l'heur et quelle en est la gloire.
Des aïeux de Décie on vante la mémoire ;
Et ce nom, précieux encore à vos Romains,
Au bout de six cents ans lui met l'empire aux mains.
Je dois ma vie au peuple, au prince, à sa couronne ;
Mais je la dois bien plus au Dieu qui me la donne.
Si mourir pour son prince est un illustre sort,　1213
Quand on meurt pour son Dieu, quelle sera la mort !

　　　　PAULINE.

Quel Dieu !

POLYEUCTE. Tout beau, Pauline : il entend vos paroles ;
Et ce n'est pas un Dieu comme vos dieux frivoles.

Insensibles et sourds, impuissants, mutilés,
De bois, de marbre, ou d'or, comme vous les voulez :
C'est le Dieu des chrétiens, c'est le mien, c'est le vôtre ;
Et la terre et le ciel n'en connaissent point d'autre.

PAULINE.

Adorez-le dans l'âme, et n'en témoignez rien. 1221

POLYEUCTE.

Que je sois tout ensemble idolâtre et chrétien !

PAULINE.

Ne feignez qu'un moment : laissez partir Sévère,
Et donnez lieu d'agir aux bontés de mon père.

POLYEUCTE.

Les bontés de mon Dieu sont bien plus à chérir :
Il m'ôte des périls que j'aurais pu courir,
Et, sans me laisser lieu de tourner en arrière,
Sa faveur me couronne entrant dans la carrière ;
Du premier coup de vent il me conduit au port,
Et, sortant du baptême, il m'envoie à la mort. 1230
Si vous pouviez comprendre et le peu qu'est la vie,
Et de quelles douceurs cette mort est suivie...
Mais que sert de parler de ces trésors cachés
A des esprits que Dieu n'a pas encor touchés ?

PAULINE.

Cruel ! car il est temps que ma douleur éclate,
Et qu'un juste reproche accable une âme ingrate ;
Est-ce là ce beau feu ? sont-ce là tes serments ?
Témoignes-tu pour moi les moindres sentiments ?
Je ne te parlais point de l'état déplorable
Où ta mort va laisser ta femme inconsolable ; 1240
Je croyais que l'amour t'en parlerait assez,
Et je ne voulais pas de sentiments forcés :
Mais cette amour si ferme et si bien méritée
Que tu m'avais promise, et que je t'ai portée,
Quand tu me veux quitter, quand tu me fais mourir,
Te peut-elle arracher une larme, un soupir ?
Tu me quittes, ingrat, et le fais avec joie ;

Tu ne la caches pas, tu veux que je la voie;
Et ton cœur, insensible à ces tristes appas,
Se figure un bonheur où je ne serai pas !　　　1250
C'est donc là le dégoût qu'apporte l'hyménée ?
Je le suis odieuse après m'être donnée !

POLYEUCTE.

Hélas !

PAULINE. Que cet hélas a de peine à sortir !
Encor s'il commençait un heureux repentir.
Que, tout forcé qu'il est, j'y trouverais de charmes !
Mais courage, il s'émeut, je vois couler des larmes.

POLYEUCTE.

J'en verse, et plût à Dieu qu'à force d'en verser
Ce cœur trop endurci se pût enfin percer !
Le déplorable état où je vous abandonne
Est bien digne des pleurs que mon amour vous donne;
Et si l'on peut au ciel sentir quelques douleurs,
J'y pleurerai pour vous l'excès de vos malheurs : 1262
Mais si, dans ce séjour de gloire et de lumière,
Ce Dieu tout juste et bon peut souffrir ma prière,
S'il y daigne écouter un conjugal amour,
Sur votre aveuglement il répandra le jour.

Seigneur, de vos bontés il faut que je l'obtienne;
Elle a trop de vertus pour n'être pas chrétienne :
Avec trop de mérite il vous plut la former,
Pour ne vous pas connaître et ne vous pas aimer,
Pour vivre des enfers esclave infortunée,　　　1271
Et sous leur triste joug mourir comme elle est née.

PAULINE.

Que dis-tu, malheureux ? qu'oses-tu souhaiter?

POLYEUCTE.

Ce que de tout mon sang je voudrais acheter.

PAULINE.

Que plutôt !...

POLYEUCTE. C'est en vain qu'on se met en défense
Ce Dieu touche les cœurs lorsque moins on y pense.

Ce bienheureux moment n'est pas encor venu :
Il viendra ; mais le temps ne m'en est pas connu.

PAULINE.

Quittez cette chimère, et m'aimez.

POLYEUCTE. Je vous aime,

Beaucoup moins que mon Dieu, mais bien plus que

PAULINE. [moi-même.

Au nom de cet amour, ne m'abandonnez pas. 1281

POLYEUCTE.

Au nom de cet amour, daignez suivre mes pas.

PAULINE.

C'est peu de me quitter, tu veux donc me séduire?

POLYEUCTE.

C'est peu d'aller au ciel, je vous y veux conduire.

PAULINE.

Imaginations !

POLYEUCTE. Célestes vérités !

PAULINE.

Étrange aveuglement !

POLYEUCTE. Éternelles clartés !

PAULINE.

Tu préfères la mort à l'amour de Pauline !

POLYEUCTE.

Vous préférez le monde à la bonté divine !

PAULINE.

Va, cruel, va mourir, tu ne m'aimas jamais.

POLYEUCTE.

Vivez heureuse au monde, et me laissez en paix.

PAULINE.

Oui, je t'y vais laisser ; ne t'en mets plus en peine ;
Je vais...

SCÈNE IV.

SÉVÈRE, POLYEUCTE, PAULINE, FABIAN, *gardes.*

PAULINE. Mais quel dessein en ce lieu vous amène,
Sévère? aurait-on cru qu'un cœur si généreux   1293
Pût venir jusqu'ici braver un malheureux?
      POLYEUCTE.
Vous traitez mal, Pauline, un si rare mérite;
A ma seule prière il rend cette visite.
    Je vous ai fait, seigneur, une incivilité,
Que vous pardonnerez à ma captivité.
Possesseur d'un trésor dont je n'étais pas digne,
Souffrez avant ma mort que je vous le résigne,
Et laisse la vertu la plus rare à nos yeux   1301
Qu'une femme jamais pût recevoir des cieux
Aux mains du plus vaillant et du plus honnête homme
Qu'ait adoré la terre et qu'ait vu naître Rome.
Vous êtes digne d'elle, elle est digne de vous;
Ne la refusez pas de la main d'un époux :
S'il vous a désunis, sa mort vous va rejoindre.
Qu'un feu jadis si beau n'en devienne pas moindre;
Rendez-lui votre cœur, et recevez sa foi :
Vivez heureux ensemble, et mourez comme moi;
C'est le bien qu'à tous deux Polyeucte désire.   1311
    Qu'on me mène à la mort, je n'ai plus rien à dire.
Allons, gardes, c'est fait.

SCÈNE V.

SÉVÈRE, PAULINE, FABIAN.

SÉVÈRE. Dans mon étonnement,
Je suis confus pour lui de son aveuglement ;
Sa résolution a si peu de pareilles,
Qu'à peine je me fie encore à mes oreilles.
Un cœur qui vous chérit (mais quel cœur assez bas
Aurait pu vous connaître et ne vous chérir pas ?),
Un homme aimé de vous, sitôt qu'il vous possède,
Sans regret il vous quitte : il fait plus, il vous cède ;
Et, comme si vos feux étaient un don fatal,   1321
Il en fait un présent lui-même à son rival !
Certes, ou les chrétiens ont d'étranges manies,
Ou leurs félicités doivent être infinies,
Puisque, pour y prétendre, ils osent rejeter
Ce que de tout l'empire il faudrait acheter.
Pour moi, si mes destins, un peu plus tôt propices,
Eussent de votre hymen honoré mes services,
Je n'aurais adoré que l'éclat de vos yeux,
J'en aurais fait mes rois, j'en aurais fait mes dieux ;
On m'aurait mis en poudre, on m'aurait mis en
Avant que...   [cendre,
  PAULINE. Brisons là ; je crains de trop entendre, 1332
Et que cette chaleur, qui sent vos premiers feux,
Ne pousse quelque suite indigne de tous deux.
Sévère, connaissez Pauline tout entière.
  Mon Polyeucte touche à son heure dernière ;
Pour achever de vivre il n'a plus qu'un moment :
Vous en êtes la cause, encor qu'innocemment.
Je ne sais si votre âme, à vos désirs ouverte,
Aurait osé former quelque espoir sur sa perte ;
Mais sachez qu'il n'est point de si cruels trépas

Où d'un front assuré je ne porte mes pas ,　　1342
Qu'il n'est point aux enfers d'horreurs que je n'en-
Plutôt que de souiller une gloire si pure ,　　[dure,
Que d'épouser un homme , après son triste sort,
Qui de quelque façon soit cause de sa mort :
Et, si vous me croyez d'une âme si peu saine ,
L'amour que j'eus pour vous tournerait tout en haine.
Vous êtes généreux ; soyez-le jusqu'au bout.
Mon père est en état de vous accorder tout :　　1350
Il vous craint; et j'avance encor cette parole,
Que, s'il perd mon époux, c'est à vous qu'il l'immole.
Sauvez ce malheureux, employez-vous pour lui ;
Faites-vous un effort pour lui servir d'appui.
Je sais que c'est beaucoup que ce que je demande ;
Mais plus l'effort est grand, plus la gloire en est grande.
Conserver un rival dont vous êtes jaloux,
C'est un trait de vertu qui n'appartient qu'à vous ;
Et si ce n'est assez de votre renommée,
C'est beaucoup qu'une femme, autrefois tant aimée,
Et dont l'amour peut-être encor vous peut toucher ,
Doive à votre grand cœur ce qu'elle a de plus cher :
Souvenez-vous enfin que vous êtes Sévère.　　1363
Adieu. Résolvez seul ce que vous devez faire ;
Si vous n'êtes pas tel que je l'ose espérer,
Pour vous priser encor je le veux ignorer.

SCÈNE VI.

SÉVÈRE, FABIAN.

SÉVÈRE.

Qu'est-ce ci , Fabian? quel nouveau coup de foudre
Tombe sur mon bonheur et le réduit en poudre !
Plus je l'estime près, plus il est éloigné ;
Je trouve tout perdu, quand je crois tout gagné ;

11.

Et toujours la fortune, à me nuire obstinée,   1371
Tranche mon espérance aussitôt qu'elle est née;
Avant qu'offrir des vœux je reçois des refus :
Toujours triste, toujours et honteux et confus
De voir que lâchement elle ait osé renaître,
Qu'encor plus lâchement elle ait osé paraître;
Et qu'une femme enfin dans la calamité
Me fasse des leçons de générosité.
    Votre belle âme est haute autant que malheureuse;
Mais elle est inhumaine autant que généreuse, 1380
Pauline; et vos douleurs avec trop de rigueur
D'un amant tout à vous tyrannisent le cœur.
C'est donc peu de vous perdre, il faut que je vous donne
Que je serve un rival lorsqu'il vous abandonne;
Et que, par un cruel et généreux effort,
Pour vous rendre en ses mains je l'arrache à la mort !

FABIAN.

Laissez à son destin cette ingrate famille :
Qu'il accorde, s'il veut, le père avec la fille,
Polyeucte et Félix, l'épouse avec l'époux :
D'un si cruel effort quel prix espérez-vous ?   1390

SÉVÈRE.

La gloire de montrer à cette âme si belle
Que Sévère l'égale, et qu'il est digne d'elle,
Qu'elle m'était bien due, et que l'ordre des cieux
En me la refusant m'est trop injurieux.

FABIAN.

Sans accuser le sort ni le ciel d'injustice,
Prenez garde au péril qui suit un tel service;
Vous hasardez beaucoup, seigneur, pensez-y bien.
Quoi ! vous entreprenez de sauver un chrétien !
Pouvez-vous ignorer pour cette secte impie
Quelle est et fut toujours la haine de Décie ?   1400
C'est un crime vers lui si grand, si capital,
Qu'à votre faveur même il peut être fatal.

SÉVÈRE.

Cet avis serait bon pour quelque âme commune.
S'il tient entre ses mains ma vie et ma fortune,
Je suis encor Sévère ; et tout ce grand pouvoir
Ne peut rien sur ma gloire et rien sur mon devoir.
Ici l'honneur m'oblige, et j'y veux satisfaire ;
Qu'après le sort se montre ou propice ou contraire,
Comme son naturel est toujours inconstant,
Périssant glorieux, je périrai content.   1410
Je te dirai bien plus, mais avec confidence,
La secte des chrétiens n'est pas ce que l'on pense :
On les hait ; la raison, je ne la connais point ;
Et je ne vois Décie injuste qu'en ce point.
Par curiosité j'ai voulu les connaître :
On les tient pour sorciers dont l'enfer est le maître ;
Et sur cette croyance on punit du trépas
Des mystères secrets que nous n'entendons pas.
Mais Cérès Éleusine, et la Bonne Déesse,
Ont leurs secrets comme eux à Rome et dans la Grèce ;
Encore impunément nous souffrons en tous lieux,
Leur Dieu seul excepté, toute sorte de dieux : 1422
Tous les monstres d'Égypte ont leurs temples dans
                                                    [Rome ;
Nos aïeux à leur gré faisaient un dieu d'un homme ;
Et, leur sang parmi nous conservant leurs erreurs,
Nous remplissons le ciel de tous nos empereurs :
Mais, à parler sans fard de tant d'apothéoses,
L'effet est bien douteux de ces métamorphoses.
Les chrétiens n'ont qu'un Dieu, maître absolu de
De qui le seul vouloir fait tout ce qu'il résout : [tout,
Mais, si j'ose entre nous dire ce qu'il me semble,
Les nôtres bien souvent s'accordent mal ensemble ;
Et, me dût leur colère écraser à tes yeux,   1433
Nous en avons beaucoup pour être de vrais dieux.
Enfin chez les chrétiens les mœurs sont innocentes,
Les vices détestés, les vertus florissantes ;

Ils font des vœux pour nous qui les persécutons ;
Et, depuis tant de temps que nous les tourmentons,
Les a-t-on vus mutins ? les a-t-on vus rebelles ?
Nos princes ont-ils eu des soldats plus fidèles ? 1440
Furieux dans la guerre, ils souffrent nos bourreaux ;
Et, lions au combat, ils meurent en agneaux.
J'ai trop de pitié d'eux pour ne les pas défendre.
Allons trouver Félix ; commençons par son gendre ;
Et contentons ainsi, d'une seule action,
Et Pauline, et ma gloire, et ma compassion.

ACTE CINQUIÈME.

—

SCÈNE I.

FÉLIX, ALBIN, CLÉON.

FÉLIX.

Albin, as-tu bien vu la fourbe de Sévère ?
As-tu bien vu sa haine ? et vois-tu ma misère ?

ALBIN.

Je n'ai vu rien en lui qu'un rival généreux,
Et ne vois rien en vous qu'un père rigoureux. 1450

FÉLIX.

Que tu discernes mal le cœur d'avec la mine !
Dans l'âme il hait Félix et dédaigne Pauline ;
Et, s'il l'aima jadis, il estime aujourd'hui
Les restes d'un rival trop indignes de lui.
Il parle en sa faveur, il me prie, il menace,
Et me perdra, dit-il, si je ne lui fais grâce ;
Tranchant du généreux, il croit m'épouvanter.
L'artifice est trop lourd pour ne pas l'éventer.

Je sais des gens de cour quelle est la politique,
J'en connais mieux que lui la plus fine pratique. 1460
C'est en vain qu'il tempête et feint d'être en fureur :
Je vois ce qu'il prétend auprès de l'empereur.
De ce qu'il me demande il m'y ferait un crime,
Épargnant son rival, je serais sa victime ;
Et s'il avait à faire à quelque maladroit,
Le piége est bien tendu, sans doute il le perdroit :
Mais un vieux courtisan est un peu moins crédule ;
Il voit quand on le joue, et quand on dissimule ;
Et moi j'en ai tant vu de toutes les façons,
Qu'à lui-même au besoin j'en ferais des leçons. 1470

          ALBIN.

Dieux ! que vous vous gênez par cette défiance !

          FÉLIX.

Pour subsister en cour c'est la haute science.
Quand un homme une fois a droit de nous haïr,
Nous devons présumer qu'il cherche à nous trahir ;
Toute son amitié nous doit être suspecte.
Si Polyeucte enfin n'abandonne sa secte,
Quoi que son protecteur ait pour lui dans l'esprit,
Je suivrai hautement l'ordre qui m'est prescrit.

          ALBIN.

Grâce, grâce, seigneur ! que Pauline l'obtienne !

          FÉLIX.

Celle de l'empereur ne suivrait pas la mienne ; 1480
Et, loin de le tirer de ce pas dangereux,
Ma bonté ne ferait que nous perdre tous deux.

          ALBIN.

Mais Sévère promet...

                    FÉLIX. Albin, je m'en défie,
Et connais mieux que lui la haine de Décie ;
En faveur des chrétiens s'il choquait son courroux,
Lui-même assurément se perdrait avec nous.
   Je veux tenter pourtant encore une autre voie.
Amenez Polyeucte ; et si je le renvoie,

                                        3.

S'il demeure insensible à ce dernier effort,
Au sortir de ce lieu qu'on lui donne la mort.　　1495

ALBIN.

Votre ordre est rigoureux.

　　　　　　　　FÉLIX. Il faut que je le suive,
Si je veux empêcher qu'un désordre n'arrive.
Je vois le peuple ému pour prendre son parti ;
Et toi-même tantôt tu m'en as averti :
Dans ce zèle pour lui qu'il fait déjà paraître
Je ne sais si longtemps j'en pourrais être maître ;
Peut-être dès demain, dès la nuit, dès ce soir,
J'en verrais des effets que je ne veux pas voir ;
Et Sévère aussitôt, courant à sa vengeance,
M'irait calomnier de quelque intelligence.　　1500
Il faut rompre ce coup qui me serait fatal.

ALBIN.

Que tant de prévoyance est un étrange mal !
Tout vous nuit, tout vous perd, tout vous fait de l'om-
　　　　　　　　　　　　　　　[brage :
Mais voyez que sa mort mettra ce peuple en rage ;
Que c'est mal le guérir que le désespérer.

FÉLIX.

En vain après sa mort il voudra murmurer ;
Et, s'il ose venir à quelque violence,
C'est à faire à céder deux jours à l'insolence :
J'aurai fait mon devoir, quoi qu'il puisse arriver.
Mais Polyeucte vient, tâchons à le sauver.　　1510
Soldats, retirez-vous, et gardez bien la porte.

SCÈNE II.

FÉLIX, POLYEUCTE, ALBIN.

FÉLIX.

As-tu donc pour la vie une haine si forte,
Malheureux Polyeucte? et la loi des chrétiens
T'ordonne-t-elle ainsi d'abandonner les tiens?

POLYEUCTE.

Je ne hais point la vie, et j'en aime l'usage,
Mais sans attachement qui sente l'esclavage,
Toujours prêt à la rendre au Dieu dont je la tiens:
La raison me l'ordonne, et la loi des chrétiens;
Et je vous montre à tous par là comme il faut vivre,
Si vous avez le cœur assez bon pour me suivre. 1520

FÉLIX.

Te suivre dans l'abîme où tu te veux jeter?

POLYEUCTE.

Mais plutôt dans la gloire où je m'en vais monter.

FÉLIX.

Donne-moi pour le moins le temps de la connaître:
Pour me faire chrétien, sers-moi de guide à l'être;
Et ne dédaigne pas de m'instruire en ta foi,
Ou toi-même à ton Dieu tu répondras de moi.

POLYEUCTE.

N'en riez point, Félix, il sera votre juge;
Vous ne trouverez point devant lui de refuge;
Les rois et les bergers y sont d'un même rang:
De tous les siens sur vous il vengera le sang. 1530

FÉLIX.

Je n'en répandrai plus, et, quoi qu'il en arrive,
Dans la foi des chrétiens je souffrirai qu'on vive;
J'en serai protecteur.

POLYEUCTE. Non, non, persécutez,
Et soyez l'instrument de nos félicités :
Celle d'un vrai chrétien n'est que dans les souffrances;
Les plus cruels tourments lui sont des récompenses.
Dieu, qui rend le centuple aux bonnes actions,
Pour comble donne encor les persécutions :
Mais ces secrets pour vous sont fâcheux à comprendre;
Ce n'est qu'à ses élus que Dieu les fait entendre.

FÉLIX.

Je te parle sans fard, et veux être chrétien.   1541

POLYEUCTE.

Qui peut donc retarder l'effet d'un si grand bien?

FÉLIX.

La présence importune...

POLYEUCTE. Et de qui? de Sévère?

FÉLIX.

Pour lui seul contre toi j'ai feint tant de colère :
Dissimule un moment jusques à son départ.

POLYEUCTE.

Félix, c'est donc ainsi que vous parlez sans fard?
Portez à vos païens, portez à vos idoles,
Le sucre empoisonné que sèment vos paroles.
Un chrétien ne craint rien, ne dissimule rien;
Aux yeux de tout le monde il est toujours chrétien.

FÉLIX.

Ce zèle de ta foi ne sert qu'à te séduire,   1551
Si tu cours à la mort plutôt que de m'instruire.

POLYEUCTE.

Je vous en parlerais ici hors de saison :
Elle est un don du ciel, et non de la raison;
Et c'est là que bientôt, voyant Dieu face à face,
Plus aisément pour vous j'obtiendrai cette grâce.

FÉLIX.

Ta perte cependant me va désespérer.

POLYEUCTE.

Vous avez en vos mains de quoi la réparer;
En vous ôtant un gendre, on vous en donne un autre
Dont la condition répond mieux à la vôtre;   1560
Ma perte n'est pour vous qu'un change avantageux.

FÉLIX.

Cesse de me tenir ce discours outrageux.
Je t'ai considéré plus que tu ne mérites;
Mais, malgré ma bonté, qui croît plus tu l'irrites,
Cette insolence enfin te rendrait odieux,
Et je me vengerais aussi bien que nos dieux.

POLYEUCTE.

Quoi! vous changez bientôt d'humeur et de langage!
Le zèle de vos dieux rentre en votre courage!
Celui d'être chrétien s'échappe! et par hasard
Je vous viens d'obliger à me parler sans fard!   1570

FÉLIX.

Va, ne présume pas que, quoi que je te jure,
De tes nouveaux docteurs je suive l'imposture.
Je flattais ta manie, afin de t'arracher
Du honteux précipice où tu vas trébucher;
Je voulais gagner temps pour ménager ta vie
Après l'éloignement d'un flatteur de Décie:
Mais j'ai trop fait d'injure à nos dieux tout-puissants,
Choisis de leur donner ton sang, ou de l'encens.

POLYEUCTE.

Mon choix n'est point douteux. Mais j'aperçois Pau-
O ciel!   [line:

SCÈNE III.

PAULINE, FÉLIX, POLYEUCTE, ALBIN.

PAULINE. Qui de vous deux aujourd'hui m'assassine?

Sont-ce tous deux ensemble, ou chacun à son tour ?
Ne pourrai-je fléchir la nature ou l'amour ? 1582
Et n'obtiendrai-je rien d'un époux ni d'un père ?

FÉLIX.

Parlez à votre époux.

POLYEUCTE. Vivez avec Sévère.

PAULINE.

Tigre, assassine-moi du moins sans m'outrager.

POLYEUCTE.

Mon amour, par pitié, cherche à vous soulager ;
Il voit quelle douleur dans l'âme vous possède,
Et sait qu'un autre amour en est le seul remède.
Puisqu'un si grand mérite a pu vous enflammer,
Sa présence toujours a droit de vous charmer : 1590
Vous l'aimiez, il vous aime, et sa gloire augmentée....

PAULINE.

Que t'ai-je fait, cruel, pour être ainsi traitée,
Et pour me reprocher, au mépris de ma foi,
Un amour si puissant que j'ai vaincu pour toi ?
Vois, pour te faire vaincre un si fort adversaire,
Quels efforts à moi-même il a fallu me faire ;
Quels combats j'ai donnés pour te donner un cœur
Si justement acquis à son premier vainqueur ;
Et si l'ingratitude en ton cœur ne domine,
Fais quelque effort sur toi pour te rendre à Pauline :
Apprends d'elle à forcer ton propre sentiment ; 1601
Prends sa vertu pour guide en ton aveuglement ;
Souffre que de toi-même elle obtienne ta vie,
Pour vivre sous tes lois à jamais asservie.
Si tu peux rejeter de si justes désirs,
Regarde au moins ses pleurs, écoute ses soupirs ;
Ne désespère pas une âme qui t'adore.

POLYEUCTE.

Je vous l'ai déjà dit, et vous le dis encore,
Vivez avec Sévère, ou mourez avec moi. 1609

Je ne méprise point vos pleurs ni votre foi;
Mais, de quoi que pour vous notre amour m'entre-
　　　　　　　　　　　　　　　　　　　[tienne,
Je ne vous connais plus, si vous n'êtes chrétienne.
C'en est assez : Félix, reprenez ce courroux,
Et sur cet insolent vengez vos dieux et vous.

PAULINE.

Ah! mon père, son crime à peine est pardonnable;
Mais s'il est insensé, vous êtes raisonnable :
La nature est trop forte, et ses aimables traits
Imprimés dans le sang ne s'effacent jamais ;
Un père est toujours père, et sur cette assurance
J'ose appuyer encore un reste d'espérance.　　　1620
　Jetez sur votre fille un regard paternel :
Ma mort suivra la mort de ce cher criminel;
Et les dieux trouveront sa peine illégitime,
Puisqu'elle confondra l'innocence et le crime;
Et qu'elle changera, par ce redoublement,
En injuste rigueur un juste châtiment :
Nos destins, par vos mains rendus inséparables,
Nous doivent rendre heureux ensemble, ou miséra-
Et vous seriez cruel jusques au dernier point, [bles;
Si vous désunissiez ce que vous avez joint.　　　1630
Un cœur à l'autre uni jamais ne se retire;
Et pour l'en séparer il faut qu'on le déchire.
Mais vous êtes sensible à mes justes douleurs,
Et d'un œil paternel vous regardez mes pleurs.

FÉLIX.

Oui, ma fille, il est vrai qu'un père est toujours père:
Rien n'en peut effacer le sacré caractère;
Je porte un cœur sensible, et vous l'avez percé.
Je me joins avec vous contre cet insensé.
　Malheureux Polyeucte, es-tu seul insensible?
Et veux-tu rendre seul ton crime irrémissible? 1640
Peux-tu voir tant de pleurs d'un œil si détaché?
Peux-tu voir tant d'amour sans en être touché?

Ne reconnais-tu plus ni beau-père ni femme,
Sans amitié pour l'un et pour l'autre sans flamme?
Pour reprendre les noms et de gendre et d'époux,
Veux-tu nous voir tous deux embrasser tes genoux?

POLYEUCTE.

Que tout cet artifice est de mauvaise grâce !
Après avoir deux fois essayé la menace,
Après m'avoir fait voir Néarque dans la mort,
Après avoir tenté l'amour et son effort,   1650
Après m'avoir montré cette soif du baptême,
Pour opposer à Dieu l'intérêt de Dieu même,
Vous vous joignez ensemble! Ah! ruses de l'enfer!
Faut-il tant de fois vaincre avant de triompher!
Vos résolutions usent trop de remise;
Prenez la vôtre enfin, puisque la mienne est prise.
   Je n'adore qu'un Dieu, maître de l'univers,
Sous qui tremblent le ciel, la terre et les enfers;
Un Dieu qui, nous aimant d'une amour infinie,
Voulut mourir pour nous avec ignominie,   1660
Et qui, par un effort de cet excès d'amour,
Veut pour nous en victime être offert chaque jour.
Mais j'ai tort d'en parler à qui ne peut m'entendre.
Voyez l'aveugle erreur que vous osez défendre :
Des crimes les plus noirs vous souillez tous vos dieux;
Vous n'en punissez point qui n'ait son maître aux
La prostitution, l'adultère, l'inceste,   [cieux;
Le vol, l'assassinat, et tout ce qu'on déteste,
C'est l'exemple qu'à suivre offrent vos immortels.
J'ai profané leur temple et brisé leurs autels;   1670
Je le ferais encor, si j'avais à le faire,
Même aux yeux de Félix, même aux yeux de Sévère,
Même aux yeux du sénat, aux yeux de l'empereur.

FÉLIX.

Enfin ma bonté cède à ma juste fureur :
Adore-les, ou meurs.

POLYEUCTE. Je suis chrétien.

　　　　　　　　FÉLIX. Impie!
Adore-les, te dis-je; ou renonce à la vie.

POLYEUCTE.

Je suis chrétien.

　　　　　FÉLIX. Tu l'es? O cœur trop obstiné,
Soldats, exécutez l'ordre que j'ai donné.

PAULINE.

Où le conduisez-vous?

　　　　　　FÉLIX. A la mort.

　　　　　　　　POLYEUCTE. A la gloire.
Chère Pauline, adieu; conservez ma mémoire. 1630

PAULINE.

Je te suivrai partout, et mourrai si tu meurs.

POLYEUCTE.

Ne suivez point mes pas, ou quittez vos erreurs.

FÉLIX.

Qu'on l'ôte de mes yeux, et que l'on m'obéisse.
Puisqu'il aime à périr, je consens qu'il périsse.

SCÈNE IV.

FÉLIX, ALBIN.

FÉLIX.

Je me fais violence, Albin, mais je l'ai dû;
Ma bonté naturelle aisément m'eût perdu.
Que la rage du peuple à présent se déploie,
Que Sévère en fureur tonne, éclate, foudroie,
M'étant fait cet effort, j'ai fait ma sûreté.　　1690
Mais n'es-tu point surpris de cette dureté?
Vois-tu comme le sien des cœurs impénétrables,
Ou des impiétés à ce point exécrables?
Du moins j'ai satisfait mon esprit affligé :

Pour amollir son cœur je n'ai rien négligé;
J'ai feint même à les yeux des lâchetés extrêmes:
Et certes, sans l'horreur de ses derniers blasphèmes,
Qui m'ont rempli soudain de colère et d'effroi,
J'aurais eu de la peine à triompher de moi.

ALBIN.

Vous maudirez peut-être un jour cette victoire,
Qui tient je ne sais quoi d'une action trop noire,
Indigne de Félix, indigne d'un Romain,   1701
Répandant votre sang par votre propre main.

FÉLIX.

Ainsi l'ont autrefois versé Brute et Manlie:
Mais leur gloire en a crû, loin d'en être affaiblie;
Et quand nos vieux héros avaient de mauvais sang,
Ils eussent, pour le perdre, ouvert leur propre flanc.

ALBIN.

Votre ardeur vous séduit; mais, quoi qu'elle vous die,
Quand vous la sentirez une fois refroidie,
Quand vous verrez Pauline, et que son désespoir
Par ses pleurs et ses cris saura vous émouvoir... 1710

FÉLIX.

Tu me fais souvenir qu'elle a suivi ce traître,
Et que ce désespoir qu'elle fera paraître
De mes commandements pourra troubler l'effet :
Va donc y donner ordre, et voir ce qu'elle fait;
Romps ce que ses douleurs y donneraient d'obstacle,
Tire-la, si tu peux, de ce triste spectacle;
Tâche à la consoler. Va donc; qui te retient?

ALBIN.

Il n'en est pas besoin, seigneur, elle revient.

SCÈNE V.

FÉLIX, PAULINE, ALBIN.

PAULINE.

Père barbare, achève, achève ton ouvrage;
Cette seconde hostie est digne de ta rage :   1720
Joins ta fille à ton gendre; ose : que tardes-tu?
Tu vois le même crime, ou la même vertu :
Ta barbarie en elle a les mêmes matières.
Mon époux en mourant m'a laissé ses lumières;
Son sang, dont les bourreaux viennent de me couvrir,
M'a dessillé les yeux, et me les vient d'ouvrir.
   Je vois, je sais, je crois, je suis désabusée :
De ce bienheureux sang tu me vois baptisée;
Je suis chrétienne enfin, n'est-ce point assez dit?
Conserve en me perdant ton rang et ton crédit; 1730
Redoute l'empereur, appréhende Sévère :
Si tu ne veux périr, ma perte est nécessaire;
Polyeucte m'appelle à cet heureux trépas;
Je vois Néarque et lui qui me tendent les bras.
Mène, mène-moi voir tes dieux que je déteste;
Ils n'en ont brisé qu'un, je briserai le reste.
On m'y verra braver tout ce que vous craignez,
Ces foudres impuissants qu'en leurs mains vous pei-.
Et, saintement rebelle aux lois de la naissance, [gnez,
Une fois envers toi manquer d'obéissance.   1740
Ce n'est point ma douleur que par là je fais voir;
C'est la grâce qui parle, et non le désespoir.
Le faut-il dire encor? Félix, je suis chrétienne;
Affermis par ma mort ta fortune et la mienne:
Le coup à l'un et l'autre en sera précieux,
Puisqu'il t'assure en terre en m'élevant aux cieux.

SCÈNE VI.

SÉVÈRE, FÉLIX, PAULINE, ALBIN, FABIAN.

SÉVÈRE.

Père dénaturé, malheureux politique,
Esclave ambitieux d'une peur chimérique;
Polyeucte est donc mort! et par vos cruautés
Vous pensez conserver vos tristes dignités!   1750
La faveur que pour lui je vous avais offerte,
Au lieu de le sauver, précipite sa perte!
J'ai prié, menacé, mais sans vous émouvoir;
Et vous m'avez cru fourbe ou de peu de pouvoir!
Eh bien! à vos dépens vous verrez que Sévère
Ne se vante jamais que de ce qu'il peut faire;
Et par votre ruine il vous fera juger
Que qui peut bien vous perdre eût pu vous protéger.
Continuez aux dieux ce service fidèle;
Par de telles horreurs montrez-leur votre zèle.   1760
Adieu; mais quand l'orage éclatera sur vous,
Ne doutez point du bras dont partiront les coups.

FÉLIX.

Arrêtez-vous, seigneur, et d'une âme apaisée,
Souffrez que je vous livre une vengeance aisée.
  Ne me reprochez plus que par mes cruautés
Je tâche à conserver mes tristes dignités;
Je dépose à vos pieds l'éclat de leur faux lustre:
Celle où j'ose aspirer est d'un rang plus illustre;
Je m'y trouve forcé par un secret appas;
Je cède à des transports que je ne connais pas; 1770
Et, par un mouvement que je ne puis entendre,
De ma fureur je passe au zèle de mon gendre.
C'est lui, n'en doutez point, dont le sang innocent

Pour son persécuteur prie un Dieu tout-puissant ;
Son amour épandu sur toute la famille
Tire après lui le père aussi bien que la fille.
J'en ai fait un martyr, sa mort me fait chrétien :
J'ai fait tout son bonheur ; il veut faire le mien.
C'est ainsi qu'un chrétien se venge et se courrouce :
Heureuse cruauté dont la suite est si douce !   1780
Donne la main, Pauline. Apportez des liens ;
Immolez à vos dieux ces deux nouveaux chrétiens.
Je le suis, elle l'est, suivez votre colère.

PAULINE.

Qu'heureusement enfin je retrouve mon père !
Cet heureux changement rend mon bonheur parfait

FÉLIX.

Ma fille, il n'appartient qu'à la main qui le fait.

SÉVÈRE.

Qui ne serait touché d'un si tendre spectacle !
De pareils changements ne vont point sans miracle.
Sans doute vos chrétiens, qu'on persécute en vain,
Ont quelque chose en eux qui surpasse l'humain ;
Ils mènent une vie avec tant d'innocence,   1791
Que le ciel leur en doit quelque reconnaissance :
Se relever plus forts, plus ils sont abattus,
N'est pas aussi l'effet des communes vertus.
Je les aimai toujours, quoi qu'on m'en ait pu dire ;
Je n'en vois point mourir que mon cœur n'en soupire.
Et peut-être qu'un jour je les connaîtrai mieux.
J'approuve cependant que chacun ait ses dieux,
Qu'il les serve à sa mode, et sans peur de la peine.
Si vous êtes chrétien, ne craignez plus ma haine ;
Je les aime, Félix, et de leur protecteur   1801
Je n'en veux pas sur vous faire un persécuteur.
Gardez votre pouvoir, reprenez-en la marque ;
Servez bien votre Dieu, servez notre monarque.

Corneille.   12

Je perdrai mon crédit envers sa majesté,
Ou vous verrez finir cette sévérité :
Par cette injuste haine il se fait trop d'outrage.

FÉLIX.

Daigne le ciel en vous achever son ouvrage,
Et, pour vous rendre un jour ce que vous méritez,
Vous inspirer bientôt toutes ses vérités !   1810
Nous autres, bénissons notre heureuse aventure :
Allons à nos martyrs donner la sépulture,
Baiser leurs corps sacrés, les mettre en digne lieu,
Et faire retentir partout le nom de Dieu.

FIN DE POLYEUCTE.

12

NICOMÈDE

TRAGÉDIE.

(1652.)

PERSONNAGES. — Prusias, roi de Bithynie. — Flaminius, ambassadeur de Rome. — Arsinoé, seconde femme de Prusias. — Laodice, reine d'Arménie. — Nicomède, fils aîné de Prusias, sorti du premier lit. — Attale, fils de Prusias et d'Arsinoé. — Araspe, capitaine des gardes de Prusias. — Cléone, confidente d'Arsinoé.

La scène est à Nicomédie.

ACTE PREMIER.

—

SCÈNE I.

NICOMÈDE, LAODICE.

LAODICE.

Après tant de hauts faits, il m'est bien doux, seigneur,
De voir encor mes yeux régner sur votre cœur ;
De voir, sous les lauriers qui vous couvrent la tête,
Un si grand conquérant être encor ma conquête,
Et de toute la gloire acquise à ses travaux
Faire un illustre hommage à ce peu que je vaux.
Quelques biens toutefois que le ciel me renvoie,
Mon cœur épouvanté se refuse à la joie :
Je vous vois à regret, tant mon cœur amoureux
Trouve la cour pour vous un séjour dangereux.   10
Votre marâtre y règne ; et le roi votre père
Ne voit que par ses yeux, seule la considère,

Pour souveraine loi n'a que sa volonté :
Jugez après cela de votre sûreté.
La haine que pour vous elle a si naturelle
A mon occasion encor se renouvelle.
Votre frère son fils, depuis peu de retour...

NICOMÈDE.

Je le sais, ma princesse, et qu'il vous fait la cour.
Je sais que les Romains, qui l'avaient en otage,
L'ont enfin renvoyé pour un plus digne ouvrage ; 20
Que ce don à sa mère était le prix fatal
Dont leur Flaminius marchandait Annibal ;
Que le roi par son ordre eût livré ce grand homme,
S'il n'eût par le poison lui-même évité Rome,
Et rompu par sa mort les spectacles pompeux
Où l'effroi de son nom le destinait chez eux.
Par mon dernier combat je voyais réunie
La Cappadoce entière avec la Bithynie,
Lorsqu'à cette nouvelle, enflammé de courroux
D'avoir perdu mon maître et de craindre pour vous,
J'ai laissé mon armée aux mains de Théagène, 31
Pour voler en ces lieux au secours de ma reine.
Vous en aviez besoin, madame, et je le voi,
Puisque Flaminius obsède encor le roi.
Si de son arrivée Annibal fut la cause,
Lui mort, ce long séjour prétend quelque autre chose ;
Et je ne vois que vous qui le puisse arrêter,
Pour aider à mon frère à vous persécuter.

LAODICE.

Je ne veux point douter que sa vertu romaine
N'embrasse avec chaleur l'intérêt de la reine :   40
Annibal, qu'elle vient de lui sacrifier,
L'engage en sa querelle, et m'en fait défier.
Mais, seigneur, jusqu'ici j'aurais tort de m'en
                                    [plaindre :
Et, quoi qu'il entreprenne, avez-vous lieu de craindre?
Ma gloire et mon amour peuvent bien peu sur moi,

II

S'il faut votre présence à soutenir ma foi,
Et si je puis tomber en cette frénésie
De préférer Attale au vainqueur de l'Asie ;
Attale, qu'en otage ont nourri les Romains,
Ou plutôt qu'en esclave ont façonné leurs mains. 50
Sans lui rien mettre au cœur qu'une crainte servile
Qui tremble à voir un aigle et respecte un édile !

NICOMÈDE.

Plutôt, plutôt la mort, que mon esprit jaloux
Forme des sentiments si peu dignes de vous !
Je crains la violence, et non votre faiblesse ;
Et si Rome une fois contre nous s'intéresse...

LAODICE.

Je suis reine, seigneur ; et Rome a beau tonner,
Elle ni votre roi n'ont rien à m'ordonner :
Si de mes jeunes ans il est dépositaire,
C'est pour exécuter les ordres de mon père :　　60
Il m'a donnée à vous, et nul autre que moi
N'a droit de l'en dédire et me choisir un roi.
Par son ordre et le mien, la reine d'Arménie
Est due à l'héritier du roi de Bithynie,
Et ne prendra jamais un cœur assez abject
Pour se laisser réduire à l'hymen d'un sujet.
Mettez-vous en repos.

NICOMÈDE. Et le puis-je, madame,

Vous voyant exposée aux fureurs d'une femme
Qui, pouvant tout ici, se croira tout permis
Pour se mettre en état de voir régner son fils ?　　70
Il n'est rien de si saint qu'elle ne fasse enfreindre.
Qui livrait Annibal pourra bien vous contraindre,
Et saura vous garder même fidélité
Qu'elle a gardée aux droits de l'hospitalité.

LAODICE.

Mais ceux de la nature ont-ils un privilége
Qui vous assure d'elle après ce sacrilége ?
Seigneur, votre retour, loin de rompre ses coups,

Vous expose vous-même, et m'expose après vous.
Comme il est fait sans ordre, il passera pour crime ;
Et vous serez bientôt la première victime   80
Que la mère et le fils, ne pouvant m'ébranler,
Pour m'ôter mon appui se voudront immoler.
Si j'ai besoin de vous de peur qu'on me contraigne,
J'ai besoin que le roi, qu'elle-même vous craigne.
Retournez à l'armée, et pour me protéger
Montrez cent mille bras tout prêts à me venger.
Parlez la force en main, et hors de leur atteinte :
S'ils vous tiennent ici, tout est pour eux sans crainte ;
Et ne vous flattez point ni sur votre grand cœur,
Ni sur l'éclat d'un nom cent et cent fois vainqueur.
Quelque haute valeur que puisse être la vôtre,   91
Vous n'avez en ces lieux que deux bras comme un au-
Et, fussiez-vous du monde et l'amour et l'effroi, [tre ;
Quiconque entre au palais porte sa tête au roi.
Je vous le dis encor, retournez à l'armée ;
Ne montrez à la cour que votre renommée ;
Assurez votre sort pour assurer le mien ;
Faites que l'on vous craigne, et je ne craindrai rien.

NICOMÈDE.

Retourner à l'armée ! ah ! sachez que la reine
La sème d'assassins achetés par sa haine.   100
Deux s'y sont découverts, que j'amène avec moi,
Afin de la convaincre et détromper le roi.
Quoiqu'il soit son époux, il est encor mon père ;
Et quand il forcera la nature à se taire,
Trois sceptres à son trône attachés par mon bras
Parleront au lieu d'elle, et ne se tairont pas.
Que si notre fortune à ma perte animée
La prépare à la cour aussi bien qu'à l'armée,
Dans ce péril égal qui me suit en tous lieux,
M'envîrez-vous l'honneur de mourir à vos yeux ? 110

LAODICE.

Non, je ne vous dis plus désormais que je tremble,

Mais que, s'il faut périr, nous périrons ensemble.
Armons-nous de courage, et nous ferons trembler
Ceux dont les lâchetés pensent nous accabler.
Le peuple ici vous aime, et hait ces cœurs infâmes;
Et c'est être bien fort que régner sur tant d'âmes.
Mais votre frère Attale adresse ici ses pas.

NICOMÈDE.

Il ne m'a jamais vu ; ne me découvrez pas.

SCÈNE II.

LAODICE, NICOMÈDE, ATTALE.

ATTALE.

Quoi ! madame, toujours un front inexorable !
Ne pourrai-je surprendre un regard favorable,   120
Un regard désarmé de toutes ces rigueurs,
Et tel qu'il est enfin quand il gagne les cœurs?

LAODICE.

Si ce front est mal propre à m'acquérir le vôtre,
Quand j'en aurai dessein, j'en saurai prendre un

ATTALE.   [autre.

Vous ne l'acquerrez point, puisqu'il est tout à vous.

LAODICE.

Je n'ai donc pas besoin d'un visage plus doux.

ATTALE.

Conservez-le, de grâce, après l'avoir su prendre.

LAODICE.

C'est un bien mal acquis que j'aime mieux vous

ATTALE.   [rendre.

Vous l'estimez trop peu pour le vouloir garder.

LAODICE.

Je vous estime trop pour vouloir rien farder.   130
Votre rang et le mien ne sauraient le permettre :
Pour garder votre cœur je n'ai pas où le mettre;

La place est occupée : et je vous l'ai tant dit,
Prince, que ce discours vous dut être interdit :
On le souffre d'abord, mais la suite importune.

ATTALE.

Que celui qui l'occupe a de bonne fortune !
Et que serait heureux qui pourrait aujourd'hui
Disputer cette place et l'emporter sur lui !

NICOMÈDE.

La place à l'emporter coûterait bien des têtes,
Seigneur : ce conquérant garde bien ses conquêtes,
Et l'on ignore encor parmi ses ennemis   141
L'art de reprendre un fort qu'une fois il a pris.

ATTALE.

Celui-ci toutefois peut s'attaquer de sorte
Que, tout vaillant qu'il est, il faudra qu'il en sorte.

LAODICE.

Vous pourriez vous méprendre.

                         ATTALE. Et si le roi le veut ?

LAODICE.

Le roi, juste et prudent, ne veut que ce qu'il peut.

ATTALE.

Et que ne peut ici la grandeur souveraine ?

LAODICE.

Ne parlez pas si haut : s'il est roi, je suis reine ;
Et vers moi tout l'effort de son autorité
N'agit que par prière et par civilité.   150

ATTALE.

Non ; mais agir ainsi souvent c'est beaucoup dire
Aux reines comme vous qu'on voit dans son empire :
Et, si ce n'est assez des prières d'un roi,
Rome qui m'a nourri vous parlera pour moi.

NICOMÈDE.

Rome, seigneur !

                    ATTALE. Oui, Rome ; en êtes-vous en doute ?
NICOMÈDE.   [écoute ;
Seigneur, je crains pour vous qu'un Romain vous

Et si Rome savait de quels feux vous brûlez,
Bien loin de vous prêter l'appui dont vous parlez,
Elle s'indignerait de voir sa créature
A l'éclat de son nom faire une telle injure,   160
Et vous dégraderait peut-être dès demain
Du titre glorieux de citoyen romain.
Vous l'a-t-elle donné pour mériter sa haine
En le déshonorant par l'amour d'une reine?
Et ne savez-vous plus qu'il n'est princes ni rois
Qu'elle daigne égaler à ses moindres bourgeois?
Pour avoir tant vécu chez ces cœurs magnanimes,
Vous en avez bientôt oublié les maximes.
Reprenez un orgueil digne d'elle et de vous;   169
Remplissez mieux un nom sous qui nous tremblons
Et, sans plus l'abaisser à cette ignominie   [tous;
D'idolâtrer en vain la reine d'Arménie,
Songez qu'il faut du moins, pour toucher votre cœur,
La fille d'un tribun ou celle d'un préteur;
Que Rome vous permet cette haute alliance,
Dont vous aurait exclu le défaut de naissance,
Si l'honneur souverain de son adoption
Ne vous autorisait à tant d'ambition.
Forcez, rompez, brisez de si honteuses chaînes;
Aux rois qu'elle méprise abandonnez les reines,   180
Et concevez enfin des vœux plus élevés,
Pour mériter les biens qui vous sont réservés.

ATTALE.

Si cet homme est à vous, imposez-lui silence,
Madame, et retenez une telle insolence.
Pour voir jusqu'à quel point elle pourrait aller,
J'ai forcé ma colère à le laisser parler;
Mais je crains qu'elle échappe, et que, s'il continue,
Je ne m'obstine plus à tant de retenue.

NICOMÈDE.

Seigneur, si j'ai raison, qu'importe à qui je sois?
Perd-elle de son prix pour emprunter ma voix?   190

12.

Vous-même, amour à part, je vous en fais arbitre.
     Ce grand nom de Romain est un précieux titre ;
Et la reine et le roi l'ont assez acheté
Pour ne se plaire pas à le voir rejeté,
Puisqu'ils se sont privés, pour ce nom d'importance,
Des charmantes douceurs d'élever votre enfance.
Dès l'âge de quatre ans ils vous ont éloigné ;
Jugez si c'est pour voir ce titre dédaigné,
Pour vous voir renoncer, par l'hymen d'une reine,
A la part qu'ils avaient à la grandeur romaine.   200
D'un si rare trésor l'un et l'autre jaloux...

          ATTALE.

Madame, encore un coup, cet homme est-il à vous ?
Et pour vous divertir est-il si nécessaire
Que vous ne lui puissiez ordonner de se taire ?

          LAODICE.

Puisqu'il vous a déplu vous traitant de Romain,
Je veux bien vous traiter de fils de souverain.
     En cette qualité vous devez reconnaître
Qu'un prince votre aîné doit être votre maître,
Craindre de lui déplaire, et savoir que le sang
Ne vous empêche pas de différer de rang,   210
Lui garder le respect qu'exige sa naissance,
Et, loin de lui voler son bien en son absence...

          ATTALE.

Si l'honneur d'être à vous est maintenant son bien,
Dites un mot, madame, et ce sera le mien ;
Et si l'âge à mon rang fait quelque préjudice,
Vous en corrigerez la fatale injustice.
Mais si je lui dois tant en fils de souverain,
Permettez qu'une fois je vous parle en Romain.
Sachez qu'il n'en est point que le ciel n'ait fait naître
Pour commander aux rois et pour vivre sans maître ;
Sachez que mon amour est un noble projet   221
Pour éviter l'affront de me voir son sujet ;
Sachez...

LAODICE. Je m'en doutais, seigneur, que ma couronne
Vous charmait bien du moins autant que ma personne ;
Mais, telle que je suis, et ma couronne et moi,
Tout est à cet aîné qui sera votre roi ;
Et s'il était ici, peut-être en sa présence
Vous penseriez deux fois à lui faire une offense.

ATTALE.

Que ne puis-je l'y voir ! mon courage amoureux....

NICOMÈDE.

Faites quelques souhaits qui soient moins dangereux,
Seigneur ; s'il les savait, il pourrait bien lui-même 231
Venir d'un tel amour venger l'objet qu'il aime.

ATTALE.

Insolent ! est-ce enfin le respect qui m'est dû ?

NICOMÈDE.

Je ne sais de nous deux, seigneur, qui l'a perdu.

ATTALE.

Peux-tu bien me connaître et tenir ce langage ?

NICOMÈDE.

Je sais à qui je parle, et c'est mon avantage
Que, n'étant point connu, prince, vous ne savez
Si je vous dois respect ou si vous m'en devez.

ATTALE.

Ah ! madame, souffrez que ma juste colère...

LAODICE.

Consultez-en, seigneur, la reine votre mère ;   240
Elle entre.

SCÈNE III.

NICOMÈDE, ARSINOÉ, LAODICE, ATTALE, CLÉONE.

NICOMÈDE. Instruisez mieux le prince votre fils,
Madame, et dites-lui, de grâce, qui je suis :

Faute de me connaître, il s'emporte, il s'égare;
Et ce désordre est mal dans une âme si rare :
J'en ai pitié.

ARSINOÉ. Seigneur, vous êtes donc ici ?

NICOMÈDE.

Oui, madame, j'y suis, et Métrobate aussi.

ARSINOÉ.

Métrobate ! ah, le traître !

NICOMÈDE. Il n'a rien dit, madame,
Qui vous doive jeter aucun trouble dans l'âme.

ARSINOÉ.

Mais qui cause, seigneur, ce retour surprenant ?
Et votre armée ?

NICOMÈDE. Elle est sous un bon lieutenant;
Et quant à mon retour, peu de chose le presse.   251
    J'avais ici laissé mon maître et ma maîtresse :
Vous m'avez ôté l'un, vous, dis-je, ou les Romains;
Et je viens sauver l'autre et d'eux et de vos mains.

ARSINOÉ.

C'est ce qui vous amène ?

NICOMÈDE. Oui, madame; et j'espère
Que vous m'y servirez auprès du roi mon père.

ARSINOÉ.

Je vous y servirai comme vous l'espérez.

NICOMÈDE.

De votre bon vouloir nous sommes assurés.

ARSINOÉ.

Il ne tiendra qu'au roi qu'aux effets je ne passe.

NICOMÈDE.

Vous voulez à tous deux nous faire cette grâce ?   260

ARSINOÉ.

Tenez-vous assuré que je n'oublîrai rien.

NICOMÈDE.

Je connais votre cœur, ne doutez pas du mien.

ATTALE.

Madame, c'est donc là le prince Nicomède ?

NICOMÈDE.

Oui, c'est moi qui viens voir s'il faut que je vous cède.

ATTALE.

Ah ! seigneur, excusez si vous connaissant mal...

NICOMÈDE.

Prince, faites-moi voir un plus digne rival.
Si vous aviez dessein d'attaquer cette place,
Ne vous départez point d'une si noble audace :
Mais, comme à son secours je n'amène que moi,
Ne la menacez plus de Rome ni du roi.   270
Je la défendrai seul ; attaquez-la de même
Avec tous les respects qu'on doit au diadème.
Je veux bien mettre à part, avec le nom d'aîné,
Le rang de votre maître où je suis destiné ;
Et nous verrons ainsi qui fait mieux un brave homme,
Des leçons d'Annibal ou de celles de Rome.
Adieu ; pensez-y bien, je vous laisse y rêver

SCÈNE IV.

ARSINOÉ, ATTALE, CLÉONE.

ARSINOÉ.

Quoi ! tu faisais excuse à qui m'osait braver !

ATTALE.

Que ne peut point, madame, une telle surprise ?   279
Ce prompt retour me perd et rompt votre entreprise.

ARSINOÉ.

Tu l'entends mal, Attale ; il la met dans ma main.
Va trouver de ma part l'ambassadeur romain ;
Dedans mon cabinet amène-le sans suite,
Et de ton heureux sort laisse-moi la conduite.

ATTALE.

Mais, madame, s'il faut...

ARSINOÉ. Va, n'appréhende rien ;
Et pour avancer tout hâte cet entretien.

SCÈNE V.

ARSINOÉ , CLÉONE.

CLÉONE.
Vous lui cachez, madame, un dessein qui le touche !
ARSINOÉ.
Je crains qu'en l'apprenant son cœur ne s'effarouche ;
Je crains qu'à la vertu par les Romains instruit
De ce que je prépare il ne m'ôte le fruit,   290
Et ne conçoive mal qu'il n'est fourbe ni crime
Qu'un trône acquis par là ne rende légitime.
CLÉONE.
J'aurais cru les Romains un peu moins scrupuleux,
Et la mort d'Annibal m'eût fait mal juger d'eux.
ARSINOÉ.
Ne leur impute pas une telle injustice ;
Un Romain seul l'a faite, et par mon artifice
Rome l'eût laissé vivre, et sa légalité
N'eût point forcé les lois de l'hospitalité.
Savante à ses dépens de ce qu'il savait faire,
Elle le souffrait mal auprès d'un adversaire ;   300
Mais quoique, par ce triste et prudent souvenir,
De chez Antiochus elle l'ait fait bannir,
Elle aurait vu couler sans crainte et sans envie
Chez un prince allié les restes de sa vie.
Le seul Flaminius, trop piqué de l'affront
Que son père défait lui laisse sur le front ;
Car je crois que tu sais que, quand l'aigle romaine
Vit choir ses légions aux bords du Trasimène,
Flaminius son père en était général,
Et qu'il y tomba mort de la main d'Annibal ;   310
Ce fils donc, qu'a pressé la soif de la vengeance,

S'est aisément rendu de mon intelligence :
L'espoir d'en voir l'objet entre ses mains remis
A pratiqué par lui le retour de mon fils ;
Par lui j'ai jeté Rome en haute jalousie
De ce que Nicomède a conquis dans l'Asie,
Et de voir Laodice unir tous ses États,
Par l'hymen de ce prince, à ceux de Prusias :
Si bien que le sénat prenant un juste ombrage
D'un empire si grand sous un si grand courage,　320
Il s'en est fait nommer lui-même ambassadeur,
Pour rompre cet hymen et borner sa grandeur ;
Et voilà le seul point où Rome s'intéresse.

　　　　CLÉONE.

Attale à ce dessein entreprend sa maîtresse !
Mais que n'agissait Rome avant que le retour
De cet amant si cher affermît son amour ?

　　　　ARSINOÉ.

Irriter un vainqueur en tête d'une armée,
Prête à suivre en tous lieux sa colère allumée,
C'était trop hasarder ; et j'ai cru pour le mieux
Qu'il fallait de son fort l'attirer en ces lieux.　330
Métrobate l'a fait, par des terreurs paniques,
Feignant de lui trahir mes ordres tyranniques ;
Et, pour l'assassiner se disant suborné,
Il l'a, grâces aux dieux, doucement amené.
Il vient s'en plaindre au roi, lui demander justice ;
Et sa plainte le jette au bord du précipice.
Sans prendre aucun souci de m'en justifier,
Je saurai m'en servir à me fortifier.
Tantôt en le voyant j'ai fait de l'effrayée,
J'ai changé de couleur, je me suis écriée :　340
Il a cru me surprendre, et l'a cru bien en vain,
Puisque son retour même est l'œuvre de ma main.

　　　　CLÉONE.

Mais, quoi que Rome fasse et qu'Attale prétende,
Le moyen qu'à ses yeux Laodice se rende ?

ARSINOÉ.

Et je n'engage aussi mon fils en cet amour
Qu'à dessein d'éblouir le roi, Rome et la cour.
Je n'en veux pas, Cléone, au sceptre d'Arménie :
Je cherche à m'assurer celui de Bithynie ;
Et, si ce diadème une fois est à nous,
Que cette reine après se choisisse un époux.   350
Je ne la vais presser que pour la voir rebelle,
Que pour aigrir les cœurs de son amant et d'elle.
Le roi, que le Romain poussera vivement,
De peur d'offenser Rome agira chaudement ;
Et ce prince, piqué d'une juste colère,
S'emportera sans doute et bravera son père.
S'il est prompt et bouillant, le roi ne l'est pas moins ;
Et comme à l'échauffer j'appliquerai mes soins.
Pour peu qu'à de tels coups cet amant soit sensible,
Mon entreprise est sûre, et sa perte infaillible.   360
    Voilà mon cœur ouvert, et tout ce qu'il prétend.
Mais dans mon cabinet Flaminius m'attend.
Allons, et garde bien le secret de ta reine.

CLÉONE.

Vous me connaissez trop pour vous en mettre en peine

ACTE DEUXIÈME.

SCÈNE I.

PRUSIAS, ARASPE.

PRUSIAS.

Revenir sans mon ordre, et se montrer ici !

ARASPE.

Sire, vous auriez tort d'en prendre aucun souci,
Et la haute vertu du prince Nicomède
Pour ce qu'on peut en craindre est un puissant remède;
Mais tout autre que lui devrait être suspect :
Un retour si soudain manque un peu de respect,
Et donne lieu d'entrer en quelque défiance   371
Des secrètes raisons de tant d'impatience.

PRUSIAS.

Je ne les vois que trop, et sa témérité
N'est qu'un pur attentat sur mon autorité :
Il n'en veut plus dépendre, et croit que ses conquêtes
Au-dessus de son bras ne laissent point de têtes;
Qu'il est lui seul sa règle, et que sans se trahir
Des héros tels que lui ne sauraient obéir.

ARASPE.

C'est d'ordinaire ainsi que ses pareils agissent :
A suivre leur devoir leurs hauts faits se ternissent; 380
Et ces grands cœurs, enflés du bruit de leurs combats,
Souverains dans l'armée et parmi leurs soldats,
Font du commandement une douce habitude,
Pour qui l'obéissance est un métier bien rude.

PRUSIAS.

Dis tout, Araspe; dis que le nom de sujet
Réduit toute leur gloire en un rang trop abject;

Que, bien que leur naissance au trône les destine,
Si son ordre est trop lent, leur grand cœur s'en mu-
Qu'un père garde trop un bien qui leur est dû, [tine;
Et qui perd de son prix étant trop attendu;   390
Qu'on voit naître de là mille sourdes pratiques
Dans le gros de son peuple et dans ses domestiques;
Et que, si l'on ne va jusqu'à trancher le cours
De son règne ennuyeux et de ses tristes jours,
Du moins une insolente et fausse obéissance,
Lui laissant un vain titre, usurpe sa puissance.

ARASPE.

C'est ce que de tout autre il faudrait redouter,
Seigneur, et qu'en tout autre il faudrait arrêter.
Mais ce n'est pas pour vous un avis nécessaire:
Le prince est vertueux, et vous êtes bon père.   400

PRUSIAS.

Si je n'étais bon père, il serait criminel :
Il doit son innocence à l'amour paternel;
C'est lui seul qui l'excuse et qui le justifie,
Ou lui seul qui me trompe et qui me sacrifie :
Car je dois craindre enfin que sa haute vertu
Contre l'ambition n'ait en vain combattu,
Qu'il ne force en son cœur la nature à se taire.
Qui se lasse d'un roi peut se lasser d'un père;
Mille exemples sanglants nous peuvent l'enseigner :
Il n'est rien qui ne cède à l'ardeur de régner;   410
Et depuis qu'une fois elle nous inquiète,
La nature est aveugle et la vertu muette.
    Te le dirai-je, Araspe? il m'a trop bien servi;
Augmentant mon pouvoir, il me l'a tout ravi :
Il n'est plus mon sujet qu'autant qu'il le veut être;
Et qui me fait régner en effet est mon maître.
Pour paraître à mes yeux son mérite est trop grand :
On n'aime point à voir ceux à qui l'on doit tant.
Tout ce qu'il a fait parle au moment qu'il m'approche;
Et sa seule présence est un secret reproche :   420

Elle me dit toujours qu'il m'a fait trois fois roi,
Que je tiens plus de lui qu'il ne tiendra de moi ;
Et que, si je lui laisse un jour une couronne,
Ma tête en porte trois que sa valeur me donne.
J'en rougis dans mon âme ; et ma confusion,
Qui renouvelle et croît à chaque occasion,
Sans cesse offre à mes yeux cette vue importune,
Que qui m'en donne trois peut bien m'en ôter une,
Qu'il n'a qu'à l'entreprendre, et peut tout ce qu'il veut.
Juge, Araspe, où j'en suis s'il veut tout ce qu'il peut.

ARASPE.

Pour tout autre que lui je sais comme s'explique 431
La règle de la vraie et saine politique.
    Aussitôt qu'un sujet s'est rendu trop puissant,
Encor qu'il soit sans crime, il n'est pas innocent :
On n'attend point alors qu'il s'ose tout permettre ;
C'est un crime d'État que d'en pouvoir commettre ;
Et qui sait bien régner l'empêche prudemment
De mériter un juste et plus grand châtiment,
Et prévient, par un ordre à tous deux salutaire,
Ou les maux qu'il prépare ou ceux qu'il pourrait faire.
Mais, seigneur, pour le prince, il a trop de vertu ; 441
Je vous l'ai déjà dit.
                PRUSIAS. Et m'en répondras-tu ?
Me seras-tu garant de ce qu'il pourra faire
Pour venger Annibal ou pour perdre son frère ?
Et le prends-tu pour homme à voir d'un œil égal
Et l'amour de son frère et la mort d'Annibal ?
Non, ne nous flattons point, il court à sa vengeance ;
Il en a le prétexte, il en a la puissance ;
Il est l'astre naissant qu'adorent mes États ;
Il est le dieu du peuple et celui des soldats.   450
Sûr de ceux-ci, sans doute il vient soulever l'autre,
Fondre avec son pouvoir sur le reste du nôtre :
Mais ce peu qui m'en reste, encor que languissant,
N'est pas peut-être encor tout à fait impuissant.

Je veux bien toutefois agir avec adresse,
Joindre beaucoup d'honneur à bien peu de rudesse,
Le chasser avec gloire, et mêler doucement
Le prix de son mérite à mon ressentiment :
Mais s'il ne m'obéit, ou s'il ose s'en plaindre,
Quoi qu'il ait fait pour moi, quoi que j'en voie à craindre
Dussé-je voir par là tout l'État hasardé...   461

ARASPE.
Il vient.

SCÈNE II.

PRUSIAS, NICOMÈDE, ARASPE.

PRUSIAS. Vous voilà, prince ! et qui vous a mandé ?
NICOMÈDE.
La seule ambition de pouvoir en personne
Mettre à vos pieds, seigneur, encore une couronne,
De jouir de l'honneur de vos embrassements
Et d'être le témoin de vos contentements.
Après la Cappadoce heureusement unie
Aux royaumes du Pont et de la Bithynie,
Je viens remercier et mon père et mon roi
D'avoir eu la bonté de s'y servir de moi,   470
D'avoir choisi mon bras pour une telle gloire
Et fait tomber sur moi l'honneur de sa victoire.
PRUSIAS.
Vous pouviez vous passer de mes embrassements,
Me faire par écrit de tels remercîments ;
Et vous ne deviez pas envelopper d'un crime
Ce que votre victoire ajoute à votre estime.
Abandonner mon camp en est un capital,
Inexcusable en tous, et plus au général ;
Et tout autre que vous, malgré cette conquête,
Revenant sans mon ordre, eût payé de sa tête. 480
NICOMÈDE.
J'ai failli, je l'avoue, et mon cœur imprudent

A trop cru les transports d'un désir trop ardent :
L'amour que j'ai pour vous a commis cette offense,
Lui seul à mon devoir fait cette violence.
Si le bien de vous voir m'était moins précieux,
Je serais innocent ; mais si loin de vos yeux,
Que j'aime mieux, seigneur, en perdre un peu d'estime
Et qu'un bonheur si grand me coûte un petit crime,
Qui ne craindra jamais la plus sévère loi,
Si l'amour juge en vous ce qu'il a fait en moi.   490

PRUSIAS.

La plus mauvaise excuse est assez pour un père,
Et sous le nom d'un fils toute faute est légère.
Je ne veux voir en vous que mon unique appui :
Recevez tout l'honneur qu'on vous doit aujourd'hui
L'ambassadeur romain me demande audience :
Il verra ce qu'en vous je prends de confiance ;
Vous l'écouterez, prince, et répondrez pour moi.
Vous êtes aussi bien le véritable roi ;
Je n'en suis plus que l'ombre, et l'âge ne m'en laisse
Qu'un vain titre d'honneur qu'on rend à ma vieillesse,
Je n'ai plus que deux jours peut-être à le garder :   501
L'intérêt de l'État vous doit seul regarder.
Prenez-en aujourd'hui la marque la plus haute :
Mais gardez-vous aussi d'oublier votre faute,
Et, comme elle fait brèche au pouvoir souverain,
Pour la bien réparer, retournez dès demain.
Remettez en éclat la puissance absolue :
Attendez-la de moi comme je l'ai reçue,
Inviolable, entière ; et n'autorisez pas
De plus méchants que vous à la mettre plus bas.   510
Le peuple qui vous voit, la cour qui vous contemple,
Vous désobéiraient sur votre propre exemple :
Donnez-leur-en un autre, et montrez à leurs yeux
Que nos premiers sujets obéissent le mieux.

NICOMÈDE.

J'obéirai, seigneur, et plus tôt qu'on ne pense,

Mais je demande un prix de mon obéissance.
    La reine d'Arménie est due à ses États,
Et j'en vois les chemins ouverts par nos combats.
Il est temps qu'en son ciel cet astre aille reluire :
De grâce, accordez-moi l'honneur de l'y conduire.
            PRUSIAS.
Il n'appartient qu'à vous, et cet illustre emploi   521
Demande un roi lui-même ou l'héritier d'un roi ;
Mais pour la renvoyer jusqu'en son Arménie
Vous savez qu'il y faut quelque cérémonie :
Tandis que je ferai préparer son départ
Vous irez dans mon camp l'attendre de ma part.
            NICOMÈDE.
Elle est prête à partir sans plus grand équipage.
            PRUSIAS.
Je n'ai garde à son rang de faire un tel outrage.
Mais l'ambassadeur entre, il le faut écouter ;
Puis nous verrons quel ordre on y doit apporter. 530

SCÈNE III.

PRUSIAS, NICOMÈDE, FLAMINIUS, ARASPE.

    FLAMINIUS.
Sur le point de partir, Rome, seigneur, me mande
Que je vous fasse encor pour elle une demande.
    Elle a nourri vingt ans un prince votre fils ;
Et vous pouvez juger des soins qu'elle en a pris
Par les hautes vertus et les illustres marques
Qui font briller en lui le sang de vos monarques.
Surtout il est instruit en l'art de bien régner :
C'est à vous de le croire, et de le témoigner.
Si vous faites état de cette nourriture,
Donnez ordre qu'il règne : elle vous en conjure ; 540

Et vous offenseriez l'estime qu'elle en fait
Si vous le laissiez vivre et mourir en sujet.
Faites donc aujourd'hui que je lui puisse dire
Où vous lui destinez un souverain empire.

PRUSIAS.

Les soins qu'ont pris de lui le peuple et le sénat
Ne trouveront en moi jamais un père ingrat :
Je crois que pour régner il en a les mérites,
Et n'en veux point douter après ce que vous dites ;
Mais vous voyez, seigneur, le prince son aîné,
Dont le bras généreux trois fois m'a couronné ;   550
Il ne fait que sortir encor d'une victoire ;
Et pour tant de hauts faits je lui dois quelque gloire :
Souffrez qu'il ait l'honneur de répondre pour moi.

NICOMÈDE.

Seigneur, c'est à vous seul de faire Attale roi.

PRUSIAS.

C'est votre intérêt seul que sa demande touche.

NICOMÈDE.

Le vôtre toutefois m'ouvrira seul la bouche.
De quoi se mêle Rome, et d'où prend le sénat,
Vous vivant, vous régnant, ce droit sur votre État ?
Vivez, régnez, seigneur, jusqu'à la sépulture,
Et laissez faire après, ou Rome, ou la nature.   560

PRUSIAS.

Pour de pareils amis il faut se faire effort.

NICOMÈDE.

Qui partage vos biens aspire à votre mort ;
Et de pareils amis, en bonne politique...

PRUSIAS.

Ah ! ne me brouillez point avec la république ;
Portez plus de respect à de tels alliés.

NICOMÈDE.

Je ne puis voir sous eux les rois humiliés ;
Et, quel que soit ce fils que Rome vous renvoie,
Seigneur, je lui rendrais son présent avec joie.

S'il est si bien instruit en l'art de commander,
C'est un rare trésor qu'elle devrait garder,   570
Et conserver chez soi sa chère nourriture,
Ou pour le consulat ou pour la dictature.

FLAMINIUS, *à Prusias.*

Seigneur, dans ce discours, qui nous traite si mal,
Vous voyez un effet des leçons d'Annibal;
Ce perfide ennemi de la grandeur romaine
N'en a mis en son cœur que mépris et que haine.

NICOMÈDE.

Non, mais il m'a surtout laissé ferme en ce point,
D'estimer beaucoup Rome, et ne la craindre point.
On me croit son disciple, et je le tiens à gloire;
Et quand Flaminius attaque sa mémoire,   580
Il doit savoir qu'un jour il me fera raison
D'avoir réduit mon maître au secours du poison,
Et n'oublier jamais qu'autrefois ce grand homme
Commença par son père à triompher de Rome.

FLAMINIUS.

Ah ! c'est trop m'outrager !

            NICOMÈDE. N'outragez plus les morts.

PRUSIAS.

Et vous, ne cherchez point à former de discords;
Parlez et nettement sur ce qu'il me propose.

NICOMÈDE.

Eh bien ! s'il est besoin de répondre autre chose,
Attale doit régner, Rome l'a résolu;
Et, puisqu'elle a partout un pouvoir absolu,   590
C'est aux rois d'obéir alors qu'elle commande.
    Attale a le cœur grand, l'esprit grand, l'âme grande,
Et toutes les grandeurs dont se fait un grand roi.
Mais c'est trop que d'en croire un Romain sur sa foi;
Par quelque grand effet voyons s'il en est digne,
S'il a cette vertu, cette valeur insigne :
Donnez-lui votre armée, et voyons ces grands coups;
Qu'il en fasse pour lui ce que j'ai fait pour vous;

Qu'il règne avec éclat sur sa propre conquête,
Et que de sa victoire il couronne sa tête. 600
Je lui prête mon bras, et veux dès maintenant,
S'il daigne s'en servir, être son lieutenant.
L'exemple des Romains m'autorise à le faire :
Le fameux Scipion le fut bien de son frère ;
Et lorsque Antiochus fut par eux détrôné,
Sous les lois du plus jeune on vit marcher l'aîné.
Les bords de l'Hellespont, ceux de la mer Égée,
Le reste de l'Asie à nos côtés rangée,
Offrent une matière à son ambition...

FLAMINIUS.

Rome prend tout ce reste en sa protection ; 610
Et vous n'y pouvez plus étendre vos conquêtes
Sans attirer sur vous d'effroyables tempêtes.

NICOMÈDE.

J'ignore sur ce point les volontés du roi :
Mais peut-être qu'un jour je dépendrai de moi ;
Et nous verrons alors l'effet de ces menaces.
Vous pouvez cependant faire munir ces places,
Préparer un obstacle à mes nouveaux desseins,
Disposer de bonne heure un secours de Romains ;
Et si Flaminius en est le capitaine,
Nous pourrons lui trouver un lac de Trasimène. 620

PRUSIAS.

Prince, vous abusez trop tôt de ma bonté :
Le rang d'ambassadeur doit être respecté ;
Et l'honneur souverain qu'ici je vous défère...

NICOMÈDE.

Ou laissez-moi parler, sire, ou faites-moi taire.
Je ne sais point répondre autrement pour un roi
A qui dessus son trône on veut faire la loi.

PRUSIAS.

Vous m'offensez moi-même en parlant de la sorte,
Et vous devez dompter l'ardeur qui vous emporte.

Corneille. 13

NICOMÈDE.

Quoi ! je verrai, seigneur, qu'on borne vos États,
Qu'au milieu de ma course on m'arrête le bras, 630
Que de vous menacer on a même l'audace,
Et je ne rendrai point menace pour menace !
Et je remercîrai qui me dit hautement
Qu'il ne m'est plus permis de vaincre impunément !

PRUSIAS, *à Flaminius.*

Seigneur, vous pardonnez aux chaleurs de son âge;
Le temps et la raison pourront le rendre sage.

NICOMÈDE.

La raison et le temps m'ouvrent assez les yeux,
Et l'âge ne fera que me les ouvrir mieux.
Si j'avais jusqu'ici vécu comme ce frère,
Avec une vertu qui fût imaginaire 640
(Car je l'appelle ainsi quand elle est sans effets;
Et l'admiration de tant d'hommes parfaits,
Dont il a vu dans Rome éclater le mérite,
N'est pas grande vertu si l'on ne les imite);
Si j'avais donc vécu dans ce même repos
Qu'il a vécu dans Rome auprès de ces héros,
Elle me laisserait la Bithynie entière,
Telle que de tous temps l'aîné la tient d'un père,
Et s'empresserait moins à le faire régner,
Si vos armes sous moi n'avaient su rien gagner : 650
Mais parce qu'elle voit avec la Bithynie
Par trois sceptres conquis trop de puissance unie,
Il faut la diviser; et, dans ce beau projet,
Ce prince est trop bien né pour vivre mon sujet !
Puisqu'il peut la servir à me faire descendre,
Il a plus de vertu que n'en eut Alexandre;
Et je lui dois quitter, pour le mettre en mon rang,
Le bien de mes aïeux ou le prix de mon sang.
Grâces aux immortels, l'effort de mon courage
Et ma grandeur future ont mis Rome en ombrage : 660
Vous pouvez l'en guérir. seigneur, et promptement;

13.

Mais n'exigez d'un fils aucun consentement :
Le maître qui prit soin d'instruire ma jeunesse
Ne m'a jamais appris à faire une bassesse.

FLAMINIUS.

A ce que je puis voir, vous avez combattu,
Prince, par intérêt plutôt que par vertu.
Les plus rares exploits que vous ayez pu faire
N'ont jeté qu'un dépôt sur la tête d'un père :
Il n'est que gardien de leur illustre prix ;
Et ce n'est que pour vous que vous avez conquis, 670
Puisque cette grandeur à son trône attachée
Sur nul autre que vous ne peut être épanchée.
Certes je vous croyais un peu plus généreux :
Quand les Romains le sont, ils ne font rien pour eux.
Scipion, dont tantôt vous vantiez le courage,
Ne voulait point régner sur les murs de Carthage ;
Et de tout ce qu'il fit pour l'empire romain
Il n'en eut que la gloire et le nom d'Africain.
Mais on ne voit qu'à Rome une vertu si pure ;
Le reste de la terre est d'une autre nature.　　　680
　　Quant aux raisons d'État qui vous font concevoir
Que nous craignons en vous l'union du pouvoir,
Si vous en consultiez des têtes bien sensées,
Elles vous déferaient de ces belles pensées :
Par respect pour le roi je ne dis rien de plus.
Prenez quelque loisir de rêver là-dessus ;
Laissez moins de fumée à vos feux militaires,
Et vous pourrez avoir des visions plus claires.

NICOMÈDE.

Le temps pourra donner quelque décision
Si la pensée est belle, ou si c'est vision.　　　690
Cependant...

FLAMINIUS. Cependant, si vous trouvez des charmes
A pousser plus avant la gloire de vos armes,
Nous ne la bornons point ; mais, comme il est permis
Contre qui que ce soit de servir ses amis,

Si vous ne le savez, je veux bien vous l'apprendre,
Et vous en donne avis pour ne vous pas surprendre.
  Au reste, soyez sûr que vous posséderez
Tout ce qu'en votre cœur déjà vous dévorez;
Le Pont sera pour vous avec la Galatie,
Avec la Cappadoce, avec la Bithynie.   700
Ce bien de vos aïeux, ces prix de votre sang,
Ne mettront point Attale en votre illustre rang;
Et, puisque leur partage est pour vous un supplice,
Rome n'a pas dessein de vous faire injustice.
Ce prince régnera sans rien prendre sur vous.
     (A Prusias.)
La reine d'Arménie a besoin d'un époux:
Seigneur, l'occasion ne peut être plus belle;
Elle vit sous vos lois, et vous disposez d'elle.
     NICOMÈDE.
Voilà le vrai secret de faire Attale roi,
Comme vous l'avez dit, sans rien prendre sur moi. 710
La pièce est délicate, et ceux qui l'ont tissue
A de si longs détours font une digne issue.
Je n'y réponds qu'un mot, étant sans intérêt.
  Traitez cette princesse en reine comme elle est :
Ne touchez point en elle aux droits du diadème,
Ou pour les maintenir je périrai moi-même.
Je vous en donne avis, et que jamais les rois,
Pour vivre en nos États, ne vivent sous nos lois;
Qu'elle seule en ces lieux d'elle-même dispose.
     PRUSIAS.
N'avez-vous, Nicomède, à lui dire autre chose?   720
     NICOMÈDE.
Non, seigneur, si ce n'est que la reine, après tout,
Sachant ce que je puis, me pousse trop à bout.
     PRUSIAS.
Contre elle dans ma cour que peut votre insolence ?
     NICOMÈDE.
Rien du tout, que garder ou rompre le silence.

Une seconde fois avisez, s'il vous plaît,
A traiter Laodice en reine comme elle est ;
C'est moi qui vous en prie.

SCÈNE IV.

PRUSIAS, FLAMINIUS, ARASPE.

　　　　　　　　　FLAMINIUS. Eh quoi ! toujours obsta-
PRUSIAS.　　　　　　　　　　　　　　　[cle ?
De la part d'un amant ce n'est pas grand miracle.
Cet orgueilleux esprit, enflé de ses succès,
Pense bien de son cœur nous empêcher l'accès ; 730
Mais il faut que chacun suive sa destinée.
L'amour entre les rois ne fait pas l'hyménée ;
Et les raisons d'État, plus fortes que ses nœuds,
Trouvent bien les moyens d'en éteindre les feux.
　　FLAMINIUS.
Comme elle a de l'amour, elle aura du caprice.
　　PRUSIAS.
Non, non ; je vous réponds, seigneur, de Laodice :
Mais enfin elle est reine, et cette qualité
Semble exiger de nous quelque civilité.
J'ai sur elle après tout une puissance entière,
Mais j'aime à la cacher sous le nom de prière :　740
Rendons-lui donc visite ; et, comme ambassadeur,
Proposez cet hymen vous-même à sa grandeur.
Je seconderai Rome, et veux vous introduire.
Puisqu'elle est en nos mains, l'amour ne vous peut
Allons de sa réponse à votre compliment　　[nuire.
Prendre l'occasion de parler hautement.

ACTE TROISIÈME.

—

SCÈNE I.

PRUSIAS, FLAMINIUS, LAODICE.

PRUSIAS.
Reine, puisque ce titre a pour vous tant de charmes,
Sa perte vous devrait donner quelques alarmes :
Qui tranche trop du roi ne règne pas longtemps.
LAODICE.
J'observerai, seigneur, ces avis importants ;   750
Et, si jamais je règne, on verra la pratique
D'une si salutaire et noble politique.
PRUSIAS.
Vous vous mettez fort mal au chemin de régner.
LAODICE.
Seigneur, si je m'égare, on peut me l'enseigner.
PRUSIAS.
Vous méprisez trop Rome, et vous devriez faire
Plus d'estime d'un roi qui vous tient lieu de père.
LAODICE.
Vous verriez qu'à tous deux je rends ce que je doi,
Si vous vouliez mieux voir ce que c'est qu'être roi.
Recevoir ambassade en qualité de reine,
Ce serait à vos yeux faire la souveraine,   760
Entreprendre sur vous, et dedans votre État
Sur votre autorité commettre un attentat :
Je la refuse donc, seigneur, et me dénie
L'honneur qui ne m'est dû que dans mon Arménie.
C'est là que sur mon trône avec plus de splendeur
Je puis honorer Rome en son ambassadeur,
Faire réponse en reine, et comme le mérite

Et de qui l'on me parle, et qui m'en sollicite.
Ici c'est un métier que je n'entends pas bien :
Car hors de l'Arménie enfin je ne suis rien ;   770
Et ce grand nom de reine ailleurs ne m'autorise
Qu'à n'y voir point de trône à qui je sois soumise,
A vivre indépendante, et n'avoir en tous lieux
Pour souverains que moi, la raison et les dieux.

PRUSIAS.

Ces dieux vos souverains, et le roi votre père
De leur pouvoir sur vous m'ont fait dépositaire,
Et vous pourrez peut-être apprendre une autre fois
Ce que c'est en tous lieux que la raison des rois.
Pour en faire l'épreuve allons en Arménie ;
Je vais vous y remettre en bonne compagnie :   780
Partons ; et dès demain, puisque vous le voulez,
Préparez-vous à voir vos pays désolés,
Préparez-vous à voir par toute votre terre
Ce qu'ont de plus affreux les fureurs de la guerre,
Des montagnes de morts, des rivières de sang.

LAODICE.

Je perdrai mes États et garderai mon rang ;
Et ces vastes malheurs où mon orgueil me jette
Me feront votre esclave, et non votre sujette :
Ma vie est en vos mains, mais non ma dignité.

PRUSIAS.

Nous ferons bien changer ce courage indompté ;   790
Et quand vos yeux, frappés de toutes ces misères,
Verront Attale assis au trône de vos pères,
Alors, peut-être, alors vous le prîrez en vain
Que pour y remonter il vous donne la main.

LAODICE.

Si jamais jusque-là votre guerre m'engage,
Je serai bien changée et d'âme et de courage.
Mais peut-être, seigneur, vous n'irez pas si loin :
Les dieux de ma fortune auront un peu de soin ;
Ils vous inspireront, ou trouveront un homme

Contre tant de héros que vous prêtera Rome.   800

PRUSIAS.

Sur un présomptueux vous fondez votre appui;
Mais il court à sa perte, et vous traîne avec lui.
  Pensez-y bien, madame, et faites-vous justice:
Choisissez d'être reine ou d'être Laodice;
Et, pour dernier avis que vous aurez de moi,
Si vous voulez régner, faites Attale roi.
Adieu.

SCÈNE II.

FLAMINIUS, LAODICE.

FLAMINIUS.

  Madame, enfin une vertu parfaite...

LAODICE.

Suivez le roi, seigneur, votre ambassade est faite;
Et je vous dis encor, pour ne vous point flatter,
Qu'ici je ne la dois ni la veux écouter.   810

FLAMINIUS.

Et je vous parle aussi, dans ce péril extrême,
Moins en ambassadeur qu'en homme qui vous aime,
Et qui, touché du sort que vous vous préparez,
Tâche à rompre le cours des maux où vous courez.
  J'ose donc comme ami vous dire en confidence
Qu'une vertu parfaite a besoin de prudence,
Et doit considérer, pour son propre intérêt,
Et les temps où l'on vit et les lieux où l'on est.
La grandeur de courage en une âme royale
N'est sans cette vertu qu'une vertu brutale,   820
Que son mérite aveugle, et qu'un faux jour d'hon-
Jette en un tel divorce avec le vrai bonheur, [neur
Qu'elle-même se livre à ce qu'elle doit craindre,
Ne se fait admirer que pour se faire plaindre,
Que pour nous pouvoir dire, après un grand soupir:

« J'avais droit de régner, et n'ai su m'en servir. »
Vous irritez un roi dont vous voyez l'armée
Nombreuse, obéissante, à vaincre accoutumée :
Vous êtes en ses mains, vous vivez dans sa cour.

LAODICE.

Je ne sais si l'honneur eut jamais un faux jour, 830
Seigneur ; mais je veux bien vous répondre en amie.
Ma prudence n'est pas tout à fait endormie ;
Et, sans examiner par quel destin jaloux
La grandeur de courage est si mal avec vous,
Je veux vous faire voir que celle que j'étale
N'est pas tant qu'il vous semble une vertu brutale ;
Que, si j'ai droit au trône, elle s'en veut servir,
Et sait bien repousser qui me le veut ravir.
Je vois sur la frontière une puissante armée,
Comme vous l'avez dit, à vaincre accoutumée ; 840
Mais par quelle conduite, et sous quel général ?
Le roi, s'il s'en fait fort, pourrait s'en trouver mal ;
Et, s'il voulait passer de son pays au nôtre,
Je lui conseillerais de s'assurer d'une autre.
Mais je vis dans sa cour, je suis dans ses États,
Et j'ai peu de raison de ne le craindre pas.
Seigneur, dans sa cour même, et hors de l'Arménie,
La vertu trouve appui contre la tyrannie.
Tout son peuple a des yeux pour voir quel attentat
Font sur le bien public les maximes d'État : 850
Il connaît Nicomède, il connaît sa marâtre ;
Il en sait, il en voit la haine opiniâtre ;
Il voit la servitude où le roi s'est soumis,
Et connaît d'autant mieux les dangereux amis.
Pour moi, que vous croyez au bord du précipice,
Bien loin de mépriser Attale par caprice,
J'évite les mépris qu'il recevrait de moi
S'il tenait de ma main la qualité de roi :
Je le regarderais comme une âme commune,
Comme un homme mieux né pour une autre fortune,

13.

Plus mon sujet qu'époux ; et le nœud conjugal   861
Ne le tirerait pas de ce rang inégal.
Mon peuple, à mon exemple, en ferait peu d'estime.
Ce serait trop, seigneur, pour un cœur magnanime :
Mon refus lui fait grâce ; et, malgré ses désirs,
J'épargne à sa vertu d'éternels déplaisirs.

FLAMINIUS.

Si vous me dites vrai, vous êtes ici reine.
Sur l'armée et la cour je vous vois souveraine ;
Le roi n'est qu'une idée, et n'a de son pouvoir
Que ce que par pitié vous lui laissez avoir.   870
Quoi ! même vous allez jusques à faire grâce !
Après cela, madame, excusez mon audace ;
Souffrez que Rome enfin vous parle par ma voix :
Recevoir ambassade est encor de vos droits ;
Ou si ce nom vous choque ailleurs qu'en Arménie,
Comme simple Romain, souffrez que je vous die
Qu'être allié de Rome, et s'en faire un appui,
C'est l'unique moyen de régner aujourd'hui ;
Que c'est par là qu'on tient ses voisins en contrainte,
Ses peuples en repos, ses ennemis en crainte ;   880
Qu'un prince est dans son trône à jamais affermi,
Quand il est honoré du nom de son ami ;
Qu'Attale avec ce titre est plus roi, plus monarque
Que tous ceux dont le front ose en porter la marque ;
Et qu'enfin...

LAODICE. Il suffit ; je vois bien ce que c'est :
Tous les rois ne sont rois qu'autant comme il vous
Mais si de leurs États Rome à son gré dispose, [plaît ;
Certes, pour son Attale elle fait peu de chose ;
Et qui tient en sa main tant de quoi lui donner
A mendier pour lui devrait moins s'obstiner.   890
Pour un prince si cher sa réserve m'étonne ;
Que ne me l'offre-t-elle avec une couronne ?
C'est trop m'importuner en faveur d'un sujet,
Moi qui tiendrais un roi pour un indigne objet,

S'il venait par votre ordre, et si votre alliance
Souillait entre ses mains la suprême puissance.
Ce sont des sentiments que je ne puis trahir :
Je ne veux point de rois qui sachent obéir ;
Et, puisque vous voyez mon âme tout entière,
Seigneur, ne perdez plus menace ni prière.   900

FLAMINIUS.

Puis-je ne pas vous plaindre en cet aveuglement ?
Madame, encore un coup, pensez-y mûrement :
Songez mieux ce qu'est Rome, et ce qu'elle peut faire ;
Et si vous vous aimez, craignez de lui déplaire.
Carthage étant détruite, Antiochus défait.
Rien de nos volontés ne peut troubler l'effet ;
Tout fléchit sur la terre et tout tremble sur l'onde,
Et Rome est aujourd'hui la maîtresse du monde.

LAODICE.

La maîtresse du monde ! Ah ! vous me feriez peur
S'il ne s'en fallait pas l'Arménie et mon cœur,   910
Si le grand Annibal n'avait qui lui succède,
S'il ne revivait pas au prince Nicomède,
Et s'il n'avait laissé dans de si dignes mains
L'infaillible secret de vaincre les Romains.
Un si vaillant disciple aura bien le courage
D'en mettre jusqu'au bout les leçons en usage :
L'Asie en fait l'épreuve, où trois sceptres conquis
Font voir en quelle école il en a tant appris.   918
Ce sont des coups d'essai, mais si grands, que peut-être
Le Capitole a droit d'en craindre un coup de maître,
Et qu'il ne puisse un jour...

FLAMINIUS. Ce jour est encor loin,
Madame ; et quelques-uns vous diront, au besoin,
Quels dieux du haut en bas renversent les profanes,
Et que, même au sortir de Trébie et de Cannes,
Son ombre épouvanta votre grand Annibal.
Mais le voici ce bras à Rome si fatal.

SCÈNE III.

NICOMÈDE, LAODICE, FLAMINIUS.

NICOMÈDE.

Ou Rome à ses agents donne un pouvoir bien large,
Ou vous êtes bien long à faire votre charge.

FLAMINIUS.

Je sais quel est mon ordre ; et, si j'en sors ou non,
C'est à d'autres qu'à vous que j'en rendrai raison. 930

NICOMÈDE.

Allez-y donc, de grâce, et laissez à ma flamme
Le bonheur à son tour d'entretenir madame :
Vous avez dans son cœur fait de si grands progrès,
Et vos discours pour elle ont de si grands attraits,
Que sans de grands efforts je n'y pourrai détruire
Ce que votre harangue y voulait introduire.

FLAMINIUS.

Les malheurs où la plonge une indigne amitié
Me faisaient lui donner un conseil par pitié.

NICOMÈDE.

Lui donner de la sorte un conseil charitable,
C'est être ambassadeur et tendre et pitoyable. 940
   Vous a-t-il conseillé beaucoup de lâchetés,
Madame ?

FLAMINIUS. Ah ! c'en est trop, et vous vous emportez.

NICOMÈDE.

Je m'emporte ?

FLAMINIUS. Sachez qu'il n'est point de contrée
Où d'un ambassadeur la dignité sacrée...

NICOMÈDE.

Ne nous vantez plus tant son rang et sa splendeur :
Qui fait le conseiller n'est plus ambassadeur ;
Il excède sa charge, et lui-même y renonce.
Mais dites-moi, madame, a-t-il eu sa réponse ?

LAODICE.

Oui, seigneur.

NICOMÈDE. Sachez donc que je ne vous prends plus
Que pour l'agent d'Attale et pour Flaminius ;　　950
Et, si vous me fâchiez, j'ajouterais peut-être
Que pour l'empoisonneur d'Annibal, de mon maître.
Voilà tous les honneurs que vous aurez de moi :
S'ils ne vous satisfont, allez vous plaindre au roi.

FLAMINIUS.

Il me fera justice, encor qu'il soit bon père ;
Ou Rome à son refus se la saura bien faire.

NICOMÈDE.

Allez de l'un et l'autre embrasser les genoux.

FLAMINIUS.

Les effets répondront ; prince, pensez à vous.

NICOMÈDE.

Cet avis est plus propre à donner à la reine.

SCÈNE IV.

NICOMÈDE, LAODICE.

NICOMÈDE.

Ma générosité cède enfin à sa haine :　　960
Je l'épargnais assez pour ne découvrir pas
Les infâmes projets de ses assassinats ;
Mais enfin on m'y force, et tout son crime éclate.
J'ai fait entendre au roi Zénon et Métrobate ;
Et, comme leur rapport a de quoi l'étonner,
Lui-même il prend le soin de les examiner.

LAODICE.

Je ne sais pas, seigneur, quelle en sera la suite ;
Mais je ne comprends point toute cette conduite,
Ni comme à cet éclat la reine vous contraint.
Plus elle vous doit craindre, et moins elle vous craint ;
Et plus vous la pouvez accabler d'infamie,　　971

Plus elle vous attaque en mortelle ennemie.

NICOMÈDE.

Elle prévient ma plainte, et cherche adroitement
A la faire passer pour un ressentiment ;
Et ce masque trompeur de fausse hardiesse
Nous déguise sa crainte et couvre sa faiblesse.

LAODICE.

Les mystères de cour souvent sont si cachés
Que les plus clairvoyants y sont bien empêchés.
     Lorsque vous n'étiez point ici pour me défendre,
Je n'avais contre Attale aucun combat à rendre ; 980
Rome ne songeait point à troubler notre amour :
Bien plus, on ne vous souffre ici que ce seul jour ;
Et dans ce même jour Rome, en votre présence,
Avec chaleur pour lui presse mon alliance.
Pour moi, je ne vois goutte en ce raisonnement
Qui n'attend point le temps de votre éloignement,
Et j'ai devant les yeux toujours quelque nuage
Qui m'offusque la vue et m'y jette un ombrage.
Le roi chérit sa femme, il craint Rome ; et, pour vous,
S'il ne voit vos hauts faits d'un œil un peu jaloux, 990
Du moins, à dire tout, je ne saurais vous taire
Qu'il est trop bon mari pour être assez bon père.
Voyez quel contre-temps Attale prend ici !
Qui l'appelle avec nous ? quel projet ? quel souci ?
Je conçois mal, seigneur, ce qu'il faut que j'en pense ;
Mais j'en romprai le coup, s'il y faut ma présence.
Je vous quitte.

SCÈNE V.

NICOMÈDE, ATTALE, LAODICE.

ATTALE. Madame, un si doux entretien
N'est plus charmant pour vous quand j'y mêle le mien.

LAODICE.

Votre importunité, que j'ose dire extrême,
Me peut entretenir en un autre moi-même :　　1000
Il connaît tout mon cœur, et répondra pour moi,
Comme à Flaminius il a fait pour le roi.

SCÈNE VI.

NICOMÈDE, ATTALE.

ATTALE.

Puisque c'est la chasser, seigneur, je me retire.
NICOMÈDE.
Non, non ; j'ai quelque chose aussi bien à vous dire,
Prince. J'avais mis bas, avec le nom d'aîné,
L'avantage du trône où je suis destiné ;
Et voulant seul ici défendre ce que j'aime,
Je vous avais prié de l'attaquer de même,
Et de ne mêler point surtout dans vos desseins
Ni le secours du roi ni celui des Romains :　　1010
Mais, ou vous n'avez pas la mémoire fort bonne,
Ou vous n'y mettez rien de ce qu'on vous ordonne
ATTALE.
Seigneur, vous me forcez à m'en souvenir mal,
Quand vous n'achevez pas de rendre tout égal.
Vous vous défaites bien de quelques droits d'aînesse ;
Mais vous défaites-vous du cœur de la princesse,
De toutes les vertus qui vous en font aimer,
Des hautes qualités qui savent tout charmer,
De trois sceptres conquis, du gain de six batailles,
Des glorieux assauts de plus de cent murailles ?　1020
Avec de tels seconds rien n'est pour vous douteux.
Rendez donc la princesse égale entre nous deux,
Ne lui laissez plus voir ce long amas de gloire
Qu'à pleines mains sur vous a versé la victoire ;

Et faites qu'elle puisse oublier une fois
Et vos rares vertus et vos fameux exploits ;
Ou contre son amour, contre votre vaillance,
Souffrez Rome et le roi dedans l'autre balance :
Le peu qu'ils ont gagné vous fait assez juger
Qu'ils n'y mettront jamais qu'un contre-poids léger.

NICOMÈDE.

C'est n'avoir pas perdu tout votre temps à Rome   1031
Que vous savoir ainsi défendre en galant homme :
Vous avez de l'esprit, si vous n'avez du cœur.

SCÈNE VII.

ARSINOÉ, NICOMÈDE, ATTALE, ARASPE.

ARASPE.

Seigneur, le roi vous mande.
                    NICOMÈDE. Il me mande ?
                                   ARASPE. Oui, sei-
        ARSINOÉ.   [gneur.
Prince, la calomnie est aisée à détruire.

NICOMÈDE.

J'ignore à quel sujet vous m'en venez instruire,
Moi qui ne doute point de cette vérité,
Madame.
    ARSINOÉ. Si jamais vous n'en aviez douté,
Prince, vous n'auriez pas, sous l'espoir qui vous flatte,
Amené de si loin Zénon et Métrobate.   1040

NICOMÈDE.

Je m'obstinais, madame, à tout dissimuler ;
Mais vous m'avez forcé de les faire parler.

ARSINOÉ.

La vérité les force, et mieux que vos largesses.
Ces hommes du commun tiennent mal leurs promes-
Tous deux en ont plus dit qu'ils n'avaient résolu. [ses ;

NICOMÈDE.

J'en suis fâché pour vous, mais vous l'avez voulu.

ARSINOÉ.

Je le veux bien encore, et je n'en suis fâchée
Que d'avoir vu par là votre vertu tachée,
Et qu'il faille ajouter à vos titres d'honneur
La noble qualité de mauvais suborneur.   1050

NICOMÈDE.

Je les ai subornés contre vous à ce compte ?

ARSINOÉ.

J'en ai le déplaisir, vous en aurez la honte.

NICOMÈDE.

Et vous pensez par là leur ôter tout crédit ?

ARSINOÉ.

Non, seigneur ; je me tiens à ce qu'ils en ont dit.

NICOMÈDE.

Qu'ont-ils dit qui vous plaise, et que vous vouliez

ARSINOÉ.   [croire ?

Deux mots de vérité qui vous comblent de gloire.

NICOMÈDE.

Peut-on savoir de vous ces deux mots importants ?

ARASPE.

Seigneur, le roi s'ennuie, et vous tardez longtemps.

ARSINOÉ.

Vous les saurez de lui, c'est trop le faire attendre.

NICOMÈDE.

Je commence, madame, enfin à vous entendre : 1060
Son amour conjugal, chassant le paternel,
Vous fera l'innocente, et moi le criminel.
Mais...

ARSINOÉ.

        Achevez, seigneur ; ce mais, que veut-il dire ?

NICOMÈDE.

Deux mots de vérité qui font que je respire.

ARSINOÉ.

Peut-on savoir de vous ces deux mots importants ?

NICOMÈDE.

Vous les saurez du roi, je tarde trop longtemps.

SCÈNE VIII.

ARSINOÉ, ATTALE.

ARSINOÉ.

Nous triomphons, Attale ; et ce grand Nicomède
Voit quelle digne issue à ses fourbes succède.
Les deux accusateurs que lui-même a produits,
Que pour l'assassiner je dois avoir séduits,   1070
Pour me calomnier subornés par lui-même,
N'ont su bien soutenir un si noir stratagème :
Tous deux m'ont accusée, et tous deux avoué
L'infâme et lâche tour qu'un prince m'a joué.
Qu'en présence des rois les vérités sont fortes !
Que pour sortir d'un cœur elles trouvent de portes !
Qu'on en voit le mensonge aisément confondu !
Tous deux voulaient me perdre, et tous deux l'ont
ATTALE.   [perdu.
Je suis ravi de voir qu'une telle imposture
Ait laissé votre gloire et plus grande et plus pure ; 1080
Mais pour l'examiner, et bien voir ce que c'est,
Si vous pouviez vous mettre un peu hors d'intérêt,
Vous ne pourriez jamais, sans un peu de scrupule,
Avoir pour deux méchants une âme si crédule.
Ces perfides tous deux se sont dits aujourd'hui
Et subornés par vous et subornés par lui :
Contre tant de vertus, contre tant de victoires,
Doit-on quelque croyance à des âmes si noires ?
Qui se confesse traître est indigne de foi.
ARSINOÉ.
Vous êtes généreux, Attale, et je le voi,   1090
Même de vos rivaux la gloire vous est chère.

ATTALE.

Si je suis son rival, je suis aussi son frère ;
Nous ne sommes qu'un sang, et ce sang dans mon
A peine à le passer pour calomniateur.   [cœur

ARSINOÉ.

Et vous en avez moins à me croire assassine,
Moi, dont la perte est sûre à moins que sa ruine ?

ATTALE.

Si contre lui j'ai peine à croire ces témoins,
Quand ils vous accusaient je les croyais bien moins.
Votre vertu, madame, est au-dessus du crime.
Souffrez donc que pour lui je garde un peu d'estime :
La sienne dans la cour lui fait mille jaloux,   1101
Dont quelqu'un a voulu le perdre auprès de vous ;
Et ce lâche attentat n'est qu'un trait de l'envie
Qui s'efforce à noircir une si belle vie.
    Pour moi, si par soi-même on peut juger d'autrui,
Ce que je sens en moi, je le présume en lui.
Contre un si grand rival j'agis à force ouverte,
Sans blesser son honneur, sans pratiquer sa perte.
J'emprunte du secours, et le fais hautement :
Je crois qu'il n'agit pas moins généreusement,   1110
Qu'il n'a que les desseins où sa gloire l'invite,
Et n'oppose à mes vœux que son propre mérite.

ARSINOÉ.

Vous êtes peu du monde, et savez mal la cour.

ATTALE.

Est-ce autrement qu'en prince on doit traiter l'amour ?

ARSINOÉ.

Vous le traitez, mon fils, et parlez en jeune homme.

ATTALE.

Madame, je n'ai vu que des vertus à Rome.

ARSINOÉ.

Le temps vous apprendra, par de nouveaux emplois,
Quelles vertus il faut à la suite des rois.
Cependant, si le prince est encor votre frère,

Souvenez-vous aussi que je suis votre mère ;   1120
Et, malgré les soupçons que vous avez conçus,
Venez savoir du roi ce qu'il croit là-dessus.

ACTE QUATRIÈME.

SCÈNE I.

PRUSIAS, ARSINOÉ, ARASPE.

PRUSIAS.
Faites venir le prince, Araspe.
   (*Araspe rentre.*)
                              Et vous, madame,
Retenez des soupirs dont vous me percez l'âme.
Quel besoin d'accabler mon cœur de vos douleurs,
Quand vous y pouvez tout sans le secours des pleurs ?
Quel besoin que ces pleurs prennent votre défense ?
Douté-je de son crime ou de votre innocence ?
Et reconnaissez-vous que tout ce qu'il m'a dit
Par quelque impression ébranle mon esprit ?   1130
ARSINOÉ.
Ah ! seigneur, est-il rien qui répare l'injure
Que fait à l'innocence un moment d'imposture ?
Et peut-on voir mensonge assez tôt avorté
Pour rendre à la vertu toute sa pureté ?
Il en reste toujours quelque indigne mémoire
Qui porte une souillure à la plus haute gloire.
Combien dans votre cour est-il de médisants !
Combien le prince a-t-il d'aveugles partisans,

Qui, sachant une fois qu'on m'a calomniée,
Croiront que votre amour m'a seul justifiée !　　1140
Et si la moindre tache en demeure à mon nom,
Si le moindre du peuple en conserve un soupçon,
Suis-je digne de vous ? et de telles alarmes
Touchent-elles trop peu pour mériter mes larmes ?

PRUSIAS.

Ah ! c'est trop de scrupule, et trop mal présumer
D'un mari qui vous aime et qui vous doit aimer.
La gloire est plus solide après la calomnie,
Et brille d'autant mieux qu'elle s'en vit ternie.
Mais voici Nicomède, et je veux qu'aujourd'hui...

SCÈNE II.

PRUSIAS, ARSINOÉ, NICOMÈDE, ARASPE, *gardes.*

ARSINOÉ.

Grâce, grâce, seigneur, à notre unique appui !　1150
Grâce à tant de lauriers en sa main si fertiles !
Grâce à ce conquérant, à ce preneur de villes !
Grâce...

NICOMÈDE.

　　　　De quoi, madame ? est-ce d'avoir conquis
Trois sceptres, que ma perte expose à votre fils ?
D'avoir porté si loin vos armes dans l'Asie,
Que même votre Rome en a pris jalousie ?
D'avoir trop soutenu la majesté des rois ?
Trop rempli votre cour du bruit de mes exploits ?
Trop du grand Annibal pratiqué les maximes ?
S'il faut grâce pour moi, choisissez de mes crimes :
Les voilà tous, madame ; et si vous y joignez　1161
D'avoir cru des méchants par quelque autre gagnés,
D'avoir une âme ouverte, une franchise entière,
Qui, dans leur artifice, a manqué de lumière,

C'est gloire et non pas crime à qui ne voit le jour
Qu'au milieu d'une armée, et loin de votre cour,
Qui n'a que la vertu de son intelligence,
Et, vivant sans remords, marche sans défiance.

ARSINOÉ.

Je m'en dédis, seigneur ; il n'est point criminel.
S'il m'a voulu noircir d'un opprobre éternel,   1170
Il n'a fait qu'obéir à la haine ordinaire
Qu'imprime à ses pareils le nom de belle-mère.
De cette aversion son cœur préoccupé
M'impute tous les traits dont il se sent frappé.
Que son maître Annibal, malgré la foi publique,
S'abandonne aux fureurs d'une terreur panique;
Que ce vieillard confie et gloire et liberté
Plutôt au désespoir qu'à l'hospitalité ;
Ces terreurs, ces fureurs sont de mon artifice.
Quelque appas que lui-même il trouve en Laodice, 1180
C'est moi qui fais qu'Attale a des yeux comme lui ;
C'est moi qui force Rome à lui servir d'appui ;
De cette seule main part tout ce qui le blesse :
Et pour venger ce maître et sauver sa maîtresse,
S'il a tâché, seigneur, de m'éloigner de vous,
Tout est trop excusable en un amant jaloux.
Ce faible et vain effort ne touche point mon âme.
Je sais que tout mon crime est d'être votre femme ;
Que ce nom seul l'oblige à me persécuter :
Car enfin hors de là que peut-il m'imputer ?   1190
Ma voix, depuis dix ans qu'il commande une armée,
A-t-elle refusé d'enfler sa renommée ?
Et lorsqu'il l'a fallu puissamment secourir,
Que la moindre longueur l'aurait laissé périr,
Quel autre a mieux pressé les secours nécessaires ?
Qui l'a mieux dégagé de ses destins contraires ?
A-t-il eu près de vous un plus soigneux agent
Pour hâter les renforts et d'hommes et d'argent ?
Vous le savez, seigneur, et pour reconnaissance,

Après l'avoir servi de toute ma puissance,　　　1200
Je vois qu'il a voulu me perdre auprès de vous :
Mais tout est excusable en un amant jaloux ;
Je vous l'ai déjà dit.

　　　　　PRUSIAS. Ingrat ! que peux-tu dire ?

　　NICOMÈDE.

Que la reine a pour moi des bontés que j'admire.
Je ne vous dirai point que ces puissants secours
Dont elle a conservé mon honneur et mes jours,
Et qu'avec tant de pompe à vos yeux elle étale,
Travaillaient par ma main à la grandeur d'Attale ;
Que par mon propre bras elle amassait pour lui,
Et préparait dès lors ce qu'on voit aujourd'hui. 1210
Par quelques sentiments qu'elle ait été poussée,
J'en laisse le ciel juge, il connaît sa pensée ;
Il sait pour mon salut comme elle a fait des vœux ;
Il lui rendra justice, et peut-être à tous deux.
　　Cependant, puisque enfin l'apparence est si belle,
Elle a parlé pour moi, je dois parler pour elle,
Et pour son intérêt vous faire souvenir
Que vous laissez longtemps deux méchants à punir.
Envoyez Métrobate et Zénon au supplice.
Sa gloire attend de vous ce digne sacrifice :　　1220
Tous deux l'ont accusée ; et, s'ils s'en sont dédits
Pour la faire innocente et charger votre fils,
Ils n'ont rien fait pour eux, et leur mort est trop juste
Après s'être joués d'une personne auguste.
L'offense une fois faite à ceux de notre rang
Ne se répare point que par des flots de sang :
On n'en fut jamais quitte ainsi pour s'en dédire.
Il faut sous les tourments que l'imposture expire ;
Ou vous exposeriez tout votre sang royal
A la légèreté d'un esprit déloyal.　　　　　1230
L'exemple est dangereux, et hasarde nos vies
S'il met en sûreté de telles calomnies.

ARSINOÉ.

Quoi ! seigneur, les punir de la sincérité
Qui soudain dans leur bouche a mis la vérité,
Qui vous a contre moi sa fourbe découverte,
Qui vous rend votre femme et m'arrache à ma perte,
Qui vous a retenu d'en prononcer l'arrêt ;
Et couvrir tout cela de mon seul intérêt !
C'est être trop adroit, prince, et trop bien l'entendre.

PRUSIAS.

Laisse là Métrobate, et songe à te défendre.   1240
Purge-toi d'un forfait si honteux et si bas.

NICOMÈDE.

M'en purger ! moi, seigneur ! vous ne le croyez pas :
Vous ne savez que trop qu'un homme de ma sorte,
Quand il se rend coupable, un peu plus haut se porte ;
Qu'il lui faut un grand crime à tenter son devoir,
Où sa gloire se sauve à l'ombre du pouvoir.
Soulever votre peuple, et jeter votre armée
Dedans les intérêts d'une reine opprimée :
Venir, le bras levé, la tirer de vos mains,
Malgré l'amour d'Attale et l'effort des Romains,   1250
Et fondre en vos pays contre leur tyrannie
Avec tous vos soldats et toute l'Arménie ;
C'est ce que pourrait faire un homme tel que moi,
S'il pouvait se résoudre à vous manquer de foi.
La fourbe n'est le jeu que des petites âmes,
Et c'est là proprement le partage des femmes.
   Punissez donc, seigneur, Métrobate et Zénon ;
Pour la reine, ou pour moi, faites-vous-en raison.
A ce dernier moment la conscience presse ;   1259
Pour rendre compte aux dieux tout respect humain
Et ces esprits légers, approchant des abois, [cesse ;
Pourraient bien se dédire une seconde fois.

ARSINOÉ.

Seigneur...

NICOMÈDE. Parlez, madame, et dites quelle cause

A leur juste supplice obstinément s'oppose ;
Ou laissez-nous penser qu'aux portes du trépas
Ils auraient des remords qui ne vous plairaient pas.

ARSINOÉ.

Vous voyez à quel point sa haine m'est cruelle ;
Quand je le justifie, il me fait criminelle :
Mais sans doute, seigneur, ma présence l'aigrit,
Et mon éloignement remettra son esprit ;   1270
Il rendra quelque calme à son cœur magnanime,
Et lui pourra sans doute épargner plus d'un crime.
    Je ne demande point que par compassion
Vous assuriez un sceptre à ma protection,
Ni que, pour garantir la personne d'Attale,
Vous partagiez entre eux la puissance royale :
Si vos amis de Rome en ont pris quelque soin,
C'était sans mon aveu, je n'en ai pas besoin.
Je n'aime point si mal que de ne vous pas suivre,
Sitôt qu'entre mes bras vous cesserez de vivre ;   1280
Et sur votre tombeau mes premières douleurs
Verseront tout ensemble et mon sang et mes pleurs.

PRUSIAS.

Ah, madame !

ARSINOÉ. Oui, seigneur ; cette heure infortunée
Par mes derniers soupirs clora ma destinée ;
Et, puisque ainsi jamais il ne sera mon roi,
Qu'ai-je à craindre de lui ? que peut-il contre moi ?
Tout ce que je demande en faveur de ce gage,
De ce fils qui déjà lui donne tant d'ombrage,
C'est que chez les Romains il retourne achever
Des jours que dans leur sein vous fîtes élever ;   1290
Qu'il retourne y traîner, sans péril et sans gloire,
De votre amour pour moi l'impuissante mémoire.
Ce grand prince vous sert, et vous servira mieux
Quand il n'aura plus rien qui lui blesse les yeux :
Et n'appréhendez point Rome, ni sa vengeance ;
Contre tout son pouvoir il a trop de vaillance :

Corneille.   14

Il sait tous les secrets du fameux Annibal,
De ce héros à Rome en tous lieux si fatal,
Que l'Asie et l'Afrique admirent l'avantage
Qu'en tire Antiochus et qu'en reçut Carthage. 1300
   Je me retire donc afin qu'en liberté
Les tendresses du sang pressent votre bonté ;
Et je ne veux plus voir ni qu'en votre présence
Un prince que j'estime indignement m'offense,
Ni que je sois forcée à vous mettre en courroux
Contre un fils si vaillant et si digne de vous.

SCÈNE III.

PRUSIAS, NICOMÈDE, ARASPE.

PRUSIAS.

Nicomède, en deux mots, ce désordre me fâche.
Quoi qu'on t'ose imputer, je ne te crois point lâche :
Mais donnons quelque chose à Rome qui se plaint,
Et tâchons d'assurer la reine qui te craint. 1310
J'ai tendresse pour toi, j'ai passion pour elle ;
Et je ne veux pas voir cette haine éternelle,
Ni que des sentiments que j'aime à voir durer
Ne règnent dans mon cœur que pour le déchirer.
J'y veux mettre d'accord l'amour et la nature,
Être père et mari dans cette conjoncture...

NICOMÈDE.

Seigneur, voulez-vous bien vous en fier à moi ?
Ne soyez l'un ni l'autre.

         PRUSIAS. Et que dois-je être ?

                NICOMÈDE. Roi.

Reprenez hautement ce noble caractère :
Un véritable roi n'est ni mari ni père ; 1320
Il regarde son trône, et rien de plus. Régnez ;
Rome vous craindra plus que vous ne la craignez.

14.

Malgré cette puissance et si vaste et si grande,
Vous pouvez déjà voir comme elle m'appréhende,
Combien en me perdant elle espère gagner,
Parce qu'elle prévoit que je saurai régner.

PRUSIAS.

Je règne donc, ingrat ! puisque tu me l'ordonnes ;
Choisis, ou Laodice, ou mes quatre couronnes :
Ton roi fait ce partage entre ton frère et toi ;
Je ne suis plus ton père, obéis à ton roi.   1330

NICOMÈDE.

Si vous étiez aussi le roi de Laodice,
Pour l'offrir à mon choix avec quelque justice,
Je vous demanderais le loisir d'y penser :
Mais enfin pour vous plaire, et ne pas l'offenser,
J'obéirai, seigneur, sans répliques frivoles,
A vos intentions, et non à vos paroles.
    A ce frère si cher transportez tous mes droits,
Et laissez Laodice en liberté du choix.
Voilà quel est le mien.
                    PRUSIAS.   Quelle bassesse d'âme !
Quelle fureur t'aveugle en faveur d'une femme !
Tu la préfères, lâche ! à ces prix glorieux   1341
Que ta valeur unit au bien de tes aïeux !
Après cette infamie es-tu digne de vivre ?

NICOMÈDE.

Je crois que votre exemple est glorieux à suivre :
Ne préférez-vous pas une femme à ce fils
Par qui tous ces États aux vôtres sont unis ?

PRUSIAS.

Me vois-tu renoncer pour elle au diadème ?

NICOMÈDE.

Me voyez-vous pour l'autre y renoncer moi-même ?
Que cédé-je à mon frère en cédant vos États ?
Ai-je droit d'y prétendre avant votre trépas ?   1350
Pardonnez-moi ce mot, il est fâcheux à dire : [pire ;
Mais un monarque enfin comme un autre homme ex-

Et vos peuples alors, ayant besoin d'un roi,
Voudront choisir peut-être entre ce prince et moi.
   Seigneur, nous n'avons pas si grande ressemblance,
Qu'il faille de bons yeux pour y voir différence,
Et ce vieux droit d'aînesse est souvent si puissant,
Que pour remplir un trône il rappelle un absent.
Que si leurs sentiments se règlent sur les vôtres,
Sous le joug de vos lois j'en ai bien rangé d'autres;
Et, dussent vos Romains en être encor jaloux, 1361
Je ferai bien pour moi ce que j'ai fait pour vous.

     PRUSIAS.

J'y donnerai bon ordre.

       NICOMÈDE. Oui, si leur artifice
De votre sang par vous se fait un sacrifice;
Autrement vos États à ce prince livrés
Ne seront en ses mains qu'autant que vous vivrez.
Ce n'est point en secret que je vous le déclare;
Je le dis à lui-même, afin qu'il s'y prépare:
Le voilà qui m'entend.

      PRUSIAS. Va, sans verser mon sang,
Je saurai bien, ingrat, l'assurer en ce rang; 1370
Et demain...

SCÈNE IV.

PRUSIAS, NICOMÈDE, ATTALE, FLAMINIUS, ARASPE,
gardes.

   FLAMINIUS. Si pour moi vous êtes en colère,
Seigneur, je n'ai reçu qu'une offense légère:
Le sénat en effet pourra s'en indigner;
Mais j'ai quelques amis qui sauront le gagner.

     PRUSIAS.

Je lui ferai raison; et dès demain Attale
Recevra de ma main la puissance royale:

Je le fais roi de Pont, et mon seul héritier.
Et quant à ce rebelle, à ce courage fier,
Rome entre vous et lui jugera de l'outrage :
Je veux qu'au lieu d'Attale il lui serve d'otage ; 1380
Et pour mieux l'y conduire, il vous sera donné,
Sitôt qu'il aura vu son frère couronné.

NICOMÈDE.

Vous m'enverrez à Rome !

                   PRUSIAS. On t'y fera justice

Va, va lui demander ta chère Laodice.

NICOMÈDE.

J'irai, j'irai, seigneur, vous le voulez ainsi ;
Et j'y serai plus roi que vous n'êtes ici.

FLAMINIUS.

Rome sait vos hauts faits, et déjà vous adore.

NICOMÈDE.

Tout beau, Flaminius ! je n'y suis pas encore·
La route en est mal sûre, à tout considérer ;
Et qui m'y conduira pourrait bien s'égarer.   1390

PRUSIAS.

Qu'on le remène, Araspe ; et redoublez sa garde.
    (*A Attale.*)
Toi, rends grâces à Rome, et sans cesse regarde
Que, comme son pouvoir est la source du tien,
En perdant son appui tu ne seras plus rien.
  Vous, seigneur, excusez, si, me trouvant en peine
De quelques déplaisirs que m'a fait voir la reine,
Je vais l'en consoler et vous laisse avec lui.
Attale, encore un coup, rends grâce à ton appui.

SCÈNE V.

FLAMINIUS, ATTALE.

ATTALE.

Seigneur, que vous dirai-je après des avantages 1399
Qui sont même trop grands pour les plus grands cou-
Vous n'avez point de borne, et votre affection [rages?
Passe votre promesse et mon ambition.
Je l'avoûrai pourtant, le trône de mon père
Ne fait pas le bonheur que plus je considère :
Ce qui touche mon cœur, ce qui charme mes **sens**,
C'est Laodice acquise à mes vœux innocents.
La qualité de roi qui me rend digne d'elle...

FLAMINIUS.

Ne rendra pas son cœur à vos vœux moins rebelle

ATTALE.

Seigneur, l'occasion fait un cœur différent :
D'ailleurs, c'est l'ordre exprès de son père **mourant ;**
Et par son propre aveu la reine d'Arménie   1411
Est due à l'héritier du roi de Bithynie.

FLAMINIUS.

Ce n'est pas loi pour elle; et, reine comme elle est,
Cet ordre, à bien parler, n'est que ce qu'il lui plaît.
Aimerait-elle en vous l'éclat d'un diadème
Qu'on vous donne aux dépens d'un grand prince
                                   [qu'elle aime,
En vous qui la privez d'un si cher protecteur,
En vous qui de sa chute êtes l'unique auteur ?

ATTALE.

Ce prince hors d'ici, seigneur, que fera-t-elle ?
Qui contre Rome et nous soutiendra sa querelle ?
Car j'ose me promettre encor votre secours.   1421

FLAMINIUS.

Les choses quelquefois prennent un autre cours :

Pour ne vous point flatter, je n'en veux pas répondre.

ATTALE.

Ce serait bien, seigneur, de tout point me confondre,
Et je serais moins roi qu'un objet de pitié
Si le bandeau royal m'ôtait votre amitié.
Mais je m'alarme trop, et Rome est plus égale
N'en avez-vous pas l'ordre ?   FLAMINIUS. Oui, pour le prince Attale,
Pour un homme en son sein nourri dès le berceau ;
Mais pour le roi de Pont, il faut ordre nouveau.   1430

ATTALE.

Il faut ordre nouveau ! Quoi ! se pourrait-il faire
Qu'à l'œuvre de ses mains Rome devînt contraire ;
Que ma grandeur naissante y fît quelques jaloux ?

FLAMINIUS.

Que présumez-vous, prince ? et que me dites-vous ?

ATTALE.

Vous-même dites-moi comme il faut que j'explique
Cette inégalité de votre république.

FLAMINIUS.

Je vais vous l'expliquer, et veux bien vous guérir
D'une erreur dangereuse où vous semblez courir.
Rome, qui vous servait auprès de Laodice,
Pour vous donner son trône eût fait une injustice ;
Son amitié pour vous lui faisait cette loi :   1441
Mais par d'autres moyens elle vous a fait roi ;
Et le soin de sa gloire à présent la dispense
De se porter pour vous à cette violence.
Laissez donc cette reine en pleine liberté,
Et tournez vos désirs de quelque autre côté.
Rome de votre hymen prendra soin elle-même.

ATTALE.

Mais s'il arrive enfin que Laodice m'aime ?

FLAMINIUS.

Ce serait mettre encor Rome dans le hasard
Que l'on crût artifice ou force de sa part ;   1450

Cet hymen jetterait une ombre sur sa gloire.
Prince, n'y pensez plus, si vous m'en pouvez croire;
Ou, si de mes conseils vous faites peu d'état,
N'y pensez plus du moins sans l'aveu du sénat.

ATTALE.

A voir quelle froideur à tant d'amour succède,
Rome ne m'aime pas : elle hait Nicomède :
Et lorsqu'à mes désirs elle a feint d'applaudir,
Elle a voulu le perdre, et non pas m'agrandir.

FLAMINIUS.

Pour ne vous faire pas de réponse trop rude
Sur ce beau coup d'essai de votre ingratitude,   1460
Suivez votre caprice, offensez vos amis;
Vous êtes souverain, et tout vous est permis :
Mais puisque enfin ce jour vous doit faire connaître
Que Rome vous a fait ce que vous allez être,
Que perdant son appui vous ne serez plus rien,
Que le roi vous l'a dit, souvenez-vous-en bien.

SCÈNE VI.

ATTALE, *seul.*

Attale, était-ce ainsi que régnaient tes ancêtres ?
Veux-tu le nom de roi pour avoir tant de maîtres ?
Ah ! ce titre à ce prix déjà m'est importun :   1469
S'il nous en faut avoir, du moins n'en ayons qu'un.
Le ciel nous l'a donné trop grand, trop magnanime,
Pour souffrir qu'aux Romains il serve de victime.
Montrons-leur hautement que nous avons des yeux,
Et d'un si rude joug affranchissons ces lieux.
Puisqu'à leurs intérêts tout ce qu'ils font s'applique,
Que leur vaine amitié cède à leur politique,
Soyons à notre tour de leur grandeur jaloux,
Et comme ils font pour eux faisons aussi pour nous.

ACTE CINQUIÈME.

—

SCÈNE I.

ARSINOÉ, ATTALE.

ARSINOÉ.

J'ai prévu ce tumulte, et n'en vois rien à craindre :
Comme un moment l'allume, un moment peut l'étein-
Et, si l'obscurité laisse croître ce bruit, 　　　[dre ; 1480
Le jour dissipera les vapeurs de la nuit.
Je me fâche bien moins qu'un peuple se mutine
Que de voir que ton cœur dans son amour s'obstine,
Et, d'une indigne ardeur lâchement embrasé,
Ne rend point de mépris à qui t'a méprisé.
Venge-toi d'une ingrate, et quitte une cruelle,
A présent que le sort t'a mis au-dessus d'elle.
Son trône, et non ses yeux, avait dû te charmer :
Tu vas régner sans elle ; à quel propos l'aimer ? 1490
Porte, porte ce cœur à de plus douces chaînes.
Puisque te voilà roi, l'Asie a d'autres reines,
Qui, loin de te donner des rigueurs à souffrir,
T'épargneront bientôt la peine de t'offrir.

ATTALE.

Mais, madame...

ARSINOÉ. Eh bien ! soit, je veux qu'elle se rende :
Prévois-tu les malheurs qu'ensuite j'appréhende ?
Sitôt que d'Arménie elle t'aura fait roi,
Elle t'engagera dans sa haine pour moi.
Mais, ô dieux ! pourra-t-elle y borner sa vengeance ?
Pourras-tu dans son lit dormir en assurance ? 1500
Et refusera-t-elle à son ressentiment

14.

Le fer ou le poison pour venger son amant ?
Qu'est-ce qu'en sa fureur une femme n'essaie ?

ATTALE.

Que de fausses raisons pour me cacher la vraie !
Rome, qui n'aime pas à voir un puissant roi,
L'a craint en Nicomède, et le craindrait en moi.
Je ne dois plus prétendre à l'hymen d'une reine,
Si je ne veux déplaire à notre souveraine ;
Et puisque la fâcher ce serait me trahir,
Afin qu'elle me souffre, il vaut mieux obéir.   1510
Je sais par quels moyens sa sagesse profonde
S'achemine à grands pas à l'empire du monde :
Aussitôt qu'un État devient un peu trop grand,
Sa chute doit guérir l'ombrage qu'elle en prend.
C'est blesser les Romains que faire une conquête,
Que mettre trop de bras sous une seule tête ;
Et leur guerre est trop juste après cet attentat
Que fait sur leur grandeur un tel crime d'État.
Eux, qui pour gouverner sont les premiers des hommes
Veulent que sous leur ordre on soit ce que nous som-
Veulent sur tous les rois un si haut ascendant [mes ;
Que leur empire seul demeure indépendant.   1522
    Je les connais, madame, et j'ai vu cet ombrage
Détruire Antiochus et renverser Carthage.
De peur de choir comme eux, je veux bien m'abaisser,
Et cède à des raisons que je ne puis forcer :
D'autant plus justement mon impuissance y cède,
Que je vois qu'en leurs mains on livre Nicomède.
Un si grand ennemi leur répond de ma foi ;
C'est un lion tout prêt à déchaîner sur moi.   1530

ARSINOÉ.

C'est de quoi je voulais vous faire confidence :
Mais vous me ravissez d'avoir cette prudence.
Le temps pourra changer ; cependant prenez soin
D'assurer des jaloux dont vous avez besoin.

SCÈNE II.

FLAMINIUS, ARSINOÉ, ATTALE.

ARSINOÉ.

Seigneur, c'est remporter une haute victoire
Que de rendre un amant capable de me croire :
J'ai su le ramener aux termes du devoir,
Et sur lui la raison a repris son pouvoir.

FLAMINIUS.

Madame, voyez donc si vous serez capable
De rendre également ce peuple raisonnable.   1540
Le mal croît, il est temps d'agir de votre part,
Ou, quand vous le voudrez, vous le voudrez trop tard.
Ne vous figurez plus que ce soit le confondre
Que de le laisser faire, et ne lui point répondre.
Rome autrefois a vu de ces émotions,
Sans embrasser jamais vos résolutions.
Quand il fallait calmer toute une populace,
Le sénat n'épargnait promesse ni menace,
Et rappelait par là son escadron mutin
Et du mont Quirinal et du mont Aventin,   1550
Dont il l'aurait vu faire une horrible descente,
S'il eût traité longtemps sa fureur d'impuissante,
Et l'eût abandonnée à sa confusion,
Comme vous semblez faire en cette occasion.

ARSINOÉ.

Après ce grand exemple en vain on délibère :
Ce qu'a fait le sénat montre ce qu'il faut faire ;
Et le roi... Mais il vient.

SCÈNE III.

PRUSIAS, ARSINOÉ, FLAMINIUS, ATTALE.

PRUSIAS. Je ne puis plus douter,
Seigneur, d'où vient le mal que je vois éclater :
Ces mutins ont pour chefs les gens de Laodice.
FLAMINIUS.
J'en avais soupçonné déjà son artifice. 1560
ATTALE.
Ainsi votre tendresse et vos soins sont payés !
FLAMINIUS.
Seigneur, il faut agir ; et si vous m'en croyez...

SCÈNE IV.

PRUSIAS, ARSINOÉ, FLAMINIUS, ATTALE, CLÉONE.

CLÉONE.
Tout est perdu, madame, à moins d'un prompt remède :
Tout le peuple à grands cris demande Nicomède ;
Il commence lui-même à se faire raison,
Et vient de déchirer Métrobate et Zénon.
ARSINOÉ.
Il n'est donc plus à craindre, il a pris ses victimes :
Sa fureur sur leur sang va consumer ses crimes ;
Elle s'applaudira de cet illustre effet,
Et croira Nicomède amplement satisfait. 1570
FLAMINIUS.
Si ce désordre était sans chefs et sans conduite,
Je voudrais, comme vous, en craindre moins la suite ;

Le peuple par leur mort pourrait s'être adouci :
Mais un dessein formé ne tombe pas ainsi ;
Il suit toujours son but jusqu'à ce qu'il l'emporte :
Le premier sang versé rend sa fureur plus forte ;
Il l'amorce, il l'acharne, il en éteint l'horreur,
Et ne lui laisse plus ni pitié ni terreur.

SCÈNE V.

PRUSIAS, FLAMINIUS, ARSINOÉ, ATTALE,
CLÉONE, ARASPE.

ARASPE.

Seigneur, de tous côtés le peuple vient en foule ;
De moment en moment votre garde s'écoule,   1580
Et, suivant les discours qu'ici même j'entends,
Le prince entre mes mains ne sera pas longtemps.
Je n'en puis plus répondre.

      PRUSIAS. Allons, allons le rendre,
Ce précieux objet d'une amitié si tendre :
Obéissons, madame, à ce peuple sans foi,
Qui, las de m'obéir, en veut faire son roi ;
Et du haut d'un balcon, pour calmer la tempête,
Sur ses nouveaux sujets faisons voler sa tête.

ATTALE.
Ah, seigneur !

   PRUSIAS. C'est ainsi qu'il lui sera rendu :
A qui le cherche ainsi, c'est ainsi qu'il est dû.   1590

ATTALE.
Ah ! seigneur, c'est tout perdre, et livrer à sa rage
Tout ce qui de plus près touche votre courage ;
Et j'ose dire ici que votre majesté
Aura peine elle-même à trouver sûreté.

PRUSIAS.

Il faut donc se résoudre à tout ce qu'il m'ordonne,
Lui rendre Nicomède avecque ma couronne :
Je n'ai point d'autre choix ; et, s'il est le plus fort,
Je dois à son idole ou mon sceptre ou la mort.

FLAMINIUS.

Seigneur, quand ce dessein aurait quelque justice,
Est-ce à vous d'ordonner que ce prince périsse? 1600
Quel pouvoir sur ses jours vous demeure permis?
C'est l'otage de Rome, et non plus votre fils :
Je dois m'en souvenir quand son père l'oublie.
C'est attenter sur nous qu'ordonner de sa vie ;
J'en dois compte au sénat, et n'y puis consentir.
Ma galère est au port toute prête à partir ;
Le palais y répond par la porte secrète :
Si vous le voulez perdre, agréez ma retraite ;
Souffrez que mon départ fasse connaître à tous
Que Rome a des conseils plus justes et plus doux; 1610
Et ne l'exposez pas à ce honteux outrage
De voir à ses yeux même immoler son otage.

ARSINOÉ.

Me croirez-vous, seigneur, et puis-je m'expliquer?

PRUSIAS.

Ah ! rien de votre part ne saurait me choquer ;
Parlez.

ARSINOÉ. Le ciel m'inspire un dessein dont j'espère
Et satisfaire Rome et ne vous pas déplaire.
  S'il est prêt à partir, il peut en ce moment
Enlever avec lui son otage aisément :
Cette porte secrète ici nous favorise.
Mais, pour faciliter d'autant mieux l'entreprise, 1620
Montrez-vous à ce peuple, et, flattant son courroux,
Amusez-le du moins à débattre avec vous ;
Faites-lui perdre temps, tandis qu'en assurance
La galère s'éloigne avec son espérance.

S'il force le palais, et ne l'y trouve plus,
Vous ferez comme lui le surpris, le confus ;
Vous accuserez Rome, et promettrez vengeance
Sur quiconque sera de son intelligence.
Vous enverrez après, sitôt qu'il sera jour,
Et vous lui donnerez l'espoir d'un prompt retour, 1630
Où mille empêchements que vous ferez vous-même
Pourront de toutes parts aider au stratagème.
Quelque aveugle transport qu'il témoigne aujourd'hui,
Il n'attentera rien tant qu'il craindra pour lui,
Tant qu'il présumera son effort inutile.
Ici la délivrance en paraît trop facile ;
Et s'il l'obtient, seigneur, il faut fuir vous et moi :
S'il le voit à sa tête, il en fera son roi ;
Vous le jugez vous-même.

　　　　　　　PRUSIAS. Ah ! j'avoûrai, madame,
Que le ciel a versé ce conseil dans votre âme. 1640
Seigneur, se peut-il voir rien de mieux concerté ?

　　　FLAMINIUS.

Il vous assure et vie, et gloire, et liberté ;
Et vous avez d'ailleurs Laodice en otage :
Mais qui perd temps ici perd tout son avantage.

　　　PRUSIAS.

Il n'en faut donc plus perdre : allons-y de ce pas.

　　　ARSINOÉ.

Ne prenez avec vous qu'Araspe et trois soldats :
Peut-être un plus grand nombre aurait quelque infi-
J'irai chez Laodice, et m'assurerai d'elle.　　[dèle.

SCÈNE VI.

ARSINOÉ, ATTALE, CLÉONE.

ARSINOÉ.

Attale, où courez-vous ?

ATTALE. Je vais de mon côté
De ce peuple mutin amuser la fierté,   1650
A votre stratagème en ajouter quelque autre.

ARSINOÉ.

Songez que ce n'est qu'un que mon sort et le **vôtre,**
Que vos seuls intérêts me mettent en danger.

ATTALE.

Je vais périr, madame, ou vous en dégager.

ARSINOÉ.

Allez donc. J'aperçois la reine d'Arménie.

SCÈNE VII.

ARSINOÉ, LAODICE, CLÉONE.

ARSINOÉ.

La cause de nos maux doit-elle être impunie ?

LAODICE.

Non, madame ; et, pour peu qu'elle ait d'ambition,
Je vous réponds déjà de sa punition.

ARSINOÉ.

Vous qui savez son crime, ordonnez de sa peine.

LAODICE.

Un peu d'abaissement suffit pour une reine :   1660
C'est déjà trop de voir son dessein avorté.

ARSINOÉ.

Dites, pour châtiment de sa témérité,

Qu'il lui faudrait du front tirer le diadème.

LAODICE.

Parmi les généreux il n'en va pas de même ;
Ils savent oublier quand ils ont le dessus,
Et ne veulent que voir leurs ennemis confus.

ARSINOÉ.

Ainsi qui peut vous croire, aisément se contente.

LAODICE.

Le ciel ne m'a pas fait l'âme plus violente.

ARSINOÉ.

Soulever des sujets contre leur souverain,
Leur mettre à tous le fer et la flamme en la main,
Jusque dans le palais pousser leur insolence,　　1671
Vous appelez cela fort peu de violence ?

LAODICE.

Nous nous entendons mal, madame ; et, je le voi,
Ce que je dis pour vous, vous l'expliquez pour moi.
　　Je suis hors de souci pour ce qui me regarde ;
Et je viens vous chercher pour vous prendre en ma
Pour ne hasarder pas en vous la majesté　　[garde,
Au manque de respect d'un grand peuple irrité.
Faites venir le roi, rappelez votre Attale,
Que je conserve en eux la dignité royale :　　1680
Ce peuple en sa fureur peut les connaître mal.

ARSINOÉ.

Peut-on voir un orgueil à votre orgueil égal !
Vous, par qui seule ici tout ce désordre arrive ;
Vous, qui dans ce palais vous voyez ma captive ;
Vous, qui me répondrez au prix de votre sang
De tout ce qu'un tel crime attente sur mon rang,
Vous me parlez encore avec la même audace
Que si j'avais besoin de vous demander grâce !

LAODICE.

Vous obstiner, madame, à me parler ainsi,

C'est ne vouloir pas voir que je commande ici,   1690
Que, quand il me plaira, vous serez ma victime.
Et ne m'imputez point ce grand désordre à crime :
Votre peuple est coupable, et dans tous vos sujets
Ces cris séditieux sont autant de forfaits ;   [relles,
Mais pour moi, qui suis reine, et qui, dans nos que-
Pour triompher de vous vous ai fait ces rebelles,
Par le droit de la guerre il fut toujours permis
D'allumer la révolte entre ses ennemis :
M'enlever mon époux, c'est vous faire la mienne.

ARSINOÉ.

Je la suis donc, madame ; et, quoi qu'il en advienne,
Si ce peuple une fois enfonce le palais,   1701
C'est fait de votre vie, et je vous le promets.

LAODICE.

Vous tiendrez mal parole, ou bientôt sur ma tombe
Tout le sang de vos rois servira d'hécatombe.
Mais avez-vous encor parmi votre maison
Quelque autre Métrobate ou quelque autre Zénon ?
N'appréhendez-vous point que tous vos domestiques
Ne soient déjà gagnés par mes sourdes pratiques ?
En savez-vous quelqu'un si prêt à se trahir,
Si las de voir le jour, que de vous obéir ?   1710
   Je ne veux point régner sur votre Bithynie :
Ouvrez-moi seulement les chemins d'Arménie ;
Et, pour voir tout d'un coup vos malheurs terminés,
Rendez-moi cet époux qu'en vain vous retenez.

ARSINOÉ.

Sur le chemin de Rome il vous faut l'aller prendre ;
Flaminius l'y mène, et pourra vous le rendre :
Mais hâtez-vous, de grâce, et faites bien ramer,
Car déjà sa galère a pris le large en mer.

LAODICE.

Ah ! si je le croyais !...
                    ARSINOÉ. N'en doutez point, madame.

LAODICE.

Fuyez donc les fureurs qui saisissent mon âme :
Après le coup fatal de cette indignité,   1721
Je n'ai plus ni respect ni générosité.
    Mais plutôt demeurez pour me servir d'otage
Jusqu'à ce que ma main de ses fers le dégage.
J'irai jusque dans Rome en briser les liens,
Avec tous vos sujets, avecque tous les miens ;
Aussi bien Annibal nommait une folie
De présumer la vaincre ailleurs qu'en Italie.
Je veux qu'elle me voie au cœur de ses États
Soutenir ma fureur d'un million de bras ;   1730
Et sous mon désespoir rangeant sa tyrannie...

ARSINOÉ.

Vous voulez donc enfin régner en Bithynie ?
Et, dans cette fureur qui vous trouble aujourd'hui,
Le roi pourra souffrir que vous régniez pour lui ?

LAODICE.

J'y régnerai, madame, et sans lui faire injure.
Puisque le roi veut bien n'être roi qu'en peinture,
Que lui doit importer qui donne ici la loi,
Et qui règne pour lui des Romains ou de moi ?
Mais un second otage entre mes mains se jette.

SCÈNE VIII.

ARSINOÉ, LAODICE, ATTALE, CLÉONE.

ARSINOÉ.

Attale, avez-vous su comme ils ont fait retraite ? 1740

ATTALE.

Ah, madame !

ARSINOÉ. Parlez.

ATTALE. Tous les dieux irrités
Dans les derniers malheurs nous ont précipités.
Le prince est échappé.

    LAODICE. Ne craignez plus, madame;
La générosité déjà rentre en mon âme.

ARSINOÉ.
Attale, prenez-vous plaisir à m'alarmer?

ATTALE.
Ne vous flattez point tant que de le présumer.
Le malheureux Araspe, avec sa faible escorte,
L'avait déjà conduit à cette fausse porte;
L'ambassadeur de Rome était déjà passé,   1749
Quand dans le sein d'Araspe un poignard enfoncé
Le jette aux pieds du prince. Il s'écrie; et sa suite,
De peur d'un pareil sort, prend aussitôt la fuite.

   ARSINOÉ.
Et qui dans cette porte a pu le poignarder?

ATTALE.
Dix ou douze soldats qui semblaient la garder;
Et ce prince...

   ARSINOÉ. Ah! mon fils! qu'il est partout de traî-
Qu'il est peu de sujets fidèles à leurs maîtres ! [tres!
Mais de qui savez-vous un désastre si grand?

ATTALE.
Des compagnons d'Araspe, et d'Araspe mourant.
Mais écoutez encor ce qui me désespère.
 J'ai couru me ranger auprès du roi mon père; 1760
Il n'en était plus temps : ce monarque étonné
A ses frayeurs déjà s'était abandonné,
Avait pris un esquif pour tâcher de rejoindre
Ce Romain dont l'effroi peut-être n'est pas moindre.

11

SCÈNE IX.

PRUSIAS, FLAMINIUS, ARSINOÉ, LAODICE,
ATTALE, CLÉONE.

PRUSIAS.

Non, non, nous revenons l'un et l'autre en ces lieux
Défendre votre gloire, ou mourir à vos yeux.

ARSINOÉ.

Mourons, mourons, seigneur, et dérobons nos vies
A l'absolu pouvoir des fureurs ennemies ;
N'attendons pas leur ordre, et montrons-nous jaloux
De l'honneur qu'ils auraient à disposer de nous.   1770

LAODICE.

Ce désespoir, madame, offense un si grand homme
Plus que vous n'avez fait en l'envoyant à Rome :
Vous devez le connaître ; et, puisqu'il a ma foi,
Vous devez présumer qu'il est digne de moi.
Je le désavoûrais s'il n'était magnanime,
S'il manquait à remplir l'effort de mon estime,
S'il ne faisait paraître un cœur toujours égal.
Mais le voici ; voyez si je le connais mal.

SCÈNE X.

PRUSIAS, NICOMÈDE, ARSINOÉ, LAODICE, FLAMINIUS,
ATTALE, CLÉONE.

NICOMÈDE.

Tout est calme, seigneur ; un moment de ma vue
A soudain apaisé la populace émue.   1780

PRUSIAS.

Quoi ! me viens-tu braver jusque dans mon palais,
Rebelle ?

NICOMÈDE. C'est un nom que je n'aurai jamais.
Je ne viens point ici montrer à votre haine
Un captif insolent d'avoir brisé sa chaîne ;
Je viens en bon sujet vous rendre le repos,
Que d'autres intérêts troublaient mal à propos.
Non que je veuille à Rome imputer quelque crime :
Du grand art de régner elle suit la maxime ;
Et son ambassadeur ne fait que son devoir,
Quand il veut entre nous partager le pouvoir.   1790
Mais ne permettez pas qu'elle vous y contraigne ;
Rendez-moi votre amour, afin qu'elle vous craigne ;
Pardonnez à ce peuple un peu trop de chaleur
Qu'à sa compassion a donné mon malheur ;
Pardonnez un forfait qu'il a cru nécessaire,
Et qui ne produira qu'un effet salutaire.
     Faites-lui grâce aussi, madame, et permettez
Que jusques au tombeau j'adore vos bontés.
Je sais par quel motif vous m'êtes si contraire :
Votre amour maternel veut voir régner mon frère ;
Et je contribûrai moi-même à ce dessein,   1801
Si vous pouvez souffrir qu'il soit roi de ma main.
Oui, l'Asie à mon bras offre encor des conquêtes,
Et pour l'en couronner mes mains sont toutes prêtes.
Commandez seulement, choisissez en quels lieux ;
Et j'en apporterai la couronne à vos yeux.
          ARSINOÉ.
Seigneur, faut-il si loin pousser votre victoire,
Et qu'ayant en vos mains et mes jours et ma gloire,
La haute ambition d'un si puissant vainqueur
Veuille encor triompher jusque dedans mon cœur ?
Contre tant de vertu je ne puis le défendre :   1811
Il est impatient lui-même de se rendre.
Joignez cette conquête à trois sceptres conquis,
Et je croirai gagner en vous un second fils.
          PRUSIAS.
Je me rends donc aussi, madame ; et je veux croire

Qu'avoir un fils si grand est ma plus grande gloire.
Mais parmi les douceurs qu'enfin nous recevons,
Faites-nous savoir, prince, à qui nous vous devons.

NICOMÈDE.

L'auteur d'un si grand coup m'a caché son visage ;
Mais il m'a demandé mon diamant pour gage,   1820
Et me le doit ici rapporter dès demain.

ATTALE.

Le voulez-vous, seigneur, reprendre de ma main ?

NICOMÈDE.

Ah ! laissez-moi toujours à cette digne marque
Reconnaître en mon sang un vrai sang de monarque.
Ce n'est plus des Romains l'esclave ambitieux,
C'est le libérateur d'un sang si précieux.
Mon frère, avec mes fers vous en brisez bien d'autres,
Ceux du roi, de la reine, et les siens et les vôtres.
Mais pourquoi vous cacher en sauvant tout l'État ?

ATTALE.

Pour voir votre vertu dans son plus haut éclat ;   1830
Pour la voir seule agir contre notre injustice,
Sans la préoccuper par ce faible service ;
Et me venger enfin ou sur vous ou sur moi,
Si j'eusse mal jugé de tout ce que je voi.
Mais, madame...

       ARSINOÉ. Il suffit : voilà le stratagème
Que vous m'aviez promis pour moi contre moi-même.

       (A Nicomède.)

Et j'ai l'esprit, seigneur, d'autant plus satisfait,
Que mon sang rompt le cours du mal que j'avais fait.

NICOMÈDE, *à Flaminius.*

Seigneur, à découvert, toute âme généreuse
D'avoir votre amitié doit se tenir heureuse ;   1840
Mais nous n'en voulons plus avec ces dures lois

Qu'elle jette toujours sur la tête des rois :
Nous vous la demandons hors de la servitude ;
Ou le nom d'ennemi nous semblera moins rude.

FLAMINIUS, *à Nicomède.*

C'est de quoi le sénat pourra délibérer :
Mais cependant pour lui j'ose vous assurer,
Prince, qu'à ce défaut vous aurez son estime,
Telle que doit l'attendre un cœur si magnanime ;
Et qu'il croira se faire un illustre ennemi,
S'il ne vous reçoit pas pour généreux ami.   1850

PRUSIAS.

Nous autres, réunis sous de meilleurs auspices,
Préparons à demain de justes sacrifices ;
Et demandons aux dieux, nos dignes souverains,
Pour comble de bonheur l'amitié des Romains.

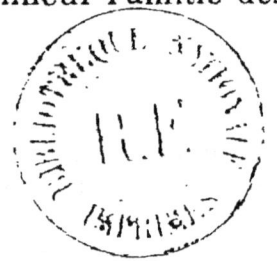

FIN DE NICOMÈDE.

LE MENTEUR

COMÉDIE [1].

(1642.)

PERSONNAGES. — Géronte, père de Dorante. — Dorante, fils de Géronte. — Alcippe, ami de Dorante et amant de Clarice.— Philiste, ami de Dorante et d'Alcippe.—Lucrèce, amie de Clarice.—Isabelle, suivante de Clarice. — Sabine, femme de chambre de Lucrèce. — Cliton, valet de Dorante. — Lycas, valet d'Alcippe.

La scène est à Paris.

ACTE PREMIER.

SCÈNE I.

DORANTE, CLITON.

DORANTE.

A la fin j'ai quitté la robe pour l'épée :
L'attente où j'ai vécu n'a point été trompée ;
Mon père a consenti que je suive mon choix,
Et j'ai fait banqueroute à ce fatras de lois.
Mais puisque nous voici dedans les Tuileries,
Le pays du beau monde et des galanteries,
Dis-moi, me trouves-tu bien fait en cavalier ?
Ne vois-tu rien en moi qui sente l'écolier ?
Comme il est malaisé qu'aux royaumes du code
On apprenne à se faire un visage à la mode,   10
J'ai lieu d'appréhender...
                    CLITON. Ne craignez rien pour vous ;

1. On a dû faire quelques retranchements à cette pièce, pour la rendre plus conforme au caractère classique de ce recueil.

Corneille.   15

Vous ferez en une heure ici mille jaloux.
Ce visage et ce port n'ont point l'air de l'école ;
Et jamais comme vous on ne peignit Barthole.

DORANTE.

A Poitiers, cher Cliton, j'ai fait bien des métiers :
Mais Paris, après tout, est bien loin de Poitiers.
Le climat différent veut une autre méthode :
Ce qu'on admire ailleurs est ici hors de mode ;
La diverse façon de parler et d'agir
Donne aux nouveaux venus souvent de quoi rougir. 20
Chez les provinciaux on prend ce qu'on rencontre,
Et là, faute de mieux, un sot passe à la montre ;
Mais il faut à Paris bien d'autres qualités :
On ne s'éblouit point de ces fausses clartés ;
Et tant d'honnêtes gens, que l'on y voit ensemble,
Font qu'on est mal reçu, si l'on ne leur ressemble.

CLITON.

Connaissez mieux Paris, puisque vous en parlez.
Paris est un grand lieu plein de marchands mêlés :
L'effet n'y répond pas toujours à l'apparence ;
On s'y laisse duper autant qu'en lieu de France ; 30
Et, parmi tant d'esprits plus polis et meilleurs,
Il y croît des badauds autant et plus qu'ailleurs.
Dans la confusion que ce grand monde apporte,
Il y vient de tous lieux des gens de toute sorte ;
Et dans toute la France il est fort peu d'endroits
Dont il n'ait le rebut aussi bien que le choix.
Comme on s'y connaît mal, chacun s'y fait de mise,
Et vaut communément autant comme il se prise :
De bien pires que vous s'y font assez valoir.
Mais, pour venir au point que vous voulez savoir, 40
Êtes-vous libéral ?

DORANTE. Je ne suis point avare.

CLITON.

C'est un secret de plaire et bien grand et bien rare :
Mais il faut de l'adresse à le bien débiter ;

15.

Autrement, on s'y perd au lieu d'en profiter.
Tel donne à pleines mains qui n'oblige personne :
La façon de donner vaut mieux que ce qu'on donne.
L'un perd exprès au jeu son présent déguisé ;
L'autre oublie un bijou qu'on aurait refusé.
Un lourdaud libéral auprès d'une maîtresse
Semble donner l'aumône alors qu'il fait largesse ; 50
Et d'un tel contre-temps il fait tout ce qu'il fait,
Que, quand il tâche à plaire, il offense en effet.

　　　DORANTE.

Laissons là ces lourdauds contre qui tu déclames,
Et me dis seulement si tu connais ces dames.

　　　CLITON.

Non : cette marchandise est de trop bon aloi ;
Ce n'est point compagnie à des gens comme moi.
Il est aisé pourtant d'en savoir des nouvelles,
Et bientôt leur cocher m'en dira des plus belles.

　　　DORANTE.

Penses-tu qu'il t'en die ?
　　　　　　　CLITON. Assez pour en mourir ;
Puisque c'est un cocher, il aime à discourir.　　　60

SCÈNE II.

DORANTE, CLARICE, LUCRÈCE, ISABELLE.

CLARICE, *faisant un faux pas, et comme se laissant choir.*

Ay !

DORANTE, *lui donnant la main.*

Ce malheur me rend un favorable office,
Puisqu'il me donne lieu de ce petit service ;
Et c'est pour moi, madame, un bonheur souverain
Que cette occasion de vous donner la main.

CLARICE.

L'occasion ici fort peu vous favorise,
Et ce faible bonheur ne vaut pas qu'on le prise.

DORANTE.

Il est vrai, je le dois tout entier au hasard :
Mes soins ni vos désirs n'y prennent point de part ;
Et sa douceur mêlée avec cette amertume
Ne me rend pas le sort plus doux que de coutume, 70
Puisque enfin ce bonheur, que j'ai si fort prisé,
A mon peu de mérite eût été refusé.

CLARICE.

S'il a perdu sitôt ce qui pouvait vous plaire,
Je veux être à mon tour d'un sentiment contraire,
Et crois qu'on doit trouver plus de félicité
A posséder un bien sans l'avoir mérité.
    J'estime plus un don qu'une reconnaissance :
Qui nous donne fait plus que qui nous récompense ;
Et le plus grand honneur au mérite rendu
Ne fait que nous payer de ce qui nous est dû.   80
La faveur qu'on mérite est toujours achetée ;
L'heur en croît d'autant plus, moins elle est méritée ;
Et le bien où sans peine elle fait parvenir
Par le mérite à peine aurait pu s'obtenir.

DORANTE.

Aussi ne croyez pas que jamais je prétende
Obtenir par mérite une faveur si grande :
J'en sais mieux le haut prix ; et mon cœur amoureux,
Moins il s'en connaît digne, et plus s'en tient heureux.
On me l'a pu toujours dénier sans injure ;
Et si la recevant ce cœur même en murmure,   90
Il se plaint du malheur de ses félicités,
Que le hasard lui donne, et non vos volontés.
Un amant a fort peu de quoi se satisfaire
Des faveurs qu'on lui fait sans dessein de les faire :
Comme l'intention seule en forme le prix,
Assez souvent sans elle on les joint au mépris.

Jugez par là quel bien peut recevoir ma flamme
D'une main qu'on me donne en me refusant l'âme.
Je la tiens, je la touche, et je la touche en vain,
Si je ne puis toucher le cœur avec la main.　　　100
　　　　CLARICE.
Cette flamme, monsieur, est pour moi fort nouvelle,
Puisque j'en viens de voir la première étincelle.
Si votre cœur ainsi s'embrase en un moment,
Le mien ne sut jamais brûler si promptement ;
Mais peut-être, à présent que j'en suis avertie,
Le temps donnera place à plus de sympathie.
Confessez cependant qu'à tort vous murmurez
Du mépris de vos feux que j'avais ignorés.

SCÈNE III.

DORANTE , CLARICE, LUCRÈCE , ISABELLE , CLITON

　　　DORANTE.
C'est l'effet du malheur qui partout m'accompagne.
Depuis que j'ai quitté les guerres d'Allemagne, 110
C'est-à-dire, du moins depuis un an entier,
Je suis et jour et nuit dedans votre quartier ;
Je vous cherche en tous lieux, au bal, aux promena-
Vous n'avez que de moi reçu des sérénades ;　　[des ;
Et je n'ai pu trouver que cette occasion
A vous entretenir de mon affection.
　　　CLARICE.
Quoi ! vous avez donc vu l'Allemagne et la guerre ?
　　　DORANTE.
Je m'y suis fait, quatre ans, craindre comme un ton-
　　CLITON.　　　　　　　　　　　　　　[nerre.
Que lui va-t-il conter ?
　　　　　　DORANTE. Et durant ces quatre ans
Il ne s'est fait combats, ni siéges importants,　　120

Nos armes n'ont jamais remporté de victoire
Où cette main n'ait eu bonne part à la gloire ;
Et même la gazette a souvent divulgués...

CLITON, *le tirant par la basque.*

Savez-vous bien, monsieur, que vous extravaguez ?

DORANTE.

Tais-toi.

CLITON. Vous rêvez, dis-je, ou...

DORANTE. Tais-toi, misérable.

CLITON.

Vous venez de Poitiers, ou je me donne au diable ;
Vous en revîntes hier.

DORANTE, *à Cliton.* Te tairas-tu, maraud ?

(*A Clarice.*)

Mon nom dans nos succès s'était mis assez haut
Pour faire quelque bruit sans beaucoup d'injustice ;
Et je suivrais encore un si noble exercice,   130
N'était que l'autre hiver, faisant ici ma cour,
Je vous vis, et je fus retenu par l'amour.
Attaqué par vos yeux, je leur rendis les armes ;
Je me fis prisonnier de tant d'aimables charmes ;
Je leur livrai mon âme ; et ce cœur généreux
Dès ce premier moment oublia tout pour eux.
Vaincre dans les combats, commander dans l'armée,
De mille exploits fameux enfler ma renommée,
Et tous ces nobles soins qui m'avaient su ravir,
Cédèrent aussitôt à ceux de vous servir.   140

ISABELLE, *à Clarice, tout bas.*

Madame, Alcippe vient, il aura de l'ombrage.

CLARICE.

Nous en saurons, monsieur, quelque jour davantage.
Adieu.

DORANTE. Quoi ! me priver sitôt de tout mon bien !

CLARICE.

Nous n'avons pas loisir d'un plus long entretien ;
Et, malgré la douceur de me voir cajolée,

Il faut que nous fassions seules deux tours d'allée.

DORANTE.

Cependant accordez à mes vœux innocents
La licence d'aimer des charmes si puissants.

CLARICE.

Un cœur qui veut aimer, et qui sait comme on aime,
N'en demande jamais licence qu'à soi-même.   150

SCÈNE IV.

DORANTE, CLITON.

DORANTE.

Suis-les, Cliton.

CLITON. J'en sais ce qu'on en peut savoir.
La langue du cocher a bien fait son devoir.
« La plus belle des deux, dit-il, est ma maîtresse ;
Elle loge à la place, et son nom est Lucrèce. »

DORANTE.

Quelle place ?

CLITON. Royale ; et l'autre y loge aussi.
Il n'en sait pas le nom, mais j'en prendrai souci.

DORANTE.

Ne te mets point, Cliton, en peine de l'apprendre.
Celle qui m'a parlé, celle qui m'a su prendre,
C'est Lucrèce ; ce l'est sans aucun contredit :
Sa beauté m'en assure, et mon cœur me le dit. 160

CLITON.

Quoique mon sentiment doive respect au vôtre,
La plus belle des deux, je crois que ce soit l'autre.

DORANTE.

Quoi ! celle qui s'est tue, et qui dans nos propos
N'a jamais eu l'esprit de mêler quatre mots ?

CLITON.

Monsieur, quand une femme a le don de se taire,

Elle a des qualités au-dessus du vulgaire ;
C'est un effort du ciel qu'on a peine à trouver :
Sans un petit miracle il ne peut l'achever.
Oui, naturellement, femme qui se peut taire
A sur moi tel pouvoir et tel droit de me plaire, 170
Qu'eût-elle en vrai magot tout le corps fagoté,
Je lui voudrais donner le prix de la beauté.
C'est elle assurément qui s'appelle Lucrèce :
Cherchez un autre nom pour l'objet qui vous blesse ;
Ce n'est point là le sien ; celle qui n'a dit mot,
Monsieur, c'est la plus belle, ou je ne suis qu'un sot.

      DORANTE.

Je t'en crois sans jurer avec tes incartades.
Mais voici les plus chers de mes vieux camarades :
Ils semblent étonnés, à voir leur action.

SCÈNE V.

DORANTE, ALCIPPE, PHILISTE, CLITON.

     PHILISTE, *à Alcippe.*
Quoi, sur l'eau, la musique et la collation ?   180
     ALCIPPE, *à Philiste.*
Oui, la collation avecque la musique.
     PHILISTE, *à Alcippe.*
Hier au soir ?
     ALCIPPE, *à Philiste.*
       Hier au soir.
      PHILISTE, *à Alcippe.* Et belle ?
        ALCIPPE, *à Philiste.* Magnifique.
     PHILISTE, *à Alcippe.*
Et par qui ?
     ALCIPPE, *à Philiste.*
       C'est de quoi je suis mal éclairci.

DORANTE, *les saluant.*

Que mon bonheur est grand de vous revoir ici !

ALCIPPE.

Le mien est sans pareil, puisque je vous embrasse.

DORANTE.

J'ai rompu vos discours d'assez mauvaise grâce ;
Vous le pardonnerez à l'aise de vous voir.

PHILISTE.

Avec nous, de tout temps, vous avez tout pouvoir.

DORANTE.

Mais de quoi parliez-vous ?

ALCIPPE. D'une galanterie.

DORANTE.

D'amour ?

ALCIPPE. Je le présume.

DORANTE. Achevez, je vous prie, 190
Et souffrez qu'à ce mot ma curiosité
Vous demande sa part de cette nouveauté.

ALCIPPE.

On dit qu'on a donné musique à quelque dame.

DORANTE.

Sur l'eau ?

ALCIPPE. Sur l'eau.

DORANTE. Souvent l'onde irrite la flamme.

PHILISTE.

Quelquefois.

DORANTE. Et ce fut hier au soir ?

ALCIPPE. Hier au soir.

DORANTE.

Dans l'ombre de la nuit le feu se fait mieux voir :
Le temps était bien pris. Cette dame, elle est belle ?

ALCIPPE.

Aux yeux de bien du monde elle passe pour telle.

DORANTE.

Et la musique ?

15.

ALCIPPE. Assez pour n'en rien dédaigner.

DORANTE.

Quelque collation a pu l'accompagner?   200

ALCIPPE.

On le dit.

DORANTE. Fort superbe?

ALCIPPE. Et fort bien ordonnée.

DORANTE.

Et vous ne savez point celui qui l'a donnée?

ALCIPPE,

Vous en riez!

DORANTE. Je ris de vous voir étonné
D'un divertissement que je me suis donné.

ALCIPPE.

Vous?

DORANTE. Moi-même. En secret, je rends quelques
Ainsi...   [visites.

CLITON, à Dorante, à l'oreille.

Vous ne savez, monsieur, ce que vous dites.

DORANTE.

Tais-toi : si jamais plus tu me viens avertir....

CLITON.

J'enrage de me taire et d'entendre mentir.

PHILISTE, à Alcippe.

Voyez qu'heureusement dedans cette rencontre
Votre rival lui-même à vous-même se montre.   210

DORANTE, revenant à eux.

Comme à mes chers amis je vous veux tout conter.
  J'avais pris cinq bateaux pour mieux tout ajuster;
Les quatre contenaient quatre chœurs de musique,
Capables de charmer le plus mélancolique.
Au premier, violons; en l'autre, luths et voix;
Des flûtes, au troisième; au dernier, des hautbois,
Qui tour à tour dans l'air poussaient des harmonies
Dont on pouvait nommer les douceurs infinies.
Le cinquième était grand, tapissé tout exprès

De rameaux enlacés pour conserver le frais,　　220
Dont chaque extrémité portait un doux mélange
De bouquets de jasmin, de grenade et d'orange.
Je fis de ce bateau la salle du festin :
Là je menai l'objet qui fait seul mon destin;
De cinq autres beautés la sienne fut suivie,
Et la collation fut aussitôt servie.
Je ne vous dirai point les différents apprêts,
Le nom de chaque plat, le rang de chaque mets;
Vous saurez seulement qu'en ce lieu de délices
On servit douze plats et qu'on fit six services,　　230
Cependant que les eaux, les rochers et les airs
Répondaient aux accents de nos quatre concerts.
Après qu'on eut mangé, mille et mille fusées,
S'élançant vers les cieux, ou droites ou croisées,
Firent un nouveau jour, d'où tant de serpenteaux
D'un déluge de flamme attaquèrent les eaux,
Qu'on crut que, pour leur faire une plus rude guerre,
Tout l'élément du feu tombait du ciel en terre.
Après ce passe-temps on dansa jusqu'au jour,
Dont le soleil jaloux avança le retour :　　240
S'il eût pris notre avis, sa lumière importune
N'eût pas troublé sitôt ma petite fortune;
Mais, n'étant pas d'humeur à suivre nos désirs,
Il sépara la troupe et finit nos plaisirs.

ALCIPPE.

Certes, vous avez grâce à conter ces merveilles;
Paris, tout grand qu'il est, en voit peu de pareilles.

DORANTE.

J'avais été surpris; et l'objet de mes vœux
Ne m'avait, tout au plus, donné qu'une heure ou deux.

PHILISTE.

Cependant l'ordre est rare, et la dépense belle.

DORANTE.

Il s'est fallu passer à cette bagatelle :　　250
Alors que le temps presse, on n'a pas à choisir.

ALCIPPE.

Adieu : nous nous verrons avec plus de loisir.

DORANTE.

Faites état de moi.

ALCIPPE, *à Philiste, en s'en allant.*

Je meurs de jalousie !

PHILISTE, *à Alcippe.*

Sans raison toutefois votre âme en est saisie ;
Les signes du festin ne s'accordent pas bien.

ALCIPPE, *à Philiste.*

Le lieu s'accorde, et l'heure : et le reste n'est rien.

SCÈNE VI.

DORANTE, CLITON.

CLITON.

Monsieur, puis-je à présent parler sans vous déplaire?

DORANTE.

Je remets à ton choix de parler ou te taire ;
Mais quand tu vois quelqu'un, ne fais plus l'insolent.

CLITON.

Votre ordinaire est-il de rêver en parlant?   260

DORANTE.

Où me vois-tu rêver?

CLITON. J'appelle rêveries

Ce qu'en d'autres qu'un maître on nomme menteries;
Je parle avec respect.

DORANTE. Pauvre esprit !

CLITON. Je le perds

Quand je vous ois parler de guerre et de concerts.
Vous voyez sans péril nos batailles dernières,
Et faites des festins qui ne vous coûtent guères.
Pourquoi depuis un an vous feindre de retour?

DORANTE.

J'en montre plus de flamme, et j'en fais mieux ma
 CLITON.   [cour.
Qu'a de propre la guerre à montrer votre flamme?
 DORANTE.
O le beau compliment à charmer une dame, 270
De lui dire d'abord : « J'apporte à vos beautés
« Un cœur nouveau venu des universités;
« Si vous avez besoin de lois et de rubriques,
« Je sais le code entier avec les authentiques,
« Le digeste nouveau, le vieux, l'infortiat,
« Ce qu'en a dit Jason, Balde, Accurse, Alciat! »
Qu'un si riche discours nous rend considérables!
Qu'on amollit par là de cœurs inexorables!
Qu'un homme à paragraphe est un joli galant!
 On s'introduit bien mieux à titre de vaillant : 280
Tout le secret ne gît qu'en un peu de grimace;
A mentir à propos, jurer de bonne grâce,
Étaler force mots qu'elles n'entendent pas;
Faire sonner Lamboy, Jean de Vert et Galas;
Nommer quelques châteaux de qui les noms barbares,
Plus ils blessent l'oreille, et plus leur semblent rares;
Avoir toujours en bouche angles, lignes, fossés,
Vedette, contrescarpe, et travaux avancés :
Sans ordre et sans raison, n'importe, on les étonne ;
On leur fait admirer les baies qu'on leur donne : 290
Et tel, à la faveur d'un semblable débit,
Passe pour homme illustre et se met en crédit.
 CLITON.
A qui vous veut ouïr, vous en faites bien croire ;
Mais celle-ci bientôt peut savoir votre histoire.
 DORANTE.
J'aurai déjà gagné chez elle quelque accès;
Et, loin d'en redouter un malheureux succès,
Si jamais un fâcheux nous nuit par sa présence,
Nous pourrons sous ces mots être d'intelligence.

Voilà se comporter, cher Cliton, comme il faut.

CLITON.

A vous dire le vrai, je tombe de bien haut.   300
Mais parlons du festin : Urgande et Mélusine
N'ont jamais sur-le-champ mieux fourni leur cuisine;
Vous allez au delà de leurs enchantements :
Vous seriez un grand maître à faire des romans;
Ayant si bien en main le festin et la guerre,
Vos gens en moins de rien courraient toute la terre;
Et ce serait pour vous des travaux fort légers
Que d'y mêler partout la pompe et les dangers.
Ces hautes fictions vous sont bien naturelles.

DORANTE.

J'aime à braver ainsi les conteurs de nouvelles; 310
Et sitôt que j'en vois quelqu'un s'imaginer
Que ce qu'il veut m'apprendre a de quoi m'étonner,
Je le sers aussitôt d'un conte imaginaire
Qui l'étonne lui-même et le force à se taire.
Si tu pouvais savoir quel plaisir on a lors
De leur faire rentrer leurs nouvelles au corps....

CLITON.

Je le juge assez grand ; mais enfin ces pratiques
Vous couvriront de honte en devenant publiques.

DORANTE.

Nous nous en tirerons. Mais tous ces vains discours
M'empêchent de chercher l'objet de mes amours; 320
Tâchons de le rejoindre, et sache qu'à me suivre
Je t'apprendrai bientôt d'autres façons de vivre

ACTE DEUXIÈME.

SCÈNE I.

GÉRONTE, CLARICE, ISABELLE.

CLARICE.

Je sais qu'il vaut beaucoup étant sorti de vous :
Mais, monsieur, sans le voir, accepter un époux,
Par quelque haut récit qu'on en soit conviée,
C'est grande avidité de se voir mariée :
D'ailleurs, en recevoir visite et compliment,
Et lui permettre accès en qualité d'amant,
A moins qu'à vos projets un plein effet réponde,
Ce serait trop donner à discourir au monde.   **330**
Trouvez donc un moyen de me le faire voir,
Sans m'exposer au blâme et manquer au devoir.

GÉRONTE.

Oui, vous avez raison, belle et sage Clarice :
Ce que vous m'ordonnez est la même justice ;
Et comme c'est à nous à subir votre loi,
Je reviens tout à l'heure, et Dorante avec moi.
Je le tiendrai longtemps dessous votre fenêtre,
Afin qu'avec loisir vous puissiez le connaître,
Examiner sa taille, et sa mine, et son air,
Et voir quel est l'époux que je vous veux donner. **340**
Il vint hier de Poitiers ; mais il sent peu l'école ;
Et si l'on pouvait croire un père à sa parole,
Quelque écolier qu'il soit, je dirais qu'aujourd'hui
Peu de nos gens de cour sont mieux taillés que lui.
Mais vous en jugerez après la voix publique.
Je cherche à l'arrêter, parce qu'il m'est unique,
Et je brûle surtout de le voir sous vos lois.

CLARICE.

Vous m'honorez beaucoup d'un si glorieux choix.
Je l'attendrai, monsieur, avec impatience;
Et je l'aime déjà sur cette confiance.   350

SCÈNE II.

CLARICE, ISABELLE.

ISABELLE.

Ainsi vous le verrez, et sans vous engager.
CLARICE.
Mais pour le voir ainsi qu'en pourrai-je juger?
J'en verrai le dehors, la mine, l'apparence;
Mais du reste, Isabelle, où prendre l'assurance?
Le dedans paraît mal en ces miroirs flatteurs;
Les visages souvent sont de doux imposteurs.
Que de défauts d'esprit se couvrent de leurs grâces!
Et que de beaux semblants cachent des âmes basses!
Les yeux en ce grand choix ont la première part;
Mais leur déférer tout, c'est tout mettre au hasard: 360
Qui veut vivre en repos ne doit pas leur déplaire;
Mais, sans leur obéir, il doit les satisfaire,
En croire leur refus, et non pas leur aveu,
Et sur d'autres conseils laisser naître son feu.
Cette chaîne, qui dure autant que notre vie,
Et qui devrait donner plus de peur que d'envie,
Si l'on n'y prend bien garde, attache assez souvent
Le contraire au contraire et le mort au vivant:
Et pour moi, puisqu'il faut qu'elle me donne un maître,
Avant que l'accepter je voudrais le connaître,   370
Mais connaître dans l'âme.
                              ISABELLE. Eh bien! qu'il parle à vous.
CLARICE.
Alcippe le sachant en deviendrait jaloux.

ISABELLE.

Qu'importe qu'il le soit, si vous avez Dorante?

CLARICE.

Sa perte ne m'est pas encore indifférente;
Et l'accord de l'hymen entre nous concerté,
Si son père venait, serait exécuté.
Depuis plus de deux ans il promet et diffère;
Tantôt c'est maladie, et tantôt quelque affaire;
Le chemin est mal sûr, ou les jours sont trop courts;
Et le bonhomme enfin ne peut sortir de Tours.   380
Je prends tous ces délais pour une résistance,
Et ne suis pas d'humeur à mourir de constance.
Chaque moment d'attente ôte de notre prix,
Et fille qui vieillit tombe dans le mépris.

ISABELLE.

Ainsi vous quitteriez Alcippe pour un autre,
De qui l'humeur aurait de quoi plaire à la vôtre?

CLARICE.

Oui, je le quitterais; mais pour ce changement
Il me faudrait avoir un autre prétendant,
Savoir qu'il me fût propre, et que son hyménée
Dût bientôt à la sienne unir ma destinée.   390
Mon humeur sans cela ne s'y résout pas bien,
Car Alcippe, après tout, vaut toujours mieux que rien;
Son père peut venir, quelque longtemps qu'il tarde.

ISABELLE.

Pour en venir à bout sans que rien s'y hasarde,
Lucrèce est votre amie, et peut beaucoup pour vous;
Elle n'a point d'amant qui devienne jaloux :
Qu'elle écrive à Dorante, et lui fasse paraître
Qu'elle veut cette nuit le voir par sa fenêtre.
Comme il est jeune encore, on l'y verra voler;
Et là, sous ce faux nom, vous pourrez lui parler,   400
Sans qu'Alcippe jamais en découvre l'adresse,
Ni que lui-même pense à d'autre qu'à Lucrèce.

CLARICE.

L'invention est belle; et Lucrèce aisément
Se résoudra pour moi d'écrire un compliment :
J'admire ton adresse à trouver cette ruse.

ISABELLE.

Puis-je vous dire encor que, si je ne m'abuse,
Tantôt cet inconnu ne vous déplaisait pas?

CLARICE.

Ah, bon Dieu! si Dorante avait autant d'appas,
Que d'Alcippe aisément il obtiendrait la place!

ISABELLE.

Ne parlez point d'Alcippe; il vient.

CLARICE. Qu'il m'embarrasse!

Va pour moi chez Lucrèce et lui dis mon projet, 411
Et tout ce qu'on peut dire en un pareil sujet.

SCÈNE III.

CLARICE, ALCIPPE.

ALCIPPE.

Ah, Clarice! ah, Clarice! inconstante! volage!

CLARICE (le premier vers à part).

Aurait-il deviné déjà ce mariage?
Alcippe, qu'avez-vous? qui vous fait soupirer?

ALCIPPE.

Ce que j'ai, déloyale! eh! peux-tu l'ignorer?
Parle à ta conscience, elle devrait t'apprendre....

CLARICE.

Parlez un peu plus bas, mon père va descendre.

ALCIPPE.

Ton père va descendre, âme double et sans foi!
Confesse que tu n'as un père que pour moi. 420
La nuit, sur la rivière....

CLARICE. Eh bien! sur la rivière?

La nuit? quoi? qu'est-ce enfin?

                ALCIPPE Oui, la nuit tout en-

    CLARICE.   [tière.

Après?

ALCIPPE. Quoi! sans rougir?...

            CLARICE. Rougir! à quel propos?

    ALCIPPE.

Tu ne meurs pas de honte entendant ces deux mots!

    CLARICE.

Mourir pour les entendre! et qu'ont-ils de funeste?

    ALCIPPE.

Tu peux donc les ouïr, et demander le reste?

Ne saurais-tu rougir, si je ne te dis tout?

    CLARICE.

Quoi! tout?

    ALCIPPE. Tes passe-temps, de l'un à l'autre bout.

    CLARICE.

Je meure, en vos discours si je puis rien comprendre.

    ALCIPPE.

Quand je te veux parler, ton père va descendre;   430

Il t'en souvient alors; le tour est excellent!

Mais pour veiller auprès d'un autre prétendant...

    CLARICE.

Alcippe, êtes-vous fou?

              ALCIPPE. Je n'ai plus lieu de l'être,

A présent que le ciel me fait te mieux connaître.

Oui, pour passer la nuit en danses et festin,

Pour te livrer au jeu du soir jusqu'au matin,

(Je ne parle que d'hier) tu n'as point lors de père.

    CLARICE.

Rêvez-vous? raillez-vous? et quel est ce mystère?

    ALCIPPE.

Ce mystère est nouveau, mais non pas fort secret.

Choisis une autre fois quelqu'un de plus discret; 440

Lui-même il m'a tout dit.

           CLARICE. Qui, lui-même?

ALCIPPE. Dorante.

CLARICE.

Dorante !

ALCIPPE. Continue, et fais bien l'ignorante.

CLARICE.

Si je le vis jamais, et si je le connoi...!

ALCIPPE.

Ne viens-je pas de voir son père avecque toi ?
Tu passes, infidèle, âme ingrate et légère,
La nuit auprès du fils, le jour avec le père !

CLARICE.

Son père de vieux temps est grand ami du mien.

ALCIPPE.

Cette vieille amitié faisait votre entretien ?
Tu te sens convaincue ! et tu m'oses répondre !
Te faut-il quelque chose encor pour te confondre ? 45x

CLARICE.

Alcippe, si je sais quel visage a le fils....

ALCIPPE.

La nuit était fort noire alors que tu le vis.
Il ne t'a pas donné quatre chœurs de musique,
Une collation superbe et magnifique,
Six services de rang, douze plats à chacun ?
Son entretien alors t'était fort importun ?
Quand ses feux d'artifice éclairaient le rivage,
Tu n'eus pas le loisir de le voir au visage ?
Tu n'as pas avec lui dansé jusques au jour ?
Et tu ne l'as pas vu pour le moins au retour ? 460
T'en ai-je dit assez ? Rougis, et meurs de honte.

CLARICE.

Je ne rougirai point pour le récit d'un conte.

ALCIPPE.

Quoi ? je suis donc un fourbe, un bizarre, un jaloux !

CLARICE.

Quelqu'un a pris plaisir à se jouer de vous,
Alcippe, croyez-moi.

ALCIPPE. Ne cherche point d'excuses;
Je connais tes détours et devine tes ruses.
Adieu : suis ton Dorante, et l'aime désormais;
Laisse en repos Alcippe, et n'y pense jamais.

CLARICE.

Écoutez quatre mots.

ALCIPPE. Ton père va descendre.

CLARICE.

Non : il ne descend point, et ne peut nous entendre;
Et j'aurai tout loisir de vous désabuser.　　471

ALCIPPE.

Je ne t'écoute point, à moins de m'épouser,
A moins qu'en attendant le jour du mariage
Tu me veuilles donner ta parole pour gage.

CLARICE.

Pour me justifier vous demandez de moi,
Alcippe?

ALCIPPE. Je demande et ta main, et ta foi.

CLARICE.

Que cela?

ALCIPPE. Résous-toi, sans plus me faire attendre

CLARICE.

Je n'ai pas le loisir, mon père va descendre.

SCÈNE IV.

ALCIPPE, *seul.*

Va, ris de ma douleur alors que je te perds;
Par ces indignités romps toi-même mes fers;　　480
Aide mes feux trompés à se tourner en glace;
Aide un juste courroux à se mettre en leur place.
Je cours à la vengeance, et porte à ton amant
Le vif et prompt effet de mon ressentiment.
S'il est homme de cœur, ce jour même nos armes

Régleront par leur sort les plaisirs ou les larmes ;
Et, plutôt que le voir possesseur de mon bien,
Puissé-je dans son sang voir couler tout le mien !
Le voici ce rival que son père t'amène :
Ma vieille amitié cède à ma nouvelle haine ;   490
Sa vue accroît l'ardeur dont je me sens brûler :
Mais ce n'est pas ici qu'il faut le quereller.

SCÈNE V.

GÉRONTE, DORANTE, CLITON

######## GÉRONTE.

Dorante, arrêtons-nous ; le trop de promenade
Me mettrait hors d'haleine et me ferait malade.
Que l'ordre est rare et beau de ces grands bâtiments !
######## DORANTE.
Paris semble à mes yeux un pays de romans.
J'y croyais ce matin voir une île enchantée :
Je la laissai déserte et la trouve habitée ;
Quelque Amphion nouveau, sans l'aide des maçons,
En superbes palais a changé ses buissons.   500
######## GÉRONTE.
Paris voit tous les jours de ces métamorphoses :
Dans tout le Pré-aux-Clercs tu verras mêmes choses ;
Et l'univers entier ne peut rien voir d'égal
Aux superbes dehors du palais Cardinal.
Toute une ville entière avec pompe bâtie
Semble d'un vieux fossé par miracle sortie,
Et nous fait présumer, à ses superbes toits,
Que tous ses habitants sont des dieux ou des rois.
Mais changeons de discours. Tu sais combien je t'ai-
######## DORANTE.   me ?
Je chéris cet honneur bien plus que le jour même. 510

GÉRONTE.

Comme de mon hymen il n'est sorti que toi,
Et que je te vois prendre un périlleux emploi,
Où l'ardeur pour la gloire à tout oser convie
Et force à tout moment de négliger sa vie;
Avant qu'aucun malheur te puisse être advenu,
Pour te faire marcher un peu plus retenu,
Je te veux marier.

DORANTE, *à part.* O ma chère Lucrèce!

GÉRONTE.

Je t'ai voulu choisir moi-même une maîtresse,
Honnête, belle, riche.

DORANTE. Ah! pour la bien choisir,
Mon père, donnez-vous un peu plus de loisir.　　520

GÉRONTE.

Je la connais assez. Clarice est belle et sage
Autant que dans Paris il en soit de son âge;
Son père de tout temps est mon plus grand ami,
Et l'affaire est conclue.

DORANTE. Ah! monsieur, j'en frémi;
D'un fardeau si pesant accabler ma jeunesse!

GÉRONTE.

Fais ce que je t'ordonne.

DORANTE, *à part.* Il faut jouer d'adresse.
(*Haut.*)
Quoi! monsieur, à présent qu'il faut dans les combats
Acquérir quelque nom et signaler mon bras.

GÉRONTE.

Avant qu'être au hasard qu'un autre bras t'immole,
Je veux dans ma maison avoir qui m'en console;　530
Je veux qu'un petit-fils puisse y tenir ton rang,
Soutenir ma vieillesse et réparer mon sang.
En un mot, je le veux.

DORANTE. Vous êtes inflexible?

GÉRONTE.

Fais ce que je te dis.

DORANTE. Mais s'il est impossible?

GÉRONTE.
Impossible! et comment?

DORANTE. Souffrez qu'aux yeux de tous
Pour obtenir pardon j'embrasse vos genoux.
Je suis...

GÉRONTE. Quoi?

DORANTE. Dans Poitiers...

GÉRONTE. Parle donc, et te lève.

DORANTE.
Je suis donc marié, puisqu'il faut que j'achève.

GÉRONTE.
Sans mon consentement?

DORANTE. On m'a violenté :
Vous ferez tout casser par votre autorité ;   540
Mais nous fûmes tous deux forcés à l'hyménée
Par la fatalité la plus inopinée...
Ah! si vous le saviez !

GÉRONTE. Dis, ne me cache rien.

DORANTE.
Elle est de fort bon lieu, mon père; et pour son bien,
S'il n'est du tout si grand que votre humeur souhaite...

GÉRONTE.
Sachons, à cela près, puisque c'est chose faite;
Elle se nomme ?

DORANTE. Orphise, et son père, Armédon.

GÉRONTE.
Je n'ai jamais ouï ni l'un ni l'autre nom.
Mais poursuis.

DORANTE. Je la vis presque à mon arrivée.
Une âme de rocher ne s'en fût pas sauvée,   550
Tant elle avait d'appas, et tant son œil vainqueur
Par une douce force assujettit mon cœur !
Je cherchai donc chez elle à faire connaissance ;
Et les soins obligeants de ma persévérance
Surent plaire de sorte à cet objet charmant,

Que j'en fus en six mois autant aimé qu'amant.
J'en reçus des faveurs qui ne furent qu'honnêtes;
Et tel fut le seul fruit qui suivit mes conquêtes:
En son quartier souvent je me coulais sans bruit
Pour causer avec elle une part de la nuit.   560
   Un soir que je venais de monter dans sa chambre,
(Ce fut, s'il m'en souvient, le second de septembre,
Oui, ce fut ce jour-là que je fus attrapé.)
Ce soir même son père en ville avait soupé;
Il monte à son retour, il frappe à la porte : elle
Transit, pâlit, rougit, me cache en sa ruelle,
Ouvre enfin, et d'abord (qu'elle eut d'esprit et d'art !)
Elle se jette au cou de ce pauvre vieillard,
Dérobe en l'embrassant son désordre à sa vue :
Il se sied ; il lui dit qu'il veut la voir pourvue ; 570
Lui propose un parti qu'on lui venait d'offrir.
Jugez combien mon cœur avait lors à souffrir !
Par sa réponse adroite elle sut si bien faire,
Que sans m'inquiéter elle plut à son père.
Ce discours ennuyeux enfin se termina ;
Le bonhomme partait quand ma montre sonna :
Et lui se retournant vers sa fille étonnée,
« Depuis quand cette montre ? et qui vous l'a donnée ?
« — Acaste, mon cousin, me la vient d'envoyer,
« Dit-elle, et veut ici la faire nettoyer,   580
« N'ayant point d'horlogers au lieu de sa demeure :
« Elle a déjà sonné deux fois en un quart d'heure.—
« Donnez-la-moi, dit-il, j'en prendrai mieux le soin. »
Alors pour me la prendre elle vient en mon coin :
Je la lui donne en main ; mais, voyez ma disgrâce,
Avec mon pistolet le cordon s'embarrasse,
Fait marcher le déclin ; le feu prend, le coup part :
Jugez de notre trouble à ce triste hasard.
Elle tombe par terre ; et moi, je la crus morte.
Le père épouvanté gagne aussitôt la porte ;   590
Il appelle au secours, il crie à l'assassin :

Corneille.   16

Son fils et deux valets me coupent le chemin.
Furieux de ma perte, et combattant de rage,
Au milieu de tous trois je me faisais passage,
Quand un autre malheur de nouveau me perdit ;
Mon épée en ma main en trois morceaux rompit.
Désarmé, je recule, et rentre ; alors Orphise,
De sa frayeur première aucunement remise,
Sait prendre un temps si juste en son reste d'effroi,
Qu'elle pousse la porte et s'enferme avec moi.   600
Soudain nous entassons, pour défenses nouvelles,
Bancs, tables, coffres, lits, et jusqu'aux escabelles ;
Nous nous barricadons, et dans ce premier feu
Nous croyons gagner tout à différer un peu.
Mais comme à ce rempart l'un et l'autre travaille,
D'une chambre voisine on perce la muraille :
Alors me voyant pris, il fallut composer.
(Ici Clarice les voit de sa fenêtre ; et Lucrèce, avec
Isabelle, les voit aussi de la sienne.)

GÉRONTE.

C'est-à-dire, en français, qu'il fallut l'épouser ?

DORANTE.

Les siens m'avaient trouvé de nuit seul avec elle,
Ils étaient les plus forts, elle me semblait belle,   610
Le scandale était grand, son honneur se perdait ;
A ne le faire pas ma tête en répondait ;
Ses grands efforts pour moi, son péril et ses larmes
A mon cœur amoureux étaient de nouveaux charmes :
Donc, pour sauver ma vie ainsi que son honneur,
Et me mettre avec elle au comble du bonheur,
Je changeai d'un seul mot la tempête en bonace
Et fis ce que tout autre aurait fait en ma place.
Choisissez maintenant de me voir ou mourir,
Ou posséder un bien qu'on ne peut trop chérir. 620

GÉRONTE.

Non, non, je ne suis pas si mauvais que tu penses,
Et trouve en ton malheur de telles circonstances,

16.

Que mon amour t'excuse ; et mon esprit touché
Te blâme seulement de l'avoir trop caché.

DORANTE.

Le peu de bien qu'elle a me faisait vous le taire.

GÉRONTE.

Je prends peu garde au bien, afin d'être bon père.
Elle est belle, elle est sage, elle sort de bon lieu;
Tu l'aimes, elle t'aime; il me suffit. Adieu:
Je vais me dégager du père de Clarice.

SCÈNE VI.

DORANTE, CLITON.

DORANTE.

Que dis-tu de l'histoire, et de mon artifice ?   630
Le bonhomme en tient-il ? m'en suis-je bien tiré ?
Quelque sot en ma place y serait demeuré;
Il eût perdu le temps à gémir et se plaindre,
Et, malgré son amour, se fût laissé contraindre.
O l'utile secret de mentir à propos !

CLITON.

Quoi ! ce que vous disiez n'est pas vrai ?

DORANTE. Pas deux mots,

Et tu ne viens d'ouïr qu'un trait de gentillesse
Pour conserver mon âme et mon cœur à Lucrèce.

CLITON.

Quoi ! la montre, l'épée, avec le pistolet...

DORANTE.

Industrie.

CLITON. Obligez, monsieur, votre valet.   640
Quand vous voudrez jouer de ces grands coups de maître
Donnez-lui quelque signe à les pouvoir connaître ;
Quoique bien averti, j'étais dans le panneau.

DORANTE.

Va, n'appréhende pas d'y tomber de nouveau ;
Tu seras de mon cœur l'unique secrétaire
Et de tous mes secrets le grand dépositaire.

CLITON.

Avec ces qualités j'ose bien espérer
Qu'assez malaisément je pourrai m'en parer.
Mais parlons de vos feux. Certes cette maîtresse...

SCÈNE VII.

DORANTE, CLITON, SABINE.

SABINE.

Lisez ceci, monsieur.
DORANTE. D'où vient-il ?
SABINE. De Lucrèce.
DORANTE, *après avoir lu.*
Dis-lui que j'y viendrai.
(Sabine rentre et Dorante continue.)
Doute encore, Cliton,   651
A laquelle des deux appartient ce beau nom !
Lucrèce sent sa part des feux qu'elle fait naître,
Et me veut cette nuit parler par sa fenêtre.
Dis encor que c'est l'autre ou que tu n'es qu'un sot.
Qu'aurait l'autre à m'écrire, à qui je n'ai dit mot ?
CLITON.
Monsieur, pour ce sujet n'ayons point de querelle ;
Cette nuit, à la voix, vous saurez si c'est elle.
DORANTE.
Coule-toi là-dedans ; et de quelqu'un des siens
Sache subtilement sa famille et ses biens.   660

SCÈNE VIII.

DORANTE, LYCAS.

LYCAS, *lui présentant un billet.*
Monsieur.
DORANTE. Autre billet.
(Après avoir lu tout bas le billet.)
J'ignore quelle offense

Peut d'Alcippe avec moi rompre l'intelligence ;
Mais n'importe, dis-lui que j'irai volontiers.
Je te suis.

SCÈNE IX.

DORANTE, *seul.*

Hier au soir je revins de Poitiers,
D'aujourd'hui seulement je produis mon visage,
Et j'ai déjà querelle, amour et mariage.
Pour un commencement ce n'est point mal trouvé.
Vienne encore un procès, et je suis achevé.
Se charge qui voudra d'affaires plus pressantes,
Plus en nombre à la fois, et plus embarrassantes, 670
Je pardonne à qui mieux s'en pourra démêler.
Mais allons voir celui qui m'ose quereller.

—◦◦◦—

ACTE TROISIÈME.

—

SCÈNE I.

DORANTE, ALCIPPE, PHILISTE.

PHILISTE.

Oui, vous faisiez tous deux en hommes de courage,
Et n'aviez l'un ni l'autre aucun désavantage.
Je rends grâces au ciel de ce qu'il a permis
Que je sois survenu pour vous refaire amis,
Et que, la chose égale, ainsi je vous sépare :
Mon heur en est extrême et l'aventure rare.

DORANTE.

L'aventure est encor bien plus rare pour moi,
Qui lui faisais raison sans avoir su de quoi. 　680
Mais, Alcippe, à présent tirez-moi hors de peine.
Quel sujet aviez-vous de colère ou de haine ?
Quelque mauvais rapport m'aurait-il pu noircir ?
Dites, que devant lui je vous puisse éclaircir.

ALCIPPE.

Vous le savez assez.

　　　　　　DORANTE. Plus je me considère,
Moins je découvre en moi ce qui vous peut déplaire.

ALCIPPE.

Eh bien ! puisqu'il vous faut parler plus clairement,
Depuis plus de deux ans j'aime secrètement ;
Mon affaire est d'accord, et la chose vaut faite :
Mais pour quelque raison nous la tenons secrète. 　690
Cependant à l'objet qui me tient sous sa loi,
Et qui sans me trahir ne peut être qu'à moi,
Vous avez donné bal, collation, musique ;
Et vous n'ignorez pas combien cela me pique,
Puisque, pour me jouer un si sensible tour,
Vous m'avez à dessein caché votre retour,
Et n'avez aujourd'hui quitté votre embuscade
Qu'afin de m'en conter l'histoire par bravade.
Ce procédé m'étonne, et j'ai lieu de penser
Que vous n'avez rien fait qu'afin de m'offenser. 　700

DORANTE.

Si vous pouviez encor douter de mon courage,
Je ne vous guérirais ni d'erreur ni d'ombrage,
Et nous nous reverrions, si nous étions rivaux ;
Mais comme vous savez tous deux ce que je vaux,
Écoutez en deux mots l'histoire démêlée :
Celle que cette nuit sur l'eau j'ai régalée
N'a pu vous donner lieu de devenir jaloux,
Car elle est mariée, et ne peut être à vous,
Depuis peu pour affaire elle est ici venue,

Et je ne pense pas qu'elle vous soit connue.   710
    ALCIPPE.
Je suis ravi, Dorante, en cette occasion,
De voir sitôt finir notre division.
    DORANTE.
Alcippe, une autre fois donnez moins de croyance
Aux premiers mouvements de votre défiance ;
Jusqu'à mieux savoir tout sachez vous retenir,
Et ne commencez plus par où l'on doit finir.
Adieu ; je suis à vous.

SCÈNE II.

ALCIPPE, PHILISTE.

    PHILISTE. Ce cœur encor soupire ?
    ALCIPPE.
Hélas ! je sors d'un mal pour tomber dans un pire.
Cette collation, qui l'aura pu donner ?
A qui puis-je m'en prendre ? et que m'imaginer ? 720
    PHILISTE.
Que l'ardeur de Clarice est égale à vos flammes.
Cette galanterie était pour d'autres dames.
L'erreur de votre page a causé votre ennui ;
S'étant trompé lui-même, il vous trompe après lui :
J'ai tout su de lui-même et des gens de Lucrèce.
Il avait vu chez elle entrer votre maîtresse ;
Mais il n'avait pas su qu'Hippolyte et Daphné,
Ce jour-là, par hasard, chez elle avaient dîné.
Il les en voit sortir, mais à coiffe abattue,
Et sans les approcher il suit de rue en rue ; 730
Aux couleurs, au carrosse, il ne doute de rien ;
Tout était à Lucrèce, et le dupe si bien,
Que, prenant ces beautés pour Lucrèce et Clarice,
Il rend à votre amour un très-mauvais service.
Il les voit donc aller jusques au bord de l'eau,

Descendre de carrosse, entrer dans un bateau ;
Il voit porter des plats , entend quelque musique,
A ce que l'on m'a dit, assez mélancolique.
Mais cessez d'en avoir l'esprit inquiété,
Car enfin le carrosse avait été prêté :   740
L'avis se trouve faux ; et ces deux autres belles
Avaient en plein repos passé la nuit chez elles.

     ALCIPPE.

Quel malheur est le mien ! Ainsi donc sans sujet
J'ai fait ce grand vacarme à ce charmant objet !

    PHILISTE.

Je ferai votre paix. Mais sachez autre chose.
Celui qui de ce trouble est la seconde cause,
Dorante, qui tantôt nous en a tant conté
De son festin superbe et sur l'heure apprêté,
Lui qui, depuis un mois nous cachant sa venue,
La nuit, *incognito*, visite une inconnue,   750
Il vint hier de Poitiers, et, sans faire aucun bruit,
Chez lui paisiblement a dormi toute nuit.

    ALCIPPE.

Quoi ! sa collation... ?

       PHILISTE. N'est rien qu'un pur mensonge ;
Ou bien, s'il l'a donnée, il l'a donnée en songe.

    ALCIPPE.

Dorante en ce combat si peu prémédité
M'a fait voir trop de cœur pour tant de lâcheté.
La valeur n'apprend point la fourbe en son école ;
Tout homme de courage est homme de parole :
A des vices si bas il ne peut consentir,
Et fuit plus que la mort la honte de mentir.   760
Cela n'est point.

     PHILISTE. Dorante, à ce que je présume,
Est vaillant par nature et menteur par coutume.
Ayez sur ce sujet moins d'incrédulité,
Et vous-même admirez notre simplicité.
A nous laisser duper nous sommes bien novices ;

Une collation servie à six services,
Quatre concerts entiers, tant de plats, tant de feux,
Tout cela cependant prêt en une heure ou deux,
Comme si l'appareil d'une telle cuisine
Fût descendu du ciel dedans quelque machine. 770
Quiconque le peut croire ainsi que vous et moi,
S'il a manque de sens, n'a pas manque de foi.
Pour moi, je voyais bien que tout ce badinage
Répondait assez mal aux remarques du page ;
Mais vous ?

   ALCIPPE. La jalousie aveugle un cœur atteint,
Et, sans examiner, croit tout ce qu'elle craint.
Mais laissons là Dorante avecque son audace ;
Allons trouver Clarice et lui demander grâce :
Elle pouvait tantôt m'entendre sans rougir.

   PHILISTE.
Attendez à demain, et me laissez agir ;   780
Je veux par ce récit vous préparer la voie,
Dissiper sa colère et lui rendre sa joie.
Ne vous exposez point, pour gagner un moment,
Aux premières chaleurs de son ressentiment.

   ALCIPPE.
Si du jour qui s'enfuit la lumière est fidèle,
Je pense l'entrevoir avec son Isabelle.
Je suivrai tes conseils, et fuirai son courroux
Jusqu'à ce qu'elle ait ri de m'avoir vu jaloux.

     SCÈNE III.

    CLARICE, ISABELLE.

   CLARICE.
Isabelle, il est temps, allons trouver Lucrèce.
   ISABELLE.
Il n'est pas encor tard, et rien ne vous en presse. 790
Vous avez un pouvoir bien grand sur son esprit ;

A peine ai-je parlé qu'elle a sur l'heure écrit.

CLARICE.

Clarice à la servir ne serait pas moins prompte.
Mais dis, par sa fenêtre as-tu bien vu Géronte ?
Et sais-tu que ce fils qu'il m'avait tant vanté
Est ce même inconnu qui m'en a tant conté ?

ISABELLE.

A Lucrèce avec moi je l'ai fait reconnaître ;
Et sitôt que Géronte a voulu disparaître,
Le voyant resté seul avec un vieux valet,
Sabine à nos yeux même a rendu le billet.   800
Vous parlerez à lui.

CLARICE. Qu'il est fourbe, Isabelle !

ISABELLE.

Eh bien ! cette pratique est-elle si nouvelle ?
Dorante est-il le seul qui, de jeune écolier,
Pour être mieux reçu s'érige en cavalier ?
Que j'en sais comme lui qui parlent d'Allemagne,
Et, si l'on veut les croire, ont vu chaque campagne,
Sur chaque occasion tranchent des entendus,
Content quelque défaite et des chevaux perdus,
Qui, dans une gazette apprenant ce langage,
S'ils sortent de Paris, ne vont qu'à leur village, 810
Et se donnent ici pour témoins approuvés
De tous ces grands combats qu'ils ont lus ou rêvés.
Il aura cru sans doute, ou je suis fort trompée,
Que les filles de cœur aiment les gens d'épée ;
Et, vous prenant pour telle, il a jugé soudain
Qu'une plume au chapeau vous plaît mieux qu'à la
Ainsi donc, pour vous plaire, il a voulu paraître, [main.
Non pas pour ce qu'il est, mais pour ce qu'il veut être,
Et s'est osé promettre un traitement plus doux
Dans la condition qu'il veut prendre pour vous. 820

CLARICE.

En matière de fourbe il est maître, il y pipe ;
Après m'avoir dupée, il dupe encore Alcippe

Ce malheureux jaloux s'est blessé le cerveau
D'un festin qu'hier au soir il m'a donné sur l'eau.
Juge un peu si la pièce a la moindre apparence
Alcippe cependant m'accuse d'inconstance,
Me fait une querelle où je ne comprends rien.
J'ai, dit-il, toute nuit souffert son entretien ;
Il me parle de bal, de danse, de musique,
D'une collation superbe et magnifique,　　　　　830
Servie à tant de plats, tant de fois redoublés,
Que j'en ai la cervelle et les esprits troublés.

ISABELLE.

Reconnaissez par là que Dorante vous aime,
Et que dans son amour son adresse est extrême ;
Il aura su qu'Alcippe était bien avec vous,
Et pour l'en éloigner il l'a rendu jaloux.
Soudain à cet effort il en a joint un autre ;
Il a fait que son père est venu voir le vôtre.
Un amant peut-il mieux agir en un moment
Que de gagner un père et brouiller l'autre amant ?
Votre père l'agrée, et le sien vous souhaite ;　　841
Il vous aime, il vous plaît, c'est une affaire faite.

CLARICE.

Elle est faite, de vrai, ce qu'elle se fera.

ISABELLE.

Quoi ! votre cœur se change, et désobéira ?

CLARICE.

Tu vas sortir de garde et perdre tes mesures.
Explique, si tu peux, encor ses impostures :
Il était marié sans que l'on en sût rien ;
Et son père a repris sa parole du mien,
Fort triste de visage et fort confus dans l'âme.

ISABELLE.

Ah ! je dis à mon tour : Qu'il est fourbe, madame !
C'est bien aimer la fourbe, et l'avoir bien en main, 851
Que de prendre plaisir à fourber sans dessein.　[dre
Car, pour moi, plus j'y songe, et moins je puis compren-

Quel fruit auprès de vous il en ose prétendre.
Mais qu'allez-vous donc faire ? et pourquoi lui parler ?
Est-ce à dessein d'en rire ou de le quereller ?

CLARICE.

Je prendrai du plaisir du moins à le confondre.

ISABELLE.

J'en prendrais davantage à le laisser morfondre.

CLARICE.

Non, je lui veux parler par curiosité.
Mais j'entrevois quelqu'un dans cette obscurité, 860
Et si c'était lui-même, il pourrait me connaître :
Entrons donc chez Lucrèce. allons à sa fenêtre,
Puisque c'est sous son nom que je dois lui parler.
Mon jaloux, après tout, sera mon pis-aller.
Si sa mauvaise humeur déjà n'est apaisée,
Sachant ce que je sais, la chose est fort aisée.

SCÈNE IV.

DORANTE, CLITON.

DORANTE.

Voici l'heure et le lieu que marque le billet.

CLITON.

J'ai su tout ce détail d'un ancien valet.
Son père est de la robe, et n'a qu'elle de fille ;
Je vous ai dit son bien, son âge, et sa famille : 870
Mais, monsieur, ce serait pour me bien divertir,
Si, comme vous, Lucrèce excellait à mentir.
Le divertissement serait rare, ou je meure ;
Et je voudrais qu'elle eût ce talent pour une heure ;
Qu'elle pût un moment vous piper en votre art,
Rendre conte pour conte et martre pour renard :
D'un et d'autre côté j'en entendrais de bonnes.

DORANTE.

Le ciel fait cette grâce à fort peu de personnes :

Il y faut promptitude, esprit, mémoire, soins,
Ne se brouiller jamais, et rougir encor moins.　880
Mais la fenêtre s'ouvre, approchons.

SCÈNE V.

CLARICE, LUCRÈCE, ISABELLE, *à la fenêtre;*
DORANTE, CLITON, *en bas.*

　　　　　　CLARICE, *à Isabelle.* Isabelle,
Durant notre entretien demeure en sentinelle.
　　　ISABELLE.
Lorsque votre vieillard sera prêt à sortir,
Je ne manquerai pas de vous en avertir.
(Isabelle descend de la fenêtre et ne se montre plus.)
　　　LUCRÈCE, *à Clarice.*
Il conte assez au long ton histoire à mon père.
Mais parle sous mon nom, c'est à moi de me taire.
　　　CLARICE.
Êtes-vous là, Dorante?
　　　　　　DORANTE. Oui, madame, c'est moi,
Qui veux vivre et mourir sous votre seule loi.
　　　LUCRÈCE, *bas, à Clarice.*
Sa fleurette pour toi prend encor même style.
　　　CLARICE, *à Lucrèce.*
Il devrait s'épargner cette gêne inutile:　　　　890
Mais m'aurait-il déjà reconnue à la voix?
　　　CLITON, *bas, à Dorante.*
C'est elle; et je me rends, monsieur, à cette fois.
　　　DORANTE, *à Clarice.*
Oui, c'est moi qui voudrais effacer de ma vie
Les jours que j'ai vécu sans vous avoir servie.
Que vivre sans vous voir est un sort rigoureux!
C'est ou ne vivre point, ou vivre malheureux;
C'est une longue mort; et, pour moi, je confesse
Que pour vivre il faut être esclave de Lucrèce.

CLARICE, *bas, à Lucrèce.*

Chère amie, il en conte à chacune à son tour.

LUCRÈCE, *bas, à Clarice.*

Il aime à promener sa fourbe et son amour.   900

DORANTE.

A vos commandements j'apporte donc ma vie ;
Trop heureux si pour vous elle m'était ravie !
Disposez-en, madame, et me dites en quoi
Vous avez résolu de vous servir de moi.

CLARICE.

Je vous voulais tantôt proposer quelque chose ;
Mais il n'est plus besoin que je vous la propose,
Car elle est impossible.

DORANTE.   Impossible ! ah ! pour vous
Je pourrai tout, madame, en tous lieux, contre tous.

CLARICE.

Jusqu'à vous marier quand je sais que vous l'êtes.

DORANTE.

Moi, marié ! ce sont pièces qu'on vous a faites ;   910
Quiconque vous l'a dit s'est voulu divertir.

CLARICE, *bas, à Lucrèce.*

Est-il un plus grand fourbe ?

LUCRÈCE, *bas, à Clarice.*   Il ne sait que mentir.

DORANTE.

Je ne le fus jamais ; et si, par cette voie,
On pense...

CLARICE.   Et vous pensez encor que je vous croie ?

DORANTE.

Que la foudre à vos yeux m'écrase si je mens !

CLARICE.

Un menteur est toujours prodigue de serments.

DORANTE.

Non, si vous avez eu pour moi quelque pensée
Qui sur ce faux rapport puisse être balancée,
Cessez d'être en balance, et de vous défier
De ce qu'il m'est aisé de vous justifier.   920

CLARICE, *à Lucrèce.*

On dirait qu'il dit vrai, tant son effronterie
Avec naïveté pousse une menterie.

DORANTE.

Pour vous ôter de doute, agréez que demain
En qualité d'époux je vous donne la main.

CLARICE.

Hé ! vous la donneriez en un jour à deux mille.

DORANTE.

Certes, vous m'allez mettre en crédit par la ville,
Mais en crédit si grand, que j'en crains les jaloux.

CLARICE.

C'est tout ce que mérite un homme tel que vous,
Un homme qui se dit un grand foudre de guerre,
Et n'en a vu qu'à coups d'écritoire ou de verre ;　930
Qui vint hier de Poitiers, et conte, à son retour,
Que depuis une année il fait ici sa cour ;
Qui donne toute nuit festin, musique et danse,
Bien qu'il l'ait dans son lit passée en tout silence ;
Qui se dit marié, puis soudain s'en dédit.
Sa méthode est jolie à se mettre en crédit !
Vous-même apprenez-moi comme il faut qu'on le
　　　CLITON, *bas, à Dorante.*　　　　　　[nomme.
Si vous vous en tirez, je vous tiens habile homme.

DORANTE, *bas, à Cliton.*

Ne t'épouvante point, tout vient en sa saison.
　　(*A Clarice.*)
De ces inventions chacune a sa raison ;　　　　940
Sur toutes quelque jour je vous rendrai contente :
Mais à présent je passe à la plus importante.
J'ai donc feint cet hymen (pourquoi désavouer
Ce qui vous forcera vous-même à me louer ?)
Je l'ai feint, et ma feinte à vos mépris m'expose.
Mais si de ces détours vous seule étiez la cause ?

CLARICE

Moi ?

DORANTE. Vous. Écoutez-moi. Ne pouvant consentir...
    CLITON, *bas, à Dorante.*
De grâce, dites-moi si vous allez mentir.
    DORANTE, *bas, à Cliton.*
Ah ! je t'arracherai cette langue importune.
    (*A Clarice.*)
Donc comme à vous servir j'attache ma fortune, 950
L'amour que j'ai pour vous ne pouvant consentir
Qu'un père à d'autres lois voulût m'assujettir...
    CLARICE, *bas, à Lucrèce.*
Il fait pièce nouvelle, écoutons.
                     DORANTE. Cette adresse
A conservé mon âme à la belle Lucrèce ;
Et, par ce mariage au besoin inventé,
J'ai su rompre celui qu'on m'avait apprêté.
Blâmez-moi de tomber en des fautes si lourdes, [des ;
Appelez-moi grand fourbe et grand donneur de bour-
Mais louez-moi du moins d'aimer si puissamment,
Et joignez à ces noms celui de votre amant.   960
Je fais par cet hymen banqueroute à tous autres ;
J'évite tous leurs fers pour mourir dans les vôtres ;
Et, libre pour entrer en des liens si doux,
Je me fais marié pour toute autre que vous.
    CLARICE.
Votre flamme en naissant a trop de violence,
Et me laisse toujours en juste défiance.
Le moyen que mes yeux eussent de tels appas
Pour qui m'a si peu vue et ne me connaît pas ?
    DORANTE.
Je ne vous connais pas ! vous n'avez plus de mère ;
Périandre est le nom de monsieur votre père ;   970
Il est homme de robe, adroit, et retenu ;
Dix mille écus de rente en font le revenu ;
Vous perdîtes un frère aux guerres d'Italie ;
Vous aviez une sœur qui s'appelait Julie.
Vous connais-je à présent ? dites encor que non.

CLARICE, *bas, à Lucrèce.*

Cousine, il te connaît, et t'en veut tout de bon.

LUCRÈCE, *en elle-même.*

Plût à Dieu !

CLARICE, *bas, à Lucrèce.*

　　　　Découvrons le fond de l'artifice.

(A *Dorante.*)

J'avais voulu tantôt vous parler de Clarice,
Quelqu'un de vos amis m'en est venu prier.
Dites-moi, seriez-vous pour elle à marier ?　　　　980

DORANTE.

Par cette question n'éprouvez plus ma flamme.
Je vous ai trop fait voir jusqu'au fond de mon âme,
Et vous ne pouvez plus désormais ignorer
Que j'ai feint cet hymen afin de m'en parer.
Je n'ai ni feux ni vœux que pour votre service,
Et ne puis plus avoir que mépris pour Clarice.

CLARICE.

Vous êtes, à vrai dire, un peu bien dégoûté :
Clarice est de maison, et n'est pas sans beauté ;
Si Lucrèce à vos yeux paraît un peu plus belle,
De bien mieux faits que vous se contenteraient d'elle.

DORANTE.

Oui, mais un grand défaut ternit tous ses appas. 991

CLARICE.

Quel est-il ce défaut ?

　　　　DORANTE. Elle ne me plaît pas ;
Et, plutôt que l'hymen avec elle me lie,
Je serai marié, si l'on veut, en Turquie.

CLARICE.

Aujourd'hui cependant on m'a dit qu'en plein jour
Vous lui serriez la main et lui parliez d'amour.

DORANTE.

Quelqu'un auprès de vous m'a fait cette imposture.

CLARICE, *bas, à Lucrèce.*

Écoutez l'imposteur ; c'est hasard s'il n'en jure.

DORANTE.

Que du ciel....

CLARICE , *bas, à Lucrèce.*

L'ai-je dit ?

DORANTE. J'éprouve le courroux

Si j'ai parlé, Lucrèce, à personne qu'à vous !   1000

CLARICE.

Je ne puis plus souffrir une telle impudence,
Après ce que j'ai vu moi-même en ma présence :
Vous couchez d'imposture, et vous osez jurer,
Comme si je pouvais vous croire ou l'endurer !
Adieu : retirez-vous, et croyez, je vous prie,
Que souvent je m'égaie ainsi par raillerie,
Et que, pour me donner des passe-temps si doux,
J'ai donné cette baie à bien d'autres qu'à vous.

SCÈNE VI.

DORANTE, CLITON.

CLITON.

Eh bien ! vous le voyez ; l'histoire est découverte.

DORANTE.

Ah, Cliton ! je me trouve à deux doigts de ma perte.

CLITON.

Vous en avez sans doute un plus heureux succès, 1011
Et vous avez gagné chez elle un grand accès.
Mais je suis ce fâcheux qui nuis par ma présence,
Et vous fais sous ces mots être d'intelligence.

DORANTE.

Peut-être : qu'en crois-tu ?

CLITON. Le peut-être est gaillard.

DORANTE.

Penses-tu qu'après tout j'en quitte encor ma part,
Et tienne tout perdu pour un peu de traverse ?

CLITON.

Si jamais cette part tombait dans le commerce,
Et qu'il vous vint marchand pour ce trésor caché,
Je vous conseillerais d'en faire bon marché.　　1020

DORANTE.

Mais pourquoi si peu croire un feu si véritable ?

CLITON.

A chaque bout de champ vous mentez comme un dia-

DORANTE.　　　　　　　　　　　　　　　[ble.

Je disais vérité.

　　　　　CLITON. Quand un menteur la dit,
En passant par sa bouche elle perd son crédit.

DORANTE.

Il faut donc essayer si par quelque autre bouche
Elle pourra trouver un accueil moins farouche.
Allons sur le chevet rêver quelque moyen
D'avoir de l'incrédule un plus doux entretien.
Souvent leur belle humeur suit le cours de la lune ;
Telle rend des mépris qui veut qu'on l'importune,
Et, de quelques effets que les siens soient suivis, 1031
Il sera demain jour, et la nuit porte avis.

ACTE QUATRIÈME.

—

SCÈNE I.

DORANTE, CLITON.

CLITON.

Mais, monsieur, pensez-vous qu'il soit jour chez Lu-
Pour sortir si matin elle a trop de paresse.　　[crèce ?

DORANTE.

On trouve bien souvent plus qu'on ne croit trouver ;
Et ce lieu pour ma flamme est plus propre à rêver :

J'en puis voir sa fenêtre, et de sa chère idée
Mon âme à cet aspect sera mieux possédée.

CLITON.

A propos de rêver, n'avez-vous rien trouvé
Pour servir de remède au désordre arrivé ?   1040

DORANTE.

Je me suis souvenu d'un secret que toi-même
Me donnais hier pour grand, pour rare, pour su-
Un amant obtient tout quand il est libéral.   [prême.

CLITON.

Le secret est fort beau, mais vous l'appliquez mal :
Il ne fait réussir qu'auprès d'une coquette.

DORANTE.

Je sais ce qu'est Lucrèce, elle est sage, et discrète ;
A lui faire présent mes efforts seraient vains ;
Elle a le cœur trop bon : mais ses gens ont des mains ;
Et, bien que sur ce point elle les désavoue,
Avec un tel secret leur langue se dénoue :   1050
Ils parlent ; et souvent on les daigne écouter.
A tel prix que ce soit, il m'en faut acheter.
Si celle-ci venait qui m'a rendu sa lettre,
Après ce qu'elle a fait j'ose tout m'en promettre ;
Et ce sera hasard si sans beaucoup d'effort
Je ne trouve moyen de lui payer le port.

CLITON.

Certes, vous dites vrai, j'en juge par moi-même :
Ce n'est point mon humeur de refuser qui m'aime ;
Et comme c'est m'aimer que me faire présent,
Je suis toujours alors d'un esprit complaisant.   1060

DORANTE.

Il est beaucoup d'humeurs pareilles à la tienne.

CLITON.

Mais, monsieur, attendant que Sabine survienne,
Et que sur son esprit vos dons fassent vertu,
Il court quelque bruit sourd qu'Alcippe s'est battu.

DORANTE.

Contre qui ?

CLITON. L'on ne sait, mais ce confus murmure
D'un air pareil au vôtre à peu près le figure ;
Et, si de tout le jour je vous avais quitté,
Je vous soupçonnerais de cette nouveauté.

DORANTE.

Tu ne me quittas point pour entrer chez Lucrèce ?

CLITON.

Ah ! monsieur, m'auriez-vous joué ce tour d'adresse ?

DORANTE.

Nous nous battîmes hier, et j'avais fait serment   1071
De ne parler jamais de cet événement ;
Mais à toi, de mon cœur l'unique secrétaire,
A toi, de mes secrets le grand dépositaire,
Je ne cèlerai rien, puisque je l'ai promis.
Depuis cinq ou six mois nous étions ennemis :
Il passa par Poitiers, où nous prîmes querelle ;
Et comme on nous fit lors une paix telle quelle,
Nous sûmes l'un à l'autre en secret protester
Qu'à la première vue il en faudrait tâter.   1080
Hier nous nous rencontrons ; cette ardeur se réveille,
Fait de notre embrassade un appel à l'oreille ;
Je me défais de toi, j'y cours, je le rejoins,
Nous vidons sur le pré l'affaire sans témoins :
Et, le perçant à jour de deux coups d'estocade,
Je le mets hors d'état d'être jamais malade :
Il tombe dans son sang.

CLITON. A ce compte, il est mort ?

DORANTE.

Je le laissai pour tel.

CLITON. Certes, je plains son sort :
Il était honnête homme ; et le ciel ne déploie....

SCÈNE II.

DORANTE, ALCIPPE, CLITON.

ALCIPPE.

Je te veux, cher ami, faire part de ma joie.   1090
Je suis heureux ; mon père...
                DORANTE. Eh bien ?
                   ALCIPPE. Vient d'arriver.

CLITON, *à Dorante.*

Cette place pour vous est commode à rêver.

DORANTE.

Ta joie est peu commune, et pour revoir un père
Un homme tel que nous ne se réjouit guère.

ALCIPPE.

Un esprit que la joie entièrement saisit
Présume qu'on l'entend au moindre mot qu'il dit.
Sache donc que je touche à l'heureuse journée
Qui doit avec Clarice unir ma destinée :
On attendait mon père afin de tout signer.

DORANTE.

C'est ce que mon esprit ne pouvait deviner ;   1100
Mais je m'en réjouis. Tu vas entrer chez elle ?

ALCIPPE.

Oui, je lui vais porter cette heureuse nouvelle ;
Et je t'en ai voulu faire part en passant.

DORANTE.

Tu t'acquiers d'autant plus un cœur reconnaissant.
Enfin donc ton amour ne craint plus de disgrâce ?

ALCIPPE.

Cependant qu'au logis mon père se délasse,
J'ai voulu par devoir prendre l'heure du sien.

CLITON, *bas, à Dorante.*

Les gens que vous tuez se portent assez bien.

ALCIPPE.

Je n'ai de part ni d'autre aucune défiance.
Excuse d'un amant la juste impatience.   1110
Adieu.
DORANTE. Le ciel te donne un hymen sans souci !

SCÈNE III.

DORANTE , CLITON.

CLITON.

Il est mort ! Quoi ! monsieur, vous m'en donnez aussi,
A moi, de votre cœur l'unique secrétaire ;
A moi, de vos secrets le grand dépositaire !
Avec ces qualités j'avais lieu d'espérer
Qu'assez malaisément je pourrais m'en parer.

DORANTE.

Quoi ! mon combat te semble un conte imaginaire ?

CLITON.

Je croirai tout, monsieur, pour ne vous pas déplaire ;
Mais vous en contez tant, à toute heure, en tout lieu,
Que quiconque en échappe est bien-aimé de Dieu. 1120
Maure, Juif ou chrétien, vous n'épargnez personne.

DORANTE.

Alcippe te surprend ! sa guérison t'étonne !
L'état où je le mis était fort périlleux ;
Mais il est à présent des secrets merveilleux.
Ne t'a-t-on point parlé d'une source de vie,
Que nomment nos guerriers poudre de sympathie ?
On en voit tous les jours des effets étonnants.

CLITON.

Encor ne sont-ils pas du tout si surprenants ;
Et je n'ai point appris qu'elle eût tant d'efficace, 1129
Qu'un homme que pour mort on laisse sur la place,
Qu'on a de deux grands coups percé de part en part,
Soit dès le lendemain si frais et si gaillard.

DORANTE.

La poudre que tu dis n'est que de la commune ;
On n'en fait plus de cas : mais, Cliton, j'en sais une
Qui rappelle sitôt des portes du trépas,
Qu'en moins d'un tourne-main on ne s'en souvient
Quiconque la sait faire a de grands avantages. [pas.

CLITON.

Donnez-m'en le secret, et je vous sers sans gages.

DORANTE.

Je te le donnerais, et tu serais heureux ;
Mais le secret consiste en quelques mots hébreux,
Qui tous à prononcer sont si fort difficiles,   1141
Que ce serait pour toi des trésors inutiles.

CLITON.

Vous savez donc l'hébreu ?

DORANTE. L'hébreu ! parfaitement :
J'ai dix langues, Cliton, à mon commandement.

CLITON.

Vous auriez bien besoin de dix des mieux nourries
Pour fournir tour à tour à tant de menteries ;
Vous les hachez menu comme chair à pâtés.
Vous avez tout le corps bien plein de vérités,
Il n'en sort jamais une.

DORANTE. Ah ! cervelle ignorante !
Mais mon père survient.

SCÈNE IV.

GÉRONTE, DORANTE, CLITON.

GÉRONTE. Je vous cherchais, Dorante.

DORANTE, à part.

Je ne vous cherchais pas, moi. Que mal à propos 1151
De mon père l'abord vient troubler mon repos !

GÉRONTE.

Sur ton récit, mon fils, je sens au fond de l'âme
Un violent désir de voir ici ta femme.
J'écris donc à son père ; écris-lui comme moi :
Je lui mande qu'après ce que j'ai su de toi,
Je me tiens trop heureux qu'une si belle fille,
Si sage, et si bien née, entre dans ma famille ;
J'ajoute à ce discours que je brûle de voir
Celle qui de mes ans devient l'unique espoir ;　1160
Que pour me l'amener tu t'en vas en personne :
Car enfin il le faut, et le devoir l'ordonne ;
N'envoyer qu'un valet sentirait son mépris.

DORANTE.

De vos civilités il sera bien surpris ;
Et pour moi je suis prêt : mais je perdrai ma peine ;
Il ne souffrira pas encor qu'on vous l'amène :
Elle est grosse.

　　　　GÉRONTE. Elle est grosse !

　　　　　　　　DORANTE. Et de plus de six mois.

GÉRONTE.

Que de ravissements je sens à cette fois !

DORANTE.

Vous ne voudriez pas hasarder sa grossesse.

GÉRONTE.

Non, j'aurai patience autant que d'allégresse ;　1170
Pour hasarder ce gage il m'est trop précieux.
A ce coup, ma prière a pénétré les cieux.
Je pense en le voyant que je mourrai de joie.
Adieu : je vais changer la lettre que j'envoie,
En écrire à son père un nouveau compliment,
Le prier d'avoir soin de son accouchement,
Comme du seul espoir où mon bonheur se fonde.

DORANTE, *bas, à Cliton.*

Le bonhomme s'en va le plus content du monde.

GÉRONTE, *se retournant.*

Écris-lui comme moi.

Corneille.　　　　　　　　　　　　　　17.

DORANTE. Je n'y manquerai pas.

(*A Cliton.*)

Qu'il est bon !

CLITON. Taisez-vous, il revient sur ses pas. 1180

GÉRONTE.

Il ne me souvient plus du nom de ton beau-père.
Comment s'appelle-t-il ?

DORANTE. Il n'est pas nécessaire ;
Sans que vous vous donniez ces soucis superflus,
En fermant le paquet j'écrirai le dessus.

GÉRONTE.

Étant tout d'une main il sera plus honnête.

DORANTE, *à part le premier vers.*

Ne lui pourrai-je ôter ce souci de la tête?
Votre main ou la mienne, il n'importe des deux.

GÉRONTE.

Ces nobles de province y sont un peu fâcheux.

DORANTE.

Son père sait la cour.

GÉRONTE. Ne me fais plus attendre,
Dis-moi....

DORANTE, *à part.*

Que lui dirai-je ?

GÉRONTE. Il s'appelle ?

DORANTE. Pyrandre.

GÉRONTE.

Pyrandre ! tu m'as dit tantôt un autre nom ;   1191
C'était, je m'en souviens, oui, c'était Armédon.

DORANTE.

Oui, c'est là son nom propre, et l'autre d'une terre ;
Il portait ce dernier quand il fut à la guerre,
Et se sert si souvent de l'un et l'autre nom,
Que tantôt c'est Pyrandre et tantôt Armédon.

GÉRONTE.

C'est un abus commun qu'autorise l'usage,

17.

Et j'en usais ainsi du temps de mon jeune âge.
Adieu : je vais écrire.

SCÈNE V.

DORANTE, CLITON.

DORANTE. Enfin j'en suis sorti.
CLITON.
Il faut bonne mémoire après qu'on a menti.   1200
DORANTE.
L'esprit a secouru le défaut de mémoire.
CLITON.
Mais on éclaircira bientôt toute l'histoire.
Après ce mauvais pas où vous avez bronché,
Le reste encor longtemps ne peut être caché :
On le sait chez Lucrèce, et chez cette Clarice,
Qui, d'un mépris si grand piquée avec justice,
Dans son ressentiment prendra l'occasion
De vous couvrir de honte et de confusion.
DORANTE.
Ta crainte est bien fondée, et puisque le temps presse,
Il faut tâcher en hâte à m'engager Lucrèce.   1210
Voici tout à propos ce que j'ai souhaité.

SCÈNE VI.

DORANTE, CLITON, SABINE.

DORANTE.
Chère amie, hier au soir j'étais si transporté,
Qu'en ce ravissement je ne pus me permettre
De bien penser à toi quand j'eus lu cette lettre :
Mais tu n'y perdras rien, et voici pour le port.

SABINE.

Ne croyez pas, monsieur...

DORANTE. Tiens.

SABINE. Vous me faites tort ;

Je ne suis pas de...

DORANTE. Prends.

SABINE. Hé, monsieur !

DORANTE. Prends, te dis-je :

Je ne suis point ingrat alors que l'on m'oblige ;
Dépêche, tends la main.

CLITON. Qu'elle y fait de façons !

Je lui veux par pitié donner quelques leçons ! 1220
   Chère amie, entre nous, toutes tes révérences
En ces occasions ne sont qu'impertinences.
Si ce n'est assez d'une, ouvre toutes les deux :
Le métier que tu fais ne veut point de honteux.
Sans te piquer d'honneur, crois qu'il n'est que de pren-
Et que tenir vaut mieux mille fois que d'attendre. [dre,
Cette pluie est fort douce ; et, quand j'en vois pleuvoir,
J'ouvrirais jusqu'au cœur pour la mieux recevoir.
On prend à toutes mains dans le siècle où nous sommes,
Et refuser n'est plus le vice des grands hommes. 1230
Retiens bien ma doctrine ; et, pour faire amitié,
Si tu veux, avec toi je serai de moitié.

SABINE.

Cet article est de trop.

DORANTE. Vois-tu, je me propose

De faire avec le temps pour toi toute autre chose.
Mais comme j'ai reçu cette lettre de toi,
En voudrais-tu donner la réponse pour moi ?

SABINE.

Je la donnerai bien ; mais je n'ose vous dire
Que ma maîtresse daigne ou la prendre ou la lire :
J'y ferai mon effort.

CLITON. Voyez, elle se rend

Plus douce qu'une épouse et plus souple qu'un gant.

DORANTE.

(Bas à Cliton.)   (Haut à Sabine.)

Le secret a joué. Présente-la , n'importe :   1241
Elle n'a pas pour moi d'aversion si forte.
Je reviens dans une heure en apprendre l'effet.

SABINE.

Je vous conterai lors tout ce que j'aurai fait.

SCÈNE VII.

CLITON , SABINE.

CLITON.

Tu vois que les effets préviennent les paroles ;
C'est un homme qui fait litière de pistoles :
Mais comme auprès de lui je puis beaucoup pour toi...

SABINE.

Fais tomber de la pluie , et laisse faire à moi.

CLITON.

Tu viens d'entrer en goût.

SABINE. Avec mes révérences
Je ne suis pas encor si dupe que tu penses.   1250
Je sais bien mon métier, et ma simplicité
Joue aussi bien son jeu que ton avidité.

CLITON.

Si tu sais ton métier, dis-moi quelle espérance
Doit obstiner mon maître à la persévérance.
Sera-t-elle insensible ? en viendrons-nous à bout ?

SABINE.

Puisqu'il est si brave homme, il faut te dire tout.
Pour te désabuser, sache donc que Lucrèce
N'est rien moins qu'insensible à l'ardeur qui le presse ;
Durant toute la nuit elle n'a point dormi ;
Et, si je ne me trompe, elle l'aime à demi.   1260

CLITON.

Mais sur quel privilége est-ce qu'elle se fonde,

Quand elle aime à demi, de maltraiter le monde ?
Il n'en a cette nuit reçu que des mépris.
Chère amie, après tout, mon maître vaut son prix.
Ces amours à demi sont d'une étrange espèce ;
Et, s'il me voulait croire, il quitterait Lucrèce.

SABINE.

Qu'il ne se hâte point, on l'aime assurément.

CLITON.

Mais on le lui témoigne un peu bien rudement ;
Et je ne vis jamais de méthodes pareilles.

SABINE.

Elle tient, comme on dit, le loup par les oreilles ; 1270
Elle l'aime, et son cœur n'y saurait consentir,
Parce que d'ordinaire il ne fait que mentir.
Hier même elle le vit dedans les Tuileries,
Où tout ce qu'il conta n'était que menteries.
Il en a fait autant depuis à deux ou trois.

CLITON.

Les menteurs les plus grands disent vrai quelquefois.

SABINE.

Elle a lieu de douter, et d'être en défiance.

CLITON.

Qu'elle donne à ses feux un peu plus de croyance :
Il n'a fait toute nuit que soupirer d'ennui.

SABINE.

Peut-être que tu mens aussi bien comme lui ?   1280

CLITON.

Je suis homme d'honneur ; tu me fais injustice.

SABINE.

Mais, dis-moi, sais-tu bien qu'il n'aime plus Clarice ?

CLITON.

Il ne l'aima jamais.

SABINE. Pour certain ?

CLITON. Pour certain.

SABINE.

Qu'il ne craigne donc plus de soupirer en vain.

Aussitôt que Lucrèce a pu le reconnaître,
Elle a voulu qu'exprès je me sois fait paraitre,
Pour voir si par hasard il ne me dirait rien ;
Et s'il l'aime en effet, tout le reste ira bien.
Va-t'en ; et, sans te mettre en peine de m'instruire,
Crois que je lui dirai tout ce qu'il lui faut dire.　　1290

CLITON.

Adieu ; de ton côté si tu fais ton devoir,
Tu dois croire du mien que je ferai pleuvoir.

SCÈNE VIII.

SABINE, LUCRÈCE.

SABINE.

Que je vais bientôt voir une fille contente !
Mais la voici déjà ; qu'elle est impatiente !
Comme elle a les yeux fins, elle a vu le poulet.

LUCRÈCE.

Eh bien ! que t'ont conté le maître et le valet ?

SABINE.

Le maître et le valet m'ont dit la même chose ;
Le maître est tout à vous, et voici de sa prose.

LUCRÈCE, *après avoir lu.*

Dorante avec chaleur fait le passionné :
Mais le fourbe qu'il est nous en a trop donné ;　　1300
Et je ne suis pas fille à croire ses paroles.

SABINE.

Je ne les crois non plus ; mais j'en crois ses pistoles.

LUCRÈCE.

Il t'a donc fait présent ?

　　　　　　　　　SABINE. Voyez.

　　　　　　　　　　　　　　LUCRÈCE. Et tu l'as pris ?

SABINE.

Pour vous ôter du trouble où flottent vos esprits

Et vous mieux témoigner ses flammes véritables,
J'en ai pris les témoins les plus indubitables ;
Et je remets, madame, au jugement de tous
Si qui donne à vos gens est sans amour pour vous,
Et si ce traitement marque une âme commune.

LUCRÈCE.

Je ne m'oppose pas à ta bonne fortune ;   1310
Mais, comme en l'acceptant tu sors de ton devoir,
Du moins une autre fois ne m'en fais rien savoir.

SABINE.

Mais à ce libéral que pourrai-je promettre ?

LUCRÈCE.

Dis-lui que, sans la voir, j'ai déchiré sa lettre.

SABINE.

O ma bonne fortune, où vous enfuyez-vous ?

LUCRÈCE.

Mêles-y de ta part deux ou trois mots plus doux ;
Conte-lui dextrement le naturel des femmes ;
Dis-lui qu'avec le temps on amollit leurs âmes,
Et l'avertis surtout des heures et des lieux
Où par rencontre il peut se montrer à mes yeux.   1320
Parce qu'il est grand fourbe, il faut que je m'assure.

SABINE.

Ah ! si vous connaissiez les peines qu'il endure,
Vous ne douteriez plus si son cœur est atteint ;
Toute nuit il soupire, il gémit, il se plaint.

LUCRÈCE.

Pour apaiser les maux que cause cette plainte,
Donne-lui de l'espoir avec beaucoup de crainte ;
Et sache entre les deux toujours le modérer,
Sans m'engager à lui ni le désespérer.

SCÈNE IX.

CLARICE, LUCRÈCE, SABINE.

CLARICE.

Il t'en veut tout de bon, et m'en voilà défaite :
Mais je souffre aisément la perte que j'ai faite ; 1330
Alcippe la répare, et son père est ici.

LUCRÈCE.

Te voilà donc bientôt quitte d'un grand souci.

CLARICE.

M'en voilà bientôt quitte ; et toi, te voilà prête
A t'enrichir bientôt d'une étrange conquête.
Tu sais ce qu'il m'a dit.

SABINE. S'il vous mentait alors,
A présent il dit vrai ; j'en réponds corps pour corps.

CLARICE.

Peut-être qu'il le dit ; mais c'est un grand peut-être.

LUCRÈCE.

Dorante est un grand fourbe, et nous l'a fait connaî-
Mais s'il continuait encore à m'en conter,   [tre ;
Peut-être avec le temps il me ferait douter.   1340

CLARICE.

Si tu l'aimes, du moins, étant bien avertie,
Prends bien garde à ton fait et fais bien ta partie.

LUCRÈCE.

C'en est trop ; et tu dois seulement présumer
Que je penche à le croire et non pas à l'aimer.

CLARICE.

De le croire à l'aimer la distance est petite :
Qui fait croire ses feux fait croire son mérite ;
Ces deux points en amour se suivent de si près,
Que qui se croit aimée aime bientôt après.

17.

LUCRÈCE.

La curiosité souvent dans quelques âmes
Produit le même effet que produiraient des flammes.

CLARICE.

Je suis prête à le croire, afin de t'obliger.   1351

SABINE.

Vous me feriez ici toutes deux enrager.
Voyez, qu'il est besoin de tout ce badinage !
Faites moins la sucrée et changez de langage,
Ou vous n'en casserez, ma foi, que d'une dent.

LUCRÈCE.

Laissons là cette folle, et dis-moi cependant,
Quand nous le vîmes hier dedans les Tuileries,
Qu'il te conta d'abord tant de galanteries,
Il fut, ou je me trompe, assez bien écouté.
Était-ce amour alors ou curiosité ?   1360

CLARICE.

Curiosité pure, avec dessein de rire
De tous les compliments qu'il aurait pu me dire.

LUCRÈCE.

Je fais de ce billet même chose à mon tour ;
Je l'ai pris, je l'ai lu, mais le tout sans amour :
Curiosité pure, avec dessein de rire
De tous les compliments qu'il aurait pu m'écrire.

CLARICE.

Ce sont deux que de lire, et d'avoir écouté :
L'une est grande faveur ; l'autre, civilité :
Mais trouves-y ton compte ; et j'en serai ravie ;
En l'état où je suis, j'en parle sans envie.   1370

LUCRÈCE.

Sabine lui dira que je l'ai déchiré.

CLARICE.

Nul avantage ainsi n'en peut être tiré.
Tu n'es que curieuse.

          LUCRÈCE. Ajoute, à ton exemple.

CLARICE.

Soit. Mais il est saison que nous allions au temple.

LUCRÈCE, *à Clarice*.

Allons.

(*A Sabine.*)

　　Si tu le vois, agis comme tu sais.

SABINE.

Ce n'est pas sur ce coup que je fais mes essais :
Je connais à tous deux où tient la maladie ;
Et le mal sera grand si je n'y remédie.
Mais sachez qu'il est homme à prendre sur le vert.

LUCRÈCE.

Je te croirai.

SABINE. Mettons cette pluie à couvert.　　1380

ACTE CINQUIÈME.

—

SCÈNE I.

GÉRONTE, PHILISTE.

GÉRONTE.

Je ne pouvais avoir rencontre plus heureuse
Pour satisfaire ici mon humeur curieuse.
Vous avez feuilleté le digeste à Poitiers,
Et vu, comme mon fils, les gens de ces quartiers:
Ainsi vous me pouvez facilement apprendre
Quelle est et la famille et le bien de Pyrandre.

PHILISTE.

Quel est-il, ce Pyrandre ?

　　　　GÉRONTE. Un de leurs citoyens,
Noble, à ce qu'on m'a dit, mais un peu mal en biens.

PHILISTE.

Il n'est dans tout Poitiers bourgeois ni gentilhomme
Qui, si je m'en souviens, de la sorte se nomme.   1390

GÉRONTE.

Vous le connaîtrez mieux peut-être à l'autre nom ;
Ce Pyrandre s'appelle autrement Armédon.

PHILISTE.

Aussi peu l'un que l'autre.

                         GÉRONTE. Et le père d'Orphise,
Cette rare beauté qu'en ces lieux même on prise ?
Vous connaissez le nom de cet objet charmant
Qui fait de ces cantons le plus digne ornement ?

PHILISTE.

Croyez que cette Orphise, Armédon et Pyrandre
Sont gens dont à Poitiers on ne peut rien apprendre.
S'il vous faut sur ce point encor quelque garant....

GÉRONTE.

En faveur de mon fils vous faites l'ignorant ;   1400
Mais je ne sais que trop qu'il aime cette belle,
Qu'elle est sa femme : enfin, ma bonté paternelle
M'a fait y consentir ; et votre esprit discret
N'a plus d'occasion de m'en faire un secret.

PHILISTE.

Quoi ! Dorante a donc fait un secret mariage ?

GÉRONTE.

Et, comme je suis bon, je pardonne à son âge.

PHILISTE.

Qui vous l'a dit ?

                   GÉRONTE. Lui-même.

                                     PHILISTE. Ah ! puisqu'il vous l'a dit,
Il vous fera du reste un fidèle récit,
Il en sait mieux que moi toutes les circonstances :
Non qu'il vous faille en prendre aucunes défiances ;
Mais il a le talent de bien imaginer,   1411
Et moi, je n'eus jamais celui de deviner.

1

GÉRONTE.

Vous me feriez par là soupçonner son histoire.

PHILISTE.

Non ; sa parole est sûre , et vous pouvez l'en croire :
Mais il nous servit hier d'une collation
Qui partait d'un esprit de grande invention ;
Et, si ce mariage est de même méthode,
La pièce est fort complète et des plus à la mode.

GÉRONTE.

Prenez-vous du plaisir à me mettre en courroux ?

PHILISTE.

Ma foi, vous en tenez aussi bien comme nous ; 1420
Et, pour vous en parler avec toute franchise,
Si vous n'avez jamais pour bru que cette Orphise,
Vos chers collatéraux s'en trouveront fort bien.
Vous m'entendez ; adieu : je ne vous dis plus rien.

SCÈNE II.

GÉRONTE, *seul.*

O vieillesse facile ! ô jeunesse impudente !
O de mes cheveux gris honte trop évidente !
Est-il dessous le ciel père plus malheureux ?
Est-il affront plus grand pour un cœur généreux ?
Dorante n'est qu'un fourbe ; et cet ingrat que j'aime,
Après m'avoir fourbé, me fait fourber moi-même ; 1430
Et d'un discours en l'air, qu'il forge en imposteur,
Il me fait le trompette et le second auteur !
Comme si c'était peu pour mon reste de vie
De n'avoir à rougir que de son infamie,
L'infâme, se jouant de mon trop de bonté,
Me fait encor rougir de ma crédulité !

SCÈNE III.

GÉRONTE, DORANTE, CLITON.

GÉRONTE.

Êtes-vous gentilhomme ?

DORANTE, *à part.* Ah ! rencontre fâcheuse !
(*Haut.*)

Étant sorti de vous, la chose est peu douteuse.

GÉRONTE.

Croyez-vous qu'il suffit d'être sorti de moi ?

DORANTE.

Avec toute la France aisément je le croi.   1440

GÉRONTE.

Et ne savez-vous point avec toute la France
D'où ce titre d'honneur a tiré sa naissance,
Et que la vertu seule a mis en ce haut rang
Ceux qui l'ont jusqu'à moi fait passer dans leur sang ?

DORANTE.

J'ignorerais un point que n'ignore personne,
Que la vertu l'acquiert, comme le sang le donne ?

GÉRONTE.

Où le sang a manqué, si la vertu l'acquiert,
Où le sang l'a donné, le vice aussi le perd.
Ce qui naît d'un moyen périt par son contraire ;
Tout ce que l'un a fait, l'autre le peut défaire ;   1450
Et, dans la lâcheté du vice où je te voi,
Tu n'es plus gentilhomme, étant sorti de moi.

DORANTE.

Moi ?

GÉRONTE.

Laisse-moi parler, toi, de qui l'imposture
Souille honteusement ce don de la nature :
Qui se dit gentilhomme, et ment comme tu fais,

Il ment quand il le dit, et ne le fut jamais.
Est-il vice plus bas ? est-il tache plus noire,
Plus indigne d'un homme élevé pour la gloire ?
Est-il quelque faiblesse, est-il quelque action
Dont un cœur vraiment noble ait plus d'aversion,
Puisqu'un seul démenti lui porte une infamie   1461
Qu'il ne peut effacer s'il n'expose sa vie,
Et si dedans le sang il ne lave l'affront
Qu'un si honteux outrage imprime sur son front ?

          DORANTE.

Qui vous dit que je mens ?

                    GÉRONTE. Qui me le dit, infâme ?
Dis-moi, si tu le peux, dis le nom de ta femme.
Le conte qu'hier au soir tu m'en fis publier....

          CLITON, *bas, à Dorante.*

Dites que le sommeil vous l'a fait oublier.

          GÉRONTE.

Ajoute, ajoute encore avec effronterie
Le nom de ton beau-père et de sa seigneurie ;   1470
Invente à m'éblouir quelques nouveaux détours.

          CLITON, *bas, à Dorante.*

Appelez la mémoire ou l'esprit au secours.

          GÉRONTE.

De quel front cependant faut-il que je confesse
Que ton effronterie a surpris ma vieillesse,
Qu'un homme de mon âge a cru légèrement
Ce qu'un homme du tien débite impudemment?
Tu me fais donc servir de fable et de risée,
Passer pour esprit faible et pour cervelle usée !
Mais, dis-moi, te portais-je à la gorge un poignard?
Voyais-tu violence ou courroux de ma part ?   1480
Si quelque aversion t'éloignait de Clarice,
Quel besoin avais-tu d'un si lâche artifice ?
Et pouvais-tu douter que mon consentement
Ne dût tout accorder à ton contentement,
Puisque mon indulgence, au dernier point venue,

Approuvait à tes yeux l'hymen d'une inconnue ?
Ce grand excès d'amour que je t'ai témoigné
N'a point touché ton cœur, ou ne l'a point gagné :
Ingrat, tu m'as payé d'une impudente feinte,
Et tu n'as eu pour moi respect, amour ni crainte.
Va, je te désavoue.

DORANTE. Eh ! mon père, écoutez.   1491

GÉRONTE.

Quoi ! des contes en l'air et sur l'heure inventés ?

DORANTE.

Non, la vérité pure.

GÉRONTE. En est-il dans ta bouche ?

CLITON, *bas, à Dorante.*

Voici pour votre adresse une assez rude touche.

DORANTE.

Épris d'une beauté qu'à peine j'ai pu voir
Qu'elle a pris sur mon âme un absolu pouvoir,
De Lucrèce, en un mot... vous la pouvez connaître.

GÉRONTE.

Dis vrai ; je la connais, et ceux qui l'ont fait naître ;
Son père est mon ami.

DORANTE. Mon cœur en un moment
Étant de ses regards charmé si puissamment,   1500
Le choix que vos bontés avaient fait de Clarice,
Sitôt que je le sus, me parut un supplice :
Mais comme j'ignorais si Lucrèce et son sort
Pouvaient avec le vôtre avoir quelque rapport,
Je n'osai pas encor vous découvrir la flamme
Que venaient ses beautés d'allumer dans mon âme ;
Et j'avais ignoré, monsieur, jusqu'à ce jour
Que l'adresse d'esprit fût un crime en amour.
Mais si je vous osais demander quelque grâce,
A présent que je sais et son bien et sa race,   1510
Je vous conjurerais, par les nœuds les plus doux
Dont l'amour et le sang puissent m'unir à vous,
De seconder mes vœux auprès de cette belle ;

Obtenez-la d'un père, et je l'obtiendrai d'elle.
GÉRONTE.
Tu me fourbes encor.
DORANTE. Si vous ne m'en croyez,
Croyez-en pour le moins Cliton que vous voyez;
Il sait tout mon secret.
GÉRONTE. Tu ne meurs pas de honte
Qu'il faille que de lui je fasse plus de compte,
Et que ton père même, en doute de ta foi,
Donne plus de croyance à ton valet qu'à toi !   1520
Écoute : je suis bon, et, malgré ma colère,
Je veux encore un coup montrer un cœur de père;
Je veux encore un coup pour toi me hasarder.
Je connais ta Lucrèce, et la vais demander ;
Mais si de ton côté le moindre obstacle arrive...
DORANTE.
Pour vous mieux assurer, souffrez que je vous suive.
GÉRONTE.
Demeure ici, demeure, et ne suis point mes pas.
Je doute, je hasarde, et je ne te crois pas.
Mais sache que tantôt si pour cette Lucrèce
Tu fais la moindre fourbe ou la moindre finesse, 1530
Tu peux bien fuir mes yeux, et ne me voir jamais;
Autrement, souviens-toi du serment que je fais :
Je jure les rayons du jour qui nous éclaire
Que tu ne mourras point que de la main d'un père,
Et que ton sang indigne à mes pieds répandu
Rendra prompte justice à mon honneur perdu.

SCÈNE IV.

DORANTE, CLITON.

DORANTE.
Je crains peu les effets d'une telle menace.
CLITON.
Vous vous rendez trop tôt et de mauvaise grâce;

Et cet esprit adroit, qui l'a dupé deux fois,
Devait en galant homme aller jusques à trois :   1540
Toutes tierces, dit-on, sont bonnes ou mauvaises.

CLITON.

> DORANTE.

Cliton, ne raille point, que tu ne me déplaises :
D'un trouble tout nouveau j'ai l'esprit agité.

> CLITON.

N'est-ce point du remords d'avoir dit vérité ?
Si pourtant ce n'est point quelque nouvelle adresse ;
Car je doute à présent si vous aimez Lucrèce,
Et vous vois si fertile en semblables détours,
Que, quoi que vous disiez, je l'entends au rebours.

> DORANTE.

Je l'aime ; et sur ce point ta défiance est vaine :
Mais je hasarde trop, et c'est ce qui me gêne. 1550
Si son père et le mien ne tombent point d'accord,
Tout commerce est rompu, je fais naufrage au port.
Et d'ailleurs, quand l'affaire entre eux serait conclue,
Suis-je sûr que la fille y soit bien résolue ?
J'ai tantôt vu passer cet objet si charmant :
Sa compagne, ou je meure, a beaucoup d'agrément.
Aujourd'hui que mes yeux l'ont mieux examinée,
De mon premier amour j'ai l'âme un peu gênée :
Mon cœur entre les deux est presque partagé ;
Et celle-ci l'aurait, s'il n'était engagé.   1560

> CLITON.

Mais pourquoi donc montrer une flamme si grande
Et porter votre père à faire la demande ?

> DORANTE.

Il ne m'aurait pas cru, si je ne l'avais fait.

> CLITON.

Quoi ! même en disant vrai, vous mentiez en effet ?

> DORANTE.

C'était le seul moyen d'apaiser sa colère.
Que maudit soit quiconque a détrompé mon père !
Avec ce faux hymen j'aurais eu le loisir

De consulter mon cœur, et je pourrais choisir.
CLITON.
Mais sa compagne enfin n'est autre que Clarice.
DORANTE.
Je me suis donc rendu moi-même un bon office. 1570
Oh ! qu'Alcippe est heureux, et que je suis confus !
Mais Alcippe, après tout, n'aura que mon refus.
N'y pensons plus, Cliton, puisque la place est prise.
CLITON.
Vous en voilà défait aussi bien que d'Orphise.
DORANTE.
Reportons à Lucrèce un esprit ébranlé,
Que l'autre à ses yeux même avait presque volé.
Mais Sabine survient.

SCÈNE V.

DORANTE, SABINE, CLITON.

DORANTE. Qu'as-tu fait de ma lettre ?
En de si belles mains as-tu su la remettre ?
SABINE.
Oui, monsieur, mais...
DORANTE. Quoi ! mais ?
SABINE. Elle a tout déchiré.
DORANTE.
Sans lire ?
SABINE. Sans rien lire.
DORANTE. Et tu l'as enduré ? 1580
SABINE.
Ah ! si vous aviez vu comme elle m'a grondée !
Elle me va chasser, l'affaire en est vidée.
DORANTE.
Elle s'apaisera ; mais, pour t'en consoler,
Tends la main.

SABINE. Eh ! monsieur !

DORANTE. Ose encor lui parler.
Je ne perds pas sitôt toutes mes espérances.

CLITON.
Voyez la bonne pièce avec ses révérences !
Comme ses déplaisirs sont déjà consolés !
Elle vous en dira plus que vous n'en voulez.

DORANTE.
Elle a donc déchiré mon billet sans le lire ?

SABINE.
Elle m'avait donné charge de vous le dire ;   1590
Mais, à parler sans fard...

CLITON. Sait-elle son métier !

SABINE.
Elle n'en a rien fait, et l'a lu tout entier.
Je ne puis si longtemps abuser un brave homme.

CLITON.
Si quelqu'un l'entend mieux, je l'irai dire à Rome.

DORANTE.
Elle ne me hait pas, à ce compte ?

SABINE. Elle ? non.

DORANTE.
M'aime-t-elle ?

SABINE. Non plus.

DORANTE. Tout de bon ?

SABINE. Tout de bon.

DORANTE.
Aime-t-elle quelque autre ?

SABINE. Encor moins.

DORANTE. Qu'obtiendrai-je ?

SABINE.
Je ne sais.

DORANTE. Mais enfin, dis-moi.

SABINE. Que vous dirai-je ?

DORANTE.
Vérité.

SABINE. Je la dis.

DORANTE. Mais elle m'aimera?

SABINE.

Peut-être.

DORANTE. Et quand encor?

SABINE. Quand elle vous croira.

DORANTE.

Quand elle me croira? Que ma joie est extrême! 1601

SABINE.

Quand elle vous croira, dites qu'elle vous aime.

DORANTE.

Je le dis déjà donc, et m'en ose vanter,
Puisque ce cher objet n'en saurait plus douter :
Mon père...

SABINE. La voici qui vient avec Clarice.

SCÈNE VI.

CLARICE, LUCRÈCE, DORANTE, SABINE, CLITON.

CLARICE, *bas, à Lucrèce.*

Il peut te dire vrai, mais ce n'est pas son vice.
Comme tu le connais, ne précipite rien.

DORANTE, *à Clarice.*

Beauté qui pouvez seule et mon mal et mon bien....

CLARICE, *bas, à Lucrèce.*

On dirait qu'il m'en veut, et c'est moi qu'il regarde.

LUCRÈCE, *bas, à Clarice.*

Quelques regards sur toi sont tombés par mégarde.
Voyons s'il continue.

DORANTE, *à Clarice.* Ah! que loin de vos yeux 1611
Les moments à mon cœur deviennent ennuyeux !
Et que je reconnais par mon expérience
Quel supplice aux amants est une heure d'absence!

CLARICE, *bas, à Lucrèce.*

Il continue encor.

LUCRÈCE, *bas, à Clarice.*

Mais vois ce qu'il m'écrit.

CLARICE, *bas, à Lucrèce.*

Mais écoute.

LUCRÈCE, *bas, à Clarice.*

Tu prends pour toi ce qu'il me dit.

CLARICE, *bas, à Lucrèce.*

(*Haut.*)

Éclaircissons-nous-en. Vous m'aimez donc, Dorante ?

DORANTE, *à Clarice.*

Hélas ! que cette amour vous est indifférente !
Depuis que vos regards m'ont mis sous votre loi...

CLARICE, *bas, à Lucrèce.*

Crois-tu que le discours s'adresse encore à toi ? 1620

LUCRÈCE, *bas, à Clarice.*

Je ne sais où j'en suis.

CLARICE, *bas, à Lucrèce.* Oyons la fourbe entière.

LUCRÈCE, *bas, à Clarice.*

Vu ce que nous savons, elle est un peu grossière.

CLARICE, *bas, à Lucrèce.*

C'est ainsi qu'il partage entre nous son amour :
Il te flatte de nuit, et m'en conte de jour.

DORANTE, *à Clarice.*

Vous consultez ensemble ! Ah ! quoi qu'elle vous die,
Sur de meilleurs conseils disposez de ma vie ;
Le sien auprès de vous me serait trop fatal ;
Elle a quelque sujet de me vouloir du mal.

LUCRÈCE, *en elle-même.*

Ah ! je n'en ai que trop, et si je ne me venge...

CLARICE, *à Dorante.*

Ce qu'elle me disait est, de vrai, fort étrange. 1630

DORANTE.

C'est quelque invention de son esprit jaloux.

CLARICE.

Je le crois : mais enfin me reconnaissez-vous ?

DORANTE.

Si je vous reconnais ? quittez ces railleries,
Vous que j'entretins hier dedans les Tuileries,
Que je fis aussitôt maîtresse de mon sort.

CLARICE.

Si je veux toutefois en croire son rapport,
Pour une autre déjà votre âme inquiétée....

DORANTE.

Pour une autre déjà je vous aurais quittée ?
Que plutôt à vos pieds mon cœur sacrifié...

CLARICE.

Bien plus, si je la crois, vous êtes marié.   1640

DORANTE.

Vous me jouez, madame ; et, sans doute pour rire,
Vous prenez du plaisir à m'entendre redire
Qu'à dessein de mourir en des liens si doux
Je me fais marié pour toute autre que vous.

CLARICE.

Mais avant qu'avec moi le nœud d'hymen vous lie,
Vous serez marié, si l'on veut, en Turquie.

DORANTE.

Avant qu'avec toute autre on me puisse engager,
Je serai marié, si l'on veut, en Alger.

CLARICE.

Mais enfin vous n'avez que mépris pour Clarice.

DORANTE.

Mais enfin vous savez le nœud de l'artifice,   1650
Et que pour être à vous je fais ce que je puis.

CLARICE.

Je ne sais plus moi-même, à mon tour, où j'en suis.
Lucrèce, écoute un mot.

DORANTE, *à Cliton.* Lucrèce ! que dit-elle ?

CLITON, *bas, à Dorante.*

Vous en tenez, monsieur : Lucrèce est la plus belle ;

Mais laquelle des deux ? J'en ai le mieux jugé,
Et vous auriez perdu si vous aviez gagé.

DORANTE, *bas, à Cliton.*

Cette nuit, à la voix j'ai cru la reconnaître.

CLITON, *bas, à Dorante.*

Clarice, sous son nom, parlait à sa fenêtre ;
Sabine m'en a fait un secret entretien.

DORANTE, *bas, à Cliton.*

Bonne bouche ! j'en tiens : mais l'autre la vaut bien ;
Et, comme dès tantôt je la trouvais bien faite,   1661
Mon cœur déjà penchait où mon erreur le jette.
Ne me découvre point ; et dans ce nouveau feu
Tu me vas voir, Cliton, jouer un nouveau jeu.
Sans changer de discours, changeons de batterie.

LUCRÈCE, *bas, à Clarice.*

Voyons le dernier point de son effronterie.
Quand tu lui diras tout, il sera bien surpris.

CLARICE, *à Dorante.*

Comme elle est mon amie, elle m'a tout appris...
Vous n'avez point parlé cette nuit à Lucrèce ?

DORANTE.

Vous n'avez point voulu me faire un tour d'adresse ?
Et je ne vous ai point reconnue à la voix ?   1671

CLARICE.

Nous dirait-il bien vrai pour la première fois ?

DORANTE.

Pour me venger de vous j'eus assez de malice
Pour vous laisser jouir d'un si lourd artifice,
Et, vous laissant passer pour ce que vous vouliez,
Je vous en donnai plus que vous ne m'en donniez.
Je vous embarrassai, n'en faites point la fine.
Choisissez un peu mieux vos dupes à la mine :
Vous pensiez me jouer ; et moi je vous jouais,
Mais par de faux mépris que je désavouais :   1680
Car enfin je vous aime, et je hais de ma vie
Les jours que j'ai vécu sans vous avoir servie

CLARICE.

Pourquoi, si vous m'aimez, feindre un hymen en l'air,
Quand un père pour vous est venu me parler ?
Quel fruit de cette fourbe osez-vous vous promettre ?

LUCRÈCE, *à Dorante.*

Pourquoi, si vous l'aimez, m'écrire cette lettre ?

DORANTE, *à Lucrèce.*

J'aime de ce courroux les principes cachés.
Je ne vous déplais pas, puisque vous vous fâchez.
Mais j'ai moi-même enfin assez joué d'adresse ;
Il faut vous dire vrai, je n'aime que Lucrèce.　　1690

CLARICE, *à Lucrèce.*

Est-il un plus grand fourbe ? et peux-tu l'écouter ?

DORANTE, *à Lucrèce.*

Quand vous m'aurez ouï, vous n'en pourrez douter.
Sous votre nom, Lucrèce, et par votre fenêtre,
Clarice m'a fait pièce, et je l'ai su connaître ;
Comme en y consentant, vous m'avez affligé,
Je vous ai mise en peine, et je m'en suis vengé.

LUCRÈCE.

Mais que disiez-vous hier dedans les Tuileries ?

DORANTE.

Clarice fut l'objet de mes galanteries...

CLARICE, *bas, à Lucrèce.*

Veux-tu longtemps encore écouter ce moqueur ?

DORANTE, *à Lucrèce.*

Elle avait mes discours, mais vous aviez mon cœur, 1700
Où vos yeux faisaient naître un feu que j'ai fait taire,
Jusqu'à ce que ma flamme ait eu l'aveu d'un père :
Comme tout ce discours n'était que fiction,
Je cachais mon retour et ma condition.

CLARICE, *bas, à Lucrèce.*

Vois que fourbe sur fourbe à nos yeux il entasse,
Et ne fait que jouer des tours de passe-passe.

DORANTE, *à Lucrèce.*

Vous seule êtes l'objet dont mon cœur est charmé.

Corneille.　　　　　　　　　　　　　　　**18**

LUCRÈCE, *à Dorante.*

C'est ce que les effets m'ont fort mal confirmé.

DORANTE.

Si mon père à présent porte parole au vôtre,
Après son témoignage, en voudrez-vous quelque autre?

LUCRÈCE.

Après son témoignage, il faudra consulter   1711
Si nous aurons encor quelque lieu d'en douter.

DORANTE, *à Lucrèce.*

Qu'à de telles clartés votre erreur se dissipe.
(*A Clarice.*)
Et vous, belle Clarice, aimez toujours Alcippe;
Sans l'hymen de Poitiers il ne tenait plus rien:
Je ne lui ferai pas ce mauvais entretien;
Mais entre vous et moi vous savez le mystère.
Le voici qui s'avance, et j'aperçois mon père.

SCÈNE VII.

GÉRONTE, DORANTE, ALCIPPE, CLARICE, LUCRÈCE,
ISABELLE, SABINE, CLITON.

ALCIPPE, *sortant de chez Clarice et parlant à elle.*

Nos parents sont d'accord, et vous êtes à moi.

GÉRONTE, *sortant de chez Lucrèce et parlant à elle.*

Votre père à Dorante engage votre foi.   1720

ALCIPPE, *à Clarice.*

Un mot de votre main, l'affaire est terminée.

GÉRONTE, *à Lucrèce.*

Un mot de votre bouche achève l'hyménée.

DORANTE, *à Lucrèce.*

Ne soyez pas rebelle à seconder mes vœux.

ALCIPPE.

Êtes-vous aujourd'hui muettes toutes deux?

CLARICE.

Mon père a sur mes vœux une entière puissance.

LUCRÈCE.

Le devoir d'une fille est dans l'obéissance.

GÉRONTE, *à Lucrèce.*

Venez donc recevoir ce doux commandement.

ALCIPPE, *à Clarice.*

Venez donc ajouter ce doux consentement.

(Alcippe rentre chez Clarice avec elle et Isabelle, et le reste rentre chez Lucrèce.)

SABINE, *à Dorante, comme il rentre.*

Si vous vous mariez, il ne pleuvra plus guères.

DORANTE.

Je changerai pour toi cette pluie en rivières.   1730

SABINE.

Vous n'aurez pas loisir seulement d'y penser :
Mon métier ne vaut rien quand on s'en peut passer.

CLITON, *seul.*

Comme en sa propre fourbe un menteur s'embar-
Peu sauraient comme lui s'en tirer avec grâce. [rasse !

(Ironiquement.)

Vous autres qui doutiez s'il en pourrait sortir,
Par un si rare exemple apprenez à mentir.

FIN.

TABLE DU THÉATRE CHOISI

FIN.

Paris. — Imprimerie DELALAIN, rue de la Sorbonne, 1 et 3.